U0541624

复旦中文学科建设丛书
中国近代文学卷

承上启下

朱文华 编选

商务印书馆
The Commercial Press
创于1897

图书在版编目(CIP)数据

承上启下/朱文华编选.—北京:商务印书馆,2017
(复旦中文学科建设丛书·中国近代文学卷)
ISBN 978-7-100-15491-8

Ⅰ.①承… Ⅱ.①朱… Ⅲ.①中国文学-近代文学-文学研究-文集 Ⅳ.①I206.5-53

中国版本图书馆CIP数据核字(2017)第273952号

权利保留,侵权必究。

承上启下

复旦中文学科建设丛书·中国近代文学卷
朱文华 编选

商 务 印 书 馆 出 版
(北京王府井大街36号 邮政编码100710)
商 务 印 书 馆 发 行
苏州市越洋印刷有限公司印刷
ISBN 978-7-100-15491-8

2017年11月第1版　　开本710×1000　1/16
2017年11月第1次印刷　印张18.5
定价:50.00元

前　　言

　　复旦大学中文学科的开始，追溯起来，应当至1917年国文科的建立，迄今一百年；而中国语言文学系作为系科，则成立于1925年。1950年代之后，汇聚学界各路精英，复旦中文成为中国语言文学教学和研究的重镇，始终处于海内外中文学科的最前列。1980年代以来，复旦中文陆续形成了中国语言文学研究所(1981年)、古籍整理研究所(1983年)、出土文献与古文字研究中心(2005年)、中华古籍保护研究院(2014年)等新的教学研究建制，学科体制更形多元、完整，教研力量更为充实、提升。

　　百年以来，复旦中文潜心教学，名师辈出，桃李芬芳；追求真知，研究精粹，引领学术。复旦中文的前辈大师们在诸多学科领域及方向上，做出过开创性的贡献，他们在学问博通的基础上，勇于开辟及突进，推展了知识的领域，转移一时之风气，而又以海纳百川的气度，相互之间尊重包容，"横看成岭侧成峰"，造成复旦中文阔大的学术格局和崇高的学术境界。一代代复旦中文的后学们，承续前贤的精神，持续努力，成绩斐然，始终追求站位学术前沿，希望承而能创，以光大学术为究竟目标。

　　值此复旦中文百年之际，我们编纂本丛书，意在疏理并展现复旦中文传统之中具有领先性及特色，而又承传有序的学科领域及学术方向。其中的文字，有些已进入学术史，堪称经典；有些则印记了积极努力的探索，或许还有后续生长的空间。

　　回顾既往，更多是为了将来。我们愿以此为基石，勉力前行。

陈引驰
2017年10月12日

出 版 说 明

本书系为庆祝"复旦大学中文学科百年"所策划的丛书《复旦中文学科建设丛书》之一种。该丛书是一套反映复旦中文百年学术传统、源流，旨在突出复旦中文学科特色、学术贡献的学术论文编选集。由于所收文章时间跨度大，所涉学科门类众多，作者语言表述、行文习惯亦各不相同，因此本馆在编辑过程中，除进行基本的文字和体例校订外，原则上不作改动，以保持文稿原貌。部分文章则经作者本人修订后收入。特此说明。

编辑部
2017 年 11 月

目　　录

《最近三十年中国文学史》序论 …………………………… 陈子展　001

近代文学鸟瞰 ………………………………………………… 郑振铎　010

不应存在的鸿沟
　　——中国文学研究中的一个问题 ……………………… 章培恒　016

关于中国现代文学的开端
　　——兼及"近代文学"问题 ……………………………… 章培恒　023

着重研究"五四"前二十年的中国近代文学潮流 ………… 朱文华　039

中国现代文学研究应当有旧体文学研究的地位 …………… 袁　进　052

"外部研究"何以可能
　　——以中国近代文学的转型为例 ……………………… 栾梅健　063

探寻中国文学从古典到现代的转型历程
　　——中国近代文学研究的世纪回眸与
　　　前景瞩望 ……………………… 王　飚　关爱和　袁　进　069

龚自珍与20世纪的文学革命 ………………………………… 谈蓓芳　101

承 上 启 下

1892：中国现代文学的起源
　　——论《海上花列传》的断代价值 ·················· 栾梅健　116
辛亥革命与中国文学的现代性转型 ·················· 栾梅健　129
重新审视欧化白话文的起源
　　——试论近代西方传教士对中国文学的影响 ·········· 袁　进　144
晚清各体文学的走向和中国文学的古今演变 ·············· 朱文华　159
简论晚清"新文体"散文 ··························· 朱文华　177
政论文学一百年
　　——试论政论文学为新文学之起源 ················ 沈永宝　188
京沪两地晚清、民国小报的语言文化现象 ················ 李　楠　212
论近代传奇杂剧中的传统主义 ······················· 左鹏军　230
略论近代的翻译小说 ······························ 王继权　245
频频"谒陵"为哪般？
　　——晚年林纾的政治、文化心态解读 ·············· 张俊才　258
王国维的一首《浣溪沙》词刍议
　　——兼与叶嘉莹教授商榷 ······················ 张　兵　273

编后记 ··· 285

《最近三十年中国文学史》序论

陈子展

中国三十年来的文学,在文学史上是一个最重要的时期。这个时期,文学的各部分都显现着一种剧变的状态,和前一时期大两样。即如桐城文派和江西诗派在前一时期是极有势力的文学;但到了这个时期,已不能继续前一时期的权威,只能算是前一时期的残余了。以前的中国文学是自为风气的文学;到了这个时期,就开始接受西洋的影响了。以前的中国文学,重在摹仿古人,摹仿古代;到了这个时期,就开始要求创造现代的现代人的文学了。以前的政府待遇文人的政策,是用八股试士,科举抡才的,这种政策的流毒,最足锢蔽文人的思想,妨害文学的进步;到了这个时期,最初就有不少的人对它怀疑攻击,后来就得废八股,停科举了。以前的所谓文学,差不多只限于诗古文辞的;到了这个时期,一向看做小道末技的小说词曲,乃至民间流行的所谓鄙俗歌谣,下等小说,都要把它同登文学的大雅之堂,各各还它一角应有的地位了。以前的文学工具—语言文字,是不成什么问题的;到了这个时期,由国语运动以至国语文学运动,语言文字的解放,成为文学革命的中心问题,甚至有人主张废弃汉字了。以前的文学,只算得士大夫的干禄之具,或消遣之物的,换言之,只是特殊阶级极少数人利用或享乐的东西;到了这个时期,文字要怎样才得给大众容易使用,文

承上启下

学要怎样才得成为平民的,就都成了问题;从今以后,文学成为替民众喊叫,民众替自己喊叫的一种东西,这样的时期,快要到来了。这种种的演变,虽极缤纷奇诡之观,却有一种共同的特色,便是反抗传统;这种种的演变,虽似突如其来地一一发生,实则共同的其来有自,便是社会背景。现在暂引他人的话,在我的说明之前。

文艺复兴时代的到来,是因为生产关系到了资本主义前期。地中海沿岸有商业都市的兴起,封建的贵族地主至此乃竖起反叛神权政治的旗帜,要求自由解放,要求希腊、罗马时代古典文艺之复兴。这风气,到了十七八世纪,因为发见时代的到来,重商主义兴起,于是成为古典主义。以后,接着是产业革命,资产阶级渐渐抬起头来,封建贵族为保持残余势力,有使人忘怀现实,憧憬理想之浪漫主义。但是浪漫主义的思想卒不能遏资产阶级的发展,自经法国大革命,资产阶级在经济上政治上却有了充分的力量,于是遂有写实主义驱逐浪漫主义而出现。二十世纪的初头,因为资本主义的发展,渐渐降落,同时,无产阶级有抬头之势,于是在文艺上自写实主义一变而为新浪漫主义,资产阶级谋以此而挽其颓运。大战以后,无产阶级有长足的势力,新浪漫主义遂销声匿迹,不得不让其地位于新写实主义了。

这是欧西文艺思想的转变。我们中国因为经济基础之始终在资本主义前期,所以数千年来常停顿于拟古主义而丝毫没有发展。当春秋战国以前,井田制度未毁,贵族当国,所以那时的文学是君主贵族的文学。井田制度破坏以后,经济进于资本主义前期,官僚士大夫踏上政治舞台,这状态,直到现在,还没有大变,故其文学为官僚贵族的文学。近顷以来,因为资本主义的发展,工商阶级渐渐得势,颇苦于古文学之不能尽量自由发表其思想,于是有打破旧形式的束缚的新文学之出现。梁启超《新民丛报》的报章文字倡于先,《新青年》的白话文字继于后,现今我国文学界,可说全是此二种文字的势力。(仲云《通过了十字街头》,《小说月报》第二十卷第一号。)

《最近三十年中国文学史》序论

像上面这样的解释，无论其说得圆满与否，但他从经济上来解释文艺的演变，立场自是站得极稳的。他说现今我国文学界可说全是报章文字白话文字二者的势力，这话也是不错的。梁启超派的报章文字所以风行于"戊戌"政变后，立宪运动与革命运动的对抗时期，因为那个时期，士大夫阶级中较为进步的分子，想从八股文外延长他们政治上学术上传统的特权；豪绅阶级中较为进步的分子，则想从地方势力握得中央势力。报章文字最是合于他们通情达意的一种东西，所以这种文字在当时就很流行。这是由于国际帝国主义的侵入，中国封建势力开始动摇时候的一种现象。到了"辛亥"以后，国际帝国主义与国内封建势力对于民众的压迫愈加紧逼。新兴的资产阶级要求自由发展，同时有觉悟的无产阶级或无产者要求彻底解放，所以在"五四""五卅"的前后，乃有陈独秀、胡适一班人提倡的白话文字——突破旧文学的束缚而得解放的自由的文体，就代报章文字应运而兴。总而言之：中国已经要由封建社会跳到资本主义的社会了，人民的生活不复像从前一样的余裕，幽闲，生活上的竞争日益激烈，影响到文字上的简单化，敏捷化，通俗化，自然成了不可逃避的事实。

话须回头去说：原来中国的大势，自经 1894 年（光绪二十年）所谓"甲午之役"以后，三十年来也正在一个剧变的时期。固然我们也可以说，靠近这个时期以前四五十年间的中国已经有若干的转变了。如在 1840 年（道光二十年）鸦片之战以后，又有 1860 年（咸丰十年）英法联军打破津京，焚毁圆明园的恶剧；又有 1883—1885 年（光绪九年—十一年）为着安南和法国的战争；外患相逼而来，因此国内也有不少的兴革。不过这种种的兴革，这种种的改变，只是形式的，虚伪的，敷衍一时的，其本来的实质，精神，根本未变。所以严复说："中国知西法之当师，不自甲午有事败衂之后始也。海禁大开以还，所兴发者亦不少矣。译署一也，同文馆二也，船政三也，出洋肄业四也，轮船招商五也，制造六也，海军七也，海署八也，洋操九也，学堂十也，出使十一也，矿务十二也，电邮十三也，铁路十四也。拉杂言之，盖不止一二十事。此中大半皆西洋以富以强之基，而自

承上启下

吾人行之,则淮橘为枳,若存若亡,不能实收其效。"(《原强》)直到甲午之役,以广土众民的中国,败于新进岛国区区日本之手,而且败的如是其速,如是其一蹶不振,中国的弱点才全然暴露出来。以前自命为睡狮的,这个时候给人家看清了,原来只是一只纸老虎!这真是中国自开海禁以来国势上的一个大变动!从此以后,不但战胜国的日本帝国主义要向中国要求割地赔款,以及其他种种权利利益,那些西洋帝国主义的国家,对于中国也都轻视起来。他们为了扩张市场,搜求原料,种种经济上的需要,对于中国不遗余力的大肆侵略。什么"瓜分中国","划定势力范围","利益均沾","门户开放"……这都是他们用以侵略中国彼此先后不同的口号。可怜!西洋的工业经济打进来了,中国的农业经济于相逼之下而生动摇;西洋"动"的文明闯进来了,中国"静"的文明于相形之下而生动摇;这种种动摇,都逼着老大的中国要开展一个新的局面。所以我们可以说,从甲午之役以后,三十年来的中国,正在一个剧变的时期。而甲午之役正是这种剧变的一个总关捩。倘若说,中国民族到了快要灭亡的时期,那末,甲午之役那样的大挫败,便是叫他灭亡的一种预兆。倘若说,中国民族到了快要醒觉的时期,那末,甲午之役那样的大挫败,便是促他醒觉的一种鞭策。总之,甲午之役已逼着中国民族走到了一个生死存亡的关头,它所给与中国民族的刺激,教训,苦恼,悲愤,愿望,要求……该是何等地深刻,沉痛,丰富,热烈呀!我们只要略看一看它给与当时文学界的影响,以及其时比较觉悟的文学家作如何的表示。

降将军歌

冲围一舸来如飞,众军属目停鼓鼙。船头立者持降旗,都护遣我来致辞:"我军力竭势不支,零丁绝岛危乎危。龟鳖小竖何能为?岛中残卒皆疮痍。其余鬼妻兵家儿,锅底无饭枷无衣。纨干冻雀寒复饥,五千人命悬如丝。我今死战彼安归?此岛如城海如池,横排各舰珠累累。有炮百尊枪千枝,亦有弹药如山齐。全军旗鼓我所司,本愿两军争雄雌,化为沙虫为肉糜，与船存亡死不辞。今日悉索供指麾，乃为生命求恩慈！"中将许诺信不欺，诘朝便为受降期，两军雷动欢声驰。磷青月黑阴风吹，鬼伯催促不得迟，浓薰芙蓉倾深卮。前者阒棺后舆尸，一将两翼三参随。两军雨泣咸惊疑，已降复死死为谁？可怜将军归骨时，白幡飘飘丹旐垂，中一丁字悬高桅，回视龙旗无遗！海波索索悲风悲！悲复悲，噫！噫！噫！

度辽将军歌

闻鸡夜半投袂起，檄告东人我来矣。此行领取万户侯，岂谓区区不余畀！将军慷慨来渡辽，挥鞭跃马夸人豪。平时搜集得汉印，今作将军横在腰。将军乡者曾乘传，高下句骊踪迹遍。铜柱铭功白马盟，邻国传闻犹胆颤。自从弭节驻鸡林，所部精兵皆百战。人言骨相应封侯，恨不遇时逢一战。雄关巍峨高插天，雪花如掌春风颠。酒酣举白再行酒，拔刀亲割生彘肩。岁朝大会召诸将，铜柱银烛围红毡。自言平生习枪法，炼目炼臂十五年。目光紫电闪不动，袒臂示客如铁坚。淮河将帅巾帼耳，萧娘吕姥殊可怜。看余上马快杀贼，左盘右辟谁当前！鸭绿之江碧蹄馆，坐令万里销风烟。坐中黄曾大手笔，为我勒碑铭燕然。么麽鼠子乃敢尔！是何鸡狗何虫豸？会逢天幸遽贪功，它它藉藉来赴死。能降免死跪此牌，敢抗颜行聊一试。待彼三战三北余，试我七纵七擒计。两军相接战甫交，纷纷鸟兽空营逃。弃冠脱剑无人惜，只幸腰间印未失。将军终是察吏才，湘中一官复归来。八千子弟半摧折，白衣迎拜悲风哀。幕僚步卒皆云散，将军归来犹善饭。平章古玉图鼎钟，搜箧价犹值千万。闻道铜山东向倾，愿以区区当芹献。藉充岁币少补偿，毁家报国臣所愿。燕云北望忧愤多，时出汉印三摩挲。忽忆辽东浪死歌，印兮印兮奈汝何！

这两首诗都是黄遵宪的，前一首是为降将军丁汝昌而作，后一首似乎是说逃将军吴大澂的。甲午之败，落后的封建主义的势力敌不过新兴的资本主义的势力，固然是它的总原因，但在诗人看来，将帅的不和，无用，怯懦，虚伪，腐败，

承上启下

却是致败的惟一的缘故,这不能不令人悲愤无涯了!那时黄遵宪还有《悲平壤》《哀旅顺》《哭威海》《台湾行》等诗,也都是为着这个足以激动全民族心灵的大事件而发的一些慷慨激越之作。他在当时真不愧为一个为民族喊叫的诗人!

莽苍苍斋诗自叙

天发杀机,龙蛇起陆,犹不自惩,而为此无用之呻吟,抑何靡与?三十年前之精力,敝于所谓考据词章,垂垂尽矣;勉于世,无一当焉;愤而发箧,毕弃之。刘君松芙独哀其不自聊,劝令少留,日捃拾残章为补遗,姑从之云尔。光绪二十年十二月也。

这是谭嗣同的文章。他愤而要尽弃旧稿,不肯"为此无用之呻吟",这也是甲午之役所给与文学者的刺激而生的另一种反应。他想建立新文学,所以他试作"新学诗",而倡"诗界革命";他想建立新政治,所以他参与戊戌维新运动,不惜以身殉之。论他那种叛逆的精神,牺牲的精神,我以为应该永随中国民族之存在而存在!

水调歌头

拍碎双玉斗,慷慨一何多!满腔都是血泪,无处著悲歌。三百年来王气,满目山河依旧,人事竟如何?百户尚牛酒,四塞已干戈。　　千金剑,万言策,两蹉跎。醉中呵壁自语,醒后一滂沱。不恨年华去也,只恐少年心事,强半为销磨。愿替众生病,稽首礼维摩。

满江红 赠魏二

如此江山,送多少英雄去了;又尔我踏尘独潆,睨天长啸。炯炯一空余子目,便便不合时宜肚。向人间一笑醉相逢,两年少。　　使不尽,灌夫酒;屠不了,要离狗;有酒边狂哭,花前狂笑。剑外惟余肝胆在,镜中应诧头颅好。问鲍黄阁外,一哇蔬,能同否?

这是梁启超甲午所作的词,读者不必以词律求之,看来总不失为当时一种发愤爱国,慷慨悲歌之作。

东事战败联十八省举人三千人上书次日，美使田贝索稿为人传钞刻遍天下题曰：

公车上书记是时主和者为军机大臣

孙毓汶众怒甚孙畏不朝遂辞位

海东龙泣舰沉波，上相辎轩出议和，辽台肭肭割山河。抗章伏阙公车多，连名三千毂相摩，联軿五里塞巷过。台人号泣秦桧歌，九城谣谍遍网罗。扛棺摩拳，击鼓三挝。桧避不朝，辞位畏诃。美使田贝惊士气则那！索稿传钞，天下墨争磨。呜呼！椎秦不成奈若何！

这是康有为的诗。他反对当时政府割弃辽、台的和议。他这种诗很足以代表当时文学者的一种义愤。再，从他领导起来的三千举子公车上书的那种运动，还可看出当时一般专代圣贤立言的八股文人已经感觉时代的严重，要表示自己的意思，要说自己的话，而且开始要用集团精神，或群众运动的方式来表现了。从此，文人开始要从八股文里得救出来，文学开始要从死气沉沉里复活过来，文学和政治的关联要密接起来，文学的进展，和时代的进展，渐渐有要求同其步调的趋势。这不能不说是中国文学到了一个剧变的时期。现在再引那时康有为在北京保国会演说辞里的一段于此。

……国初时，视英、法各国皆若南洋小岛。虽以纪文达校订《四库》，赵瓯北札记《二十二史》，阮文达为文学大宗，皆博极群书；而纪文达谓艾儒略《职方外纪》，南怀仁《坤舆图说》，如中土瑶台阆苑，大抵寄托之辞；赵瓯北谓俄罗斯北有准噶尔大国，以铜为城，二百方里；阮文达《畴人传》不信对足抵行。今人环游地球，座中诸公有踏遍者，吾粤贩商估客视为寻常，而乾嘉时博学如诸公尚未之知。至道光十二年，英人轮舟初成，横行四海，以轮船二艘犯广州，两广总督卢敏肃以三千师船二万兵御之而败。卢公曾平猺匪赵金龙者。宣宗诏谓："卢坤昔平赵金龙曾著微劳，不料今日无用至此！"卢敏肃虽言洋船极大，而既无影镜镫片，宣宗无从见之，无能自白也。道光二

承上启下

十年,林文忠始译洋报,为讲求外国情形之始。败于定海、舟山。裕谦、牛鉴、刘韵珂继败。舰入长江,而震天津,乃开五口。宣宗乃知洋人之强,在船坚炮利,命仿制之;西人如何,实未知也。道光二十九年,咸丰六年、八年、十年,屡战屡败,输数千万,开十一口,乃至破京师,文宗狩热河,洋使入驻京师,亦可谓非常之变矣!然而士大夫以犬羊视之,深闭固拒。同治五年,斌椿遍游各国,等于游戏,无稍讲求之者。曾文正与洋人共事,乃始少知其故,开制造局译书,置同文馆、方言馆、招商局。文文忠乃遣美人蒲安臣,与志刚、孙嘉谷出使各国,首用洋人,如古之安史那、金日䃅,实为当时绝异之事。欲遣京官五品以下正途翰林六曹出身入同文馆读书,最为通达,而倭文端阻之。自是虽轺车岁出,而士大夫深恶外人,蔽拒如故。甲申之役,张南关之功,日益骄满。鄙人当时考求时局,以为□窥东三省,日本讲求新治,骤强示威,必取朝鲜,曾上书请及时变法自强,而当时天下皆以为狂。壬辰年,傅南雅《译书事略》言上海制造局译出西书,售去者仅一万三百余部,中国四万万人,而购书者乃只有此数,则天下士讲求中外之学者能有几人?可想见矣!非经甲午之役,割台偿款,创巨痛深,未有肯翻然而改者。至此天下志士,乃知渐渐讲求,自强学会首倡之,遂有官书局《时务报》之继起。于是海内缤纷,争言新学,自此举始也。……

我们从他这段话里可以看出甲午之役以前五六十年间中国大势已走向转变的途中。直到甲午之役"割台偿款,创巨深痛",中国的大势才到了一个剧变的时候。其实这种变化,正是必然的趋势。从这时候起的中国,已成了帝国主义列强经济竞争的中心。换言之,中国已成了国际帝国主义的殖民地—次殖民地。中国社会向来生活于闭关自足的农业经济之下的,现在这种生活的秩序快要给西洋的工业资本主义经济的侵略而破坏了。中国快要由半封建的社会走向资本主义的社会了。社会的经济现象既然起了一个这样大的变化,建筑于经济基础之上的一切社会的精神现象,如政治、法律、宗教、哲学、艺术,等等,当然要因其下层基础—经济基础的转变，而决定其转变的相当的形式。康有为说的甲午之后"海内缤纷，争言新学"，这便是因为下层基础的转变，影响及于上部构造的缘故。文艺既为建筑于经济基础上之一种上部构造的形态，故因其经济基础之转变，亦自有其相当的转变。所以我们可以说三十年来的中国社会既已处在一个剧变的时期，反映社会生活的文学，随着时代的，社会的生活之剧变而生剧变，将至转而成为显示将来的新时代新社会的一种标识，这并非偶然的事。往后析论这个时期文学各方面的变迁，只能从它的本身变化之迹加以推究，或不能随时触到它的背景的，这时算是先为发凡了。

原载《最近三十年中国文学史》，上海太平洋书店1930年版

近代文学鸟瞰

郑振铎

一

近代文学开始于明世宗嘉靖元年（公元 1522 年），而终止于五四运动之前（民国七年，公元 1918 年）。共历时三百八十余年。为什么要把这将近四世纪的时代，称之为近代文学呢？近代文学的意义，便是指活的文学，到现在还并未死灭的文学而言。在她之后，便是紧接着五四运动以来的新文学。近代文学的时代虽因新文学运动的出现而成为过去，但其中有一部分的文体，还不曾消灭了去。他们有的还活泼泼的在现代社会里发生着各种的影响，有的虽成了残蝉的尾声，却仍然有人在苦心孤诣的维护着。中世纪文学究竟离开我们是太辽远一点了；真实的在现社会里还活动着的便是这近代文学。她们的呼声，我们现在还能听见，她们的歌唱，我们现在还能欣赏得到；她们的描写的社会生活，到现在还活泼泼的如在。所以这一个时代的文学，对于我们是格外的显得亲切，显得休戚有关，声气相通的。

在这四世纪的长久时间里，我们看见一个本土的最伟大的作曲家魏良辅，创作了昆腔；我们看见许多伟大的小说家们在写作着许多不朽的长篇名著；我们看见各种地方戏在迅速的发展着；我们看见许多弹词、宝卷、鼓词的产生。在这四个世纪里,我们的文学,又都是本土的伟大的创作,而很少受有外来影响的了。虽然在初期的时候,基督教徒的艺术家们曾在中国美术上发生过一点影响——但中国文学却丝毫不曾被其影响所熏染到。虽然在最后的半个世纪,欧洲的文化,也曾影响到我们的封建社会里,连文学上也确曾被其晚霞的残红渲染过一番——然究还只是浮面的影响,并不曾产生过什么重要的反应。她们激动了千年沉睡的古国的人们。这些人们似乎都已醒过来了;但还正是睡眼朦胧,馀梦未醒,茫茫无措的站在那里,双手在擦着眼,还不曾决定要走哪一条路,要怎么办才好。认清楚了,已经完全清醒了的时代,当从五四运动开始。所以近代文学,我们可以说,还纯然是本土的文学。这四百年的文学,实在是了不得的空前的绚烂。

二

但在政治上却又是像中世纪似的那末黑暗。我们的民族方才从蒙古族的铁骑之下解放出来不到一百六十年,便又遇到一个厄运,那便是倭寇的侵略。虽不过是东南几省的遭受蹂躏;文化的被破坏的程度,却是很可观的。再过一百二十余年,一个更大的压迫便来了。清民族以排山倒海之势,侵入中国本部。先蚕食了整个辽东,然后以讨伐李自成为名,利用着降将与汉奸,安然的登上了北京的金碧辉煌的宫廷里的宝座(公元1644年)。不到一年,又陷了南京,擒了福王。第二年又打到汀州,捉了唐王。到了公元1658年,攻云南,整个的中国,便都归伏听命于爱新觉罗氏的指挥了。几个伟大的政治家,立下了严厉的统治的训条。整个汉民族,驯良的在被统治之下者凡二百六十余年。但清民族不久也渐渐的腐败了。他们吸收了整个的汉文化。当西洋人屡次的东来叩关时,他们便也无法应付了。从公元1842年(道光二十二年)鸦片战争失败,签订南京条约,割香港,辟福州等五口为通商口岸起,几乎是无时不在外国兵舰的威胁之

承上启下

下。公元1850年到1864年间的太平天国的起义,曾掀起了大规模的社会革命运动,但为期甚短,不能开花结果。甲午(1894年)中、日战争之后,中国几成了四面楚歌的形势。要港纷纷的被列强租借去。北方几省虽有义和团的反抗外力运动,其努力却微薄之极,经不起"八国联军"的打击。但因此屡败的结果,革新运动却在猛烈的进行着,从军备的改革,新机械的采用,到教育制度、政治制度的革命,其间不过四十年。公元1911年的大革命,产生了中华民国,恢复了汉民族的自由,开始了中华各民族的团结。革新运动总算得到一个结果。自此以后,国运也并不怎样向上发展。以个人主义为中心而活动的军阀们,几有使中国陷入更深的泥泽中之概。因了欧洲大战和日本哀的美敦书的刺激,便又产生了一次比戊戌更伟大的革新运动,那便是1919年的五四运动。近代文学便告终于五四运动的前夜。五四运动以后的文学是一个崭新的东西,和旧的一切很少衔接的。五四运动的绝叫,直是快刀斩乱麻似的切断了旧的文学的生命。所以近代文学的终止,也便要算是几千年来的旧式的文学的闭幕、收场。以后的现代的文学,便是另一种新的东西了。这末猛烈的文学革命运动,这末绝叫着的"在一夜之间易赵帜为汉帜"的影响,使那崭新的若干页的中国文学史,其内容便也和以前的整个两样。

三

就其自然的趋势看来,这将近四世纪的近代文学,可划分为下列的四个时期:

第一个时期,从嘉靖元年到万历二十年(1522—1592)。这是一个伟大的小说和戏曲的时代。我们看见由平凡的讲史进步到《西游记》《封神传》;更由《西游》《封神》而进步到产生了伟大的充满了近代性的小说《金瓶梅》。我们看见昆腔由魏良辅创作出来,影响渐渐的由太湖流域而遍及南北。我们看见许多跟从了昆腔的创作而产生的许多新声的戏剧，像《浣纱记》《祝发记》《修文记》之类，我们看见雄据着金、元剧坛的杂剧的没落，渐成为案头的读物而不复见之于舞台之上。在诗和散文一方面，这时代比较显得不大活跃，但也并不落寞。我们看见正统派的古文作家们和拟古的诗文家们在作争夺战；我们也看见新兴的公安派势力的抬头。而李卓吾、徐渭诸人的出现，也更增了文坛的热闹。

第二个时期，从万历二十一年到清雍正之末（1593—1735）。这仍是一个小说和戏曲的大时代，但诗文坛也更为热闹。虽然中间经过了清兵的入关，汉民族的被征服，但文坛上的一切趋势，却并不因之而有什么变更，只不过增加了若干部悲壮凄凉的遗民的著作而已。诗和散文都渐渐由粗豪、怪诞、纤巧，而转入比较恢弘伟丽的局面中去。但因了清初的竭力网罗人才；因了若干志士学人的遁入"学问坛"里去避祸，去消磨时力，明末浮浅躁率之气却为之一变。——虽然在明末的时候，风气也已自己在转变。小说有了好几部大著，像《三宝太监西洋记》《隋炀艳史》《醒世姻缘传》之类；但究竟以改编重订的讲史为最多。因了冯梦龙的刊布"三言"，短篇的平话的拟作，一时大盛，此风到康熙间而未已。戏曲是这时期最可骄人的文体；伟大的名著，一时数之不尽。沈璟、汤显祖为两个中心，而显祖的影响尤大。"四梦"的本身固是不朽的名著，而受其影响者也往往都是名篇巨制。在这个时候，传奇写作的风尚，似乎始被许多的真正的天才们所把握到。他们的创作力有绝为雄健的，像李玉、朱佐朝等，所作都在二十种以上。洪昇、孔尚任所作也是这时代光荣的成就。

第三个时期，从乾隆元年到道光二十一年（1736—1842）。这时期戏曲的气势已由绝盛的时代渐渐向衰落之途走去，昆腔的过于柔靡的音调，已有各种土产的地方戏，不时的在乘隙向她逆击。终于古老的昆腔不能不退避数舍——虽然不曾完全被驱走。张照诸人为皇家所编的空前弘伟的《劝善金科》《九九大庆》《忠义璇图》《鼎峙春秋》诸传奇，一若夕阳之反照于埃及古庙的残存的巨像上，光景虽阔大，而实凄凉不堪。蒋士铨、杨潮观们所作，虽短小精悍，不无可

承上启下

喜,而也已不能支持着将倾的大厦了。小说却若有意和戏曲成反比例似的更显出新鲜活泼、充满精力的气象来。《红楼梦》《绿野仙踪》《儒林外史》《镜花缘》等等,几乎每一部都是可注意的新东西。诗坛的情形,也极为热闹。几个不同的宗派,各在宣传着,创作着,也各自有其成绩。散文又为复活的古文运动的绝叫所压伏。但同时潜伏了许久的六朝赋、骈俪文的活动,也在进行着。万派争竞,都惟古作是式;却没有明代的拟古运动那末样的"生吞活剥"。宋学与汉学也不时的在作殊死战。由几位学士大夫们所提议的从《永乐大典》里搜辑"逸书"的事业,廓大而成为四库全书馆的设立;《四库全书》的编纂,虽然毁坏了不少名著,改易了不少古作的面目,但使学者们得以传钞、刊布、阅读,却是"古学"普遍化的一个重要的机缘。明人的浅易的风气,至此殆已一扫而光。然而一个急骤的变动的时代快要到来了。这个古学的全盛,也许便是所谓"陈胜、吴广"般的先驱者们吧?这时代在北京和山东所刊布的《霓裳续谱》和《白雪遗音》却是极重要的两部民歌集,保存了不少的最好的民间诗歌,且也是搜辑近代民歌的最早的努力。叶堂的《纳书楹曲谱》和钱德苍《缀白裘合集》的流布,恰似有意的要结束了昆腔的运动似的。

第四个时期,从道光二十二年到民国七年(1842—1918)。就是从鸦片战争到五四运动的前一年。这是中国最多变的一个时代。都城的北京,两次被陷于英、法、美等帝国主义者们的联军之手(1860年英、法联军陷北京;公元1900年八国联军入北京)。东南、西南的大部分,全陷入太平天国起义以后所生的大混乱之中。外国的兵舰大炮,不时的来叩关,来轰炸。继而有甲午的大败,要港的被强占。但那些事实,可惜都不曾留下重要的痕迹于文学中。太平天国的建立与其失败,是一件可泣可歌的大事,却只产生了一部不伦不类的《花月痕》。义和团的事变,也只见之于林纾的《京华碧血录》及一二部短剧里。文人的异样的沉寂,实在是一个可怪的现象!西方文学名著的翻译,最后,也继了声、光、化、电诸实学的介绍而被有名的古文家林纾所领导。虽还不曾发生过什么很大的影响，至少是明白了在西方文学里是有了和司马子长同等的大作家存在着的。散文，因了时势的需要，特别的有了长足的发展。梁启超的许多论文，有了意料以外的势力。他把西方思想普遍化了。他打破了古文家的门堂。他开辟了"新闻文学"的大路。他和黄遵宪们所倡导的"新诗"运动，也经验到在旧瓶中装得下新酒的成绩。但这一切，都还不能够有着重要的伟大的影响。他们所掀起的风波，要等到五四运动以来，方才成为滔天的大浪呢。小说和戏曲在这时，俱有复由士大夫之手而落到以市民为中心之概。其一是昆腔的消沉与皮黄戏的代兴；其二是武侠小说与黑幕小说的流行。文坛的重镇，渐渐的由北京的学士大夫们而移转到上海的报馆记者们与和报馆有密切关系的文人们，像王韬、吴沃尧辈之手。这正足以见到新兴的经济势力，正在侵占到文学的领域里去。上海在这时期的后半，事实上已成了出版的中心。

这时期，正预备下种种的机缘，为后来伟大的文学革命运动的导火线，成为这个革命运动的前夜。

原载郑振铎《插图本中国文学史》，北平朴社 1932 年初版

不应存在的鸿沟
——中国文学研究中的一个问题

章培恒

中国古代文学研究和现代文学研究至今仍被作为两个并列甚或平行的学科,尽管学术界对此已有了不同看法。而在本世纪40年代及以前,中国现代文学或新文学研究并未成为独立的学科;五十年代初在大学里普遍开设了"中国新文学史"课程,接着出版了王瑶先生的《中国新文学史稿》作为教材,但当时也没有把古代文学和新文学研究分为两家,王瑶先生自己就是以对古代文学的研究颇有造诣的学者而从事新文学研究的。但后来就渐渐分割开来了。那原因说来话长,不说也罢。现在应该思考的是:在古代文学研究和现当代文学研究之间设置一条鸿沟是否合理?其利弊如何?

在我看来,这样的做法实在是害处众多而并无好处的;当前已到了必须填平这鸿沟的时候了。

大概从"四人帮"被粉碎以后,在中国内地就有一种从海外引进、在海内也不乏共鸣的议论:中国文化从五四运动起出现了断裂,到现在还没有焊接起来;文学也不例外。据说,社会上的许多负面现象都由此而起。疗治的办法是赶快向传统回归。这种声音时强时弱,看来在短时间内未必会消失。其实,早在五十年代前,胡风先生在致中共中央的意见书中就提出过新文学是从国外文学

"移植"过来的见解,这与"断裂"说在基本点上是一致的。不过胡风先生是为了捍卫"五四"新文学的战斗传统,防止新文学被旧传统所同化,而并不是要以旧传统来取代新文化。

尽管"移植"说和"断裂"说都未能提供充分的证据,而反对者也未能证据确凿地论证自己的主张。所以,在今后的一段时间内,双方恐仍只能各说各的,谁也驳不倒谁。至于一般人,就只能凭自己的直觉,爱相信哪一方就相信去。

如要真正解决问题,那就必须把中国古代文学和现当代文学的研究打通。这才能进行细致的、具有说服力的分析,进而说明"断裂"是否存在,以及倘有"断裂",这断裂状态到底是怎样的,若无"断裂",则现当代文学与古代文学之间到底存在着怎样的既飞跃又连接的关系。否则我们是会连现代文学的渊源也说不清的。这就是在古代文学研究与现代文学研究之间设置鸿沟的害处之一。

害处之二,是使古代文学研究无法完全辨认哪些是真正有生命力的东西及其演变的过程,也无法深入说明某些现象的意义所在。换言之,古代文学的研究永远是跛脚的。

在历史发展中的有生命力的东西,是指对后代产生积极影响的事物。但由于历史的发展是曲折的,所谓积极影响,不能只着眼于一时一事,而必须把眼光放远。倘若我们并不像"断裂"说者那样认为现当代文学的消极性大于积极性,那么,我们在考察中国古代文学的进程时就不能不特别重视其与现当代文学的联系。然而,由于上述鸿沟的存在,研究古代文学者的视线往往止于清末,应该特别重视的却恰恰被置于度外。其结果如何呢?这里只举两个例子。

其一,在中国古代文学研究中,长期存在着贬低六朝美文学而热烈赞扬韩愈、柳宗元的古文运动以及所谓唐宋八大家的散文的风气。但如果我们能结合现当代文学的有关情况,就会产生一些不同的思考。例如,朱自清的《荷塘月色》是现代文学中的散文名作,其中就有这样的话:"忽然想起采莲的事情来了。采莲是江南的旧俗,似乎很早就有,而六朝时为盛;……那是一个热闹的季节,

承 上 启 下

也是一个风流的季节。梁元帝《采莲赋》里说得好：'于是妖童媛女，荡舟心许；鹢首徐回，兼传羽杯。棹将移而藻挂，船欲动而萍开。尔其纤腰束素，迁延顾步；夏始春余，叶嫩花初。恐沾裳而浅笑，畏倾船而敛裾。'可见当时嬉游的光景了。这真是有趣的事，可惜我们现在早已无福消受了。"①足征他对梁元帝此赋所写的景象是何等神往，从而也就说明了他对此赋的高度赞赏。其实，朱自清的散文——包括《荷塘月色》在内——有不少是显示生活中的美的，而梁元帝的《采莲赋》及其他的好些作品都是对生活中的美的赞歌，二者本有相通之处；倘若朱自清曾从中汲取过营养，那也是很自然的事。但朱自清在现代文学研究中一直受到高度评价，而梁元帝却是在本世纪的中国古代文学研究中一直受到最严厉批判的美文学家之一，这不能不说是一种失衡的状况。

与此相对照的是：在古代文学研究中颇受推崇的唐宋八大家，除苏轼曾获得一些新文学家（例如周作人）的赞美外，其他几位的反响却并不佳，尤其是以韩愈为代表的将"文"与"道"联系起来的主张，正是"五四"新文学所激烈否定的一种文学传统，甚至可以说新文学是通过这样的否定而起步的。那么，古文运动及韩、柳等人的散文创作实践与"五四"新文学的关系究竟如何呢？他们在中国文学发展中所产生的影响到底是积极的还是消极的呢？古代文学研究中对古文运动等的评价是否有重新考虑的必要？自然，在后来——特别是五十年代以后的散文中，又出现了"明道"的倾向，但这种散文较之朱自清、废名甚至何其芳前期的散文，是前进了抑或后退了？

总之，倘若不联系现当代文学的研究，古代文学中的许多现象是难以正确把握的。

其二，在我国古代文学的后期，已出现了一些与"五四"新文学相通的成分。但也只有将古代文学与现当代文学的研究打通，才能发现它们并作准确的阐

---

① 朱自清《背影》甲辑，见朱乔森编《朱自清全集》第一卷，江苏教育出版社1988年版，第71—72页。

述。例如龚自珍的《病梅馆记》①，是一篇为梅枝被人为地扭曲而悲哀、并渴望解放其束缚的作品，研究者早就发现了其中含有对个性自由发展的要求，而这种要求也就是"五四"新文学的基本精神之一。然而，它是否对"五四"新文学发生过影响，这却又只能从新文学作品中去寻找答案了。而我们若不在古代文学与现代文学研究之间设置鸿沟，答案其实也不难找到。作为新文学最早小说之一的俞平伯的《花匠》②，写了这样的情景："我"于清早到一家花圃去，看见花匠正在人为地扭曲花枝，因而感到很悲哀；正在此时，一位大款携带了十几岁的女儿也来花圃赏花，女儿已在他的鼓励下打了一夜的牌，满面倦容和不愉快的神色。作品的意思是：这位大款也是"花匠"，正如花匠扭曲花枝一样地在扭曲他女儿的心灵。小说的前半部分显然与《病梅馆记》有其共同点，后半部分则将《病梅馆记》暗含的题旨公开化并深化了。鲁迅在编《中国新文学大系·小说二集》时，收入了此篇，并把它编列于紧接着鲁迅自己作品之后的第一篇，可见是把它视为新文学早期很值得重视的代表性作品之一的。这不但说明了龚自珍曾对新文学产生过积极的影响，而且也从一个方面显示了中国古代文学与"五四"新文学之间的联系。这种情况也就从反面证明了不把古代文学与现代文学研究打通的危害性。

上述鸿沟的害处之三，是使我们不能准确地把握和估价现当代文学的重要现象，从而也就不能获得对现当代文学的恰如其分的理解。

与"断裂"说者的意见不同，我认为现当代文学与古代文学的传统从未断裂过，不过我不是指恪守儒学的、道貌岸然的文学作品的传统，而是指具有鲁迅所谓"撄人心"（《摩罗诗力说》）功能的文学的传统。因此，在研究现当代文学作品时，如果撇开了古代的相关作品，就很难把问题说清楚。这里也举两

---

① 王佩诤校《龚自珍全集》第三辑，上海古籍出版社1999年版，第186—187页。
② 载《新潮》1919年4月第一卷第4号。

承上启下

个例子。

　　第一个例子是巴金先生的《家》。这种以大家庭为题材的小说,很自然地使人想起《红楼梦》。而且这两部作品也确有其可比性。例如,《家》中写了觉慧与鸣凤的恋爱,而《红楼梦》中有贾宝玉与晴雯的恋爱。觉慧与贾宝玉都是作品里的新人的形象,也都是少爷,鸣凤和晴雯均是丫头的身份,而且均对那作为新人的少爷存在着某种程度的理解和同情,最后同样遭迫害而死,恋爱以悲剧告终。无论巴金在写《家》时是否受过《红楼梦》的影响,但既然觉慧、鸣凤的恋爱与宝玉、晴雯的恋爱之间存在着上述的共同点,那就正是考虑《家》与《红楼梦》在艺术上的异同的好题目。我们也许还能以此为突破口,进一步了解巴金在艺术上较之古代文学中的他的前辈有了什么新的创造。但由于未能把古代文学与现代文学的研究打通,对于像巴金这样很值得尊重的现代文学史上的重要作家,我们至今仍只能知道他的思想与古代文学作家的不同,却说不出他在整个中国文学发展过程中的艺术上有什么新的创造。虽然存在着好多可以解决这问题的课题(例如上面所说的),却都轻易放过了。也正因此,我们现在至多只能说明巴金在现代文学史上的地位,却无法确定其在中国文学史上的贡献。——顺便说一下,正因对现当代作家的评价只是就其在现当代文学中优于其他各家之处而言,却不是置于中国整个文学发展过程中去考察其成败得失,所以,从1918年新文学产生以来直到今天的七十年(我把"文革"期间作家不能创作的十年扣除了)中,有了很多伟大、杰出、优秀的作家,远远多于历史上的任何一个七十年。

　　第二个例子是现代诗人戴望舒的名篇《雨巷》。他在这首诗中写道:"撑着油纸伞,独自/彷徨在悠长,悠长/又寂寥的雨巷,/我希望逢着/一个丁香一样地/结着愁怨的姑娘。""她是有/丁香一样的颜色,/丁香一样的芬芳,/丁香一样的忧愁,/在雨中哀怨,哀怨又彷徨。""像梦中飘过/一枝丁香地,/我身旁飘过这女郎;……""在雨的哀曲里,/消了她的颜色,/散了她的芬芳,/消散了,甚至她的/太息般的眼光,/她丁香般的惆怅。"①像这样的意象,实源于南唐中主李璟的《浣溪纱》:"手卷真珠上玉钩,依前春恨锁重楼。风里落花谁是主,思悠悠。

青鸟不传云外信,丁香空结雨中愁。回首绿波三楚暮,接天流。"②词里的"丁香"句本是拟人化的写法,实即隐指"重楼"里深受"春恨"折磨的女性。所以,《雨巷》的那位在雨中"丁香一样地""结着愁怨的姑娘",显从此词的"丁香空结雨中愁"化出。至于"丁香一样的颜色""丁香一样的芬芳",当然也是原词已有的寓意,但经戴望舒这样一强调,就使读者有了更深的感受。同时,原词的"风里"句也是用来比拟这位女性的;而"风里落花"当然含有飘泊之意。可见,戴望舒诗中的"飘过""一枝丁香",乃是由此生发而把丁香想像为落花的。接着的"在雨的哀曲里""消了她的颜色""散了她的芬芳",又正是雨中落花的命运。总之,如果不是对李璟此词有较深的理解,我们就不能知道戴望舒这一名作在古代文学中吸收了什么,是怎样吸收的,也不能准确地估价戴望舒此诗有什么新的创造。但如不把古代文学和现代文学的研究打通,这样的工作是难于开展的。

综上所述,这条鸿沟的存在,对古代文学和现代文学的研究都具有很大的危害性;填平以后,则将对二者的研究都产生积极的推动作用。那么,是否有可能将它填平呢?有人也许会说:古代文学本身的研究都还没能打通,哪里谈得上打通古代文学与现代文学的研究?确实,到今天为止,古代文学研究者所从事的往往是断代的研究。但因处于同一个学科之内,这种断代研究经常是相互交叉的。例如,有的研究先秦两汉文学,有的研究汉魏六朝文学,有的研究六朝隋唐文学,等等,把研究者的成果综合起来,我们仍然可以较具体地了解从先秦到清末的文学发展过程以及这一过程中的承先启后的线索。而古代文学研究与现代文学研究是两个学科,前一个学科的终点是后一个学科的起点,不存在

---

① 梁仁编《戴望舒诗全编》,浙江文艺出版社1989年版,第27页。
② 张璋、黄畲编《全唐五代词》卷四《五代词》,上海古籍出版社1986年版,第437页。

承上启下

上述的交叉情况。于是,研究古代文学到现代文学的发展过程及其间的种种复杂关系,既非前一个学科的研究者能力所及,也非后一个学科的研究者所胜任,只好大家都不管。而如能把这种两个学科的格局打破,纵然仍用断代研究的办法,也可把明清与现当代文学综合起来研究。这样,我们至少可以将现当代小说对明清小说的继承发展关系之类的问题搞清楚,而且也不增加研究的难度。因为,在习惯上,古代文学中的断代研究常把元明清文学作为一个阶段,其研究对象是前后共 632 年(1279—1911)的文学,而自明王朝建立至本世纪末也正好 632 年。至于在分体文学的研究(例如诗歌史、散文史)中,把在中国文学史上真正站得住的现当代的作品包括在内,也非不能做到的事;像上述戴望舒诗那样的课题,就可以在分体研究中去解决。所以,填平鸿沟之举,不但是必须的,而且也是做得到的。

原载 1999 年 2 月 6 日《文汇报》

关于中国现代文学的开端

——兼及"近代文学"问题

章培恒

《复旦学报（社会科学版）》2001年第1期所载谈蓓芳教授的《再论中国现当代文学的分期》和陈思和教授的《试论90年代文学的无名特征及其当代性》，都对目前较为流行的以1949年作为中国现代文学的下限和当代文学的上限的见解提出了异议，虽然他们两位对现代文学下限的具体看法还有所不同——谈文认为20世纪90年代已非纯粹的现代文学时期，陈文则认为现代文学时期一直延续到今天。我赞同他们的上述异议，并以为将中国现代文学的上限定在1917年或1919年——这同样是颇为流行的主张——也并不恰当，似以按照谈文所提出的，划在20世纪初为宜。但这又牵涉到了另一个问题——"近代文学"问题。通常将1840年鸦片战争以后至1919年"五四"运动爆发以前的数十年间作为中国的"近代文学"时期；既然如此，则将1919年的"五四"运动作为中国现代文学的开始，或将1917年作为现代文学的开端而把1917—1919年作为近、现代文学的交替期，自都是顺理成章的事。但在实际上，这种以1840年为起点、以1919年为终点的所谓"近代文学"时期就很可疑。因此，本文对这一问题也将附带涉及。

……

承上启下

一

有了对新文学特征的上述认识,就可以进而考察20世纪初到文学革命前的文学演变与新文学之间的关系了。简要地说,就是:在这期间的文学中出现了较明显的新的成分,这种成分的壮大及其综合必然要走向新文学,问题只是时间的迟早而已。更明确地说,即使没有胡适、陈独秀等人的提倡,根据此一趋势,与现有的新文学同类的文学也必将在中国出现,尽管也许会略迟几年。

这种新的成分与稍后的新文学的相通之处,除了其共通的局限之外,主要有以下三点:

第一,对于以个人为本位的人性解放要求的萌发。这在当时的文学思想和创作中都可以看到。

就文学思想而言,表现得最突出的是鲁迅作于1907年的《摩罗诗力说》。

他认为文学中最伟美的就是摩罗诗派:

> 摩罗之言,假自天竺,此云天魔,欧人谓之撒但,人本以目裴伦(G.Byron)。今则举一切诗人中,凡立意在反抗,指归在动作,而为世所不甚愉悦者悉入之……大都不为顺世和乐之音,动吭一呼,闻者兴起,争天拒俗,而精神复深感后世人心,绵延至于无已。……固声之最雄桀伟美者矣。①

至于这种诗歌对中国的不可或缺的巨大作用,则见于他的如下论述:

> 中国之治,理想在不撄……有人撄人,或有人得撄者,为帝大禁……有人撄我,或有能撄人者,为民大禁……夫心不受撄,非槁死则缩朒耳,而况实利之念,复黏黏热于中,且其为利,又至陋劣不足道,则驯至卑懦俭啬,退让畏葸,无古民之朴野,有末世之浇漓,又必然之势矣……②

---

① 鲁迅《坟》,《鲁迅全集》卷一,人民文学出版社1981年版,第66页。
② 同上,第68—69页。

> 盖诗人者,撄人心者也。……握拨一弹,心弦立应,其声激于灵府,令有情皆举其首,如睹晓日,益为之美伟强力高尚发扬,而污浊之平和,以之将破。平和之破,人道蒸也。①

总之,在他当时看来,中国的人性是堕落的;这并不是中国人与别国的人本就不同,而是人心受"不撄"的"理想"的束缚,以致"槁死"与"缩朒";而诗则能打破这种可悲的局面,推进人格,那"最雄桀伟美"的摩罗诗对此自然具有最巨大的作用。由此可见,他既已对"人性的解放"——从"不撄"的理想及由此派生的一切制度、措施的束缚下解放出来——抱着热切的要求,也对文学为此而作出的贡献给予高度的肯定,并渴盼中国文学沿着这样的道路行进。

在这里需要补充的是:他所倡导的"争天拒俗"的摩罗诗,乃是立足于个人的自觉、充分地张扬个性的文学。这从他对于作为摩罗诗"宗主"的裴伦的如下介绍中也可见一斑:"其前有司各德(W.Scott)辈,为文率平妥翔实,与旧之宗教道德极相容。迨有裴伦,乃超脱古范,直抒所信,其文章无不函刚健抗拒破坏挑战之声。平和之人,能无惧乎?于是谓之撒但。"②所谓"直抒所信",乃是"直抒"其个人之"所信",所以这乃是以个人而力抗"古范"、向一切"挑战"。鲁迅在同年所作的《文化偏至论》中曾经憧憬于"国人之自觉至,个性张,沙聚之邦,由是转为人国"③,裴伦就正是"自觉至,个性张"的典型,而其诗歌也就在引导人走向此一境界。

鲁迅的这种认识,实是时代思潮的集中体现。在这前后的中国文学作品——严格意义上的文学作品——中,也可看到类似的因素,尽管在程度上显有高下之别。这里只举两个例子:1903 年在《江苏》杂志发表的麒麟《孽海花》④

---

① 鲁迅《坟》,《鲁迅全集》卷一,第 68 页。
② 同上,第 73 页。
③ 同上,第 56 页。
④ 麒麟为金天翮(1874—1947)的笔名。《江苏》所载《孽海花》仅二回,由金氏独撰。与后来由小说林社发行、署"爱自由者起发、东亚病夫编述"的《孽海花》颇有不同。后者经东亚病夫(曾朴)之手,较之《江苏》所载显已后退了。

承上启下

和1912年起在《民权报》连载、1913年出版单行本的《玉梨魂》。

麒麟的《孽海花》第一回以"奴乐"岛来象征中国,说岛上"终年光景,是天低云黯,半阴不晴,所以天空新气,是极缺乏底。列位想想:那个人所靠着呼吸的天空气,犹之那国民所靠着生活的自由,如何缺得?因是一般国民,没一个不是奄奄一息、偷生苟活;因是养成一种崇拜强权、献媚异种的性格,传下一种怎么运命、怎么因果的迷信;因是那一种帝王,暴也暴到吕政、成吉斯汗、飞蝶南、路易十四的地位,昏也昏到隋炀帝、李后主、查理士、路易十六的地位,那一种国民,顽也顽到冯道、范文程的地位,秀也秀到扬雄、钱谦益的地位。……从古没有呼吸世界自由的空气,那国民却自以为是有吃着,有功名,有妻子,是自由极乐之国"①。这种对于人性的堕落的揭露,与《摩罗诗力说》所谓"卑懦俭啬,退让畏葸"等显然是相通的。至其所揭示的堕落之故——"从古""极缺乏""天空新气"(作者为怕读者不理解这是一种象征性的说法,又特地进一步点明此种"天空气""犹之那国民所靠着生活的自由"),也与《文化偏至论》并无根本性的矛盾,二者都是从中国自古以来的独特社会形态中去寻找人性堕落的原因的,虽然其所认为的具体原因未必相同。——在这里可以顺便一说的是:麒麟的《孽海花》是奉邹容和章太炎——《革命军》的作者和为之写序的人——为"自由神"的(这在署"爱自由者起发、东亚病夫编述"的《孽海花》文本中被曾朴删去了)②,故其在这方面的看法当大抵本于《革命军》。

当然,作为小说,其重点应在具体的描写而不在抽象的说明。但它在第二回的后半中,已经提供了一段相当出色的描写:同治五年,苏州的三个士人在茶

---

① 麒麟《孽海花》,《中国近代小说大系》第42册《孽海花(附:〈鲁男子〉)》,百花洲文艺出版社1996年版,第275—276页。

② 麒麟《孽海花》第一回:"到了一千九百零三年,……到说中国新近天降下二位自由之神。据做书人的眼光看来,这神那里是自由,却是一般不自由之鬼罢了。因为那神的丈六金身,已经拼为自由牺牲去的。然而那全国的人,因此哄动起来,内中有个爱自由者闻信,特地奔到上海来,要顶礼膜拜自由神,却不知这神在何处,问了一问讯,都像有不敢说的样子。"(同上,第276页)按,邹容与章太炎于1903年在上海入狱,并引起全国哄动。这"二位自由之神"显指他们而言。

/026/

馆中大谈科举。第一个——老者——夸耀苏州所出状元之多,并说"如今那圆峤巷的洪文卿也中了状元了,好不显焕"。第二个——中年人——立即附和,并进而声称"苏州状元的盛衰,与国运很有关系",惹得那老者也为之"愕然",并向他"请教"。于是中年人娓娓而谈苏州状元盛衰的历史,其结论则是"如今这位圣天子中兴有道,国运是要万万年,所以这一科的状元,我早决定是我苏州人"。第三位——少年——除了对那中年人的话表示由衷佩服以外,又赞美新中状元者的学问:"我那文卿同窗兄的学问,实在数一数二。文章书法,是不消说;史论一门,《纲鉴》烂熟,又不消说。我去年看他在书房里校那《元史》,怎么奇渥温、本华黎、秃秃等名目,我懂也不懂,听他说得联联翩翩,好像洋鬼子话一般。"那老者又"正色"纠正他:"你不要瞎说,这不是洋鬼子话,这大元朝我仿佛听得就是大清国,你不听得当今亲王大臣不是叫做僧格林沁、阿拉喜崇阿吗?"①这一大段对话,声口逼肖,其由此而显示人物的不学无术,固然是《儒林外史》的传统(如该书所写张静江、范进之争论刘基在洪武间举进士的年份②),而从中见出人性的卑污愚暗,却已与新文学中有些优秀之作的类似描写——例如鲁迅小说《药》之写茶馆里那些闲人关于夏瑜的谈话——有其相通之处了。这并不意味着鲁迅曾受其影响(目前也并无资料足以证明此点),但却可以窥见这两篇作品都隐含着对由此显示的人性堕落的悲愤。

至于《玉梨魂》,虽被视为鸳鸯蝴蝶派小说的巨擘并受到过不少新文学家的批判,但其实是一部在文学史上很值得重视的作品。书中写的是:青年寡妇梨影与其孩子的教师梦霞之间产生了爱情,而且十分强烈。但她服膺礼教,不愿有非分之行,又不忍梦霞为自己而断送一生幸福,遂设法说动公公,将小姑筠倩许配给了梦霞。她自以为这是三全其美之举——自己既可保全清白,梦霞和筠

---

① 麒麟《孽海花》,《中国近代小说大系》第42册,第281—282页。
② 刘基是在元末帮着朱元璋打天下的,到朱元璋建立明朝、以洪武为年号时,刘基已是大官,哪里会去参加进士考试?

承 上 启 下

倩又都得了理想的配偶,但梦霞在订婚后,对梨影的爱情丝毫未减,痛苦反而更深。筠倩是个学生,"自入学以来,即发宏愿,欲提倡婚姻自由,革除家庭专制,以救此黑狱中无数可怜之女同胞",并且立志"以身作则,为改良社会之先导",只是她不忍伤老父之心,却不过梨影的情意,加以对梦霞也无恶感,便勉强答应了下来。但由于这种婚姻原是违背自己素志的,她深感自己"已似沾泥之絮,不复有自主之能力",素日"心愿""已尽付东流,求学之心,亦从此死矣"①。这之后就辍学家居,心情抑郁。梨影很快发觉了二人的这种情况,极为愧悚,遂故意糟蹋身体以求死,旋即病故。而筠倩则随着时光的流逝,悲哀越来越重,感到自己"好好一朵自由花,遽堕飞絮轻尘之劫,强被东风羁管。快乐安在?希望安在?从此余身已为傀儡,余心已等死灰"②。不久也就去世。梦霞受此重大刺激,决意自寻死路,但不愿使生命毫无价值地消失,便参加革命,走上战场,虽受了致命重伤,仍力毙三人而死。

作品在对梨影的处理上,显然反映了新旧思想的冲突。它对梨影与梦霞之间为礼教所不容的爱情是肯定的,但对梨影的不愿进一步违背礼教而失身的心情与行为又是赞美的。虽是书中追求人格独立最为突出的筠倩,对此所作评价,也是"韶华未老,欢爱已乖(指梨影的早寡。——引者),莲性虽驯,藕丝难杀,深闺寂处,伤如之何?名士坎坷,佳人偃蹇,相逢迟暮,未免情牵,此不足为梨嫂病也!况乎两下飘零,相怜同命,一身干净,未染点污,虽涉非分之讥,要异怀春之女,发乎情止乎礼义,感以心不以形迹,还珠有泪,赠珮无心,其痴情可悯,其毅力足嘉,彼司马、文君,应含羞千古矣"③。这其实也体现了作品的基本思想。但既然这种与礼教相矛盾的爱情是不应加以否定——"此不足为梨嫂病也"——的,可见礼教并非神圣不可侵犯,其本身的合理性原本是个问题,那么

---

① 徐枕亚《玉梨魂》,《中国近代小说大系》第70册,百花洲文艺出版社1993年版,第148—149页。
② 同上,第195页。
③ 同上,第184页。

以这种爱情为基础而进一步产生结合的要求并使之实现,在逻辑上自然也应给以肯定,为什么要为了那种其本身的合理性还存在问题的礼教而由自己去扼杀这一要求并造成如此的惨剧呢?由此而言,梨影的行动可谓自误误人,可怜复可憎了。所以,作品的主观意图是表彰梨影的"发乎情止乎礼义",但其客观效果则是引起广大读者(此书出版单行本后,曾接连再版二十余次,印数达数十万册)对其爱情的同情,至于是否赞同她的"止乎礼义",却不免各有各的看法了。在《玉梨魂》的姊妹篇《雪鸿泪史》(那是以何梦霞日记的形式出现的)卷首所载《题词》中,杨昌国的《满江红》即有"鸿雪因缘难再证,无端竟把芳魂瘗"①之语,认为梨影之死是没有来由的;这无异是对作品的赞扬梨影为"止乎礼义"而死所提出的异议。以揄扬作品为主旨的《题词》里尚且有这样的看法,更遑论其他的读者。所以,此书在客观上是通过梨影自造的悲剧而对心灵被礼教禁锢——人性被礼教扼杀——的惨酷有所暴露的,只是不仔细观察、思考或自身心灵被礼教禁锢甚深者不易感受到而已。而这种客观上的暴露作用的存在,则首先是因为作者已对这种爱情作了肯定之故。

再就书中另一人物筠倩来看,她的争取人格的独立和自由,以及在勉强同意婚事后的内心的痛苦,也是能引起读者同情的;但梨影劝她允婚,只是动之以情,她的父亲在这件事上根本就没有出面,她的勉强同意与梦霞成婚,正说明了她在精神上还没能强大到摆脱亲人感情的羁縻而独立。如果衡以上文所引郁达夫的话,可以说她已初步"发见"了"自我",意识到人应"为自我而存在"。但她未能坚持始终,在婚姻问题上又强我就人;而她到底已开始觉醒,所以在这以后又为自我的丧失而深感痛苦,以至郁郁以终。在这里,我们不仅看到了一个初步觉醒的女子的执着、软弱和内心的矛盾,并且又一次看到了心灵被桎梏所酿成的悲剧,而且还可由此了解,桎梏心灵之物远非礼教和专制所能概括,在封

---

① 徐枕亚《雪鸿泪史》,《中国近代小说大系》第70册,第563页。

建的家庭关系里形成的所谓亲人间的感情也是其中之一。其实,鲁迅在青年时期的那次悲剧性的婚姻与筠倩的这一婚姻悲剧之间不也存在着某种相通性吗?

从这一类例子可以明白,"人性的解放"的要求在20世纪初至文学革命前夕的文学里是已经出现了的,虽未形成文学革命后那样的潮流,但却是其滥觞。

第二,在自觉地融入世界现代文学的潮流方面,这一时期也已有了相应的表现。

其中最突出的是文学思想,而其最早的代表则是梁启超。

早在其1899年所作的《汗漫录》(后改名《夏威夷游记》)中,梁启超就提出了"诗界革命"的口号[1],要求诗歌的"新意境""新语句"——"欧洲之意境语句",而且,他认为直至当时为止,中国诗中还没有真能满足此种要求的诗人,那是因为"即以学界论之,欧洲之真精神真思想尚且未输入中国,况于诗界乎?此固不足怪也"。为了改变这种局面,他自告奋勇:"吾虽不能诗,惟将竭力输入欧洲之精神思想,以供来者之诗料可乎?"在该文中,他还号召文人以日本德富苏峰(1863—1957)的"善以欧西文思入日本文"的作品为借鉴:"德富氏为日本三大新闻主笔之一,其文雄放隽快,善以欧西文思入日本文,实为文界开一别生面者,余甚爱之。中国若有文界革命,当亦不可不起点于是也。"[2]不过,什么是"欧洲之意境语句"和"欧西文思",当时的梁启超其实也并不了然。所以这只能表明他在该年已有了引导中国文学融入西方现代文学的愿望,但对具体怎样融入,却未必有什么方案。

他在文学思想上对西方观念开始有所认识,当始于1901年。他在此年11月《清议报》第99册上发表了《烟土披里纯》一文,把作家在创作上的成就之获得均

---

[1] 关于"诗界革命"的起源与发展,可参看陈建华氏《"革命"的现代性——中国革命话语考论》(上海古籍出版社2000年版)中关于"诗界革命"的各篇论文。

[2] 梁启超《汗漫录》,《清议报全编》卷七第二集丙《名家著述》,《近代中国史料丛刊》三编第十五辑,文海出版社1986年版。

归因于"烟士披里纯"。这是我国文学史上最早的对 inspiration(意为灵感,"烟士披里纯"是其音译)的输入,作为新文学社团之一的弥洒社在其1923年出版的《弥洒》月刊第一期的《宣言》中声称"我们一切作为只知顺着我们的 inspiration",则已在梁启超此文的二十余年之后了。尽管梁启超此文曾被秦力山斥为对德富苏峰的在推进日本明治时期浪漫主义文学上影响颇大的名篇《インスピレーシヨン》的剽窃①,但并不能因此而否定梁启超在当时已接受了此种观点并加以阐扬。

他在1902年发表于《新小说》第一号上的《论小说与群治之关系》是一篇影响巨大的论文。文中对小说的社会作用给予极高的估价,并提出了"小说界革命"的口号;在他的推动下,掀起了一轮小说创作的热潮。他的提高小说的社会作用、地位和在社会上激起小说创作的巨大浪潮对新文学的积极影响,已成为文学史研究者的共识;他的理论中受传统文学观念的羁绊而导致的负面作用,也已为近来的文学史研究者所注意。我在这里想补充的是:他在该文中所显示的对文学性能的认识,是与文学革命时期的为人生的艺术派相通的。

> 凡人之性,常非能以现境界而自满足者也。而此蠢蠢躯壳,其所能触能受之境界,又顽狭短局而至有限也。故常欲于其直接以触以受之外,而间接有所触有所受,所谓身外之身,世界外之世界也。……小说者,常导人游于他境界,而变换其常触常受之空气者也。此其一。人之恒情,于其所怀抱之想像,所经阅之境界,往往有行之不知、习矣不察者;无论为哀为乐、为怨为怒、为恋为骇、为忧为惭,常若知其然而不知其所以然。欲摹写其情状,而心不能自喻,口不能自宣,笔不能自传。有人焉和盘托出,彻底而发露之,则拍案叫绝曰:"善哉善哉,如是如是。"所谓"夫子言之,于我心有戚戚焉"。感人之深,莫此为甚。此其二。此二者实文章之真谛,笔舌之能事。苟能批此窾、导此窍,则无论为何等之文,皆足以移人。而诸文之中能

---

① 见冯自由《革命逸史》第4集所收《日人德富苏峰与梁启超》,台湾商务印书馆1969年版。インスピレーシヨン为英文 inspiration 的日译名。

承上启下

极其妙而神其技者,莫小说若。故曰小说为文学之最上乘也。①
这就意味着:文学的性能在于使读者扩大和加深对人生的体味,从而受到感动(所谓"感人之深,莫此为甚"),以满足人性——"凡人之性"——的要求。具体地说,此段文字所提出的第一点,是说文学能把读者带领到"其所能触能受之境界"以外的广大的领域,也就是扩大了他们对人生的感受;至其第二点,则是说文学能引导读者获得对人生的深切感悟,与鲁迅在《摩罗诗力说》中所指出的"(文学)虽缕判条分,理密不如学术,而人生诚理,直笼其辞句中,使闻其声音,灵府朗然,与人生即会。如热带人既见冰后,曩之竭研究思索而弗能喻者,今宛在矣"②,可谓若合符节。而梁启超这种认识所依据的,显然是19世纪的西方文艺思想,而非中国的传统文艺观。

至于当时在这方面水平最高的论文,自是鲁迅作于1907年的《摩罗诗力说》(作为其思想基础的,则是《文化偏至论》)。其对世界现代文学的了解和对以此为借鉴来改变中国文学的现状的认识,至少较之文学革命第一个十年间的任何一篇论文都并不逊色。

在文学创作上,融入世界现代文学潮流的努力虽不如文学思想的明显,但也不无朕兆。就精神层面言,如梁启超诗歌《举国皆我敌》,竟然高唱"渺躯独立世界上,挑战四万万群盲"③,以"举国"的公敌自居,这和易卜生的颂扬"国民公敌"显有相通之处④,而蒋智由的《卢骚》一诗,一开始就把卢骚与世人相对立——"世人皆欲杀,法国一卢骚",接着却对他大加歌颂:"《民约》倡新义,君威扫旧骄。力填平等路,血灌自由苗。文字收功日,全球革命潮。"所以,此诗实是对举世公敌的赞美,与梁启超的《举国皆我敌》异曲同工。再就技巧层面言,如

---

① 梁启超《论小说与群治之关系》,《梁启超全集》卷四,北京出版社1999年版,第884页。
② 鲁迅《坟》,《鲁迅全集》卷一,第72页。
③ 《梁启超全集》卷十八,第5425页。
④ 易卜生不仅是20世纪初叶中国的进步文化人所热情关注的欧洲作家,而且《新青年》还在1918年出过《易卜生号》(第4卷第六号),译载了他的《国民公敌》和《娜拉》。

《新小说》第 8 期起开始连载法国鲍福(Bafon)的小说《毒蛇圈》,这是以倒叙手法开头的;译者周桂笙恐怕西方小说的这种手法不易为中国读者所接受,特地介绍了它的好处,并说"此亦欧西小说家之常态耳";而从《新小说》第 12 期起开始连载的吴趼人——周桂笙的好友、周译《毒蛇圈》的评者——的小说《九命奇冤》,其开头也用倒叙法,显然是对此种手法的有意识的学习。同书还出现了颇为细致的心理描写,也是作者受外国小说影响的结果。①

第三,在对文学本身特征的重视和探索方面,也已有了令人注目的开端。

这首先表现在对文学性能的认识上。中国传统的文学观,主要为载道、言志二派,都仅仅把文学作为他者的工具;另有尚情崇美一派,虽较注重文学本身的特征,但也未能深探其源,而且常被人作为批判的对象。在创作实践中,固然出现过不少杰出的作家作品,在理论上却远未能以此为依据而阐释文学本身的特征。因此,到 19 世纪末,从中国传统的文学理论中尚无从引出通向新文学的观点。但如上所述,梁启超对文学性能的认识,已含有与新文学中的人生派相通的部分,他对"烟士披里纯"的阐扬,也与 20 年代为艺术而艺术的一派——例如弥洒社——的主张不无相契之处。至于鲁迅《摩罗诗力说》在这方面的认识,实已与后来文学革命者的观点没有实质性的差别:"由纯文学上言之,则以一切美术之本质,皆在使观听之人,为之兴感怡悦。文章为美术之一,质当亦然,与个人暨邦国之存,无所系属,实利离尽,究理弗存。……盖世界大文,无不能启人生之閟机,而直语其事实法则,为科学所不能言者。……故人若读鄂谟(Homeros)以降大文,则不徒近诗,且自与人生会,历历见其优胜缺陷之所存,更力自就于圆满。"不仅如此,鲁迅还对于以道德来束缚文学的论者作了严厉的抨击。他概括此等论者的观点说:"所谓道德,不外人类普遍观念所形成。……诗与道德合,即为观念之诚,生命在是,不朽在是。非如是者,必与群法僻驰。

---

① 《九命奇冤》的上述两个特点。可参考郭延礼研究员《中国近代文学发展史》第 2 册,山东教育出版社 1991 年版,第 1262—1266 页。

承 上 启 下

以背群法故,必反人类之普遍观念;以反普遍观念故,必不得观念之诚。观念之诚失,其诗宜亡。"其结论是:"无邪之说,实与此契。苟中国文事复兴之有日,虑操此说以力削其萌蘖者,当有徒也。"[1]这不仅是基于他对文学性能的上述认识,而且还预见了随着中国文学的发展所必将展开的文学斗争的一种形态,而新文学产生以后的历史也生动地证明了这一点。——鲁迅于1922年所写的《反对"含泪"的批评家》(收入《热风》)就是这种斗争的一支小插曲。

其次是对文学本身特征——尤其是形式及作为其工具的语言——的强调。

梁启超在1903年《新小说》第七号上的《小说丛话》专栏中说:"文学之进化有一大关键,即由古语之文学变为俗语之文学是也。"他在这里所说的"文学",是广义的,不只是小说之类的严格意义上的文学。但他在同一专栏中又说:"凡一切事物,其程度愈低级者则愈简单,愈高等者则愈复杂,此公例也。故我之诗界,滥觞于《三百篇》,限于四言,其体裁为最简单。渐进为五言,渐进为七言,稍复杂矣。渐进为长短句,愈复杂矣。长短句而有一定之腔,一定之谱,若宋人之词者,则愈复杂矣。由宋词而更进为元曲,其复杂乃达于极点。"[2]所以他得出结论道:"自宋以后,实为祖国文学之大进化。"这却纯是从严格意义上的文学而言。这也就意味着:文学的进化,是形式上的由简单到复杂的过程,而在这过程中,语言的由"古语"而变为"俗语"又是其一大关键。

就文学本身的特征说,实在离不开它的形式。因此,没有了文学的形式,也就没有了文学的内容;而文学的美则是通过形式而表现出来的。所以,梁启超的这种对形式及作为其工具的语言的强调,实际上也是对文学自身特征的强调。

需要说明的是:对于"俗语"——白话文的提倡并形成热潮,虽然始于19世纪的最后几年。但当时所看重的,是白话的通俗性以及由此而来的易于为文化

---

[1] 鲁迅《坟》,《鲁迅全集》卷一,第71—72页。
[2] 《新小说》第七号,1903年,第166、171—172页。

程度低的人所接受的特点，而不是从文学价值上立论的。即使是很受推崇的裘廷梁作于1897年的《论白话为维新之本》，也并不涉及白话能否提高文学——无论其为诗文或小说戏曲——的艺术水平的问题。所以，梁启超的这种理论较之19世纪末的有关论说是一种新的重大进展。

再次，是在创作实践上的收获。

这主要表现在白话文运用的纯熟。第一，中国以前的白话文的成就，集中体现在小说上，尤以《儒林外史》、《红楼梦》最为杰出。在这之后的白话小说中，语言上较有特色的，是《儿女英雄传》《三侠五义》和《海上花列传》。但前两种为评话体，虽也不无生动之处，在写人、叙事上却都是粗线条的，较之《儒林外史》《红楼梦》的细腻深入，相差甚远；《海上花列传》为吴语小说，另是一路。直到1903年刘鹗的《老残游记》出现，才在叙事写景上作了新的开掘。如其第二回的写白妞说书、第十二回的写景，其精致细密都已超越《儒林外史》《红楼梦》，显示了在驾驭白话文能力上的大幅度提高。第二，到19世纪末止，中国的白话文在抒情、言志上并无值得称道的文章。但从20世纪初开始，在这方面也有了长足的进展。其中最突出的是秋瑾。郭沫若氏在1942年所作《娜拉的答案》中曾高度评价秋瑾用白话写的《敬告中国二万万女同胞》，除称赞其文字"相当巧妙"外，并谓其"在目前似乎也还是没有失掉它的新鲜味"。

综上所述，就新文学的三个主要特征而论，在20世纪初至文学革命前这一阶段的文学中，已经各各存在着与其相通的因素。所以，把它视为新文学的酝酿期而列入现代文学的范畴似乎是适宜的。

二

一般说来，在前一时期文学的后一阶段出现若干与后一时期文学相通的因素也是正常的事；那么，为什么不把20世纪初至文学革命前的文学列入"近代

承上启下

文学"的后阶段而要把它视为现代文学的初期呢？那是因为：第一，就中国文学史来看，从1840年至1919（或1917）年能否作为一个自成起讫的历史时期——"近代文学"时期——本就是一个问题；第二，从19世纪末至20世纪初，在文学发展上产生了一个飞跃，从而不可能把这前后的文学列入同一时期。

先说前者。

在把1840年至1919（或1917）年的文学划为"近代文学"时，不得不把龚自珍作为最早的代表。因为除了龚自珍以外，没有人可以作为"近代文学"的开创者。然而，龚自珍不但在1841年就已去世，而且，在被作为龚自珍的代表作的诗文中没有一篇是作于1840年或其后的，所以，如果把龚自珍作为文学史上一个时期的最早的代表，那么，这一时期就不应从1840年开始，而必须提前二十余年。而且，龚自珍文学中最新颖的成分，在中国文学史上是有其明显的渊源的。例如，对于自我的重要性的强调，从历史发展的角度来看，这确是其作品中有价值的东西。但是，在他写出"众人之宰，非道非极，自名曰我。我光造日月，我力造山川。……我气造天地，我天地又造人"①之类文句之前，廖燕在清初的《三才说》中早就说过："我生，天地始生。我死，天地亦死。我未生以前，不见有天地，虽谓之至此始生可也。我既死以后，亦不见有天地，虽谓之至此亦死可也。非但然也，亦且有我而后有天地，无我而亦无天地也；天地附我以见也。"②再如，龚自珍对于封建专制主义下的"一人为刚，万夫为柔"的现实表现了强烈的愤慨③，而廖燕也早在《明太祖论》中对于"使天下皆安心而听治于一人，而天下固已极治矣，尚安事使其知之而得以议吾之政令也哉"④的封建专制主义加以嬉笑怒骂。自然，龚自珍不是简单地承袭前人，而有其自己的创造和发展；但

---

① 龚自珍《壬癸之际胎观第一》，《龚自珍全集》，上海古籍出版社1975年新1版，第12页。
② 廖燕《二十七松堂文集》卷十一，上海远东出版社1999年，第280页。
③ 龚自珍《古史钩沉论一》，《龚自珍全集》，第20页。
④ 廖燕《二十七松堂文集》卷一，第14页。

是,如果把龚自珍作为文学史上一个新的时期的开创者,而把他的前辈如廖燕等列入前一个时期,其依据又何在呢?

从1840年到19世纪末,在文学上较有影响的另一个作家是以诗擅名的黄遵宪,但正如钱钟书先生在《谈艺录》中所说:其诗"差能说西洋制度名物,掎摭声光电化诸学以为点缀,而于西人风雅之妙、性理之微,实少解会。故其诗有新事物而无新理致。"因而远不足以作为文学史上新时期的开创者。至于魏源、康有为等人,尽管在思想史上有其地位,在文学上却远未起到开创新路的作用。

还应注意的是:在鸦片战争以后至19世纪末的文学创作中,除了出现不少反对西方列强侵略的作品外,连龚自珍那样的异端之作都消失了。而那种反对西方列强侵略的作品,虽然其反对的对象是中国以前的文学中所没有出现过的,但其创作精神、艺术特色甚至思想要求却并未对传统文学有较明显的、足以构成文学史上一个新的历史时期的突破。

因此,很难说从1840年到19世纪末在我国文学史上已形成了一个新时期。

再说后者。

上述20世纪初至文学革命前的我国文学上的新气象,在19世纪末的文学中是未曾出现过的。但是,有两个易于引起误解的问题需要在此稍加论辨。

第一,关于小说理论。有的研究论著把1897年几道、别士在《本馆附印说部缘起》中的强调小说的社会作用和后来梁启超的提倡政治小说——那是对小说的社会作用的更突出的强调——都作为体现文学发展新方向的主张。由此而论,当然可以说19世纪末已出现了与新文学相通的因素。但在实际上,只是肯定和强调小说的社会作用而不顾及文学本身的特征,乃是新文学中由文学传统沿袭下来的负面因素;而且,对通俗小说的社会作用的肯定和强调并不始于19世纪末,至迟在晚明绿天馆主人的《古今小说·叙》中就已肯定了小说能令"怯者勇,淫者贞,薄者敦,顽钝者汗下;虽日诵《孝经》《论语》,其感人未必如是

承上启下

之捷且深也"。至于政治小说的提倡,乃是受了日本的影响。但日本的政治小说的流行,如周作人《日本近三十年小说之发达》所言,是日本"国民的思想,都单注在政治同学术一方面,文学一面还未注意"的结果,而从日本"发生一种新文学的运动"以后,这种局面就改变了。①所以,政治小说的繁荣在文学史上是一支并不体现前进方向的插曲。而梁启超小说理论之体现文学前进方向的一面,则是其对文学特征的认识,那是在20世纪初才提出的,说已见前。

第二,关于文学与非文学的区别。以人性解放的要求和从西方的先进文化中吸取营养来说,在19世纪末的有些文言中是已经有所表现的。谭嗣同的《仁学》中就有一些这样的因素,虽然极为微弱;但那并不是文学作品。所以,在文学史上仍以把20世纪初作为现代文学的开始为宜。

至于梁启超的《汗漫录》,则如上所述,虽已提出了从西方文学吸取营养的要求,但并未提出哪怕是稍稍具体的设想,所以,只能作为其个人思想发展的一种文献,而不能作为现代文学由此开始的依据。

换言之,20世纪初至文学革命前所出现的文学上的新气象较之19世纪末的文学是一种重大的发展,所以,把它和1840年至19世纪末的文学列入文学史上的同一个历史阶段,我想是不合适的。

原载《复旦学报(社会科学版)》2001年第1期,收入本书时有删节

---

① 周作人《艺术与生活》,《民国丛书》第二编,据上海西风社1941年版影印,上海书店1990年版,第270页。

着重研究"五四"前二十年的中国近代文学潮流

朱文华

笔者认为,鉴于完全性质的中国近代文学潮流发生发展于自戊戌维新前后到"五四"文学革命前夕的二十余年间,因而理由指出:在中国近代文学史的学科研究中,应把"五四"前二十年的种种中国文学现象,作为中国近代文学史研究的主要内容和对象。换言之,通过着重研究"五四"前二十年的这股中国近代文学潮流,将有助于促进中国近代文学史乃至"五四"以来中国新文学史研究的深入。

一、期限问题:中国近代文学研究的一个简要回顾

众所周知,在一段较长的时间里,我国学术界把自鸦片战争(1840年)以来直至"五四运动"(1919年)前夕的八十年称之为"中国近代史"时期(或曰"旧民主主义革命时期"),与之相适应,也把这一时期的中国文学发展,视之为"中国近代文学史"阶段。

应当说,鸦片战争以来,中国社会在各个方面的确发生了急遽而重大的变化,由此把鸦片战争的爆发看作中国近代史的开端,是毋庸置疑的;同样,由于"五四运动"自有其明显的划时代意义,所以把它判定为中国近代史的下限标

志,也有其充分的理由。然而问题在于:尽管文学的发展与社会政治史的演变往往有着相当密切的关系(在中国,十九世纪中叶以来似乎更是如此),但文学史毕竟不等同于社会政治史,文学的发展变化除了受社会政治史的某种影响和制约外,还有其自身的特殊的规律性。唯其如此,考察文学发展的轨迹而简单地套用现成的社会政治史的分期,其不准确性即牵强性当是不言而喻的了。

进一步说,如果我们承认,在迄今为止的整个中国文学发展过程中,的确曾经有过一个可以称之为"近代文学"的时期,那么需要解决的一个前提,无疑在于对"近代文学"的根本性质及其发展线索(主要是期限)作科学的界定和把握。

回顾本世纪以来的文学研究的情况,最早标示出"近代文学"概念的,似是沈雁冰(茅盾)的《近代文学体系的研究》①。该文凡一万三千字,其第一章设"近代文学何以重要"、"近代文学的界说"和"近代文学的渊源"等三节,显而易见,这是把"近代文学"作为中国文学史的一个独立的发展时期而提了出来。1922年,胡适应《申报》之约而撰《五十年来之中国文学》②,又初步梳理了《申报》创刊以来和曾国藩死后的五十年间的中国文学现象及发展线索,尽管没有标示"近代文学"一词,但该文研究的内容对象,也无疑属于目前人们所理解的"近代文学"的范畴。再后,陈炳堃(子展)著有《中国近代文学之变迁》③,更是明确地勾勒了作者所理解的(且大致符合于目前人们所普遍理解的)中国"近代文学"的基本风貌。在这前后,郑振铎也编有《文学大纲》和《晚清文钞》④,前书第四十四章标题为"十九世纪的中国文学",所评述的对象以目前人们所理解的"近代文学"为主,后书则提出"晚清文学"的概念,并且正是把鸦片战争断为"晚清"的开

---

① 此文收入《中国文学变迁史》,刘贞晦、沈雁冰合编,中华图书集成公司1921年版。
② 此文收入《申报五十周年纪念刊》,1923年,又收入《胡适文存二集》。
③ 该书由中华书局1929年4月出版。陈氏稍后又出版《最近三十年中国文学史》(太平洋书店1937年版)明确认定自甲午中日战争后,中国文学大变。这实际上承认完全意义的中国"近代文学"始于戊戌前夜。
④ 《文学大纲》,商务印书馆1927年版;《晚清文钞》,生活书店1937年版。

始。另外，三十年代所出版的一系列书名标有"中国现代文学史"或"中国新文学史"的专著，也大都把"五四"新文学运动之前的某段时期的文学发展，视之为整个中国文学史中的一个相对独立的阶段，其中有代表性的如钱基博著《现代中国文学史》①，该书特别指出中国文学发展的"近代"阶段，而王丰园著《中国新文学运动述评》②，全书凡六章，其第一章即以"戊戌政变与文章的新趋势"为题，专门探讨了"五四"前的一个阶段的文学现象。

如果说，在 1949 年以前，文学研究者只是提出了"近代文学"的概念，但却没有对"近代文学"的基本性质作深入的分析探讨，同样，对于"近代文学"的期限断定存在着一种明显的随意性③的话，那么在建国以来，这种情况得到了改变，并且在期限问题上似乎形成了相当一致的意见，即从李何林发表《从鸦片战争到"五四"的社会背景和文学概况》④以来，人们普遍地认为：中国近代文学史即是中国近代史（1840—1919）期间的文学发展史，换言之，中国近代文学史＝中国旧民主主义革命时期的文学史＝从鸦片战争到"五四"运动之间的文学史。而从完全的理论知识形态上（编写文学史研究专著）把这种认识肯定下来的，则是复旦大学中文系 1956 年级中国近代文学史编写小组的《中国近代文学史稿》⑤。再从近几年来的研究情况看，陈则光著《中国近代文学史》、任访秋主编《中国近代文学史》、郭延礼著《中国近代文学发展史》和叶易著《中国近代文艺思潮》等⑥，也都承认和支持了这样的分期意见。

---

① 该书当以世界书局 1936 年 9 月的增订本为定本。
② 该书由新新学社 1935 年 9 月出版。
③ 王俊年等在《建国三十年来中国近代文学研究的回顾》（收入《中国近代文学论文集》，1949—1979，概论卷，中国社会科学出版社，1981 年 7 月）一文中指出：建国前"对于近代文学还没有形成一个完整的概念，仅从历史的分期来看，就有着很大的随意性，虽然有了一些有关近代文学的研究，但没有建立起这门学科。"笔者基本同意这一看法。
④ 此文刊《新建设》1954 年第 10 期。
⑤ 该书由中华书局 1960 年 5 月出版。
⑥ 上述四书对于中国近代文学史的期限断定，虽略有不同，但基本上都认定 1840—1919 年。它们的共同之处，在于未能注意到本文下面所说的"近代文学史"含有两种不同的语义的问题。

承上启下

然而笔者认为,建国以来对于中国"近代文学史"研究有得有失。其失之一,正是首先反映在对于"近代文学史"的期限的界定上。而根本原因所在,如前所述,乃是简单化地把中国近代史与"近代文学史"的起讫时间相重叠,殊不知,从语言学角度来看,"近代文学史"是一个偏正结构的词组,其语义有二:第一,主词(名词)为"文学史",但着眼于广义的历史时期划分,因而用"近代(的)"这个形容词来限定,意即"近代史时期的文学史";第二,主词(名词)为"史",但着眼于史的具体内容的差异,所以用"近代文学(的)"这个形容词来限定,意即"具有近代文学性质的文学的专门史"。应当说,以探讨具有一定性质的文学现象为主要内容的文学史研究,或者说文学史作为一种区别于通史和其他专门史的史学分支,显然应取第二种语义。

同时不妨指出,近年来虽然也有若干学者对上述传统的中国近代文学史的期限界定提出了商榷,有的甚至在事实上也是强调断定近代文学史的期限应当着眼于文学的近代性质,但是由于未能在理论上更明确地指出这一点,加上其具体的论述分析又留下了若干疏陋之处,所以就显得缺乏足够的说服力。例如:有的学者认为:中国近代文学史的研究范围应是从道光初年(十九世纪二十年代初)到二十世纪二十年代末110年间的旧体文学(文言文、旧体诗、用文言或半文言写成的章回体小说和文学评论、旧戏曲等),这是因为,被一般学者视之为从1840年鸦片战争开始的中国近代文学史上的第一位代表性作家龚自珍(1792—1841)其主要文学活动是在道光初年,更重要的是"五四"新文学运动后的十年间,一大批近代作家的文学活动还相当活跃,只有梁启超的卒年(1929年)可以标志一代近代作家及其文学活动的结束。[①]这样的意见,虽然有相当的合理成分,不过,从龚自珍作品到戊戌前的文学现象,在整体上有多少"近代文学"性质,仍值得讨论。至于"近代文学"的性质与成分,其实也不是"文言文、旧体诗、用半文言写成的章回体小说和文学评论、旧戏曲等"所能完全概括的。

[①] 张中《试论中国近代文学史的研究范围》,《社会科学辑刊》1984年第4期。

二、近代以来的中国文学发展的特殊性

所谓"具有近代性质的文学",从根本上来说,是指那种在思想内容乃至艺术表现形式和手法上,迥然相异于古典的传统的旧文学(即建立在封建主义经济基础之上并鲜明地反映着封建宗法社会正统的意识形态的文学观念和文学作品)的新的文学现象。就中国的具有近代性质的文学而言,与古典的传统的旧文学相比较,它的主要特征就是:

变拥戴封建专制主义统治为崇尚资产阶级的民主政治;变颂扬凝固的所谓田园牧歌式的封建主义的社会经济秩序为主张顺应世界资本主义经济潮流的改革;变以封建帝王的臣民的立场观察社会抒发情感为从独立的人格立场出发发表种种人生见解;变拘泥于传统的单调的文学表现方法为有意识地吸收借鉴西洋近代文学的创作经验。另外,在文学活动的基本动机方面,对传统的"诗言志"或"文以载道"说赋予新的解释和理解,努力地使之成为能够促进和配合整个社会变革的一种重要手段;而在文学的活动范围和社会影响力方面,则突破文人士大夫的狭小圈子而面向更广泛的读者群。

据此,笔者认为,虽然科学意义上的中国近代文学产生于中国近代史时期,但是中国近代文学史与中国近代史却不可能同时起步,两者之间显明地横亘着一个时间差。

在这里,涉及的一个具体问题是:自中国近代史发端以来,中国文学的发展带有显著的特殊性,它自然地形成了前后两个不同的发展阶段,并且分别具有不同的性质:在中国近代史的前一段时期,古典的传统的中国旧文学仍按其自身的规律发展,从延续性的挣扎直至步入衰亡;而在中国近代史的后一段时期,具有近代性质的中国文学得以真正的产生,由此标志着科学意义上的中国近代文学史的开始。如果说,这两个不同的发展阶段存在着某种联系,那么这一联系的主要内涵也仅仅是:

承上启下

前者为后者在客观上提供了一张雏型的温床,因为前者虽然多少有了若干稍稍区别于古典的传统的中国旧文学的迹象,但它却是极为模糊的,而具有近代文学性质的文学现象的真正完全的发生,更需要一种为前者所不具备的外力的刺激。

再从科学意义上的中国近代文学史来看,它的发生发展的轨迹同样带有相当的特殊性,即它并非如同一般事物(一般时期的文学发展史)那样,体现普遍的规律性(从萌芽、形成、发展到繁荣,其间又经过某种反复曲折包括停滞,直到走向最后的衰亡,总之呈波浪型的曲线),而是在迅速兴起后达到繁荣的顶峰,但随即又在迅速的分流过程中跌入衰亡的低谷,由此呈现出大起大落的马鞍型曲线。(见示意图)

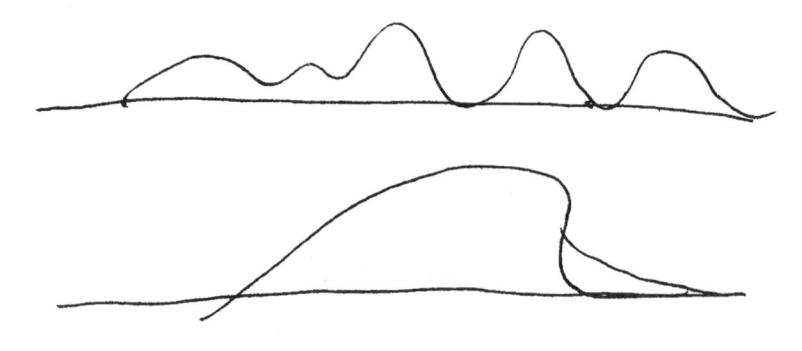

另外,如果说一般时期的文学发展史往往是先有具体作品,再有理论概括与指导,由此转而影响创作的话,那么具有近代性质的中国文学的发展,却是理论先行,并且理论的指导性对于创作实践的两重影响(积极性和消极性)都十分明显。这种情况,再加上具有近代性质的中国文学的产生事实上缺乏切实的酝酿准备阶段,也正是构成了科学意义上的中国近代文学史发生发展轨迹的特殊性(大起大落)的根本原因之一。

稍稍具体地说,足以成为区分近代以来的中国文学发展的两大不同性质阶段的分水岭,乃是十九世纪末伴随着甲午中日战争(1894年)失败之后在全国范围内兴起的戊戌维新思潮。这是因为,在戊戌维新思潮之前的五六十年间,中国社会政治的剧烈动荡和变化,在文学上的反映极为缓慢,也很不显著,尽管有某种含有"近代文学"的萌芽性质的文学现象,且在一定程度上自觉不自觉地摆脱传统旧文学的束缚,但其力量却相当微弱,在整体上不具有排他性的气势,也不足以构成一种新兴的文学潮流。相反,中国古典的传统的旧文学在各个方面还都占据明显的优势,还在依自己本身发展规律而延续,尽管这种延续在现代人看来带有挣扎性。而戊戌维新思潮兴起后的情况就完全不同了。首先,新的文学观念以一种完全的知识理论形态,作为整个戊戌维新思潮的派生物而迅速出现,并且也迅速地为人们所普遍接受。紧接着,在这种新的文学观念指导下的各种各类明显地染上"近代文学"性质的文学现象,如火山爆发,似江河决堤,无不以激烈的形式、迅猛的气势,自觉地摆脱与古典的传统的旧文学的联系,由此很快地促成了古典的传统的旧文学同完全意义上的近代文学之间的此消彼长。正是从这个时候开始,一股新的文学潮流即科学意义上的中国近代文学的主潮也真正涌现奔腾。只不过,中国近代文学的主潮涌现奔腾之日,又是它趋于衰败枯竭之时,因为当时中西文化的冲突加剧,社会政治局面的变动也更加激烈,本是先天不足的中国近代文学的发展,既得不到相对稳定的社会政治文化秩序的保障,也未能为已经逐渐产生了新分化和新组合的近代作家群的齐心协力的推进,所以又很快地为更富有生命力的中国现代文学(即五四新文学)潮流所取代。

三、"五四"前二十年:中国文学发展的一个相对独立的阶段

学术研究信息表明,近年来有人提出:关于中国近代文学史的起讫期限的划定问题,在不同程度上带有人为的性质,因而正当的态度是,应该允许有各种各样的分期意见的存在,也允许大家从不同的理论体系、从各种不同的视角看问题,而不必强求统一的分期。[①]

---

① 参见袁进的报道《开创近代文学研究的新局面——第三届全国近代文学学术讨论会综述》,《社会科学报》1987年1月8日。

承上启下

笔者基本上赞同这样的意见，但需要补充和强调一点：即使撇开分期问题的争论，也应该承认——无论从何种理论体系何种视角来看，从戊戌维新思潮的兴起到五四文学革命运动前（即笔者所说的"五四"前二十年），总是整个中国文学发展上的一个相对独立的阶段。因为在这段时间里，确凿地形成了一股完全不同于中国古典的传统的旧文学的新的文学潮流，而这股带有诸方面的特殊性的文学潮流的兴衰，又为整个中国文学的真正的革故鼎新（即变封建主义的旧文学为新民主主义的现代新文学）作了不可或缺的过渡与衔接。

关于这一点，可以从以下几个方面来得到确证。

首先，相较于鸦片战争之前的二千余年的中国古典的传统的旧文学。两者的相异比比皆是，不胜枚举，择其要者有二。（一），文学活动圈子和社会影响范围：在古典的传统的旧文学发展时期，虽有民间文学（俗文学）存在，也出现过若干布衣作家，但在整个社会文学舞台上不占主导地位，因为当时的文学活动主要限于士大夫文人圈子，所谓"庙堂文学"和"贵族文学"一类的说法，正是着眼于此。而"五四"前二十年的中国文学潮流，情况完全不同，虽然作家队伍也仍以各式文人为主，但他们的创作因借助于近代的传播媒介（报纸，杂志和书局），及时地影响了最广泛的社会阶层，由此，文学的典雅而神秘的面纱被揭去，文学与普通老百姓的距离也大大缩短了。（二），文学的内容题材和表现形式：古典的传统的旧文学，从整体上说是"代圣贤立言"，诠释儒家正统思想，即使是民间文学作品，忠孝节义之类也浸透其中。至于士大夫"诗言志"，也不过是"治国平天下"之类，而更多的作品，无非是颂皇恩，表心迹，或者写闺情，发愁绪，偶尔涉及社会问题，虽然哀纲纪不振，叹民不聊生，但所谓的"人民性"在本质上也是封建主义的。在艺术表现形式上，又奉诗文为正宗，小说戏曲不登大雅之堂。而"五四"前二十年的中国文学潮流，则一反这种既定局面，内容题材大量触及各种社会人生问题，同时又提出种种改革方案，其广度和深度远非以往的"治安疏"一类文章可比拟。至于艺术形式上，开始奉小说戏曲为正宗，这既为作家们

/046/

普遍择用，也为广大的读者所接受。应当说，上述两大方面的重要变化，标志着中国文学(文化，文明)发展到了新的水平，并且在表象上开始接近了西洋资本主义国家，或者说，它也标志着中国文学的近代化的局面的形成。

其次，相较于从鸦片战争到戊戌维新思潮兴起前的五六十年间的中国文学现象。这两者之间虽有某种联系，但体现出来的差异有着重大的本质性。仅从文学阵地和作家队伍来看：戊戌维新思潮兴起前的五六十年间，作家队伍的主干仍是封建士大夫(尽管其中一些人在思想文化观念上开始产生某种变化)，他们写的旧式诗文，也主要通过手抄或翻刻本来流传的，因为他们还不太懂得去利用已在国内出现的新的传播媒介。而"五四"前二十年的文学潮流中的作家队伍，变化至为明显，除了一些人由旧的士大夫转化而来外，大量的则是从一开始便以职业作家(近代社会的自由职业者)的身份登上文坛，并且又自觉地把新的传播媒介作为自己发表作品的阵地。不妨说，职业作家群的出现，也正是近代文学现象的主要标志之一。再看文学作品的内容和形式，在维新思潮兴起之前，除了若干"报章文"和几部与古典的传统的旧文学血缘关系甚近的白话章回小说外，仍是以旧体诗和桐城派古文为主，尽管个别人的作品在内容形式方面有着一些切合于社会进步之处，但总的说来受旧思想旧形式的束缚还是极为明显的。而在"五四"前二十年，随着社会政治文化思想的进步，科举制度被废除，桐城派后继无人，旧体诗在整体上一蹶不振，相反，体现着批判现实主义精神的且以白话文体为主的"晚清小说"崛起，并且如同"唐诗、宋词、元曲"一样，成了为社会各阶层普遍承认，也足以代表一个时代的文学风气和文学成就的新的文学载体。另外，如果说在戊戌维新思潮兴起前，随着西风东渐，中国已出现翻译介绍西洋文学的萌芽，那么正是在"五四"前二十年间，大规模地译介外国文学才构成一种突出的社会文化现象，并且对同时期的中国文学发展施以深刻的影响。综合以上几个方面，所谓"三千余年一大变局"的说法，移之于文学现象，也是十分妥帖的。

复次，再相较于"五四"文学革命运动以来的新文学发展史。关于这一点，诚如毛泽东所指出的那样："在'五四'以前,中国文化战线上的斗争,是资产阶级的新文化和封建阶级的旧文化的斗争","可是,因为中国资产阶级的无力和世界已经进到帝国主义时代,这种资产阶级思想只能上阵打几个回合,就被外国帝国主义的奴化思想和中国封建主义的复古思想的反动同盟所打退了","'五四'以后则不然。在'五四'以后,中国产生了完全崭新的文化生力军","这个文化生力军,就以新的装束和新的武器,联合一切可能的同盟军,摆开了自己的阵势,向着帝国主义文化和封建文化展开了英勇的进攻","这个文化新军的锋芒所向,从思想到形式(文字等),无不起了极大的革命。其声势之浩大,威力之猛烈,简直是所向无敌的。其动员之广大,超过中国任何历史时代"。①然而值得补充的是:"五四"新文学决非从天而降,"五四"前二十年的中国文学潮流虽然粗陋,但也唯其粗陋,却从正反两个方面刺激和催发了"五四"新文学。这样,"五四"前二十年的文学潮流与"五四"后的现代新文学主潮之间,在联系之外,更存在着重大的差异。

总之,"五四"前二十年之所以能够成为迄今为止的整个中国文学发展史上的一个相对独立的阶段,乃是因为在这期间交汇着一股完整的也最能典型地反映出文学的近代性质的中国文学潮流。

四、着重研究"五四"前二十年中国近代文学潮流的意义

总的说来,正因为"五四"前二十年是中国文学发展史上的一个相对独立的阶段,"五四"前二十年间发生发展的中国近代文学潮流又有显著的特殊性,因此择选这种带有承上启下继往开来的文学现象作专题研究,无疑有助于深入地探讨涉及整个中国文学发展史的一系列重大问题,例如:如何总体评判古典的传统的中国旧文学及其余波的价值地位?怎样认识戊戌维新前后的中国社会政治局面的变

---

① 毛泽东《新民主主义论》,《毛泽东选集》第二卷。案:毛泽东所说的"五四"系指"五四爱国运动"(政治事件),如果改指广义的"五四(新文化、新文学)运动",那么这段论述则更富有理论的力量。

化与中国文学现象的演变间的有机联系？如何把握具有近代性质的中国文学的形成原因以及发展演变的基本轨迹？又怎样理解近代和现代以来的中国文学发生发展的深层的历史文化背景（包括中外文化关系和文学关系等问题）？如此等等。

另外，在笔者看来，着重研究"五四"前二十年中国文学潮流，似乎也有助于克服或纠正目前的中国近代文学史研究工作中的某些不足之处。

例如，目前有不少研究者由于认定中国近代文学史起讫自鸦片战争到"五四"前夕，所以对这八十年间的文学现象和性质一视同仁，平均投入研究生产力，甚至对鸦片战争至戊戌维新前的五六十年予以更多的注意，由此反而把对戊戌维新到"五四"前的二十年的文学现象的研究冲淡了。这种情况派生出来的研究工作的缺陷，或者对所谓的"太平天国文学"之类予以拔高和作不切实际的溢美；或者只是注目于"晚清小说"的研究而忽视对当时的整体的文学环境以及其他有重要意义的文学现象的深入考察；尤为突出的是，很少有人去深入地探究"五四"新文学与"五四"前二十年的中国文学潮流的有机联系，至多只是在论述中国现代文学发生背景时附带说几句。由此可见，如果不对"五四"前二十年中国文学潮流作深入的专题研究，要想提高中国近代文学史或现代文学史的整体的研究水平（突破原有的视角和框架等）似乎是困难的。

还如，近年来学术界有"二十世纪中国文学史"问题的提出，也得到了一些研究者的响应。而在笔者看来，尽管"二十世纪中国文学史"的范围在启端上接近于十九世纪末戊戌维新思潮的兴起之时，二十世纪的前二十年也大抵与笔者所说的"五四"前二十年所吻合，但是两者在性质上是不同的。所谓"二十世纪中国文学史"，本身不具有严格的科学涵义。这是因为，第一，文学现象有自身的发展规律，决不是以简单的世纪单元可作为划分的标尺，所以时间上的偶然巧合决不能成为划分文学史分期的内在依据。更何况二十世纪的中国文学发展尚未终结，虽说其发展趋势可以作某种预测（笔者也曾有过预测）[1]，但预测不

---

[1] 笔者曾发表如下两文：《中国当代文学发展趋势和前景的预测》，《当代文艺思潮》1983年第2期；《走向二十一世纪的中国作家》，《学习与探索》1987年第1期。

可能代表事实。第二,所谓"二十世纪中国文学史"发展到今天,显然已经构成了几个明显的不同阶段,而其中发生在20年代前后的"五四"新文学运动,它在整个中国文学发展史上的划时代意义是不容置疑的。既然如此,如果一方面承认"五四"文学革命运动的划时代意义,一方面又把"五四"前后的近百年的中国文学现象视之为一个整体,岂不是自相矛盾?第三,有论者说,"把鸦片战争以来的中国文学切成'近代''现代''当代'三段,这种史学格局显然存在着根本性的缺陷:一是分割过碎,造成视野窄小褊狭,限制了学科本身的发展,二是以政治事件为界碑,与文学本身的实际未必吻合(如小说的发展,在鸦片战争前后变化并不显著,真正给小说带来重大影响的,倒是上世纪末兴起的维新思潮,而它迄今又未被人们视作分期的依据)"。①这一意见自然含有一定的合理性。不过撇开"当代"的习惯说法不论,中国的近代文学和现代文学之分是难以否认的,因此不能把近代文学史和现代文学史的划分看作是"分割过碎"等等,至于"以政治事件为界碑",一般说来的确不可取,但如果它"与文学本身的实际"恰好吻合,则不失为分期的依据或习惯性提法。殊不知,论者感叹"上世纪末兴起的维新思潮,而它迄今又未被人们视作分期的依据",而那个维新思潮,其实它本身便是"政治事件"(从1894年的甲午战争到1898年的戊戌变法运动)的一种反映形态。所以,笔者正是据此而不能苟同"二十世纪中国文学史"的概念。②顺便说,倒是"二十世纪中国小说史"可以在一定意义上被接受,

---

① 严家炎《二十世纪中国说史·前言》,收入北京大学出版社1989年版陈平原著《二十世纪中国小说史》。

② 1995年6月18日在复旦大学召开的"第五届上海近代文学研究者联谊会","与会者围绕'二十世纪(中国)文学'一说而展开,发言者倾向于认为,'二十世纪(中国)文学'是一个不甚明晰的概念,表面上看,这是现代文学研究视界前移的结果,实际上这一说法,忽视了'五四'新文化运动对于中国文学发展的重要转向作用。'五四'前后的(中国)文学分别具有不同的性质,因此,'二十世纪(中国)文学'的提出,显然会对(中国)文学进程的研究和阐述造成逻辑上的困难。强调(中国)近代文学的独立性,即既不依附于(中国)古代文学,也不依附于(中国)现代文学,有利于(中国)近代文学研究的深化和揭示(中国)近代文学的独特性"(刘诚:《第五届上海近代文学研究者联谊会在我校召开》,《复旦学报(社会科学版)》,1995年第4期)。笔者系该讨论会的与会者与发言者之一,基本上同意刘诚先生对会议意见所作的概括和综述。

因为它不属于科学意义上的文学史划分，只是对文学现象的一个横剖面作纵向的专题研究。

最后也不妨指出，"五四"前二十年的中国近代文学潮流在客观上留下极为丰富和深刻的经验教训，这是中国文学发展史上任何一个历史时期所不可比拟的。而且，探讨这些经验教训，对于我们认识当代文学的某些现象，以及有针对性地引导当代文学的健康发展，也可以获得许多有益的启示。唯其如此，着重研究"五四"前二十年中国近代文学潮流，其意义并不是太仄狭的了。

附注：本文曾以《着重研究"五四"前二十年中国文学潮流》为题，发表于国内某高校编辑出版的《中国文学研究》(季刊)1992年第4期。然而该刊发表时却发生了严重的排印错误，即漏排了整整一页(第9页)，同时又把第11页重复排印在第9页上，由此使整篇论文变得混乱不堪。对于这种不该发生的错误，该刊既未作更正，也不向作者致歉，仿佛无事一般，唯其如此，我只得将拙稿重新发表。重新发表时，我对原稿的文字略有润饰，同时也恢复了若干曾为《中国文学研究》编辑的误改(或手民误植)之处，还补写了最后一条注解。另外，本文的有关观点，笔者曾在其他论文中从某种角度作过阐发，如《"五四"前二十年中国文学潮流的基本性质》(《江淮论坛》，1993—5)、《"民族文化反省"和中国文学的变革》(《上海文化》，1993，创刊号)、《西学东渐与中国近代文学的萌芽》(《广东社会科学》，1994—5)，可参看。　　作者，1995年10月

原载《中西学术》第二辑，复旦大学出版社1996年版

中国现代文学研究应当有旧体文学研究的地位

袁 进

近百年来,支配我们文学史研究的是一种进化论文学史观,它相信历史是在不断进步,越来越好。世界是在不断进化,进化的结果是全球趋向大同。这种文学史观有几个特点:第一,它是一元化的,它相信历史有一个目标,它会朝着这一目标前进,这是不以人的意志为转移的。历史的前进犹如一条滚滚东流的长江,历史的潮流不可抗拒,任何试图违背历史潮流的人,只会被这一潮流吞没。因此,它必定是一元化的,朝着既定的历史目标前进。它不允许多元化,不允许历史的发展可以有着多种选择,这会影响到他们对历史目标的设定与追求,对历史潮流存在的自信。第二,它是激进主义的,它把历史归结为主流与支流,向着历史目标前进的潮流是主流,其他所有一切则是支流。主流是压倒一切的,支流则是可有可无;历史只要叙述主流的发展,支流如何并不重要。向着历史目标前进是最重要的,按照这一目标,可以想象历史,把历史写成就是朝着这一目标前进的历史,前进的步伐越快越好。这样的历史叙述自然一定是激进主义的,任何对现状的保守,都会被看成是对历史前进潮流的抗拒,因此保守主义在这样的历史叙述中不会占有地位。第三,它是在本质主义掩盖下扭曲的历史叙述,它的真实性是有问题的。历史的叙述本来应该从历史的现象出发,但是,历史目标的设定要求历史的叙述向着这一目标前进。于是便产生了透过现象看本质，按照"本质"的要求重新审理现象，符合"本质"的现象进入历史，不符合"本质"的现象便不能进入历史，仿佛它从来没有存在过。这种把历史叙述纯粹化的方式其实是扭曲了历史的真实，粗暴地践踏了历史。这种历史观伴随着进化论在中国思想学术界占据统治地位，在相当长的时间内，在历史叙述上占据了统治地位。

今天我们不再像过去那么单纯，相信未来是那么美好。我们发现在现代化的进步背后，伴随着人类生存的环境问题，城市化加剧了人的异化问题等等。现代化扭曲了人的自然本性，进步的背后其实也蕴藏着退步，就看你从哪个角度去看。我们不再给历史预设目标，而主张回到多元化的态度，从不同的角度去审视问题。我们必须看到：真实的历史从来就是多元化的，它不可能是一元化的。一元化的历史，从来只存在于人们的理想之中，而不是存在于现实之中。我们必须建立一种"多元化"的眼光，这种眼光不再强调"大同世界"是未来人类文明的唯一理想模式，要各个国家各个民族摒弃自己的传统文化；而是强调人类的未来文明可以有着多种模式，从而确立对自己民族文化的自信，以自己的民族文化为本位，尽可能融入外来影响，以适应"全球化"的需要。对其他民族文化的"全球化"，也抱着一种宽容的态度。这种眼光不仅可以用来审视当代，也可以用来审视现代，审视历史；不仅可以用来审视文化，也可以用来审视文学。假如我们用这种"多元化"的眼光来审视中国现代文学研究，便不难发现，中国现代文学的研究迄今为止主要还是依托在"新文学史"的看法上，至多也只是在新文学史中加上了"通俗文学"的部分。80年代以来的现代文学学科发展主要是"现代化"思维指导下新文学研究的范围扩大和研究细化，如以"现代性"作为衡量现代文学的标准，以"启蒙主义"来判断现代文学的价值，如周作人、沈从文、张爱玲、钱钟书等作家进入现代文学史，"新月派""现代派"研究进入现代文学史等等。它基本上没有脱离"五四"时期对新文学的看法，体现了"新文学"的一元化，这种"一元化"的证据之一就是忽视了当时大量"旧体文学"的存在和影响、价值与意义。这种"一元化"依然是"现代化"的眼光,而不是当下的"全球化"的眼光。这样的现代文学史,其实并不符合当时的历史事实。今天,已经到了必须改变这一现代文学体系的时候了。

现代文学最初作为研究对象,就是新文学,用以与古代文学的旧文学相对立。因此,沿用古代文学形态的"旧文学"不属于"新文学"的研究范围,即使它是与"新文学"同一时代。迄今为止,各种各样的现代文学著作目录,都不收录或很少收录现代创作的旧体文学作品,各种各样的现代文学作家词典,也不收录或很少收录这些作家,仿佛他们从来没有在历史上存在过。这是一种出于文学观念的排斥,并不代表了当时文学创作的史实。事实上,新文学的占领文坛,是有一个渐进发展过程的。1920年教育部规定小学教科书从第二年开始必须用白话,到这样的学生完全成长起来还是要花时间的。至少在20年代,旧体文学在文坛上拥有广泛的影响,长篇小说的数量远远超过新文学。此后,旧体文学的创作也一直在延续。这些旧体文学作为当时的文学创作毫无疑问是当时时代的一部分,它们也显示了当时时代的氛围。无视这些文学的存在,实际上也体现了目前的现代文学研究与古代文学的割裂。如何看待这些旧体文学的存在?研究它们有何价值?这是我们需要进一步探究的内容。

所谓"旧体文学",指的是运用中国古代传统文学体裁创作的作品,以及它们的文学批评。它与"新文学"不同,后者主要是运用外来文学形式创作的文学。简单地说,"旧体文学"主要应当包含旧体诗词、散曲,文言散文,文言小说与章回小说,创作或者改编的传奇、杂剧、京剧以及其他地方戏曲的剧本,诗话、词话、小说话、曲话等及其他对旧体文学的批评。假如扩大一些,还应当包含这些旧体文学作家创作的新体文学或者是半新半旧的文学创作与批评。在这些旧体文学中,只有章回小说以往进入了现代文学研究的视野,不过它是作为通俗文学才成为现代文学研究对象的。并且给了它一个"鸳鸯蝴蝶派"的名称,而这个"鸳鸯蝴蝶派"的作品数量,并不亚于"五四"新文学。如此庞大的一个"文学流派",为中国文学史所仅见,就是在世界上,恐怕也很难找到第二个。至于其他的旧体文学体裁只有极少部分进入研究视野,即使进入研究视野的,也没有与整个现代文学的研究整合起来。

旧体文学之所以没有进入现代文学的研究视野,追根寻源,恐怕要追溯到最初的新文学家对待旧文学的态度。对于新文学绝大多数作家来说,他们在创作时的自我期许,就是如何运用外来的文学形式,创作出不同于中国古代文学的文学作品。在这个意义上,海外一些学者认为"五四"新文学是移植的文学,并不是没有道理的。当然这些新文学作家能否完全做到是另一回事。在观念上,新文学作家并不把旧文学视为与新文学一样的文学,他们认为在新的时代里,中国古代的文学体裁已经落伍。20年代的新文学批评,无论是文学研究会还是创造社,或者是其他的作家,在批评新文学小说创作时,一般都不把中国古代文学作为其艺术资源,尽管他们在潜意识中仍然受到他们在幼年和少年时期阅读的中国古代文学作品的影响,但是他们在意识层面上并不认同这种影响,他们都把新文学看作是不同于中国古代文学的另一种文学。周作人认为《红楼梦》再好,也不是现在时代所需要的。茅盾提出旧小说对我们现在基本上没有作用。郭沫若则用了一个比喻:新造的葡萄酒,不能装在陈旧的瓶子里。用以比喻新文学不能用中国原有的文学形式来创作。因此,在20年代,是否创作章回小说本身就是新旧文学的分野,鸳鸯蝴蝶派作家会创作类似新文学的小说,但是新文学作家在当时决不会去创作章回体小说。一直到30年代,由于宣传革命的需要,要求文学面向大众,大众化的要求才促使新文学作家去创作章回体小说,只是这种章回小说依然有着明显的新文学用以宣传的印记。有的新文学作家在创作中也表现了某些中国传统文化的内涵,如许地山、废名,但是他们所用的小说形式,依然是外来的。在诗歌创作上,新文学作家表现得最为通融,他们的某些新诗,就可以看出旧诗的影响,如胡适的《尝试集》是"放了脚的小脚女人",刘大白的新诗,可以看到民歌的影响。许多新文学家还在创作旧体诗,

承上启下

如鲁迅、郁达夫、聂绀弩等等,他们创作的新诗,往往是为了发表,是给读者看的;他们创作的旧体诗,常常倒是并不为了发表,纯粹是抒发情感的需要。但是这些诗即使发表了,也因为是旧体诗而很少有人批评,像新诗创作那样;即使有人批评,也很少有人会从艺术价值上予以肯定。就是这些作家自己,出于发泄自己情感需要而创作旧体诗,却并不把它们作为自己的艺术创作而引为自豪,作为自己的艺术成就。因为新文学已经认定:中国传统的旧体文学不符合时代要求,用今天的话说,也就是不具有"现代性"。他们认为,只有用"五四"新白话创作的具有外来文学形式的作品,才具有现代性。用古代文言,包括用改进了的古代白话创作的传统文学形式的作品,不具有"现代性"。况且新旧文学处于斗争之中,他们虽然创作了旧体诗词,也不愿以此为旧体文学张目。

进入现代以后,研究文学需要现代性的眼光,这是很正常的。"五四"新文学作家往往一面批评现代文学,一面研究古代文学。鲁迅研究中国小说史,胡适研究古代白话文,周作人研究晚明文学,都是很著名的例子,他们在研究古代文学时都表现出他们的现代眼光。但颇有意思的是:他们看到了古代文学的现代性,却没有看到当时的旧体文学也具有现代性。他们对当时的旧体文学或者批判,或者视而不见,不屑一顾。因此,在某种意义上我们可以说:今天的古代文学研究与现代文学研究的割裂,最初就是源于现代文学的新旧文学的分野。一直到现在,我们的现代文学史排斥当时旧体文学研究的依据还是认为当时旧体文学不具有"现代性"。

其实,认为旧体文学不具有"现代性"是一种误解,旧体文学只是不具有新文学那样的"现代性"。并不是只有新文学进入了一个"现代化"进程,旧体文学同样也经历了一个急剧变革的过程。试想:"现代化"作为一个历史过程,进入一个充满动荡、曲折的社会变革阶段,社会的各个阶层及其文化都必然发生变动,怎么可能还有一大块文学原封不动,保持原样。旧体文学只是以中国传统文学形式为本位,以中国传统文化为主体,它当然受到时代的影响、外来影响、新文学的影响，以及变动的民俗民间文化的浸润。早在晚清，新的名词、新的事物、新的意境已经进入了旧体文学中最为保守的诗词之中。进入民国以后，新的思想、新的情感、对人性的新的开掘、新的表达方式都在旧体文学中出现。城市化、世俗化、理性化、科学化、民主化、自由化同样出现于旧体文学的变化之中。这些变化，与中国传统文学形式和传统文化交织在一起，呈现出一种既不同于中国古代文学，也不同于新文学的复杂情况。如果说过去的士大夫文学对民间还有疏离，那么民国时期的"旧体文学"实际上已经将过去的士大夫文学与流传民间的章回小说、戏曲剧本统一起来，旧体诗词和文言散文也都有所变化。这些情况由于我们对"现代性"和"现代化"的误解，一直都没有认真总结，从而也使我们的现代文学研究，缺掉了一个极为重要的方面。我们今天已经没有必要仍然停留在新文学作家对"现代性"的理解上，即使按照新文学家对"现代性"的理解，旧体文学缺乏"现代性"也是讲不通的。许多新文学作家都创作旧体诗词。试想一下，如果旧体文学不具有现代性，这些作家一面创作具有现代性的新文学，一面又创作不具有现代性的旧体文学，都寄予真情实感，这难道是可能的吗？即使当时有的旧体文学抗拒"现代化"，为何抗拒？如何抗拒？抗拒的结果如何？有何经验教训？这在"全球化"的时代不正是我们应当注意的课题吗？我们只要不拘于"现代化"的一元化观点，就应当承认这些问题恰恰是提供了一些新的视角，它们也应当是我们研究中国文学现代化时的重要资料，值得我们下功夫探究。

今天我们应当能够理解，"现代化"是一个错综复杂的过程，各个国家、各个民族应当允许有各个不同的现代化模式。事实上，整齐划一的"现代化"模式只能是一个幻想，它其实是"一元论"思想方式的具体体现，它不可能符合各个国家民族"现代化"实际过程的具体情况，中国也是一样。如果一定要按照这样的"现代化"模式要求来编排资料，撰写历史，这样的历史也是经不起后人检验的历史。中国旧体文学的存在与衰亡，恰恰是中国文学现代化过程中的一个重要方面,体现了中国文学现代化过程的民族特点。

　　在"五四"新文学已经创造了新的文学样式之后,在中国传统文学样式当时已经不代表文学的最新水平之后,还要研究这些旧体文学究竟有什么意义呢?我认为至少还是有以下几种意义:首先,它能帮助我们更加全面地了解历史的实际情况,更全面地了解那个时代。现代文学史从解放后作为独立的学科开始,就具有很强的意识形态色彩,就把革命文学作为它的主要发展线索,其间不乏夸大事实虚构历史的情形。"文革"之后,受海外现代文学研究的影响,现代文学的研究范围不断扩大,研究者不断追寻当时历史事实,增加了新月派、周作人、沈从文、张爱玲、钱钟书等一系列的作家研究,研究的专题也越来越深入。但是,它的研究一直局限于新文学,这就给人们这样一个印象,似乎从"五四"之后,中国的文学就突然发生了一个突变,与中国古代文学完全不同的现代文学,从它问世时开始,就统治了当时的文坛,为旧体文学张目的"《学衡》派"、章士钊等人在"文言与白话论争"中也很快就败下阵来,旧体文学就立即烟消云散了。这种印象并不符合历史事实。不要说 20 年代的旧体文学创作数量大于新文学,1936 年,"英国伦敦举行国际笔会,邀请中国代表参加,其时派代表二人,一胡适之,代表新文学,一陈三立,代表旧文学。"可见当时旧体文学的社会影响。一直到 40 年代,文言作品依然在报刊和著作中时有出现,京剧和地方戏剧的创作与改编也在不断进行。对于这样庞大的文学现象,文学史怎么能视而不见?还是应当加以研究。这起码可以帮助我们对当时的整个文学状况有更加明晰的了解,对新文学的定位和估价更加符合历史事实。

　　其次,研究旧体文学可以帮助我们更全面更完整地了解中国文学从古代到现代的转型。这个转型实际上是一个非常复杂的过程,我们现在的现代文学研究描绘的是"五四"新白话文学作品如何发展演变的历史,它只是当时文学语言转变的一个部分,虽然它是主要的部分,但是它并不是文学语言转变的全部,例如,它没有注意古代的文言文作品及古代的白话作品如何吸收外来影响,在新的时代里如何转型演变的历史。有了这样的研究，我们才能看出中国现代语言转型的全貌。这种转型其实是影响到后来的文学创作，我们只要回想一下60、70年代的样板戏创作就可以看到它们的影响。况且，这个转型不仅是语言的转型，也是文化的转型，其中有许多经验教训。迄今为止，我们的现代文学研究因为局限于新文学，主要停留在文化激进主义的文学作品上，它的内部虽然也有激进与保守之分，却并不代表当时真正的文化保守主义。真正代表文化保守主义的文学是当时的旧体文学。如果说我们已经花了不少力气研究新文学作家如何继承和发扬中国古代文化传统，那么我们更应该花力气研究旧体文学作家是如何在吸收外来影响的同时，继承与发扬中国古代文化传统的，他们在那个时代做了许多事情，他们不应被历史遗忘。研究旧体文学也许可以帮助我们对中国传统文化在现代文学中的延续与转型有更加全面的认识，帮助我们去追寻那些已经失落的文化传统。

第三，研究旧体文学能帮助我们熟悉另外一批当时也具有重要影响的作家、作品。旧体文学作品因为没有做过像新文学作品一样的清理，对它的数量、质量、作家总的状况，我们并不了然。加上长期以来研究者受新文学的影响太大了，甚至对这些旧体文学作品的理解都可能会有问题。早在30年代，周作人发表"自寿诗"时，鲁迅就说当时的新文学作家已经不能理解旧诗的表达方法，看不出周作人对现实其实是有所批判的。因为不熟悉旧诗的表现手法，我们对王国维、陈寅恪、钱钟书等著名学者在旧诗中表露的心态，有时不容易理解，这在某种程度上也影响到对他们思想的研究，研究旧体文学能加强我们对这些作品的理解。中国现代依然在创作旧体文学的有一大批作家，他们之中有士大夫群体、南社群体、报人群体、政治家群体、还有新文学家群体、学者群体以及来自社会下层的文人群体等等。这些作家有的创作出非常出色的作品。例如，当我们在看民国时期创作或改编的京剧或者地方戏曲时，有时会为了其中某些曲子写得美妙而激动不已。但是这些曲子尽管写于现代，却在现代文学史上毫无地位。那些艺术上比它们低劣得多的新诗,却进入了文学史。有的新文学家写出了很好的具有新意境的旧体诗词,甚至于发展了旧体诗词,却不能在文学史上获得相应的地位。这难道是公正的吗?这种仅仅出于观念形态而不是出于艺术价值的倒置,暴露的其实是现代文学史在观念上的狭隘。现在已经到了必须补救的时候了。

第四,研究旧体文学能帮助我们更深入的了解新文学与旧体文学之间的对话、交流、演变,从而对新文学的发展产生新的看法。我们现在把章回小说作为"通俗文学"来研究,"通俗文学"要比纯文学低一等,这就已经确定了章回小说在文学史上比新文学低一等的地位。"通俗文学"要受纯文学的影响,这也决定了文学史从新文学的影响看章回小说的视角。其实,"五四"时期新文学在批判章回小说时,主要是把它们作为旧体文学看的,并没有把它们作为通俗文学看。章回小说有自己的独立发展线索,有自己的文化内涵与历史底蕴,它自己吸收了外国小说以及当时电影的营养,它在现代的发展演变不能完全归结到新文学的影响上。20年代的章回小说从整体性的发展阶段来说,称得上是章回小说史上最辉煌的阶段,远远超过它们的前辈。这并不是要否定《红楼梦》等名著在章回小说史上的地位,《红楼梦》作为章回小说最杰出的著作,是中国文学中无愧于世界文学之林的巨著,20年代的章回小说没有一部可以同它相比。但是,我们也要看到,《红楼梦》是当时极罕见的天才著作,它实际上远远超出了当时章回小说的水平。与《红楼梦》同时的章回小说,假如不算与它相隔几十年的《儒林外史》,其他的作品都与它的水平相差甚大,无法与它相比。它们大多是一些极不成熟的章回小说。因此,从整体性的发展阶段来看,这一时期的章回小说还算不上成熟的章回小说。20年代的章回小说则有所不同,它出现了一批优秀的章回小说。在20年代之前,有李涵秋的《广陵潮》,程瞻庐的《茶寮小史》,随后有朱瘦菊的《歇浦潮》,毕依虹的《人间地狱》,包天笑的《上海春秋》等等,其中以《歇浦潮》最为出色。20年代后期,则有张恨水的《春明外史》《金粉世家》《啼笑因缘》，以及其他章回小说作家的作品。至少在 20 年代前期，章回小说是代表了当时中国长篇小说水平的，《歇浦潮》的人物刻画，心理描写，对都市文化的批评，以及其他艺术水平要远远高于新文学的长篇小说《冲击期化石》等作品。把章回小说仅仅看成是"通俗小说"，实际上贬低了当时章回小说已经达到的艺术成就，也贬低了 20 年代中国长篇小说曾经达到的艺术成就。把晚清的四大谴责小说看作是纯文学，把相隔十多年发展得更为成熟的章回小说《广陵潮》、《歇浦潮》看作是通俗文学，从章回小说的发展史来看，也是说不过去的。只有从旧体文学的角度以中国传统文化为本位，我们才能更好地总结从章回小说到梁羽生、金庸、古龙、琼瑶等人的演变，才能理解为什么金庸这样的作家会写出新文学写不出的意境和对中国传统文化的独到理解。

整个现代文学三十年，确实存在着新文学与旧体文学之间的对话、交流、演变。对此，我们还没有作过像样的研究。新文学作家创作过不少章回小说，而且大多是失败之作。为什么失败？这些失败对新文学带来怎样的影响？似乎并没有人总结过。40 年代，鲁迅的《祝福》被改编成越剧，在上海公演。这是旧体文学改编新文学的作品，以在社会下层扩大影响。这本身就是一个非常有趣的文化现象。新文学对旧体文学产生了怎样的影响？旧体文学又作了哪些变型？用旧体义学的形式和语言表现新义学的题材究竟效果如何？为什么旧体文学的戏曲创作走的是一条不同于新文学话剧的发展道路？对于这些问题似乎都还没有学者追问下去。京剧和地方戏曲的创作与改编并不是没有人在研究，但是这些研究成果始终难以进入现代文学研究的视野，也很少在新旧文学平等的对话、交流上探讨，而研究京剧与地方戏曲的艺术研究所和戏曲学校的研究者也很少有人从整个现代文学发展的高度来观照京剧与地方戏曲的创作和改编，探寻其中新旧文学的对话与交流，追问它们在现代文学史上的意义。假如我们从文化的角度研究现代文学，这些恰恰都是中国传统民族文化与外来文化对话交流的重要资料。目前，当代文学研究已经开始注意研究"文革"时期的样板戏问题，倘若追根溯源，现代的京剧与地方戏曲的创作和改编迟早要进入现代文学的研究视野。

最后，研究旧体文学是对一元论文学史观的突破，体现了文学史观的多元化。现代文学史不顾历史事实，过去仅仅把现代文学局限于革命文学、左翼文学，以适应意识形态的需要。改革开放后虽然有所扩大，提出向"多元"的方向发展，但是仍然把现代文学局限于新文学，"多元化"不包括旧体文学，这显然并不是真正的"多元化"。新文学以"进化论"为主导，确信"新的"就是好的，其中虽然也有标榜以中国传统文化为本位的，它们与旧体文学仍有不同之处。它们大抵是先接受了"西化"的影响，再去追寻传统的意义。旧体文学是真正以中国传统文化为本位的文学，它在中国文学现代化过程中的变化，不同于新文学的以"西化"为主体为本位的变化。它的存在，体现了真正的"多元"，体现了当时中国文学的多种选择与探索。旧体文学进入现代文学史，才能体现当时文学的真实状况，才能展现中国文学转型的艰难与曲折，才能显示出现代文学史的复杂性。我们经常会有这样的体会：局限在某一体系内的研究，很容易陷入困境；跳出这一体系，有时就会豁然开朗。研究现代旧体文学为现代文学研究提供了一条与研究新文学不同的思路，它能帮助我们全面了解现代文学，从而也能帮助我们更加准确地把握新文学。

因此，在当今的全球化时代，我们应当具有多元化的眼光，在建设现代文学学科时，把"旧体文学"作为新的学科增长点，以更加广阔的视野，更全面地研究现代文学，总结历史的经验教训。

原载《中国雅俗文学研究》（第二、三合辑），上海三联书店2008年版

"外部研究"何以可能

——以中国近代文学的转型为例

栾梅健

在对自晚清至当下的百余年来中国文学史的梳理与研究中,我们越来越深切地感受到"外部研究"是一项不可或缺的、非常重要的研究内容。

马克思在《共产党宣言》中曾有过一段对资产阶级不无赞美的描写:"资产阶级在它的不到一百年的阶级统治中所创造的生产力,比过去一切世代创造的全部生产力还要多,还要大。自然力的征服,机器的采用,化学在工业和农业中的应用,轮船的行驶,铁路的通行,电报的使用,整个大陆的开垦,河川的通航,仿佛用法术从地下呼唤出来的大量人口……"他还指出了物质层面的巨变所引发的精神层面的裂变:"一切固定的古老的关系以及与之相适应的素被尊崇的观念和见解都被消除了,一切新形成的关系等不到固定下来就陈旧了。一切固定的东西都烟消云散了,一切神圣的东西都被亵渎了。"在《〈政治经济学〉序言》中,马克思进一步指出:"物质生活的生产方式制约着整个社会生活、政治生活和精神生活的过程。"他认为,随着经济基础的变更,全部庞大的上层建筑也或慢或快地必然发生变革,那些法律的、政治的、宗教的、艺术的、哲学的,简言之,所有意识形态的形式,都将会出现新的面貌。

以中国近代文学的转型为例,我们在长期的研究中,越来越真切地感受到

承上启下

"外部研究"的重要性,那种经济基础决定上层建筑的必然性因素。

大致看来,中国的社会进程比西方整整晚了一、二个世纪。自鸦片战争以后,随着越来越多的通商口岸被强行开放,中国原有的农村自然经济受到了严重的冲击,众多的群众被卷入商品交流之中。在1900年前后,上海、天津、广州、武汉等通商口岸,迅速形成了人口几十万,甚至上百万的不同于传统农村集镇的工商城市。在农村,茅盾《农村三部曲》中的老通宝们,再也看不懂这个日趋怪异的世界。纱厂、小火轮这些从未听说过的玩意儿,似乎在梦境中一夜之间改变了人们的生活。即使在遥远的内地四川,那场声势浩大的"保路运动",不是由本身并没有什么罪恶的工业文明之一——铁路所引起的吗?这一切变动,是以往任何农耕文明时代所没有过的。难怪老通宝们在纳闷、不解之余,似乎若有所悟地感叹道:这个世界,真的变了!

当然,这种巨变势必会影响到文学。

鸦片战争以后,中国文学在生产、制作和传播方面出现了前所未有的根本性的变化。这种变化是建立在外部经济基础发生了巨大变化的基础上的。机器的运用、铁路的开通、轮船的航行、邮电的发展、电报的传递……这些率先在西方出现的近代工业革命的产物,随着鸦片战争的爆发而在我国长驱直入。表现在文化上,机器印刷显示出比雕版印刷、活字印刷更为巨大的优越性,工业造纸大大缩短了以往靠手工操作的时间,新闻事业的发达促进了新闻、通讯、文艺副刊的繁荣,现代交通则使文学有可能迅速成为商品在全国流通、交换。在这个时期,真正现代意义上的文化市场终于得以形成。文学已不仅仅是一种爱好,还可以成为养家糊口、安身立命的所在。几千年来从未有过的职业作家已经在这里产生。这是一次真正属于社会形态变革的、工业文明范畴的转型。尽管在我国广大的内地、农村,这种变化并不是十分明显、强烈,然而在上海、广州、天津等一些重要通商口岸,其工业化程度在晚清至"五四"时期甚至已不亚于当时欧洲的某些工业化国家。

作为感同身受地经历了当时社会的巨大转型、对晚清文学研究颇有建树的前辈学者阿英,在他那本著名的《晚清小说史》中一开头就这样谈到晚清以来小说空前繁荣的原因:"第一,当然是由于印刷事业的发达,没有前此刻书那样的困难;由于新闻事业的发达,在应用上需要多量产生。第二,是当时智识阶级受了西洋文化影响,从社会意义上,认识了小说的重要性。第三,就是清室屡挫于外敌,政治上又极腐败,大家知道不足与有为,遂写作小说,以事抨击,并提倡维新与革命。"在这里,作为"外部关系"的印刷事业、新闻事业、西洋文化影响等因素,被阿英提高到极为重要的位置,应该不是一个偶然、随意的安排。

顺着这样的思路继续探究下去,人们就可以发现,晚清当时诸多"外部因素"都一起参与到了文学的发展与形成之中。粗略算来,如下外部因素不能不引起我们的关注:

一、近代出版。1843年,作为中国最早的新式出版机构的墨海书馆在上海设立,其后,美华书馆、江南制造局编译馆、益智书会、广学会等纷纷出现。1897年,商务印书馆在上海创办,这是当时全国最大的出版机构。文学作品不仅通过出版机构正式发表,而且新式出版借助近代出现的邮路、交通等方式将文学作品迅速传播到全国各地,从而造成了与古代书坊完全不同的文学传播形式与效果,并反过来影响与制约着文学作品在思想内容与艺术特色上的不同追求。

二、近代报刊。近代报刊与近代出版有相似之处,但由于报刊作为晚清最重要的传播媒体,因而其在文学上形成的"报章体"值得特别重视。从这一角度出发,可以发现以《申报》为代表的近代报刊在文学制度、文学创作和文学理论批评方面,是如何破坏了旧的传统,或者建立了新的传统和格局,从而推动了晚清文学面向现代化。

三、近代思潮。以近代中西思潮的演变为论述的坐标,通过对当时的全球化思潮、进化论思潮、自由主义思潮、功利主义思潮、启蒙主义思潮、民族主义思潮、民主主义思潮、现实主义思潮、浪漫主义思潮、资本主义思潮、复古主义思潮等等的梳理,辨析它们在近代的发生、成长、变化,以及它们之间的相互关系,可以使人们更加明了这些思潮与文学变革的关系,明了当时文学的发展与变迁并不是孤立的现象。

四、新式教育。1905年,清政府迫于当时有识之士的普遍要求和社会发展的现实需要,明令废除了空疏无用的科举制度;而在这之前,已有不少关于新式教育制度的倡议和新式学校的创办。新式教育在为社会造就着大批知识阶层的同时,也在培养着自己的读者队伍。这不仅使得新式读者具有与古代读者不同的知识结构与审美趣味,而且它也使得作家的地域分布与性别比例发生了明显的变化。

…………

除了上述四个方面以外,其他如近代图书馆制度、邮政、铁路、公路等等诸多的"外部关系",也都一并加入了中国近代文学的建构与转型之中。在面对如此"数千年未有之大变局"的社会转型途中,将作家当作职业的人来研究,将文学作品当作传播方式来研究,将读者当作文化商品的消费者来研究——这种在人们传统的观念中颇有渎圣之嫌的研究方法,不仅有了可能,而且成为一种必需的工作。

相对而言,对于文学作品的主题、思想、结构、语言等等方面的"内部研究",它可以清晰地揭示出作品与社会、时代的对应关系,并能对人们的审美把握提供重要的借鉴。然而,当人们试图对一个时期的文学现象作出较为宏观与史论性的描述时,"外部研究"便体现出它无可替代的重要性。一切偏重于文学本体内部的研究方法与体系,诸如精神分析方法、原型批评方法、形式主义、语义学、符号学、结构主义、诠释学等,在回答"文学是如何产生并如何生成"时,可能都会偏执于一端而不能全面地作出评价。两者的互相补充,就应该成为文学史研究者所必须都注意到的内容。

在很大程度上,对文学的"外部研究"与率先在西方兴起的文艺社会学有许多的相同之处。法国当代评论家埃斯卡皮认为:"一方面是文学的专业化,另一方面是文学的广为传播,两者在1800年前后达到了临界点。正是在这时,文学开始意识到了自己的社会尺度。"[①]埃斯卡皮是在评价著名文艺社会学家斯达尔夫人时说这番话的。1800年,斯达尔夫人出版了《从文学与社会制度的关系论文学》一书,首次尝试把文学与社会这两个概念结合起来做系统的研究,被誉为文学批评史上第一部专门论述文学与社会之间关系的巨著。在18世纪的欧洲,知识的专门化促使科学和技术活动逐渐脱离了严格意义上的文学,文学的范围逐渐缩小。然而同时,由于印刷术的改进,图书出版业的发展,文盲的逐渐减少,从前作为一小批文人贵族所垄断的特权的文学变成了人数众多的知识分子的文化选择。文学成为提高广大民众智力水准的手段。正是在这里,对文学的社会学研究具有足够的土壤。继斯达尔夫人之后,特别是自法国哲学家孔德在19世纪30年代创立实证社会学以来,文艺社会学的研究领域逐渐拓展深入。在不断完善着文艺社会学研究方法的同时,也相当准确地映现出了西方社会中形形色色的文学面目与文学流派。

现代文艺社会学研究方法主要包含有下列三个要素:一是从社会经济的总体发展上来分析文学的发生与发展。就如法国文艺理论家吕西安·戈德曼指出个人主义文艺建立在自由经济之上、危机感的小说建立在个人垄断时代之上、创造力趋向消失的小说建立在国家垄断时代之上那样,着力揭示出社会史对文艺史的具体影响。二是用社会学的具体方法(如统计调查法)来从事文学研究。它把文学艺术作品看成是人们的精神产品(在近代社会则更具有"商品"的意味),注重研究这一产品得以产生的物质基础和生产条件,研究这种产品的创造者——文学艺术家同社会之间的关系;研究传播媒介(评论家、出版商、书商、图书馆、书展等)对文艺创作的影响;研究文艺作品的消费,谁消费了什么?

---

① (法)罗贝尔·埃斯卡皮《文学社会学》,法国大学出版社1958年版,第8页。

承上启下

为什么？在大量实证材料的基础上，形成客观公允的看法。三是扩展文艺社会学与其他各学科的联系。不仅把文艺作品看作是一种社会文化事实，而且也看作是一种审美事实。这是现代文艺社会学趋向成熟的标志。接受美学、艺术心理学，乃至其他一些着重文本分析的研究方法的长处，都可以被吸收拢来加以运用。现代文艺社会学已经不满足于论证特定作品同特定社会之间的关系，不仅仅对文艺的社会关系作出单向线性的解释，而是力求更加全面系统地考察文艺的社会关系，注重对整个文艺社会史作出评价。

在马克思看来，人是各种社会关系的总和。如果将这一经典结论套用过来，我们也可以说：文学是各种社会关系的总和。相对于农耕文明时期来说，我国古代文学中相对孤立、静止、单一的文学活动，在鸦片战争以后日趋工业化、商品化的社会大变局中，已经变得非常丰富、复杂与开放。脱离了对文学外部关系的研究，可能就会在纷纭复杂的社会现象之中理不出头绪，找不到方向。

这，可能就是我们在从事"近百年来中国文学史论"的研究时必须时时提醒自己的地方。

本文系栾梅健主编"中国近代文化转型与文学现代化"丛书的总序，
原载《近代出版与文学的现代化》，复旦大学出版社2015年版

探寻中国文学从古典到现代的转型历程
——中国近代文学研究的世纪回眸与前景瞩望

王 飚 关爱和 袁 进

一、回顾与反思

王 飚(中国社会科学院文学所):说起来,恰好是10年前的事了。1989年,也是应《文学遗产》之约,我写了一篇《近代文学应当有自己的面貌》(《文学遗产》1989年第2期)。当时,也带有回顾新时期以来10年间近代文学研究状况,探讨如何进一步深入的意思。现在,又10年过去了,而且正逢世纪交替之际,回溯百年,感慨系之,瞩望未来,充满憧憬,或许是世纪之交大多数人的心态。不过,我觉得,至少对近代文学研究来说,更重要的,恐怕是认真总结和反思这门学科的历程及其得失,冷静地分析学科的成就、达到的水平和学术处境,思考学科的价值、定位和突破、开拓的方向。这对21世纪学科发展或许会有所裨益。

袁 进(上海社会科学院文学所):是有必要总结一下。不仅研究近代文学的人需要,对于其他学科的研究者也有价值。章培恒先生提出:古代文学研究与现代文学研究之间存在着一条鸿沟,这是学科设置造成的,急需填平(见1999年2月6日《文汇报》)。我非常赞成。由于学科分割,研究古代文学的很少注意现代文学的研究成果,反之亦然。这样也就更少有人去关注两者的连接与过渡。这是过去近代文学少有人问津,研究薄弱的原因之一。现在这种影响似乎还存在。这恐怕还是受人为学科界限的阻隔。

王 飚:近年现代文学研究界对戊戌变法以后的文学比较关注,因为直接与"五四"文学革命有关。似乎古代、当代研究界对此还有些隔膜。这十几二十年来,过去关于近代文学的一些结论,有了相当大的改变、修正,或深入,提出了不少新见。可是我和一些学界朋友接触中,感到不少人关于近代文学有些问题的知识和认识,似乎还停留在三四十年,甚至五六十年前。这是有点令人遗憾,不过也不奇怪。我们关于近代文学的知识,最初也是从"五四"前后前辈学者的论著,从建国后的近代文学史著作中得来的。如果后来不从事研究,认识大概也还是如此。从这个意义上说,回顾学科史,也是反思100年来对近代文学的认识变化过程。

关爱和(河南大学):确实如此。近百年间社会制度几度更迭,政治文化剧烈革新,意识形态纷纭多变,使得20世纪数代学者在运用不同的历史观、文学观和文学史观,观照、阐释、评价1840—1949年这个历史阶段的文学时,显示出极为明显的认识差异。这种认识差异的存在,使20世纪中国近代文学的研究,呈现出不同的阶段性特征。

20世纪头20年,可以看作中国近代文学研究的第一时期。那时今天所谓近代文学还在发展中。对鸦片战争以来作家作品、思潮流派孰短孰长的批评,对正在进行的文学革新见仁见智的评论,便形成了最初的近代文学研究。梁启超和柳亚子等南社诗人对龚自珍思想启蒙作用及其诗歌的推誉,张之洞、章太炎等与之相反的评论,以及梁、柳、章等对桐城派、宋诗派的批评,一直为后来的研究者所引用。同时,宋诗派、桐城派也预感到韶华将尽,匆忙为自己作着总结。陈衍的《石遗室诗话》《近代诗钞》,品评和展示了近代学古诗派的发展过程;姚永朴著《文学研究法》,林纾撰《春觉斋论文》,不约而同地将桐城先辈只语片言的古文辞理论系统化。到新文化运动兴起,这两派受到全面的讨伐批判,"桐城谬种,选学妖孽"之类称谓不胫而走。此后很长一个时期,一直是将这两派作为新文学诞生的祭物,和新诗、白话文的对立面看待的。这个时期还没有完整的"近代"概念,也很难上升到"史"的认识,形式以传统方式为主,但新、旧两派对近代文学不同认识的壁垒已明显存在。

王飚: 近代文学研究是否从20世纪初就开始,也许还可以商榷。这类与文学创作同步展开的文学批评,如果追溯起来,可以推到更早。所以我倾向于把这个阶段看作这门学科的史前时期。不过这些近代文学当事人对近代文学的认识,很值得重视。如梁启超论龚自珍的一些话经常被人们所引用,但只是用来说明龚自珍影响很大,却很少探究这种影响的内涵和实质。梁启超强调的是"思想自由""思想解放",更多地与"人"的意识觉醒和精神解放,与龚自珍的哲学、历史、文化思想有关。可是多年来龚自珍研究着重从政治、经济着眼,讨论其社会批判和改革思想,而他的改革主张很多还是"药方只贩古时丹"。如果龚自珍启蒙思想之所在没有真正抓住,其近代意义没有被充分揭示出来,他作为近代文学开端标志的地位也就难以得到充分论证。前些年有些人否认龚自珍文学思想和创作的近代意义,也和这种研究状况有关。因此近代作家的自我认识值得我们进一步深入审视。

关爱和: 1920年代—1940年代可以称作近代文学研究学术体系建立时期。随着"五四"新文学序幕揭开,近代文学成为一段相对固定的历史。"五四"后的学者,开始用现代学术研究方式评述这段文学史。1922年胡适的《五十年来中国之文学》是第一种研究近代文学的论著。他把前50年的文学分为古文学和白话文两大部分。古文学涉及桐城派、宋诗派、常州词派、严复和林纾的翻译、梁启超的散文、章士钊的政论文,而以章炳麟为古文学的结束人物。白话文则包括了晚清小说,至"五四"文学革命,白话文取古文学而代之。鲁迅的《中国小说史略》最后三章论及近代,他提出的"狭邪小说""谴责小说"等概念和评价,至

承上启下

今仍为研究者所珍视沿用。此后周作人《新文学源流》对近代也有所涉及。他们都是新文学主将,其著书立说的新文学家立场是十分明确的。1928年陈子展在南国艺术学院讲近代文艺,因感到胡适偏重白话文倾向过于明显,另著《中国近代文学之变迁》。他所言"近代",始于戊戌变法,认为"从这时候起,古旧的中国总算有了一点近代的觉悟"。论述兼及新旧两派,立论较平和公允。而钱基博的《现代中国文学史》所谓现代,指辛亥革命前后。钱著与前几部专史为新文学张目不同,叙旧文学较详,立论对旧文学也多有回护,其中作家传记和作品叙录文献丰富。这些论著中,史的意识得到强化,近代文学研究的基础在这一时期奠定。

袁　进:近代小说研究成果在这一时期很丰富。除了鲁迅的《史略》外,阿英的《晚清小说史》无疑是奠基之作。范烟桥《中国小说史》中《最近十五年》一章,对清末、尤其是对民初小说的评述,眼光独到。胡适关于《三侠五义》《老残游记》《儿女英雄传》《海上花列传》作者、成书过程的考证,和思想艺术的分析,形成了小说研究的范式。

王　飚:近代文学研究学术体系的建立,我觉得还要晚一些,应该是在新中国建国以后。不过"五四"后一批前辈学者筚路蓝缕,导夫先路,确实对近代文学研究影响很深。影响也有两方面。关爱和刚才说到"新文学家立场",很有意思。新文学家以现代的眼光审视晚清,所以有许多精到的观点、论断。但有时,为了突出"新文学"之"新",也由于还来不及全面把握和研究史实,对清末文学的叙述和评价并不太符实和公正。胡适的《五十年来中国之文学》就较明显,而这部著作的影响却最大。如关于诗界革命,他有两个观点。一个说诗界革命就是谭嗣同、夏曾佑的"捋扯新名词以自表异",所以是"失败"的;一个说黄遵宪提出"我手写我口""可以算是诗界革命的宣言"。后来1950年代初的新文学史,甚至1980年代、1990年代一些近代、现代文学史,大都沿袭这两个说法,只是对谭、梁等人的革新精神更多肯定。我前面说一些朋友对近代文学有些问题的认识还停在几十年前,这就是一例。而事实上,梁启超提出"诗界革命"时就明确说生硬"捋扯新名词"的做法"已不备诗家之资格",从没有把这种试验当作诗界革命的样板;他推崇黄遵宪,但也指出黄诗"新语句尚少"。他是总结黄、谭的经验和不足后,提出诗界革命具体主张的。所以,可以说黄、谭等人的探索为诗界革命作了实践准备,却不能说他们就代表了诗界革命,更不能据此断言"失败"。到底什么是诗界革命,还需要好好研究。当然,胡先生的著作产生在1920年代,不该苛求。但70多年了,如果还未能完全纠正他的失误,就有点惭愧了。最近我们也已经有一些新的论述。

袁　进:还有关于民初小说的评价。新文学崛起时,不仅宣称自己与遗老遗少的旧文学是两回事,而且要与放了脚的改良文学划清界限,所以对言情小说大加挞伐,给了一个"鸳鸯蝴蝶派"的称号。但当时新文学家给这个称号下的定义是"游戏的消闲的趣味主义",这实际上不是一个流派的定义,而是商业化社会中通俗大众文学的特征。对民初小说的否定,对通俗小说的排斥,对于近代文学、乃至现代文学研究的影响都很大。1949年以后,"鸳鸯蝴蝶派"作品目录几乎包括了民国时期除新文学家小说之外的所有通俗小说。实际上,在"五四"新文学产生之前,民初小说也曾是一种"新"文学。离开了民初小说,很难理解和说清中国小说怎么会从《官场现形记》一下子跳到《狂人日记》。

王　飚:不过这一时期关于"近代文学"概念和认识也有变化,而且今天我们对近代文学的不同认识,有不少能从那时找到渊源。胡适极力强调晚清文学与由他发难的新文学的区别,认为从梁启超到章太炎都只是使古文学"勉强支持了二、三十年的运命"。至今以这样一种印象来看近代文学的不在少数,许多高校还是把近代文学附在古代之尾。耐人寻味的是,"对旧文学多有回护"的钱基博却不认账,他把康、梁和胡适、陈独秀一起列入"新文学"。陈子展在具体评述上不少地方沿承胡适,但总的看法有所区别。他把清末文学界革命与"五四"文学革命视为新文学发生过程中前后衔接的阶段。后来朱自清《中国新文学研究》、吴文祺的《新文学概要》、余慕陶《七十年来的中国社会与中国文学》，也都认为"新文学的胎，早孕育于戊戌变法以后，逐渐发展，逐渐生长，至五四时期而始呱呱坠地"。其实他们的观点，反映了一批新文学家的共识。钱玄同就把梁启超和苏曼殊称为新文学的"创造"者和"奠基人"。可惜这种联系，后来由于近、现代文学的学科分割，变得模糊了，甚至截断了，以至1980年代提出"20世纪中国文学"论，突破"五四"界限，还引起很大反响。近年还有人主张近代文学始于明末，这个观点也可以追溯到郑振铎的《插图本中国文学史》。他提出"近代文学开始于明世宗嘉靖元年"，这与周作人把新文学溯源至公安派有关。而到了1930年代末，郑振铎编《晚清文选》，阿英编《近百年国难文学大系》，1940年吴文祺著《近百年来的中国文艺思潮》，则都始于鸦片战争时期，大体止于"五四"前，可以看出逐渐与现在的划分接近。

关爱和：《近百年来的中国文艺思潮》，较为注意从政治经济发展的角度去寻找文艺思潮变迁的原因，已带有唯物史观影响的痕迹。对新旧两派文学的评论，也不再落"死""活"文学之争的窠臼。其中关于桐城派与文选派的骈散之争、王国维文学批评的成就、章太炎对"五四"文学的思想影响等问题的论述，超越流俗，多有见地。

王　飚：严格地说，近代文学研究具备一门学科的基本条件，即确定一个相对独立的研究对象，大致在1950年代末，史学界把新民主主义革命史称为"现代革命史""旧民主主义革命"时期也就称为"近代"。相应地，新文学史改称"现代文学史"，随后把1840—1919年的文学划为"近代文学"。这一划分当初主要不是对文学自身历史阶段审察研究的结果，而是以社会史、革命史分期为依据的。由此促成了这门学科形成，但也因此隐伏着某种先天缺损。这种先天缺损对学科后来的"健康状况"影响是很大的，最主要的就是近代文学在"文学"发展史上的价值没有充分揭示，甚至这一划分从"文学"上看有无根据都没有得到充分论证。这一前提也导引了研究指向和思维定势，即主要考察和论述"旧民主主义性质"文学的发生、发展,如何为反帝反封建斗争服务,与腐朽保守的封建文学斗争,并以此为标准评价作家作品。从这方向出发,一些过去未引起注意的作家作品,如鸦片战争时期爱国诗人、太平天国诗文、辛亥时期革命文学家等,或被发掘出来,或受到重视。此期学术成果主要是两方面。一是对近代文学作了较前系统的梳理,初步构建了一种近代文学史框架。最初是北大中文系55级四卷本《中国文学史》近代编和复旦中文系56级的《中国近代文学史稿》。这两本著作产生在"大跃进"和"拔白旗、插红旗"年代,论者多病其偏颇。但就近代文学史编著而言,毕竟有开创之功,尤其是北大本。而且两书实际是在季镇淮、鲍正鹄等教师指导下,由学生检阅了大量资料后编写的,也培养了一些新的研究者。1960年代游国恩等著《中国文学史》的"近代文学"编(季镇淮撰),则是具有严肃学术品格的著作,虽不免当时思潮印迹,但纠正了前两书明显的片面粗疏之处,精练概括,代表了那一时期对近代文学的基本认识和学术水平,其基本构架还影响到1980年代、1990年代一些近代文学史著作。另一个成果是史料整理。舒芜的《中国近代文论选》、北大55级的《近代诗选》、阿英的《中国近代反侵略文学集》和《晚清文学丛钞》、魏绍昌的谴责小说研究资料等,它们的学术价值远远超过同期许多论文。

关爱和:唯物史观作为一种先进的历史观念和思想方法,给予这个时期研究者在认识近代文学一些重大问题方面以极大的便利,许多旧文学史家看不清、说不透、知其然而不知其所以然的问题可以得到理论解释。但由于对唯物史观理解尚多偏颇,运用过于机械,近代文学研究也出现不少误差。如作家作品研究流于贴政治和阶级标签;原来存在的以"五四"文学为界的"新""旧"文学对立被扩大化;"五四"文学与维新时期文学革命的联系被粗暴割断。

袁　进:研究范围也很窄。小说研究集中在四部"谴责小说",存在大片空白,因为有些当时属禁区。比如近代文学一个显著特点是从开始接受西方文化、西方文学的影响。但当时认为传教士输入西学是"文化侵略";西方资产阶级文化已经"日薄西山,气息奄奄,快进博物馆"了,因此这个重要问题几乎无人涉及。根源还是"左"的政治思潮。

王　飚:这些问题实际反映了关爱和所说的"不同的历史观、文学观、文学史观"这一时期的缺陷,近年已谈了不少。我看主要就是绝对化的"一切文学从属于政治"的文学观,简单化的"文学发展决定于政治经济"的文学史观,和片面的"学术为政治服务"的学术观。在近代,文学和政治的联系确实比较紧密、突出,问题在于上述观念当时成为一种限制性、排他性的理论。哪怕稍微越出其限制,对近代复杂的文学现象,对文学自身演变的轨迹和艺术特性作些较为实事求是的论析,都非常困难,随时可能遭到批判。而"左"的政治批评标准,对这个学科更有致命性。因为近代作家无非两类,类属传统诗文流派,当时被看作"腐朽没落文学"几乎全部否定;另一类的"阶级成分"多少与资产阶级沾上,在"兴无灭资"中也往往沦于被"灭"之列。对近代文学变革起过重要作用的改良派、谴责小说,在"反修"时期就几遭灭顶之灾,甚至南社诗人高旭都未能幸免。前面说这门学科先天不足,那么这些就是后天失调。近代文学研究薄弱、落后,除了学术界自身原因外,当时的学术环境是更重要的原因。

关爱和:这样一对比,最近20年近代文学研究进展之大,就太明显了。随着思想解放运动的深入,实事求是的学风逐渐恢复,许多妨碍正确认识近代文学发展历史的禁忌不断打破,研究视野趋于广阔。有意识地把近代文学作为一门学科予以全面建设,是1980年以后研究者的共识,因而研究的系统性、组织性、科学性大大加强。研究者的价值观念、文学史观、思想方法和研究方法也在更新,高质量的学术论著纷纷问世。近代文学研究,呈现出前所未有的繁荣景象。

王　飚:要谈近20年的发展,有一点感触。一些在其他学科不成问题的事情,对这门学科却可能有不寻常的意义。比如,我觉得首先是形成了一支队伍。这似乎很平常,但要知道,1978年以前,全国还没有一个从事近代文学研究的机构,连教研组都没有。所以季镇淮、钱仲联、任访秋等老一辈学者,从那时起就开始培养年轻力量。1978年中国社科院文学所近代室成立后,就努力推动全国有关研究者的联络与组织,当时任文学所领导的邓绍基,始终尽心支持和促进这门学科发展。20世纪六七十年代开始涉足近代文学研究的中年学者,1980年代成为学科主力,现在如孙静、郭延礼、黄霖等已先后带出了近代文学的博士生。20年来从中国社科院研究生院、北京大学、苏州大学、河南大学、华南师大、山东大学、复旦大学、中山大学毕业了几批主攻或兼攻近代文学的硕士、博士。通过从1982年起每两年一届的全国近代文学讨论会,这支队伍逐渐汇聚、扩大,1988年成立中国近代文学学会。稍后,中国南社与柳亚子研究会成立。除了这两个国家一级学会,广东、山东还有省级近代文学学会,江苏、云南等有省级南社学会。海外还有国际南社学会,澳门也成立了近代文学学会。确实不易啊!期间很多人为学科建设倾注了心血,像中山大学张正吾先生创办第一份近代文学研究丛刊,后来又和陈铭先生编辑第一套近代文学研究丛书,这些在当今刊物、出版物大海中或许很不起眼,但学科史上不可缺此一笔。

关爱和:资料建设也进入有组织的系统整理阶段。中国社科院文学所近代室和该室王俊年、梁淑安、牛仰山编的《中国近代文学论文集》(1919—1979)7卷,上海书店出版的《中国近代文学大系》,章培恒、王继权等编辑的《中国近代小说大系》,钱仲联新编《近代诗钞》,严迪昌的《近代词钞》,都是近年来重要成果。辞书如《大百科全书·中国文学卷》近代部分(季镇淮主编),魏绍昌、管林、郑方泽等主编《中国近代文学词典》,孙文光主编《中国文学大辞典》。梁淑安主编《中国文学家大辞典·近代卷》,词条达近千家。其他已出版的作家研究资料汇编、年谱、著作系年考,作家诗文全集、别集、选集,近代小说,达几十家、几十种,成绩斐然。

王 飚:就研究本身发展和学术水平提高而言,有这样几个特点。一、研究领域逐步扩大,已趋全面。过去被简单否定而难以涉论的诗文流派、小说作品,

承上启下

许多鲜为人知或少有论列的作家,长期尤为薄弱的领域如近代戏曲和词,几乎无人探究过的近代少数民族文学,现在,都已经展开研究,有些已相当深入。二、作家作品研究,从纠正错误的片面的评价开始,转入对重点作家系统深入的论述。撰著了一批作家的研究论著或评传。三、对一些重要流派、社团、文学运动、文体演变等,进行专题研究,如关于桐城派、南社、诗界革命、戏剧形式、文学观念变革的专著。四、在此基础上,进行史的考察、清理和研究。1980年代后期到1990年代前期,这类研究结出丰硕的成果,涌现出一大批文学史类著作。近代断代史有陈则光《中国近代文学史》(上册),任访秋主编《中国近代文学史》,郭延礼《中国近代文学发展史》,管林、钟贤培主编《中国近代文学发展史》。文论或文体史有叶易《中国近代文艺思潮史》,聂振斌《中国近代美学思想史》,黄保真《中国文学理论史》(第七编即近代编),黄霖《近代文学批评史》,刘增杰主编《中国近世文学思潮》,马亚中《中国近代诗歌史》,欧阳健《近代小说史》,谢飘云《中国近代散文史》,郭延礼《中国近代翻译文学概论》。地方文学史有陈伯海、袁进主编《上海近代文学史》,钟贤培、汪松涛主编的《广东近代文学史》。这种状况为这门学科史上前所未有。

袁　进:近代文学进展当然应该肯定,不过,倘若与古代文学研究和现代文学研究相比,近代文学研究还是有很大差距的。现代文学才30年,据说研究者数千人。近代文学将近百年,即使把不侧重研究但发表过论文的考虑在内,也不过几百人吧？我没有作过精确的统计,但根据所见大致估计,整个近代文学研究论文的数量,恐怕还比不上古代文学中的唐诗研究、现代文学中的鲁迅研究。不少专著,内容确实大大丰富了,评价更加准确了,论述更加系统了,对具体问题也提出了不少独到见解。但有些还是在1960年代的基础上扩展、纠偏、详化、深化和系统化。现在的问题,好像需要在重大问题和总体认识上有新的突破。

关爱和:刚才没有提到1990年代后期出版的《中华文学通史》近代卷。它虽然不是专门的断代史,但立意见解,深刻而不俗。而且在两个重大问题上,与前不同。一个是近、现代合为一编。近现代编《绪论》就此所作论证,很有说服力。另一个是改变一般近代文学史的三段划分,分为前后两期,尤其打破过去"文学改良时期"和"革命文学时期"的分割,统归"文学界革命"。这两个改变都很重要,应该谈一谈。

王　飚:两位所谈的,实际涉及了近代文学研究发展趋势问题。如果说近代文学研究的学术史,也是一部对这一历史阶段文学的认识史,那么,这 20 年来,在研究面扩大、具体研究深入、分体研究展开的同时,部分研究者还进一步思考重新认识整个中国近代文学的问题。到底什么是"中国近代文学"?这个"近代"的含义或者所谓"近代意义"怎么界定?以往的认识符合我们所划定的这个时段中国文学的实际吗?这种划分(包括具体的上限或下限)合理吗?等等。这种思考从 1980 年代初讨论近代文学的断代、性质、特点时就已开始。这场讨论后来没有能进一步展开,但一些研究者的思考并没有停止,而且初步形成了一些不同的思路。前面列举的成果中,有些就已表现出来,像黄霖的《近代文学批评史》,虽然他论述的是近代文学的一个方面(理论批评)。《中华文学通史》近代卷的总体构思,也是建立在这些思考和讨论基础上的。当然我们也有自己的考虑。如近、现代合一,不少人已提出过,不过大都把"同属于半殖民地半封建社会"作为主要根据。我们则认为,简单地以社会史断代作为文学史断代并不科学,因此主要从文学自身发展,即文学体系转型的连续性和统一性来论证。分前后两期,也有人提出过,不过认为前期还是"传统文学"。我们则论述了前期传统文学已发生"裂变",出现"新变"和"衰变"两股潮流,不能简单地说都属"传统"。而总体上考虑以中国文学的近代化来结构全书,则基于我们提出过的一个看法:"近代文学的特殊地位及其特殊研究价值,决定了近代文学有其独特的主题:正确说明传统的古代文学向新文学演化的具体行程、特殊规律和类型特征。""近代文学研究整体水平的提高,很大程度上取决于我们能否把

承上启下

重心转移到揭示中国文学近代化历程这一独特主题上来。"这个意图是否很好地体现出来了另当别论。但我认为这个问题却关系到袁进所说"从总体上有新的突破",倒是需要好好讨论的。

二、价值与定位

袁　进：你提到近代文学"研究价值"问题,我觉得是个关键。长期以来,学术界、高校中文教育界就存在一种偏见,认为由于近代缺少伟大作家和伟大作品,它本身就缺少研究价值。这种看法很值得商榷。随着文学研究的深入,人们越来越清楚地认识到：作家作品研究只是文学研究的一个方面,它实际上是比较表层的研究。在作家作品之间,存在着广泛的联系,存在着多种交叉的发展线索。近代文学作为中国文学从古代到现代的过渡,作为最早接受西方影响的文学(晚明时期虽有西方传教士传教,在思想文化上产生影响,但对中国文学影响甚微),具有与古代文学和现代文学都不同的特点,有许多文学的发展线索,值得深入探索。迄今为止在这些方面是做得很不够的。

王　飚：或许说"还不够"妥当些,因为已经有不少人在研究这些问题,有些已见成果。近代文学研究薄弱的原因,以前我曾谈到两个方面。一方面就是袁进所说的,学术观念偏颇。存在一种片面的、缺乏科学眼光的平庸偏见,似乎文学的研究价值与作品的思想艺术成就成正比,这显然混淆了研究与鉴赏的界限。我在《近代文学应当有自己的面貌》中就指出过："而在许多人看来,近代文学是一个没有伟大的作家作品,没有一种臻于至境的文体,也没有成功的艺术创新的时代",因而长期遭到冷落。但还有另一方面,就是近代文学研究者自己也没有充分意识到这门学科特殊价值之所在,未能提出或突出最能体现近代文学特性的课题,研究方法也承袭古代文学的一套思路、模式、批评标准。这种状况已有所改变。现在需要更深入的思考和更多的人来讨论近代文学的研究价值。这就首先涉及一个根本问题——到底什么是"近代文学"？

不少文学史著作按照"资产阶级启蒙文学""资产阶级文学改良""资产阶级革命文学"来描述这段文学历史，那么中国近代文学就是资产阶级文学。近年这种认识受到质疑，因此有些文学史不再沿用这个概念，不予定性，只说"近代文学"萌芽、发展、高潮和衰落。这两种概括，有一个共同点，那就是：实际上断定，或者说隐含地认定，有一种自具稳定性质、独立形态，而且经历了从发生、发展到衰亡完整过程的"中国近代文学"。但同时，几乎所有的文学史又都说近代文学是一个"过渡"。我们一直没有觉察到，这两个论断，其实构成二律背反：如果它是"过渡"，那么它的性质就是不稳定的，形态是不成熟的，而且过渡还没有完成，过程也是不完整、谈不上结束的。不仅如此，按上述思路，无论怎么概括，都只限于近代文学的一半，即新的一面；还有另一半，即构成古典文学最后一段行程的传统诗、文、词、小说、传奇杂剧流派，上述概括都没能也无法包容进来。容我斗胆说一句可能惊世骇俗的话——中国没有"近代文学"！一个近代文学研究者说出这种话来，好像令人奇怪。但我想大家能理解它的意思：由于中国特殊的历史条件和文学史背景，中国不可能也没有产生像欧洲那样的具有独立形态和完整生命过程的"近代文学"。什么是"中国近代文学"？只有一个定义，那就是：从古代文学体系到现代文学体系的转型期文学。除此而外，很难再给鸦片战争前夕到"五四"之前这一段文学定什么性。

这个认识，说出来似乎很平常，其实不探究则罢，如果深究下去，就会体会到跳出原来的框架，不那么容易，否则也不会那么长时间陷在那个二律背反中而不自觉。而一旦确定"从古代文学体系到现代文学体系的转型期文学"是"中国近代文学"的唯一定义和基本特性，那么近代文学研究独有的主题、这门学科的主要任务和目标、它在中国文学研究学科结构中特殊重要的价值和地位，便充分显示出来。近代文学研究的主要任务，将转向探寻中国文学从古典到现代的转型，发现、揭示、描述和论证古代文学的一系列思想规范、形式规范、语言规范,怎样渐次遭到怀疑、挑战、突破,各种新的文学因素怎样萌育、成长和组合,以及沿袭古范的文学怎样在传统规范的范围内自我调整以求延存,又终因恪守古范而走向式微终结。作家作品仍是研究的基础,但审视和评价的角度将会大幅度调整。重心不再限于把握作品的社会意义和艺术特点,而要在此基础上寻找有哪些新变或衰变;评价也不只是按照某种固定的标准判定其思想艺术高低,而重在以历史的眼光分析其中变化,哪怕是微小的、不成功的变化,及其在文学转型过程中的作用。不研究和了解近代文学,就不可能真正理解古代文学的归宿和新文学的诞生,一部文学史,就被人为地"断裂"。

关爱和:你说近代文学研究的重心应该转移到探寻中国文学从古典到现代的过渡转变,我很赞成。近代文学的价值就在于:它一方面是中国古典文学的承续与终结,另一方面又是中国文学走向现代的奠基与先声。正是由于对这一特殊价值认识不足,因而也对有关问题研究不足,使得中国文学历史仿佛存在着不可衔接的"五四"断层;也正是由于"五四"断层假象的存在,古典文学与现代文学研究两大学科独立发展而少通音讯。这不仅涉及怎样认识近代文学,还涉及怎样认识"五四"新文学和两者的关系。在以往的研究工作中,我们似乎有意无意地夸大了白话文学取代文言文的历史跨越,忽视了"五四"新文学对近代文学革新精神和成果的承接。周作人《汉文学的前途》中有一段话很值得我们思考,他说:"白话文的兴起完全由于达意的需要,并无什么深奥的理由。……实则只是一种新式文体,亦可云今文,与古文相对而非相反,其与唐宋文的距离,或尚不及唐宋文与《尚书》之距离相去之远也。"而"五四"新文学的参与者,反倒十分看重梁启超倡导文学革命对新文学的影响。钱玄同1917年给陈独秀的信中就说:"就新文学而言,梁启超实为创造新文学第一人。……论现代文学之革新,必数梁君。"至于新文学家对旧文学所表现出的激烈与偏激,他们自己就认为是一种与文言文、旧文学决裂的策略。茅盾《进一步退两步》说得很清楚:"我也知道'整理旧的'也是新文学运动题内应有之事,但是当白话文尚未在全社会内成为一类信仰的时候,我们必须十分顽固,发誓不看旧书。"明白于此,便可知道鲁迅为什么说"我以为要少——或者竟不——看中国书"。正是鲁迅,指出"'新文学'和'旧文学'这中间不能有截然的分界,然而有蜕变,有比较的倾向。"(《"感旧"以后》)"新文化仍然有所承传,与旧文化也仍然有所择取。"(《〈浮士德与城〉后记》)近代文学研究所要解决的,就是这个"蜕变"与"承传"的问题。

袁　进:看来在这个问题上我们的想法比较一致。而且我觉得还可以进一步说,近代文学在中国文学史上的重要性,只有先秦文学可以与之相比。研究古代文学的,不管他研究那一朝代,都应当了解先秦,因为先秦文学是古代文学的源头。从发生学的角度来说,它提供了后来文学的模板,决定了后来文学的选择趋向。正因为先秦文学提供了多种可能性供选择,后来的思想家文学家们不断回到先秦,吸取养料总结经验教训,重新思考以改革文学。近代文学同样如此。中国文学发展到近代,好比到了一个十字路口,具有多种选择的可能。因此也像先秦那样,成为思想活跃的时期。而中国近代文学作出的选择,实际上影响了以后的文学发展。现代甚至当代文学碰到的许多问题,如文学的市场化问题、文学的雅俗问题、文学与政治的关系问题、作家面对各种潮流是否坚持自主意识问题、中国文学吸收外来影响问题等,往往都能追溯到近代。因此从发生学来说,近代的选择实际上一直影响到现在。中国义学的近代化作为文学史上最重要的变革阶段,它的选择,以及选择背后的各种动因,选择以后形成的心理定势,造成的各种影响,都是很值得探究的。

王　飚:你说到"发生学"和"近代化",我又想起20世纪初金松岑的一段话:"夫新旧社会之蜕化,犹青虫之化蝶也,蝶则美矣,而青虫之蝇则甚丑。"(《论写情小说与新社会之关系》)后来杨世骥也有过同样的比喻。我曾引这两段话,来说明近代文学之所以不被人看重,是因为它是一条"毛毛虫"而不是"蝴蝶";但近代文学之所以应该看重,恰恰就因为它是"毛毛虫",研究"毛毛虫"就是研究古代文学的"变态繁殖学"和现代文学的"发生形态学"。有朋友开玩笑说这是"毛毛虫论"。其实这个比喻是很贴切的。毛毛虫是上一代蝴蝶"蜕化"为下一代蝴蝶的必经阶段，用我们的话说就是"近代化"。

这就要提出第二个根本性问题，所谓"中国文学的近代化"的内涵是什么？有些论文涉及这个问题时，往往用福柯的、英格尔斯的或其他什么人的"现代化"理论，或套用西方文学的"现代"概念和模式来解释或衡量中国文学。但是，只要稍微考察一下史实，就可以看出，中国文学没有像欧洲那样先通过近代化形成自成体系的"近代文学"，然后再对"近代文学"进行变革而形成"现代文学"。中国文学的"近代化"或"现代化"（与 1980 年代以来所说"现代化"不是一个概念）实际是同一、连续的过程，都是指中国的"文学体系"，即包括文学的社会属性、作家构成、文学观念、创作内涵、形式体制，直到语言模式和传播方式等，所有文学构成要素的整体性、根本性转换。这一文学体系从古典到现代的全面转型过程，从 19 世纪中叶起就逐步发生、发展，而在"五四"以后进入完成期。这也是《中华文学通史》把近、现代合为一编的原因和理由。

对于"文学体系"这个提法，可能会有不同看法，需要另外加以说明和论证。但"文学"确实由这些要素构成，而且它们是互相联系、互相作用的。像传播方式，过去一般不考虑在"文学"之内。实际上近代印刷技术和报刊的传入，不仅改变了作品发表方式，扩大读者范围，加快传播速度，而且由此实现了文学的社会化和商品化，极大地扩充、改变了作家心目中的读者预设，从而引起体裁、题材、形式、语言的一系列变革，并为职业作家出现创造了条件。又如作家研究，过去一般较重视阶级属性、思想倾向，而在近代，还应该注意作家知识结构、文化视野、社会地位等，揭示作家构成从士大夫文人到近代型知识分子的转化。像王韬、郭嵩焘、黄遵宪、康有为、严复，已经到过西欧、北美、东亚、南洋，走向近代世界。尤其是到清末，中国知识阶层的生成机制和作家地位发生历史性更革。科举制度的废除，新式学堂兴起和大批留学生出国，结束了士大夫文人的再生机制，所以最后一代遗老过去后，再不会有原来意义上的古代文人了，与此同时迅速形成新型知识分子群体。西方美学的传入,促使文学家思考文学"强立之位置";出版物的商品化,造就了最初的职业作家。"五四""新文学家"就在这一基础上产生。创作主体的历史性更替,决定了文学的根本转换。在这个意义上,旧文学死亡的命运在"五四"以前就已注定。诚然,文学体系各要素在近代的变革并不平衡,各要素也未能整合,所以没有完成转型。但是,文学体系各要素已发生全面的变革,新文学的因素大都已经萌生。近代文学研究就是要具体地探讨这个包括文学主体、本体、载体、受体(读者)的整个体系的转型,亦即文学近代化的轨迹、行程、原因和结果。

袁　进:我理解你的意思,是不是可以这样说:100多年来中国文学的这种变化是全方位的。如果我们把文学活动的构成视为作家、文本、语言、传播方式、读者等诸种要素,那么,这些要素在近代全部发生了重要的变化。作家由古代的士大夫变为近代的知识分子,其写作方式、写作心态等都不同。除此以外,各种文学体裁都有不同程度的变化;以诗文为中心开始转变为以小说为中心。文学表现的内涵,与现实的关系,都出现了新的特征。文学语言由古代汉语变为现代汉语,文学传播方式纳入了资本主义大工业生产和商业化销售的轨道。这就导致读者的变化,古代文学的士大夫读者转变为现代文学的平民读者。如此巨大的全方位文学变革,中国近代是仅见的,近代之前的各个朝代从未有过。

关爱和:确实,在这个意义上,近代文学是中国文学发展的重大转折点。尤其是20世纪初梁启超倡导的文学改良运动,是近代中国文学自我扬弃和艰难选择的真正开端。它借助于西方异质文化的撞击力量,击破了中国古老的封闭的文学体系,并开始构建他们理想中的文学殿堂。中国文学由古典向现代的转变也由此起步。"五四"文学革命在文学改良的基础上更深入更全面的发展。

补充一点。两位都谈到近代没有产生伟大作家和成熟作品,这个问题也可以从另一角度看。民族、政治、文化的全面危机,构成了近代文学的历史背景。时代没能给文学提供从容发展的文化氛围,却又需要文学参与并极大地发挥作用。在民族生存危机成为中心议题的时代，文学若去追求自身审美品格的完善而无视民族的需要，那势必会丧失存在的价值和地位。这就决定了文学必须不断调整自身，以求与时代取得同步。这是文学自觉选择的结果，也是近代没能产生在思想意蕴和艺术审美上都能称得上深刻宏大的文学佳构的原因之一。但是，近代文学不仅反映了中华民族所蒙受的种种屈辱与在屈辱中爆发的空前的反帝救亡热情，而且记录了中华民族为抛弃沉重历史包袱，进行启蒙与反封建的艰难步履。我们不能不承认，在这个意义上中国近代文学的文化与历史价值远超出其文学价值。

同时，近代文学的变革又显出急遽性的特点。文学没有从容的心境和时间去完善自我，它自身形态的建设和审美品格的自觉都处在一种快速早熟状态。急遽而跳跃的时代节奏，不断把新的代表先进思想的文学家推到浪尖，把落伍者抛到背后。梁启超的"不惜以今日之我难昨日之我"之类的话，很能概括许多文学家无可奈何的心境。从这个意义上说，近代文学家所作出的所有辛勤努力和积极探索，都是值得尊重的，也是我们应该注意研究和阐明的。

袁　进：刚才王飚特别提出的传播方式问题，还可以进一步说，这实际上是一个社会运行机制的问题。在一种社会文化变革背后，往往有经济因素和物质生产因素在起作用。近代文学就是如此，最重要的就是资本主义商业运行机制主宰了文学的运行。

古代书籍也曾采用商业化的运营方式，不过还停留在手工业作坊阶段，与近代不可同日而语。资本主义工业生产形式与商业化营业方式组合的优势，集中体现在报刊和平装书的出版和销售上。报刊和平装书作为新的文本物化形式，不仅外观上与传统文本——线装书不同，而且容量大，出版快，价格低。这些优势使它的传播范围远远超过了线装书。资本主义文学运行机制对文学的冲击，在晚清小说的繁荣上典型地显示出来。从商务印书馆采用"纸型"新技术后，平装本小说如雨后春笋般问世。机器复制为小说繁荣准备了物质上的条件,加上大量市民和受"小说界革命"论影响的士大夫纷纷成为新小说读者,形成巨大的小说市场。文学救国思潮和小说稿费制度的建立,驱使大批作者创作小说。以至时人慨叹:"昔之为小说者,抱才不遇,无所表见,借小说以自娱,息心静气,穷十年或数十年之力,几经锻炼,几经删削,藏之名山,不敢遍出以问世,如《水浒》《红楼》等书是已。今则不然,朝脱稿而夕印行,一刹那间已无人顾问。盖操觚之始,视为利薮,苟成一书,售诸书贾,可博数十金,于愿已足,虽明知疵累百出,亦无暇修饰。"姑且不论小说的质量,商业化无疑大大促进了小说数量的扩展。清末短短10余年间小说总数,就接近古代历朝存留下来的小说之和,由此可见资本主义的文学运行机制启动之后的巨大威力。正是从这时起,小说取代诗文而逐渐居于文学的中心地位。报刊和平装书成为文学文本的主要存在方式,注定了文学必须面向普通百姓,从而也改变了士大夫垄断文学的局面,逼迫传统文化的主要承担者——士大夫们适应它们,或者抗拒它们而逐步衰亡。文学运行机制的变化,实际上影响到整个近代文学的变革。有关这一方面的研究,还没有充分展开。

王　飚:这种社会运行机制的变化,实际上是中国社会近代化的一个方面。这样,又涉及第三个重要问题:怎样认识中国近代社会和近代历史？过去,我们并不对此独立研究和思考,而是直接接受了史学界的结论,即"两个过程论":帝国主义和封建主义勾结把中国变为半殖民地半封建社会的过程,也是中国人民进行反帝反封建斗争的过程。这概括了基本史实,但主要从阶级斗争着眼,未重视也难以概括社会体制的变化。历史表明,资本主义把中国推入半殖民地的同时,也打破了中国"闭关自守的、与文明世界隔绝的状态"(马克思语)。中国人民在展开斗争的同时,也开始了近代化道路的探索,不断以世界先进国家为蓝本,提出各种改造社会和创建新中国的方案,并为之奋斗。因此,中国近代史呈现为一种双向的运动:一方面逐步半殖民地半封建化,另一方面又在逐步近代化。反帝反封建斗争是近代化的动力,同时它本身也在逐步近代化。每一次

承上启下

失败的斗争,都在不同方面不同程度地推动了社会进步,经济生活、社会生活和精神生活都逐步发生了一系列近代性变革。

认识中国近代历史双向运动这一特殊性,那么,古典文学在近代的衰微和新的文学因素成长这两条线索,就可以得到更清晰的认识和更深刻、合理的解释。在半殖民地半封建化过程中,清王朝衰落下去,却苟延残喘,还一度"中兴",直至覆灭。这是固守传统规范的文学能够长期延存,又终于衰微的外部条件,构成近代文学中不应忽视的一条线索。而推动中国向近代化方向发展的历史运动,也推动了文学的近代化。它与社会体制的近代化变革有着密切的关系。例如文学传播方式的变革,是近代印刷出版业、新闻业产生和发展的结果。海外诗、域外游记,是近代外交制度建立后的产物。而教育体制的改革、科举制度的废除,则直接导致清末作家构成的历史性更动。尤其是文化的近代化转换对文学具有更深的影响。世界近代文化的进入使以儒家思想为核心的传统文化陷入价值危机。早期科技文化传入虽未能动摇"道"的地位,但已部分改变了作家的文化视野、知识结构和作品的文化品格。在19世纪末20世纪初资产阶级思想启蒙运动中,大量西方社会、政治、法律、经济学说及哲学、史学、美学理论和文学著作,被介绍过来,出现了新思潮井喷的壮丽景观。这就是晚清文学界革命的文化背景。这样,近代文学研究,就不能局限于论述文学与历次反帝反封建斗争的联系,而需要从更广阔的视角,探索经济、政治、外交、教育、文化各方面社会机制的近代化对文学的影响,与文学体系转型的关系。而这,却是以往研究中比较欠缺的。

上面所说三个问题,实际上关系近代文学研究观、近代文学史观和近代历史观。我想,如果能在这三个基本观念问题上,展开讨论、争论,认识有所更新、扩展、深化,或许可能在前人和近年研究成果的基础上,进一步推进拓新,形成一个以探寻中国文学从古典到现代的转型历程,亦即中国文学近代化进程为中心的学术体系。

三、求实与开拓

关爱和：20世纪近代文学研究为学科发展奠定了基础，但已有成果与近代文学自身的丰富性、所蕴含的历史意义比较，仍是百不及一的。就探索由古典向现代过渡转型而言，近代文学确实还有许多研究领域尚待拓荒辟疆，有许多理论课题有待精细深化，需要更多的有志者致力于个性化的学术思考，认真思考如何突破或开拓。

王　飚：说到突破、开拓，前些年谈论较多的是新领域、新视角、新理论等，近年这方面的调子有点降低，我倒觉得还可以强调，前面其实已经谈到了。但是，基点是求实。有时候，求实就是突破。在近代文学研究中，有许多长期存在的"定论"，由于各种原因，其实是不符合史实的。这几年一些明显的"左"的偏向，已经注意纠正，但一些更深层次影响还没有消除，有些是重大问题。如关于诗界、文界、小说界革命，长期以来的基本认识是：一、其性质是改良主义的，不是"革命"；二、主要参加者限于改良派，革命派兴起后就结束了，所以把"文学改良运动"与"革命文学"分为两个时期；三、虽然有重要意义，却是失败的。然而，衡诸史实，这几个结论都不准确。诗、文、小说界革命（我统称之为"文学界革命"）的发动，在1899—1902年，恰恰是戊戌变法失败、改良高潮已经过去之后。梁启超总结变法失败原因，发起一场以"新民"为中心的启蒙运动。文学界革命就是从"新一国之民"出发，作为这场思想启蒙运动组成部分而提出的，并没有限定于为改良路线服务。所以当时响应者中，很大一部分倒是新进的革命青年。小说界革命最初从提倡政治小说开始，而改良派中除梁启超写了半部《新中国未来记》外，再没有第二个人写政治小说，相反，1903—1904年的政治小说，作者都属革命派。政治小说艺术上不成功，但揭开了小说界革命序幕。谴责小说虽然大体同时开始创作，然形成高潮则在此之后。可是，大多数文学史，为了

承上启下

体现改良与革命的对立、改良文学时期与革命文学时期的前后分割,只好提前在"改良主义文学"中讲谴责小说,《狮子吼》等反而放到后面"革命文学时期"才讲。于是似乎小说界革命只产生了谴责小说。小说界革命的最初成果、实际过程、发展逻辑及广泛影响,都模糊不清,甚至颠倒。其实,在文学思想和创作倾向上,改良派和革命派并没有像在政治路线上那样对立,革命派的诗文论大体是梁启超文学界革命论的发挥和发展(有的人在某些方面比梁还保守些),两者仅略有先后,而互相交叉、紧密衔接。因此,我们在设计和撰写《中华文学通史》近代卷时,提出了三个与前不同的结论并在结构上作了相应处理:一、晚清文学界革命纳入了要求"摧毁"(梁启超语)旧思想的资产阶级思想启蒙运动,并引起了文学体系全面的变革,因此是具有革命(文学意义的"革命")性的;二、文学界革命是由改良派发动、由改良派和革命派及其他爱国文学家共同推进、由革命派继续发展的文学变革运动。取消过去"改良文学""革命文学"两期的分割,统归为"19世纪末20世纪初的文学界革命"一期;三、肯定这是一场未完成的文学革命,但不是失败的改良。

当然,这个问题,还可以也希望讨论。举这个例子只是说明,可能仍有一些并不正确的观念还在束缚我们,诸如"改良派的文学革命实质只能是改良""'五四'才有真正的文学革命"等。看来"实事求是,解放思想"并不只是政治口号,也并不因为喊了20年就成为陈言。继续突破某些片面观念的束缚才能发扬科学的求实精神,而求实才能在学术上有所突破,这好像也是一种辩证关系。做起来也不容易。

袁 进:的确,近代文学研究还有必要强调更新观念,坚持科学的求实态度。过去近代文学研究一直强调"反帝反封建"的政治标准,因此特别注重揭露黑暗干预现实的晚清小说,而研究晚清小说就是研究它们怎么为政治服务。这种状况现在虽然有所改变,但从对晚清小说的过分推崇,对民初小说的过分贬低中,仍可以看出其影响。其实,从文学本身的特点出发来看,民初小说要比晚清小说更为深入。晚清小说最为人所称道的是"社会小说",也就是鲁迅所说的"谴责小说"。这类小说的出发点就是舆论监督,因此往往罗列大量坏人坏事,像写报纸新闻那样。吴趼人向包天笑传授创作这类小说的经验,就是收集一大堆材料,然后运用一个"贯穿之法"。因此谴责小说很少表现人的内心世界。并不是这些作家没有这方面的能力。吴趼人的《恨海》就有大段表现人物内心矛盾和痛苦,他在《恨海》"出版后偶取阅之,至悲惨处,辄自堕泪,亦不解当时何以下笔也"。而这样的描写,这样的感觉从不见于他的谴责小说。因此谴责小说的创作,实际上很难进入真正的艺术境界。民初小说由谴责转入言情,以往曾被认为是一种"逆流",其实不然。由新闻化的丑闻连载,转向表现社会转折时期自由恋爱的痛苦,这是一种进步而不是退步。开民初言情小说风气的苏曼殊《断鸿零雁记》和徐枕亚《玉梨魂》,一部写"和尚恋爱",一部写"寡妇恋爱",都是中国小说从未出现过的题材,都具有近代意义。更重要的是,中国小说又转向发现人的内心世界。和尚、寡妇认同传统封建道德,而又无法抑制对爱情的渴望,始终处于进退两难的困境。他们内心的冲突,显示出一种真正的悲剧。就表现人的复杂性而言,民初小说不仅超过晚清小说,而且超过早期新文学中一些概念化的作品。如何实事求是地评价民初小说,纠正以往用思想来评判艺术的简单化倾向,至今的研究还是很不够的。

关爱和：研究要深入,史料的考订整理工作很重要,这也是求实的一个方面。近代文学的历史虽距今未远,但由于新的文学载体——报刊及出版业发展迅速,林林总总,情况复杂,职业化与非职业化的作家队伍同时存在等原因,使得文学史料的收集整理任务变得十分艰巨。郑振铎 1930 年代编选《晚清文选》,自言甘苦是"用了很大的努力和耐心"。1980 年代中国社科院文学所在常熟主持召开了全国性的近代文学史料工作会议,确定编写一套《近代文学研究资料丛书》,由于出版等方面的原因,出了几种以后未能再继续。作为一门学科来讲,史料的爬梳、整理、考订是基础性的工程。近代文学研究工作者对此应具有明确的意识,加强这项工作。

王　飚:除了有组织地整理,大量史料工作还靠在具体研究中进行。道光朝文学家沈垚曾批评汉学末流"考证于不必考之地",我们现在有些相反,"于必考之地而不考证"。这里所说"考证"是广义的,包括史料核实,也包括文字训诂。我们在这方面的教训是:对近代作品文字的难度必须要有足够的估计。在进入近代之前,中国文化已经有巨量的、超量的积累,近代作家自觉不自觉的都可以做到"无一字无来历";加上诗文词汇几乎已到了用滥用尽的地步,许多作家从生字僻典中寻找出路;再加上西学新词译名大量涌入而又尚不规范。这三层原因,造成不少作品难解程度不亚于先秦。而我们又不像古代文学研究那样有大量前人训注可资借鉴。如果掉以轻心,满足于一知半解,或者只拣看得懂的说,研究就很难深入。举一个例子。龚自珍《文体箴》中有一句话:"虽天地之久定位,亦心审而后许其然。苟心察而弗许,我安能额彼久定之云?""天地之久定位"是什么意思?很少有人深究。其实这句话所涉极大,它本于《周易·系辞》:"天尊地卑,乾坤定矣;卑高以陈,贵贱位矣。"后儒正是由此推衍出"三纲五常"。所以,龚自珍是要对封建伦理的"大原"加以"心审",是在向传统政治原则挑战!我们也自以为很好懂,其实可能望文生义地解释为"天在上地在下",因而没有理解龚自珍"心审论"的重大意义。在一些关键性的问题上训义不明,就可能评判错误甚至颠倒。有一部《中国文学理论批评史》,说龚自珍主张"尊情应该尊引人向上,引人向光明,而非引人向下,向黑暗之'情'"。完全是按照今人所谓"写光明还是写黑暗"的某种"原则"来解释并加到龚自珍头上。其实所谓"引而上为道,引而下非道"本于理学家的"理欲论"。所以龚自珍针锋相对地表示:我明知这套理论,但尊情就不能受其束缚。这才是真正的尊情!前引那种解释,不仅把龚自珍所否定的观点反说成是自珍的思想,而且实际上肯定了一种具有封建主义内涵的理论。可惜的是,一些论著,甚至文学史,沿袭了这个错误。近年一些学者在史料辑铁、考辨,文字训解方面做了许多工作,我是很感佩的，但也有些校点本连断句都错误百出。以求实为基础进一步开拓，才能把求新与求真、求深统一，避免追求表面新异、表述华丽而缺乏真切深刻的独到见解的毛病。

关爱和：近代文学研究进一步深入，需要继续重视个体研究，在局部研究不断深化的基础上提高整体研究的水平。

个体和局部研究深化，才能进一步把握各种现象之间的联系。例如谈到从古代杂文学概念到所谓"纯文学"观念的转变，人们比较注意清末西学传入以后王国维等人的理论。的确，王国维在1909年前后就提出："若知识道理不能表以议论而但可表以情感者，与夫不能求诸实地而但可求诸想象者，此则文学之所有事。"(《国学丛刊序》)这一认知明确显示出对杂文学体系的否定和超越，成为中国文学观念现代化的一个显性标志。但是，在近代，对文学重在表现人的情感和想象这一特质的认识，其实经历了一个从混沌渐趋清晰的过程。这一转变一方面缘于西方文学观念的渗透和影响，另一方面也是中国传统学术形态悄然变异组合的必然结果。这后一方面的原因，常为研究者所忽略。传统学术形态变异组合的讯息，从桐城派的演变可以窥知。方苞是以"学行程朱、文章韩欧"的双重标准为行身祈向的；至姚鼐，虽讲求义理、考证、文章善用兼济，而坚守辞章之学的壁垒，所以姚鼐弟子对方苞"学行、文章"内外兼顾以致顾此失彼的尴尬已多所讥讽；曾国藩盛推以辞章为坚车，载事功以行远，但晚年论文，却以为文章、义理只可择一而难以兼顾，"欲发明义理，则当法《经学理窟》及各语录札记；欲学为文，则当扫荡一副旧习，赤地新立，将前此所业，荡然若失其有，乃始别有一番文境"。至吴汝纶又有"说道说经不易成佳文"之叹。让古文之学从经学与理学的光环下附庸中走出，成为后期桐城派的共识。桐城派对古文独立地位的自觉与王国维对文学特质的认知可以说殊途同归。传统的演化与西学的传播共同推进了近代文学的变革。

同时又要着眼于整体研究。中国文学在由古典向现代蜕变演进的过程中，始终面临着古与今、中与西、审美与致用、求俗与变雅这四对限制性因素。在古今、中西矛盾面前，近代文学家面临着理智与情感两难抉择的困境。他们在探索，我们也应该研究近代文学如何在继承和发扬民族文化优秀传统的同时，求新声于异邦？如何在广收博取的思想交汇中，除旧而布新？如何在传统的以诗文为正宗、以文言为主要表达方式的杂文学体系基础上，构建新的情感型文学的框架、新的文学范畴论、新的文学表现方式与文学语言？沿着古与今、中与西的思想线索，可以窥知一代文学变革者、创造者的精神历程和精神面貌。

袁　进：这四对矛盾反映了不同视角。从历史的纵向看，是由古到今的变化；从世界的横向看，是西学影响到中国接受的变化；从社会文化层次俯视，是士大夫的雅文化与普通市民的俗文化之间的对流。因此，这是整个社会文化全方位立体化变革所造成的。

不少文学史家认为中国现代文学是移植的。新文学家也认为自己的创作是学习外国文学的结果，国外的汉学家也认为中国文学从"五四"后就出现了断层。然而，事情又有着另一面，从西方文学的角度看，新文学作家创作的作品有着丰厚的民族特色，与中国文化传统有着密切的联系。那么，中国文学从何时起、怎样、在何种程度上接受了外国文学影响？为什么选择了某一部分外国文学而不选择另外部分？西方影响怎样与中国文化传统结合起来？中国读者又怎样接受了那些西化的作家？要回答这些问题，都必须追踪到近代文学。这也是近代文学应当着重深入探究的课题。

王　飚：一般说近代文学面临古与今的矛盾，这当然不错。不过，每个朝代的文学家都讨论过古与今的问题，因此还要研究近代遇到的古、今矛盾及其运动方式与前代的区别。古代文学发展基本上是"通变"方式，即《文心雕龙》所说，在"参古定法"，坚持"名理相因""有常之体"的前提下，"望今制奇""酌于新声"。而近代则表现为两种形态，形成"新变"和"衰变"两股潮流，每种形态自身演变在不同阶段又有不同特点。

在"新变"潮流中,古与今的矛盾表现为既要挣脱这个"有常之体",又受到古代文学强大引力场的牵制和羁绊。前者逐步发展,终于在各个方面不同程度突破传统规范并创造出新的文学因素;后者逐步削弱,但直到"五四"之前,对于曾经如此辉煌的古代文学的怀恋,仍然是许多近代文学家难以解脱的情结,以至终未冲出古典形式的外壳。从中可以看出近代文学家如何在古与今的矛盾中步履维艰地前进。在这方面,个案研究已有相当的积累,但还缺乏更细致的分析、史的比较和发展线索的清晰描绘。

至于"衰变"潮流的研究,则仍相对不足。近年对过去被简单否定的流派,研究论著增加了。但不少论文仍侧重做翻案文章,翻案的根据则是这些作家也注意经世、也涉及时事等,而落脚于"应当占一席之地"云云。不是说这类席位、座次之争毫无必要,但对近代作家来说,未必是其主要意义所在。对这些作家的处境心境,需要体味和理解。他们也处于古与今矛盾的困境中,但他们只是在"道统""诗教"的范围内自我调整以求延存,想通过学古变化来挽回文运诗运,结果是变而未改其衰。姚(鼐)门弟子梅曾亮提出"因时而变",到吴(汝纶)门弟子贺涛就变成"不为时所摇"了;从曾国藩深感"大雅悲沦歇",到易顺鼎意识到"诗衰",最后到陈衍悲叹"小雅废而诗亡也不远",也可以看出无论他们如何挣扎,终于"无可奈何花落去"的轨迹。其间起伏曲折、外因内因,都大可探究。

这两股潮流从开始分化又互相渗透,到越来越明显地向不同方向发展以至对立,所居地位的主次也发生转换,就构成了中国文学近代化过程的不同阶段。如果能比较准确地描述出这两种形态、两股潮流的形成、交叉、冲突、易位过程,及各自的阶段特点,实际上就揭示了中国文学近代化的轨迹和历程。这应该是近代文学研究今后的主攻方向。

袁　进:古与今的矛盾,与中外文化的冲突密切相关。中国近代接受西学,要追溯到传教士。他们最早把西学介绍到中国,包括科学知识。"文革"之后,对西方传教士的研究不断深入,但近代文学研究却很少注意到传教士,因为他

承上启下

们不是中国人,他们的活动不属于中国文学范围。其实西方传教士用汉语所写的作品,对中国近代文学产生了极为重要的影响,涉及文学观念、文学语言、文学体裁、文学传播方式。这种影响是如此之大,以至于当你试图说明中国文学的近代变革时,离开了传教士的活动,就显得很不全面。例如:从1815年到19世纪末,传教士在中国创办了大量的报刊,撰写或者与中国文人合写了大量文章。这些文章很少用典,不拘文章程式,运用了新式标点,引入了许多新名词。只要对比一下胡适《文学改良刍议》中的"八不主义",就不难发现传教士的文章所作的改良,代表了中国文章后来的发展趋向。中国文章的改变实际上经历了传教士文章—报章体—梁启超的"新民体"—白话文章的过程。近代最早的汉语报刊,是由西方传教士创办的,这些报刊作为新兴的传播媒体,将文学纳入了大工业和资本主义商业的经营范围,促使文学面向大众。我们一直认为是梁启超发动了小说的变革。其实早在1895年6月,传教士傅兰雅就在《万国公报》上登出启事,"求著时新小说",可以说是新小说运动的前奏。梁启超看到这一启事,并受到它的影响,过去我们往往将近代"文学救国论"归结到"文以载道"的传统,其实不尽然。历史上有过多次半壁沦亡、国势垂危的时期,都没有产生"文学救国论"。"文学救国"思想和以小说为"教科书"的观念,实际上也发端于传教士。林乐知在《文学兴国策》中提出:西班牙这样的大国,由于文学不兴而衰落;普鲁士这样的小国,由于振兴文学而富强。新教伦理的资本主义精神,也被作为教化的指导思想:"夫文学之有益于大众者,能使人勤求家国之富耳""文学有益于商务""能扩充人之智识,能磨练人之心思"。"文学"可以成为商业通讯和各种经济运作的"教科书""说明书"。晚清提倡小说的思想家,几乎都用"教科书"的眼光来看小说。就连李伯元创作《官场现形记》也要说成是给官吏看的"教科书",只是"烧了下半部"。古代的教科书如《三字经》等蒙书,作者并不把它们当作文学作品;另一种如诗经、杜诗、韩文等,后人用作教科书,但作者当初不是把它们当作教科书创作的。具有以文学为教科书的自觉意识,是晚清特有的现象，其中显然可以看到传教士的影响。

王　飚：对近代中外文化的认识，从清末以来就长期陷入了一个误区，即东西方文化孰优孰劣的争论。实际上，在近代，中西文化的矛盾，主要不是地域性、民族性的差异，本质是已趋衰朽的中国古代封建文化与先进的西方近代资产阶级文化的时代性冲突。因此，近代中外文化关系不同于古代。一般情况下可以以本位文化为基础，借鉴吸纳外来文化以丰富自身。而近代则是有选择地引进世界近代文化以对传统文化进行批判性改造，并通过创造性转化而重建新的民族文化。西方文学的传入较晚，但西方文化的影响却并不晚。袁进追溯到传教士，是很有见地的。过去我们对这一方面研究存在大片空白。

需要补充一点。近代中国人接受西学，有两条通道。一条是外国人包括传教士传入；另一条中国人走出国门，走入近代世界。这后一条通道，我们更少注意。钟叔和先生主编的《走向世界》丛书，发掘了一大批域外游记，可以说是中国文学史上游记文学的新大陆，而且还有许多同类著作尚未整理。如最早随外国人出国的"随行者游记"，随后大量的"外交官游记"，戊戌变法后有康、梁等人的"流亡者游记"，1905年前后的出洋"考察者游记"，20世纪初大量"留学生游记"，等等。这批域外游记，留下了一代代中国人走向近代世界后知识、理想、观念、情感变化的踪迹，展示了中国人精神、心理近代化的历程，至今我们还没有充分利用和研究。尤其是西方文学理论、概念术语，几乎都是留学生首先接受后译介过来的。但是它们的来源、传入经过、怎样被选译、怎样被误读或改造等，这些问题，大多还没有搞清楚。例如徐念慈1907年的文章已经引用了黑格尔、基尔希曼的美学理论，他从何种著作中了解了德国美学？他的理解引用与所据来源、与原著有何异同？章太炎1902年以前就读到《英国文学史》《希腊罗马文学史》《宗教病理学》等，这些书是什么样的？对他的《文学说例》有何影响？周作人早年受宏德的文学理论影响极大，"宏德"何许人也？这些都需要从资料着手，从个案研究开始，这将是近代文学研究开拓的一个重要方面。

承上启下

关爱和：致用与审美是近代文学演进中又一对不可忽视的矛盾。此前任何一个时代的文学，都没能像近代那样，以如此巨大的热情与自觉，从各个方面去参与时代的进程；也没有像近代那样，把文学的社会功利作用推崇到如此之高且广阔的领域。这种不无缺陷的功利主义逻辑，对于提高文学地位，促进文学乃至社会文化的变革都起到了一定的积极作用，在当时背景下有其合理性和必然性。但是，极端功利主义往往以削弱甚至牺牲文学的审美品格为代价，那么它同样会失去其价值，导致文学的深刻缺陷甚至危机。这个命题的二律背反，构成近代文学内在的矛盾，也留下了至今仍值得思索的遗憾。

另一方面，国家、民族的生存与进步，从总体上制约着近代文学家的情感范围和审美系统。他们的体验、感知、想象、创造都无法摆脱政治、思想、文化革新所带来的巨大影响。如果超越对具体作家、流派风格的考察，着眼于宏观的把握，则可以发现，近代文学的主导风格与审美风貌，走过了由悲痛忧愤，渐趋昂扬躁厉，终至明朗乐观的发展轨迹。鸦片战争和洋务运动时期，发生在中国大地上的"亘古未有之变"，牵动一代诗人情怀。历史盛衰带来的沧桑之感，民族耻辱激起的忧愤之怀，补天无术产生的焦灼之情，给他们的作品带来悲愤与怅惘交错、慷慨与凄婉杂陈的色调，显出一种沉郁而又有几分悲凉的美。戊戌变法和辛亥革命准备时期，维新派、革命派把文学作为救亡与启蒙的号角鼙鼓，为奋起前行者助威，使昏睡迷惘者清醒。他们在传统文化与异质文化的冲突面前，表现出除旧布新的恢弘气度。他们的创作，充满着凝重的现实感、崇高的英雄感，透露出民族再造的自信，显示出昂扬躁厉的风度，是一种单色而富有力度的美。辛亥革命后，封建王朝覆灭的命运触动了封建文化的怀旧意绪和凄楚情怀。他们以悲怆低咽的基调，抒写故国铜驼神思，麦秀黍离感慨。然而这不过是一个小小插曲，"五四"青年群体灵感应着新生活的召唤，以表现人生价值和生命骚动、具有浓烈个性色彩与多样风格的作品，取代了维新与革命时期的单一政治主题和悲壮崇高风格，显示出明朗乐观的色彩，是一种斑斓的洋溢着青春气息的美。从审美风格上把握近代文学,是以往有所忽视而很有意义的视角。

袁 进:近代文学的雅俗关系也与古代不同。最大的不同,就是近代文学的通俗化是以文学的社会运行机制的近代化为背景的。士大夫的创作有许多清规戒律。但是进入报刊和小说市场的作者便不同了。他们是以国民为读者的,不必执着于士大夫的作文规范,可以比较自由的表达自己的思想感情,而且要适应普通读者的文化水平,因而他们的写作必然趋向于通俗的方向。小说成为文学核心本身,即是文学通俗化的一个重要标志。

关爱和:近代文学始终遵循着"求俗"与"变雅"并行不悖的发展路径。文学家一方面推小说戏曲为文学之最上乘,提倡言文合一,提倡"我手写我口";另一方面身体力行,写作"时杂以俚语、韵语及外国语法"的新文体,情显明白、词达雅驯的新诗、白话文、白话小说。正是这种雅俗渗透、置换,既解放了文体,又发展了语言。而被解放了的文体和被发展了的语言,则构成新文学的基础。

袁 进:研究中国近代文学还应当注意与其他国家作比较。工业化与商业化是一个全球性的过程。在这个过程中,各个国家的文化文学又经历了自己独特的近代化道路。不与其他国家的文学作比较,是看不出中国文学近代化过程的独特性的。例如世界各国大都经历过一个从鄙视小说到小说成为文学中心的过程。但在主要资本主义国家,小说进入文学的殿堂是出于上流社会逐渐认可了小说的艺术。在亚洲则有所不同,日本与中国都是先强调小说的教育作用,小说先向政治靠拢,向正统文学观念求认同,再进入文学殿堂。日本在明治维新的促进下,产生了一批作为政治工具的政治小说。这些小说的作者大都不是小说家,而是政治家、宣传家,他们依靠小说来宣传自己的政治思想,教育人民。不难发现,在一段时间内中国小说的近代变革几乎是在亦步亦趋地学习日本。梁启超等人正是从日本得到启发,首先倡导政治小说的。但中国与日本在小说变革上也有区别。日本的政治小说问世仅仅 2 年,政治小说的浪潮还方兴未艾之时,坪内逍遥的《小说神髓》就已发表。他批判了政治小说和劝善惩恶小说的功利主义,也批判了戏作娱乐小说的游戏性,强调文学本身的独立价值,主张在小说创作手法上模拟世态人情。又过了2年,二叶亭四迷的《浮云》便问世了,它以深刻细腻的心理描绘、言文一致的新口语风格及对人生独到深刻的观照,成为日本第一部严格意义上的近代小说。而中国类似的小说问世要比日本晚得多。这个不同很值得探究,它实际上显示了中日两国在文学近代化过程中对传统和对西方的不同取舍。日本由于近代文学起点高,后来在文学的发展也比中国快。中国近代人文主义的不足,也注定了后来表现人生的文学受到各方面的干扰,一直步履维艰。

王　飚:我很赞成这个意见,而且视野还可以更开阔一些。长期以来,谈到近代文学,我们总是以欧洲为参照范式,似乎世界近代文学只有一种类型。诚然,由于西欧最早进入近代并向全世界扩张,17世纪以后两三百年内,整个世界都处在资本主义近代文明影响之下,包括文学。但是由于各地区、各国历史、民族和文化背景不同,文学近代化的道路并不完全相同。如拉丁美洲,基本上是源于欧洲的移民文学,但在发展中却要求有"自己的声音",借助于土著文化与欧洲对抗。非洲文学的近代化迟至20世纪才开始。和中国相近的是印度、埃及和阿拉伯国家,即东方地区,他们都有古老、悠久而自成体系的传统文学,但都已趋衰微了;都先后沦为殖民地或半殖民地,并且经历了大致相同的斗争阶段;都接受西方文化影响,并面临如何把西方近代文化与民族传统结合,改造和重建本民族新文化、新文学的问题。当然各国又自有特点。通过比较,有助于打破单一参照系的思维模式,研究中国文学近代化的独特道路。这个课题困难更大,寄希望于未来吧。

袁　进:这样一块肥沃的土壤,至今还存在大片处女地,等待研究者去开垦。研究者只要洒下辛勤的汗水,会得到丰硕的成果。

原载《文学遗产》2000年第4期

龚自珍与 20 世纪的文学革命

谈蓓芳

在学术界的一般观念中,龚自珍不仅在他的时代是先进的思想家、文学家,而且对 19 世纪末的维新运动起过重大的积极作用;但是也仅此而已。在这方面,梁启超的如下记述无疑具有权威性:"自珍性𫍢宕,不检细行,颇似法之卢骚;喜为要眇之思,其文辞侧诡连犿,当时之人弗善也。而自珍益以此自熹,往往引《公羊》义讥切时政,诋排专制;晚岁亦耽佛学,好谈名理。综自珍所学,病在不深入,所有思想,仅引其绪而止,又为瑰丽之辞所掩,意不豁达。虽然,晚清思想之解放,自珍确与有功焉。光绪间所谓新学家者,大率人人皆经过崇拜龚氏之一时期。初读《定庵文集》,若受电然,稍进乃厌其浅薄。"[①]他的这一意见是基于自己的亲身经历,当然是可信的;问题是:这些新学家后来的对龚自珍"厌其浅薄"是因为他的思想和文学已经过时了,抑或他的某些有价值的东西还没有被当时的新学家所认识? 我认为:两种因素都有。从他的政治见解来说,在新学家从西方文化中吸取了若干现代政治理论之后,确已对他有所超越;然而,就其对个人价值的阐发和尊重而言,他仍然远在一般新学家之上,他的与此相关的观念和创作实与 20 世纪的文学革命相通。而正是在这后一方面,目前似

---

① 梁启超《清代学术概论》二十二,上海古籍出版社 1998 年版,第 76 页。

承上启下

还没有引起学术界的充分重视。因为这不仅涉及对龚自珍的认识和评价,而且也涉及中国现代文学的源头、中国的文学传统与现代文学之间的关系等重大问题,所以有必要作进一步的探讨。

一

从1917年"文学革命"开始的新文学——有时也称为"五四"新文学[①]——的思想基础是什么?这在"文学革命"产生后的10年间是没有什么问题的。不仅胡适、周作人都以不同形式提倡个人本位——胡适要求"健全的个人主义"(见其《中国新文学大系·建设理论集·导言》)、周作人主张"个人主义的人间本位主义"(周作人《人的文学》)。就是李大钊也在1919年说过:"我们现在所要求的,是个解放自由的我,和一个人人相爱的世界。介在我与世界中间的家国、阶级、族界,都是进化的阻碍,生活的烦累,应该逐渐废除。"(《我的世界》)至于鲁迅,在1934年回顾文学革命时还曾明确地指出:"最初,文学革命者的要求是人性的解放,他们以为只要扫荡了旧的成法,剩下来的便是原来的人,好的社会了,于是就遇到保守家们的迫压和陷害。大约十年以后,阶级意识觉醒了起来,前进的作家就都成了革命文学者。"(《〈草鞋脚〉小引》)而他的所谓"人性的解放",也仍然是以个人为本位的。[②]但是,后来曾对于把个人本位的观念作为"文学革命"思想基础的论断作为错误的思想来批判。现在,经过"拨乱反正",这种见解重又为研究中国现代文学的多数学者所认同;我对于龚自珍的思想、创作与"文学革命"之间是否具有相通的成分的考察也以此为基础。

[①] 有些学者对"五四新文学"的提法已提出了不同意见;这里对这两种提法仍然不加区别,因为在本文所引述的前人的意见中,"五四新文学"与"文学革命"开始的新文学是作为同一个概念来使用的。

[②] 参见章培恒先生《鲁迅的前期和后期——以"人性的解放"为中心》(《庆祝王元化教授八十岁论文集》,华东师范大学出版社2001年版,第298—306页)中的有关论述。

"文学革命"头10年所追求的以个人为本位的"人性的解放",首先表现在个人的发现。关于此点,郁达夫为《中国新文学大系·散文二集》写的《导言》说得很清楚,"五四运动的最大的成功,是'个人'的发见。从前的人,是为君而存在,为道而存在,为父母而存在的,现在的人才晓得为自我而存在了。我若无何有于君,道之不适于我者还算什么道,父母是我的父母;若没有我,则社会、国家、宗族等那里会有?"①可以说,在头10年的新文学作品——无论其为小说、散文抑或戏剧、诗歌中,处处都可看到"个人的发见"的特点。

这里所说的"若没有我,则社会、国家、宗族等那里会有",是就群体与个体的关系而说的——群体由个体而形成,倘若没有那一群自称为"我"的个体,又何来群体?至于"我若无何有于君""父母是我的父母",则意味着伦理关系的形成其实是以"我"为主体的——若没有"我",就没有"我的父母",尽管作为人的这两个人或者作为别人的父母的这两个人仍然是存在的,但他们却并不是作为"我的父母"或别人的"我的父母"而存在了;"我"与"君"以及"我的君"的关系同样如此。而且,正因"我"是群体的本源,是伦理关系中的主体,所以,"我"就是衡量事物的标准——"道之不适于我者还算什么道"?而这样的认识,在龚自珍那里其实已有端倪可寻。

> 天地,人所造——众人自造,非圣人所造。圣人也者,与众人对立,与众人为无尽。众人之宰,非道非极,自命曰我。我光造日月,我力造山川,我变造毛羽肖翘,我理造文字言语,我气造天地,我天地又造人,我分别造伦纪。(《壬癸之际胎观第一》)②
>
> 圣帝哲后,明诏大号,劬劳于在原,咨嗟于在庙,史臣书之。究其所为之实,亦不过曰:庇我子孙,保我国家而已,何以不爱他人之国家,而爱其国

---

① 《中国新文学大系·散文二集·导言》,《中国新文学大系》,上海良友图书印刷公司1935年版,第5页。
② 龚自珍《龚自珍全集》,上海古籍出版社1999年版,第12—13页。

承 上 启 下

家?何以不庇他人之子孙,而庇其子孙?且夫忠臣忧悲,孝子涕泪,寡妻守雌,扞门户,保家世,圣哲之所哀,古今之所懿,史册之所纪,诗歌之所作。忠臣何以不忠他人之君,而忠其君?孝子何以不慈他人之亲,而慈其亲?寡妻贞妇何以不公此身于都市,乃私自贞私自葆也?(《论私》)[1]

在上一段文字中,龚自珍认为"天地"和"伦纪"——"社会、国家、宗族"都是"伦纪"的组成部分——都是"我"所造的。他的这种认识,一方面是基于唯心主义的哲学思想——"物"是依赖"心"而存在的,所谓"存在",不过是被感觉;另一方面,则是基于将个体作为群体的根本的观念。就第一点来说,形成了日月的宇宙的"光",形成了山川的宇宙的"力",形成了"毛羽肖翘"的宇宙的"变",形成了天地的"气"以及"天地"等物质性的东西,都是由于"心"的感知而存在的,离开了"心"也就化为乌有;就第二点来说,虽然群体中的每一个人——"我"与"他"("非我")——都有心,都可以感知,但群体又是以"我"为根本的,就"我"来说,"他"("非我")也是由于"我"的感知而存在的,所以,"光""力""气"等并非群体所共有,而只是"我"所有,所以说"我光"(即我的光)、"我力""我变""我气""我天地"。至于把"伦纪"的形成说成是"我"的"分别",也即把"伦纪"的产生归因于"我"与他人不同的关系,那更是以"我"为出发点的(把形成"语言文字"的"理"称为"我理",也是同样的情况)。所以,在这段文字中其实已包含了"我是群体的本源,是伦理关系中的主体"这样的意思。

在后一段文字中,龚自珍更进一步指出,每个人都是把"我"放在第一位的,不仅为"我"而努力而且为"我"而牺牲——"忠臣""孝子""节妇"看起来好像是为"君""父""夫"而牺牲,但那因为他们是"我的君""我的父""我的丈夫"的关系,所以归根到底是为"我"而牺牲。既然人都是把"我"放在第一位的,那么,"道之不适于我者还算什么道"就正是必然的逻辑结论了。

---

[1] 龚自珍《龚自珍全集》,第92页。

所以,作为"文学革命"思想基础的以个人为本位的观念,在龚自珍那里实已有端倪可寻。而清末维新运动的领导者和参加者,却还是把群体放在第一位的。就这一点来说,他们所谓"稍进,乃厌其浅薄"的龚自珍,仍远远走在他们前面。

二

追求个性的解放,乃是以个人为本位的"人性的解放"要求的必然内容,也是"文学革命"头10年创作中的一个显著特色。然而,在龚自珍的作品中,我们也可见其滥觞。

发表于1919年4月《新潮》1卷4期上的俞平伯的《花匠》,是这方面很有代表性的一篇小说。鲁迅后来编《中国新文学大系·小说二集》时不但将它收入,说是"俞平伯的《花匠》以为人们应该屏绝矫揉造作,任其自然",而且对俞平伯及其他在《新潮》上发表小说的作家汪敬熙等都作了热情的肯定,"自然,技术是幼稚的……然而又有一种共同前进的趋向,是这时的作家们,没有一个以为小说是脱俗的文学,除了为艺术之外,一无所为的。他们每作一篇,都是'有所为'而发,是在用改革社会的器械——虽然也没有设定终极的目标"①。把《花匠》和《新潮》上汪敬熙等人的小说都视为当时"前进的趋向"的体现。然而,《花匠》所主张的"人们应该屏绝矫揉造作,任其自然",在龚自珍的《病梅馆记》中早已出现过,而且,《花匠》实可说是《病梅馆记》的扩大和深化。

先引《病梅馆记》原文如下:

> 江宁之龙蟠,苏州之邓尉,杭州之西溪,皆产梅。或曰:梅以曲为美,直则无姿;以欹为美,正则无景;梅以疏为美,密则无态。固也。此文人画士,

---

① 鲁迅《小说二集·导言》,《中国新文学大系》,上海良友图书印刷公司1935年版。

承 上 启 下

　　心知其意,未可明诏大号,以绳天下之梅也;又不可以使天下之民,斫直,删密,锄正,以夭梅、病梅为业以求钱也。梅之欹、之疏、之曲,又非蠢蠢求钱之民,能以其智力为也。有以文人画士孤癖之隐,明告鬻梅者,斫其正,养其旁条,删其密,夭其稚枝,锄其直,遏其生气,以求重价,而江、浙之梅皆病。文人画士之祸之烈至此哉!予购三百盆,皆病者,无一完者。既泣之三日,乃誓疗之,纵之、顺之,毁其盆,悉埋于地,解其棕缚;以五年为期,必复之全之。予本非文人画士,甘受诟厉,辟病梅之馆以贮之。呜呼!安得使予多暇日,又多闲田,以广贮江宁、杭州、苏州之病梅,穷予生之光阴以疗梅也哉?①

　　龚自珍在这里虽然说的是梅,但显然是另有感触,否则何至"泣之三日",而且企图"穷予生之光阴以疗梅"呢?他充分体会到个人在社会被压抑和"改造"的痛苦。在"盛世"是被最高统治者压抑和改造:"昔者霸天下之氏,称祖之庙,其力强,其志武,其聪明上,其财多,未尝不仇天下之士,去人之廉,以快号令,去人之耻,以嵩高其身;一人为刚,万夫为柔,以大便其有力强武。"②"衰世"则是杰出的个人被庸众迫害和"改造",所谓"当彼其世也,而才士与才民出,则百不才督之缚之,以至于戮之。戮之非刀、非锯、非水火;文亦戮之,名亦戮之,声音笑貌亦戮之。戮之权不告于君,不告于大夫,不宣于司市,君大夫亦不任受。其法亦不及要领,徒戮其心,戮其能忧心、能愤心、能思虑心、能作为心、能有廉耻心、能无渣滓心。又非一日而戮之,乃以渐,或三岁而戮之,十年而戮之,百年而戮之"③。所以,他之对梅的被摧残感到如此痛苦,显然是因为他把梅的被摧残与个人——包括他自己——在社会里的被"压抑"和"改造"联系了起来的缘故。而他的所谓要使病梅"复之全之",实际上也含有要把人的被"戮"之"心"恢复过

---

① 龚自珍《龚自珍全集》,第186—187页。
② 同上,第20页。
③ 同上,第6—7页。

来、还其本然的意味。他的这种反对社会"戕"个人之"心"的主张,显然已接触到了人性被社会所扭曲的问题并蕴含着去除这种扭曲的愿望。

现在看俞平伯的《花匠》。其前半所写是"我"于星期日到花厂看花的情景:

> 他(指花匠。——引者)正在扎榆叶梅呢。树上有稍为丫杈点的枝子,只听他的剪刀咯支咯支几响,连梗带叶都纷纷掉下。他却全不理会,慢慢的用手将花稍弯转差不多要成椭圆形,然后用手掐住,那手拿棕绳紧紧一结。从这枝到那枝,这盆到那盆,还是一样的办法。
>
> 原来他心里先有个样子,把花往里面填。这一园的花多半已经过他的妙手了。所以都是几盘几曲滚圆的一盆,好像同胞兄弟一般。有两盆花梗稍软一点,简直扎成两把团扇。那种"披风拂水,疏乱横斜"的样子,只好想想罢了。
>
> 但花开得虽是繁盛,总一点生趣没有;垂头丧气,就短一个死。我初进来觉得春色满园,及定睛一看,满不是这么一回事。尽管深红、浅紫、鸭绿、鹅黄又俏又丽的颜色,里面总隐着些灰白。仿佛在那边诉苦,又像求饶意思,想叫人怜他,还他的本来面目。那种委曲冤曲的神情,不是有眼泪的人能看的。真狠心的花匠!他也是个人呵![①]

而花匠之所以要这么做,是因为这些花"枝枝丫丫,不这么办,有人买吗?"于是,作者明白了花匠们"原是靠花做买卖,只要得顾客的欢心,管什么花呢!他们好比是奴才。阔人要看这种花,花没有开,便用火来烘;阔人喜欢花这个样子,花不这么生,便用剪刀来铰,绳子来缚。如果他们不这样办,有人夸奖吗?有人照顾吗?本来好名气同黄的白的钱,是世界上顶好的东西,是再没有好的东西"。

所有这些,基本已见于《病梅馆记》。当然,关于钱与阔人这些话的意思是《病梅馆记》所没有的。然而,《病梅馆记》本是以梅喻人,以梅的被改造比喻人

[①] 《中国新文学大系·小说二集》,上海良友图书印刷公司1935年版。

承上启下

的"心"——自然本性被扼杀。而人性之被扼杀,本来不只是由于阔人和钱,不是阔人、不是为了钱也会由于其他原因而扼杀人的自然本性的。《病梅馆记》说得好:"或曰,梅以曲为美,直则无姿;以欹为美,正则无景;梅以疏为美,密则无态。固也。"梅本来是以曲、欹、疏为美的,把其"直""正""密"加以改造,本来就是要使它美,所以,人之要改造梅,其原因是多种多样的;正与对人性扼杀的原因是多种多样的相仿——有些父母之扼杀儿女的人性,其动机原来也是为了儿女将来的幸福。所以,把人性的被扼杀仅仅归为阔人和钱,那倒是把问题看得过于简单了。不过,好在《花匠》还有后半段,那是"我"在花厂里看到的另一种情景:

> 我正想的时候,远远听得乌乌怪叫,我便呆了。一忽儿,栅门开处,看见有一辆红色的汽车,里面有个白须的绅士,带个十三四岁的女孩慢慢下来。花匠一看见,便抢上去,满脸堆笑道:"恁老带着小姐来得这样早呵。"一种肉麻的神气,不是能够比方的。然而我方且自幸我不是阔人,他还没有用那种面孔来对我,叫我不能哭,不能笑。
>
> 那老者穿着狐皮袍子,带了顶貂帽,一望便像个达官。那女子手上带个钻戒,一闪一闪在花匠眼睛前面只管发光,但脸上总白里带青,一点儿血色没有。
>
> 听得她老子说道:"娴儿,赌输的钱有什么要紧。不要说四五百块钱,就是再多点,怕我不会替你还吗?你不要一来就不高兴。你看那花扎得多么整齐。"
>
> 那女孩只是不响,低着头,并着脚,一步一步的捱着走,拿条淡红丝巾在那边擦眼睛,露出一种失眠的样子。
>
> 他俩走了十几步。老头子回头看看她,说道:"昨天牌本来散得太晚,天都发了白,弄得你没有睡。我带你来看花,借着消遣消遣。你既倦了,也许睡得着,花不要看了,我们回去罢。"

>   那女孩嘴里说了几句话——很轻很轻——我也模模糊糊没有听见什么。

正如花匠之扼杀花的自然本性,这位阔人也在扼杀女儿的自然本性,不过不是为了钱,而是出于对女儿的爱,是为了让女儿高兴。正是在这一点上,《花匠》把对花的自然本性的扼杀与对人的自然本性的扼杀明确地联系了起来,而且指出了出现这种扼杀的原因是十分复杂的。这是其超越《病梅馆记》的所在。

然而,尽管存在着这样的差别,在反对斫丧"自然"——无论是人的"自然"还是花的"自然"——这个基本点上,《病梅馆记》与《花匠》显然是相通的。这种主张,对个人来说,就是反对束缚个性;施之于群体,则是要求人性的解放。

三

无论在以前还是在"文学革命"的头10年,先进的人们都受到严酷的压制,不能不感到深深的寂寞和孤独,并且渴望着足以与压迫自己的群体相抗衡的强大的人格力量。所以,赞扬强大的人格力量、描写这种强大的人格与现实的矛盾和由此形成的悲壮,也就成为人性解放要求的一个重要内容。在文学革命的头10年,在这方面表现得最为突出的自然是鲁迅。而在龚自珍的作品中,我们也可看到类似的萌芽。龚自珍的此类作品中最值得重视的是《尊隐》,但很难懂,故先引原文,再稍作阐释:

> ……日之将夕,悲风骤至,人思灯烛,惨惨目光,吸饮莫气,与梦为邻,未即于床,丁此也以有国,而君子适生之;不生王家,不生其元妃、嫔嫱之家,不生所世世蓁之家,从山川来,止于郊而问之,曰:何哉,古先册书,圣智心肝,人功精英,百工魁杰所成,如京师,京师弗受也,非但不受,又裂而磔之;丑类痀㾊,诈伪不材,是椉是任,是以为生资?则百宝咸怨,怨则反其野矣。贵人故家蒸尝之宗,不乐守先人之所予重器,不乐守先人之所予重器,

承上启下

则窦人子篡之,则京师之气泄,京师之气泄,则府于野矣。如是则京师贫;京师贫,则四山实矣。古先册书,圣智心肝,不留京师,蒸尝之宗之子孙,见闻婥婠,则京师贱;贱,则山中之民,有自公侯者矣。如是则豪杰轻量京师;轻量京师,则山中之势重矣。如是则京师如鼠壤;如鼠壤,则山中之壁垒坚矣。京师之日苦短,山中之日长矣。风恶,水泉恶,尘霾恶,山中泊然而和,洌然而清矣。人攘臂失度,啾啾如蝇虻,则山中戒而相与修娴靡矣。朝士寡助失亲,则山中之民,一啸百吟,一呻百问疾矣。朝士僝焉偷息,简焉偷活,侧焉徨徨商去留,则山中之岁月定矣。多暴侯者过,山中者生钟簴之思矣。童孙叫呼过,山中者祝寿之毋遽死矣。其祖宗曰:我无余荣焉,我以汝为殿矣。其山林之神曰:我无余怒焉,我以汝为殿矣。俄焉寂然,灯烛无光,不闻余言,但闻鼾声,夜之漫漫,鹊旦不鸣,则山中之民,有大音声起,天地为之钟鼓,神人为之波涛矣。

是故民之丑生,一纵一横。旦暮为纵,居处为横,百世为纵,一世为横,横收其实,纵收其名。之民也,鑿者欤?丘者欤?垤者欤?避其实者欤?能大其生以察三时,以宠灵史氏,将不谓之横天地之隐欤?

闻之史氏矣,曰:百媚夫,不如一猖夫也;百酣民,不如一瘁民也;百瘁民,不如一之民也。则又问曰:之民也,有待者耶?无待者耶?应之曰:有待。孰待?待后史氏。孰为无待?应之曰:其声无声,其行无名,大忧无蹊辙,大患无畔涯,大傲若折,大瘁若息,居之无形,光景煜熻,捕之杳冥,后史氏欲求之,七反而无所睹也。悲夫悲夫!夫是以又谓之纵之隐。[1]

此处所说的是:在一个行将没落的时代里,在民间已逐渐形成了一种巨大的、足以推翻朝廷的力量。"君子"已经意识到了这一点,但并不参与到这种反朝廷的力量中去,而是孤立于世变之外。不但当时无人理解,而且后世的人也

---

[1] 龚自珍《龚自珍全集》,第87—88页。

无从理解,因为他根本不求当时与后世的人的理解。所以他是"无待"的,不但是"横之隐",而且是"纵之隐"。

他所"尊"的,就是这样既能洞察一切、又傲视一切的巨大的人格力量。他不但鄙视朝廷,而且也不投奔、迎合那即将取代朝廷的"山中之民",他始终是一个独立的个人。

我们不妨把这种意象与鲁迅《影的告别》中的如下文字对照着看:

有我所不乐意的在天堂里,我不愿去;有我所不乐意的在地狱里,我不愿去;有我所不乐意的在你们将来的黄金世界里,我不愿去。

然而你就是我所不乐意的。

朋友,我不想跟随你了,我不愿住。

我不愿意!

呜呼呜呼,我不愿意,我不如彷徨于无地。

我不过一个影,要别你而沉没在黑暗里了。然而黑暗又会吞并我,然而光明又会使我消失。

然而我不愿彷徨于明暗之间,我不如在黑暗里沉没。

……

朋友,时候近了。我将向黑暗里彷徨于无地。

……

我愿意这样,朋友——

我独自远行,不但没有你,并且再没有别的影在黑暗里。只有我被黑暗沉没,那世界全属于我自己。①

鲁迅的"影"是要独自在黑暗里沉没,而龚自珍的"君子"——"之民"则是在"夜

---

① 鲁迅《鲁迅全集》第2册,人民文学出版社1982年版,第165—166页。

承上启下

之漫漫,鹍旦不鸣"的境界里"其声无声,其行无名,大忧无蹊辙,大患无畔涯,大傲若折,大痒若息"地默默无闻而终。两者间的相通是显然的。当然,鲁迅及其作品另有其作为"真的猛士"的一面在,这在龚自珍的作品里是没有的;但就鲁迅来说,"真的猛士"的一面是与宁愿在黑暗里独自沉没的"影"同时存在的,原都是"文学革命"的产物。所以,也可以说,"文学革命"期间对于独立人格悲壮而执着的追求,在龚自珍的作品中也已有其萌芽。

四

主张人性解放的另一个内容,是对于爱情的赞颂和追求。由于在"文学革命"头10年里,作者多是青年,读者更几乎全是青年,有关爱情的作品自然占了很大的比重。而龚自珍的爱情诗——那主要集中在《己亥杂诗》里——与"文学革命"头10年写爱情的作品也显然有其相通之处。

大致说来,龚自珍的爱情诗与其以前的诗人所写的,有如下两点差别:

(一)真实地写出其对女方的感激、尊重、崇敬;这与"文学革命"头10年中初步具有男女平等思想的男性作者有其相似之处,而与其以前具有较严重的男尊女卑思想的诗人颇不相同。

(二)他对于自己在恋爱中的狂热,别离带来的悲哀,恋爱所给予他的温暖、幸福,也都真实地加以表现,不怕有失身份,这也与"文学革命"头10年的把恋爱看得很神圣的作者们相通,是他以前的诗人所做不到的。

关于前者,在以下这些诗里可以看得比较清楚:

> 一言恩重降云霄,尘劫成尘感不销。未免初禅怯花影,梦回持偈谢灵箫。[1]

---

[1] 龚自珍《龚自珍全集》,第518页。

少年尊隐有高文,猿鹤真堪张一军。难向史家搜比例,商量出处到红裙。①

鹤背天风堕片言,能苏万古落花魂。征衫不渍寻常泪,此是平生未报恩。②

风云材略已消磨,甘隶妆台伺眼波。为恐刘郎英气尽,卷帘梳洗望黄河。③

难凭肉眼测天人,恐是优昙示现身。故遣相逢当五浊,不然谁信上仙沦?

云英化水景光新,略似骖鸾缥渺身。一队画师齐敛手,只容心里贮秾春。

道韫谈锋不落诠,耳根何福受清圆?自知语乏烟霞气,枉负才名三十年。④

身世闲商酒半醺,美人胸有北山文。平交百辈悠悠口,揖罢还期将相勋。⑤

其中的"一言""鹤背"二首写自己对女方的感激,"难凭""云英"二首写自己对她的崇拜;"少年""道韫""身世"诸首写自己和朋友的识见都不如她,因而连自己的"出处"——今后的行止也虔诚地向她请教;至于"风云"一首更直写其"甘隶妆台伺眼波"的心情,这是他以前的诗人绝不肯出之于口的,但却是"文学革命"开始后写爱情的作品中所不难见到的。

属于后一种的,则可以如下诸首为代表:

能令公愠公复喜,扬州女儿名小云。初弦相见上弦别,不曾题满杏

---

① ② ③ 龚自珍《龚自珍全集》,第532页。
④ 同上,第533页。
⑤ 同上,第534页。

承上启下

黄裙。①

小语精微沥耳圆,况聆珠玉泻如泉?一番心上温磨过,明镜明朝定少年。②

欲求缥渺反幽深,悔杀前番拂袖心。难学冥鸿不回首,长天飞过又遗音。

明知此浦定重过,其奈尊前百感何?亦是今生未曾有,满襟清泪渡黄河。

客心今雨昵旧雨,江痕早潮收暮潮;新欢且问黄婆渡,影事休提白傅桥。

(真迹本下注:"作此诗之期月,实庚子九月也。偶游秣陵小住,青溪一曲,箫寺中荒寒特甚,客心无可比拟。子坚以素纸索诗,书竟,忽觉春回肺腑,掷笔舟回吴门矣。仁和龚自珍并记。")③

"能令"一首,写自己初识"小云"时的狂热;"小语"一首写由于她的美丽和深情,他感到自己已回到了少年时代(按,他当时虚岁 48 岁);"欲求""明知"二首,是写他限于客观条件,决心与她分手,但又深为懊悔,十分悲痛;"客心"一首本是分手后的自慰之词,值得重视的是他的那条自注。原来,他与这一女子是在扬州相遇和热恋的,她本是青楼中人,但与龚自珍相恋并在龚自珍决定与她分手后,她就回到苏州,"闭门谢客"了(见《己亥杂诗》中"阅历天花悟后身"一首自注)。"客心"诗自注说的则是:他在作此诗后,过了整整一年(期月),客游南京,心情十分荒寂,恰巧有朋友请他写字,他就把"客心"诗写了一遍,忽然觉得"春回肺腑";因为他决心到苏州去找她了。④这种出尔反尔的行为,也是他以前的人

---

① 龚自珍《龚自珍全集》,第518页。
② 同上,第532页。
③ 同上,第534页。
④ 他跟她后来是结合了。她名阿箫(是以"一言"诗有"梦回持偈谢灵箫"之句),龚自珍《上清真人碑书后》有"姑苏女士阿箫诗"的"附记";此文是龚自珍在家中所作,可见她后来已在他家中了。

所说不出口、而在早期新文学作品中则不乏其例的。其所以然之故,就在于龚自珍的恋爱观中已具有了新的因素。

就以上几点来看,龚自珍的思想、创作实与"文学革命"存在明显相通之处。这生动地说明:"文学革命"的产生在我国原是有自身的基础的,是文学传统的发扬,而非文学传统的断裂。

原载《复旦学报(社会科学版)》2005年第3期

1892：中国现代文学的起源

——论《海上花列传》的断代价值

栾梅健

作为数千年未有之大变局的晚清社会经济形态，构成了中国文学古今演变的深层基础与内在动因。正如马克思所指出的那样："与资本主义生产方式相适应的精神生产，就和与中世纪生产方式相适应的精神生产不同。如果物质生产本身不从它的特殊的历史形式来看，那就不可能理解与它相适应的精神生产的特征以及这两种生产的相互作用，从而也就不能超出庸俗的见解。"[1]很显然，自1840年鸦片战争开始的我国古老封建社会形态的裂变与转型，其实正孕育与昭示着与工业文明相适应的中国文学现代性的萌生与发育。这是一条毋庸置疑的文学进化规律。

那么，到底是哪股文学潮流或者哪部文学作品在这文学巨变途中，承载起了筚路蓝缕、继往开来的使命？竖起了作为中国文学古今演变标志的界尺？在反复的比照与论证中，我们发现出版于1894年的韩邦庆（花也怜侬）的长篇小说《海上花列传》，应该正是人们长期搜寻的楚河汉界。

---

[1] 马克思《剩余价值论》，见《马克思恩格斯全集》第26卷，第1册，第295页。

1892：中国现代文学的起源

一

　　一个时代有一个时代的文学。当一场由农业文明向工业文明蜕变与转化的历史大潮在广袤的华夏大地上蔓延开来时，作为精神生产的文学艺术必然会反映出这股激流的风生水起与潮涨潮落，记录下这场狂澜巨涛的点点印痕。而《海上花列传》，正是给读者提供了最早的形象展示中国古老宗法社会向现代工商社会转变的历史画面。

　　在1843年正式开埠以前，上海还只是一个普通的海滨县城，其规模远不及北京、广州、苏州、杭州等古都名城，然而，在西方列强争先恐后地对中国经济掠夺与剥削的历史背景下，它襟江带海的特殊地理位置使它迅速以超常的速度膨胀起来，一跃而成为中国最大的对外贸易口岸。在1901年《申报》发表的一篇文章中如此写道："夫论中国商贾云集之地，货物星聚之区，二十余省当以沪上为首屈一指，无论长江上下、南北两洋，以及内地市镇，皆视沪市如高屋之建瓴，东西各邦运物来华亦无不以上海为枢纽。"[①]在开埠以后短短几十年间，上海已成为车水马龙、万商云集的中华第一都会。

　　从普通的海滨县城到中华第一都会，在这其间正是"上海梦"的诞生与形成过程。从祖国的天南地北、五湖四海，甚至还有来自世界五大洲几十个国家的外国侨民，携妻挈子，趋之若鹜，共同汇聚到这东海之滨、黄浦江畔的春申江头。其中既有腰缠万贯、追本逐利的富商豪绅，也有迫于生计辗转谋生的下层民众。在这时，上海给"淘金者"们展示的已全然不是我国漫长封建社会中惯常的手工业作坊，以及作为农业经济附属地位的商品交换。火柴厂、缫丝厂、纱厂、机器面粉厂、卷烟厂、肥皂厂、毛纺厂、造船厂等等现代工业形式，以及洋行、保险、商

[①] 《申报》1901年2月13日。

承上启下

行等等新型的贸易场所，都极其强烈地彰显出上海已经从中国传统的中世纪的经济模式中凤凰涅槃、蜕化而出。其历史巨变，根本不同于一般的朝代更迭与时序变迁，而是类似于英国圈地运动时期的工业革命，以及如杰克·伦敦所描写的一百多年前的美国西部开发浪潮。

《海上花列传》的文学价值在于，它留下了大上海开发早期难得的生活画面与文学图景。在小说开头，当刚从乡下出来打算到上海找点生意做做的农村青年赵朴斋，冒冒失失撞上早晨刚刚醒来的花也怜侬的地点，乃是上海地面，华洋交界的陆家石桥；当时便有青布号衣的中国巡捕过来查询。租界、巡捕和外乡农民，这几个独特的意象，俨然表明了上海的森严和另类。

最为另类的是作品中不同于传统小说的人物关系设置与安排。在中国古典小说中，与相当静止、保守的古老宗法社会相适应，人物关系大都被固定在家庭、种族与部落之上，显示出特定的人身依附关系与出身背景。在《儒林外史》、《红楼梦》等等作品中关于王冕、范进、严贡生、贾宝玉、林黛玉、贾雨村等等人物形象，人们大致总能梳理出他们的氏族血统与社会往来谱系，了解到其固有的家庭角色与社会地位；而作者也生恐遗漏对人物身世、教育与社会往来的叙述描写与补充交代。唯其如此，人们才能把握住人物性格形成的轨迹，也才能建构起相对广泛而复杂的人物活动网络。而在《海上花列传》中，这一切都被弃之不理，或者已经变得无足轻重了。翻开小说，你感到的是一幅幅乱哄哄、无头无绪的人物画卷。不仅聚秀堂的陆秀宝、尚仁里的卫霞仙、西荟芳的沈小红、公阳里的周双珠、庄云里的马桂生、同安里的金巧珍、兆贵里的孙素兰、清和坊的袁三宝、祥春里的张蕙贞、东合兴里的姚文君……这些海上妓女，你不甚了解她们的出身背景、籍贯和部族，就是常常光顾妓院、堂子的嫖客们，例如吕宋票店的陈小云、永昌参店的洪善卿、兆信典铺的翟掌柜、风流广大教主齐韵叟、江苏候补知县罗子富、苏州名贵公子葛仲英、杭州巨富黎篆鸿、似乎是洋行买办的王莲生、杨柳堂、吕杰臣等等，作者也似乎无意交代他们的详细身份与过往经历。只是在四马路、山家园、静安寺、老旗昌、鼎丰里等活动场所，人们可以看到他们飘浮的身影与匆匆而过的一辆辆东洋车。这是一座无根的城市。这是一座夹杂着各种口音、混杂着各色人等的移民城市。它不同于《卖油郎独占花魁》中的那个南宋都城临安，也不同于《金瓶梅》中西门庆活动的那个清和县。这是一个真正现代的工商都会。《海上花列传》给人们记录下了这座东方大都会最初崛起时的移民景象，以及它所拥有的工商性质。

　　文学描写内容的转变还表现在小说中大量出现的新兴器物层面。正如一个时代有一个时代的文学那样，当一个转型了的时代在它的文学作品中必然会反映出那个时代所新出现的特定的生产工具和生活用品。这种描写，既是社会转型时的特定产物，也是区别于传统文学的重要特征。在《海上花列传》中，从照明用具、自来水、通讯工具、交通运输工具，到普通的日常生活用品，都时时处处显示出西方近代物质文明的影响，流露出与农耕文明与乡村市镇的巨大分野。且不说洋灯、洋镜台、煤气灯这些中国传统中从未有过的新兴器物堂而皇之地装点着妓院、堂馆的门面，就是在黎篆鸿的老相识屠明珠的厢房内，"十六色外洋所产水果、干果、糖食暨牛奶点心，装着高脚玻璃盆子，排列桌上"，"桌前一溜儿摆八只外国藤椅"，都透露出浓浓的西洋情调与韵味。至于被时人称为东洋车的从外国传入的马车与人力车、被叹为鬼斧神工的现代通讯工具电报，乃至赵朴斋帮助他妹妹赵二宝去南京寻找那位寡情薄义的史三公子所乘坐的长江轮船，都真切地记录下上海这座新兴大都会的工业性质与现代转型。

　　当然，作品还形象地记录下了更为内在的新型交易方式与内容。在我国古代自给自足的小农经济社会中，人们"生产、出售产品仅用以换取自己所不生产的生活和生产资料"[①]，是一种由商品→货币→商品的简单商品流通。即使到了明清时期江南一带出现了资本主义萌芽，形成了以实现更多的交换价值为目的的相对

[①] 吴慧《中国古代商业》，商务印书馆1998年版，第95页。

承上启下

发达的商品流通,然而,由于缺乏如蒸汽机的这样的动力机械,因而,其商品流通的性质仍然只能属于"农商"的范畴,而不具备现代工商社会的特性。在《海上花列传》中,停泊在黄浦江畔的连接世界各国的远洋货轮,大马路上成群结队的洋人、巡捕和康白度[①],都反映着大上海这一通商口岸的商品高度流通与频繁往来。而那位开设吕宋票店的精明商人陈小云,他所从事的已不再是我国传统的贸易买卖,而是从西洋传过来的彩票奖券;至于那位管账胡竹山,也已不是人们想象当中的账房先生,而是颇带买空卖空色彩的投机客。还有那位会跟巡捕"打两句外国话"的王莲生,见自家对门的棋盘街失火,心中着急,急急地往回赶,然而这时别人笑话他道:"你保了脸嚜还有什么不放心?"转而一想却也如此,不禁讪讪地笑了起来……凡此种种,都真实地映现出当时上海特有的商品交换方式与贸易准则,也为我们理解当时中国迅猛而新奇的社会转型提供了丰富的第一手材料。

在晚清,迅猛崛起的上海引起了小说家们的广泛关注。袁祖志的《海上闻见录》(1895年)、孙家振的《海上繁华梦》(1898年)、自署抽丝主人撰的《海上名妓四大金刚奇书》(1898年)、二春居士的《海天鸿雪记》(1899年)、张春帆的《九尾龟》(1906年)……都或多或少记录下了这个光怪陆离、纸醉金迷的工商大都市形成的过程。不过,始载于1892年、正式结集出版于1894年的《海上花列传》,无论是产生的时间,还是描写的广度与深度,都无愧是表现我国现代工商社会萌动与发展的开山之作。

二

伴随着社会形态的巨大转型,建基于农业文明之上的一整套价值体系与伦理规范,都在十里洋场上海这一特定区域不可避免地出现了裂变、扭曲与变形,

---

[①] comprador 的音译,买办。

并进而诞生出一套与之相适应的伦理道德准则与价值规范。如果一部作品仅仅只是真实地记录下了社会大转变时期的历史画面,而没有能更进一步表现出掩盖在社会表象之下的新的社会伦理与思想内涵,那么,这部作品也就仍然不可能承载起继往开来、承前启后的分期重任,并体现出强烈的现代性特征。

值得重视的是,《海上花列传》在内在的思想层面上同样极其敏锐地感受到了时代风尚的巨变,并在对人物形象的刻画与描写当中留下了清晰的印记。

在我国,以妓女为主要描写对象的文学作品由来已久,不过,由于受制于特定的社会形态与思想观念,其主题意旨与价值取向也各不相同。封建社会中,个人,尤其是作为个体的妇女,其实被剥夺了独立的权利。马克思在《经济学手稿》中分析个人的生存状况时认为:"我们越往前追溯历史,个人,从而也是进行生产的个人,就越表现为不独立,从属于一个较大的整体。最初还是十分自然地在家庭和扩大成为氏族的家庭中;后来是在由氏族间的冲突和融合而产生的各种形式的公社中。"[①]相应地,这种强烈的人身依附关系,这种粘合于家庭、氏族乃至扩大了的如国家形式的"公社"中的角色定位,使得我国古典文学,尤其是传统的妓女文学,在其思想层面上极其自然地缺少个性的解放与人格的张扬。

人们通过研究可以明显地发现:"救风尘"是我国传统妓女文学中一个最集中的主题意象。或是因为贫困,或是因为疾病,或是因为父母双亡,抑或是因为战乱、恶势力的破坏,等等,无数年轻女子不幸堕入青楼,沦为妓女,然而,在她们内心几乎无一例外地不甘于屈辱的命运,想方设法希望跳出火坑。常言道老鸨爱钞、小姐爱俏,其实反映的一边是现实,一边是理想。在妓女这边,寻找到一个可以寄托自己身世的如意郎君,这才是真正的归宿。因为毕竟,男为女纲,夫为妇纲,如果没有了男人,如果没有了丈夫,她就永远没有依靠,永远过不上堂堂正正的日子。因此,在《卖油郎独占花魁》中,妓女美娘对老鸨刘四妈如此说道:"奴是

---

① 《马克思恩格斯全集》第46卷(上),第20页。

好人家儿女，误落风尘。倘得姨娘主张从良，胜造九级浮屠。若要我倚门献笑，送旧迎新，宁甘一死，决不情愿。"①同样道理，在《杜十娘怒沉百宝箱》中，令名妓杜十娘红颜大怒、抱屈自尽的，是幻想破灭、遇人不淑的失悔。公子李甲由多情到无情的转换，彻底粉碎了她托付终身的美梦，也宣告了在古代社会中"百宝箱"对妓女命运的虚幻与无力。救风尘的主题表明了依附与被依附的关系。在封建的、男权的社会中，妓女们除了"被救"，其实并没有任何可以改变自己命运的可能。

然而，这一传统主题被《海上花列传》打破了。

妓院东合兴里的姚文君，这位刚入青楼、颇带几分古风的倌人，面对世风日下的海上妓院大惑不解："上海把势里，客人骗倌人，倌人骗客人，大家勿要面孔！"这是妓女对海上妓院的惊人发现。而且，即使是嫖客，在上海也感觉不出妓院的温情与风雅。那位从内地跑到上海的两江才子高亚白，再也找寻不到如柳如是、董小宛那般的身影，再也难以重温载酒看花、诗酒风流的绮梦。嫖客钱子刚劝道："难道上海多少倌人，你一个也看不中？你心里要怎么样的一个人？"其实，在高亚白心中满蕴的是古代风尘奇女子的印象，那个敬奉男权、时时期盼被救出火坑的弱女子。

至于"被救"，在这里则变成了一厢情愿的美意，甚至还变成了被变相敲诈的借口。妓女黄翠凤在嫁恩客罗子富后，设计利用黄二姐敲诈罗子富；周双玉假吞鸦片，迫使恩客朱淑人掏出一万大洋了断情债。只有那个刚从乡下出来不久的妓女赵二宝，对嫖客史三公子误听误信，真情相许，最后落得个被抛弃的下场，暴露出仍未改掉的乡下人本色。至于那个王莲生，与时髦倌人沈小红相处了好几年，以致萌生了打算要娶她回去的念头，然而沈小红却只是嘴上敷衍，并不真正实行，"起初说要还清了债嘿嫁了，这时候还了债，又说是爹娘不许去。看她这光景，总归不肯嫁人。也不晓得她到底是什么意思？"意思其实十分了然：男人已不再是女人唯一的依靠，妓女依靠自己身体的本钱似乎也已经可以

---

① 《醒世恒言》，四川人民出版社2002年版，第21页。

逍遥自在地逛张园、乘东洋车、吃大餐、购买高档饰物。这起码在当时的上海畅行无阻。因此,同样是妓女的张蕙贞说道:"那倒也没什么别的意思。她做惯了倌人,到人家去守不了规矩,不肯嫁。"真是一语中的。

从满心希望被男人所救到这时怕"守不了规矩",不愿意嫁,极其强烈地表明了我国妓女文学的重大转型。仍然是马克思的论述最为深刻:"……只有在现实的世界中并使用现实的手段才能实现真正的解放;没有蒸汽机和珍妮使用精纺机就不能消灭奴隶制;没有改良的农业就不能消灭农奴制;当人们还不能使自己的吃喝住穿在质和量方面得到充分供应的时候,人们就根本不能获得解放。解放是一种历史活动,而不是思想活动。"① 正是社会形态的变更,正是上海市民世界的最初崛起,使得妓女在"吃喝住穿"方面获得了相对充裕的保证,并从而鼓起勇气蔑视封建的等级与礼教,挑战传统的男权统治的权威。这时,"封建社会已经瓦解,只剩下了自己的基础——人,但这是作为它的真正基础的人,即利己主义的人"②。社会已经变化,作为衡量一个社会进化程度重要标尺的妇女解放,自然走在社会各阶层的最前列。《海上花列传》正是在这里显示出它极其宝贵的历史超越性。

鲁迅先生在《中国小说史略》中敏锐地指出:

> 然自《海上花列传》出,乃始实写妓家,暴其奸谲,谓"以过来人现身说法",欲使阅者"按迹寻踪,心通其意,见当前之媚于西子,即可知背后之泼于夜叉,见今日之密于糟糠,即可卜他年之毒于蛇蝎"(第一回)。则开宗明义,已异前人……

> 其訾倡女之无深情,虽责善于非所,而记载如实,绝少夸张,则固能自践其"写照传神,属辞比事,点缀渲染,跃跃如生"(第一回)之约者矣。③

---

① 马克思和恩格斯《德意志意识形态》(1845—1846年),见《马克思恩格斯全集》第42卷,第368—369页。
② 马克思《论犹太人问题》(1843年秋),见《马克思恩格斯全集》第1卷,第442页。
③ 《鲁迅全集》第9卷,第263—264页。

承上启下

值得后来文学史研究者重视的,并不应该仅仅是鲁迅先生指出的《海上花列传》"记载如实,绝少夸张"的写实精神,而且还应该包括从该小说开始的"溢恶"主题在中国近代文学的滥觞。"《青楼梦》全书都讲妓女……认为只有妓女是才子的知己,经过若干周折,便即团圆,也仍脱不了明末的佳人才子这一派。"然而在《海上花列传》,"虽然也写妓女,但不像《青楼梦》那样的理想,却以为妓女有好,有坏,较近于写实了。"①有好,有坏,既不同于传统文学中对妓女的单纯溢美,也不同于后来出现的《九尾龟》那样对妓女一味地溢恶。《海上花列传》在中国文学史中最先实现了异于前人的历史转折,那种与传统狎邪小说,乃至才子佳人小说完全不一样的方面。"溢恶"在当时是一种特定的时代语境,是那个刚刚从封建专制统治下走出来的市民阶级对传统价值体系的变异与颠覆,是新型社会形态在最初重构人的价值规范与道德信仰时所难以避免的错位与失序。在受工业文明冲击而传统观念土崩瓦解的上海,人们逐渐学会把个人当作商品的衡量尺度,把逐利当作终极追求的价值标准。那种种对嫖客的欺诈哄骗,对夫权观念的藐视,对三从四德的抛弃,乃至对风尘生涯的既感羞耻又不愿轻易放弃的独特心理,其实都曲折而真实地反映了那个转型时期的种种印记,那种芜杂的个性解放的要求与呼声。

这呼声是真实的,也是革命性的。《海上花列传》以写实的姿态暴其奸谲,不仅终结了我国传统文学中绵远久长的"救风尘"的主题,而且使文学史露出了人性觉醒的曙光。这部作品的文学史价值,理应得到人们的高度重视。

三

假如说《海上花列传》在主题意旨上的现代性特征,是我们在研究与对照中

---

① 《鲁迅全集》第9卷,第338—339页。

得出的结论,那么,其在艺术结构与文学语言上的现代性探索,则是作者韩邦庆的有意为之,一种主观性的刻意追求。

对于全书的艺术结构,作者在创作时有着清醒而明确的要求:

> 全书笔法自谓《儒林外史》脱化出来,惟穿插藏闪之法,则为从来说部所未有。一波未平,一波又起,或竟接连起十余波,忽东忽西,忽南忽北,随手叙来并无一事完,全部并无一丝挂漏;阅之觉其背面无文字处尚有许多文字,虽未明明叙出,则可以意会得之。此穿插之法也。劈空而来,使阅者茫然不解其如何缘故,急欲观后文,而后文又舍而叙他事矣;及他事叙毕,再叙明其缘故,而其缘故仍未尽明,直至全体尽露,乃知前文所叙并无半个闲字。此藏闪之法也。①

吴敬梓的《儒林外史》,是我国古代文学中杰出的长篇讽刺小说,对作者韩邦庆的影响颇深,然而仅就小说的结构而言,也正如鲁迅先生所批评的那样,全书缺少一个完整的组织结构,"虽云长篇,颇同短制"。②因而,韩邦庆决意改进,试图通过"穿揺""藏闪"之法,将这部长达四十余万字的长篇小说在总体上从容布置,或隐或现,或藏或露,使整部作品在结构上张弛有致、浑然一体,成为"从来说部所未有"的探索之作。

应该说,这是作者在艺术结构上勇于探索、实践的体现,同时也是转型了的社会与时代对于文学艺术发出的要求。

在我国古老的封建宗法社会中,个人总是依附于特定的家族与部落,总是跳不出那个固定的氏族与血缘关系,总是不能进入到广泛的社会联系之中,因而表现到文学创作中,人物也总是活动在几乎是无法选择的家族圈子之内,深深地刻上了古老封建宗法社会的烙印。你看《红楼梦》,尽管头绪繁杂、人物众多,作者的触角似乎伸到了社会的方方面面,然而仍然是内亲外戚、三姑六婆构

---

① 《海上花列传·例言》,人民文学出版社1982年版。
② 《鲁迅全集》第9卷,第221页。

承上启下

成了整部小说的主要人物谱系。即使是在商业活动较为频繁的《金瓶梅》中,围绕在主人公西门庆周围的也仍然是家族中人以及有限的社会交往网络。而且也正是如此,当吴敬梓试图脱离家族的限制去广泛地反映众多知识分子的丑态时,其作品便成了一个个儒林故事的汇编,而缺少了人物之间的自然联络。

这种漫长的家族式的游离状况,到《海上花列传》出现时受到了有意识的挑战。伴随着上海开埠以后十里洋场的迅猛崛起,人们建立起了一种新型的人际交往准则,以适应现代商品经济活动的需要。封建社会中那种主要停留在家族血缘间的情感互动式的人际交往,被更加功利化的商业性交往所取代了。在上海这个巨大的商业场中,人们只有适应与学会这种左右逢源的社交方式,才有可能获得生存与发展的必要条件。因此,无论是去大饭店设宴叫局,还是去妓院吃花酒,抑或是去茶楼打茶围、在朋友家碰和赌牌,其真正目的并不完全在于这些娱乐活动本身,而是有着各自利益上的考虑与盘算。打通各种关节,了解各地商情,招揽种种生意与项目,往往成了人们呼朋唤友、大肆铺张、酒酣耳热的真实意图。这是现代商业社会的内在要求。它将整个社会都联结起来,沟通起来,裹挟起来,每个人几乎都无法甘居斗室、超然世外。在这一社会转型的重大背景之下,韩邦庆试图通过"穿摇""藏闪"之法,探讨现代长篇小说的结构技巧,正是触摸到了艺术手法突破的时代足音。

在《海上花列传》中,故事从闯荡上海的青年农民赵朴斋跌跤起,到其沦落为妓女的妹妹赵二宝做梦止,叙述的似乎仍然是一个传统的外地家族群落在上海滩奋斗与沉沦的过程。然而其内容已全然不同。全书没有一条线索明晰、主题集中的主线,也没有浓墨重彩刻画众星拱月式的主要人物,有的只是一场场灯红酒绿、钏动钗飞的宴会与叫局,场景是多变的,人物是变换的,而且作者似乎也懒得介绍出场人物的身世背景与生活经历。在初读这部小说时,人们往往会在无限止的碰和赌牌、管弦嘈杂中不知所措,摸不着头脑。即使是在上海与赵朴斋唯一有血缘关系的舅舅洪善卿,在简单敷衍了几回以后,也彼此不闻不问,形同陌路。在这里,血缘已构成不了人际关系的纽带,人们最关心的是各自的利益关系。在《海上花列传》大大小小几十回的宴会与花酒中,表面上是称兄道弟、炫耀摆阔,其内底里真不知隐含了多少的阴谋与交易、利用与被利用。即如在小说刚开头,字画与古董商人陈小云几次欣然参加洪善卿的宴会,便是希望能够结交上来自杭州的富商黎篆鸿;而经过多次的周转与奔走,直至二十五回才终于遂愿。商品,也只有商品,才能把天南地北、毫不相干的人聚集起来,使社会成为一个有机的联络的整体。《海上花列传》正是在这里找到它得以"穿插"与"藏闪"的可能,从而实践着对我国传统长篇小说结构形式的突破与革新。

进行自觉革新的还有文学语言。

韩邦庆对用方言创作有着特殊的兴趣与使命感。他声称:"曹雪芹撰《石头记》皆操京语,我书安见不可以操吴语?……文人游戏三昧,更何妨自我作古,得以生面别开?"①因此,他在创作《海上花列传》时通篇采用吴语,使之成为吴语文学的第一部长篇小说。

其实,作者的这种探索并不是一时的心血来潮,或者是刻意的标新立异,而是有着相当坚实的社会基础。与开埠以后日趋繁华的上海相对照的是,作为几百年古都的北京已经显得暮气沉沉。政权已经失去了往昔的权威,那么与之相对应的京语与官话,是否仍然有压倒一切的优势?而反之,既然作为全国最大商业中心的上海货物能够畅行全国,那么它的吴语方言是否也有可能为全国人民所接受?这在当时王纲解纽、商品经济浪潮汹涌澎湃的当口,是足以引起文人们无限遐想的。其次,由于作品所描写的是妓女题材,上海妓院中苏州妓女的优越地位与走红程度,似乎也使得作者除非使用吴语,否则别无他法。且看二十三回中姚季莼包养妓女、大老婆找上门来时,妓女卫霞仙的一番辩词:

霞仙正色向姚奶奶朗朗说道:"耐个家主公末,该应到耐府浪去寻。耐啥辰

---

① 海上漱石生(孙玉声)《退醒庐笔记》,转引自《〈海上花列传〉作者作品资料》,见《海上花列传》,人民文学出版社1982年版,第613页。

光交代拨倪,故歇到该搭来寻耐家主公?倪堂子里倒勿曾到耐府浪来请客人,耐倒先到倪堂子里来寻耐家主公,阿要笑话!……"

假如我们把这段话翻译成普通话:"你的丈夫嘛,应该到你府上去找嘛。你什么时候交代给我们,这时候到这里来找你丈夫?我们堂子里倒没到你府上去请客人,你倒先到我们堂子里来找你丈夫,可不是笑话!……"以上这段翻译,尽管意思一点不差,然而其神情、口吻、韵味,确是大大地减少了。

因此,作为"五四"新文学运动重要发起人的胡适先生对于《海上花列传》的方言写作推崇备至:"这是有意的主张,有计划的文学革命。……方言的文学所以可贵,正因为方言最能表现人的神理。通俗的白话固然远胜于古文,但终不如方言的能表现说话的人的神情口气。"并进一步期望:"如果从今以后有各地的方言文学继续起来供给中国新文学的新材料、新血液、新生命,——那么,韩子云与他的《海上花列传》真可以说是给中国文学开了一个新局面了。"[①]

尽管文学语言的变革仍有其政治的与文化的深层影响,并不能仅仅从经济层面找寻原因——《海上花列传》正是由于方言的创作而成为"一部失落的杰作"。[②]然而,作者韩邦庆在小说语言乃至艺术结构等方面的自觉探索,也正切合了当时社会转型时期的文学革命要求,是他对我国现代文学进行的勇敢而可贵的尝试。

原载《文艺争鸣》2009年第3期

[①] 远东图书出版公司《胡适文存》第三集卷六《海上花列传·序》。
[②] 张爱玲《海上花开·译者识》,见《张爱玲典藏全集》第11卷,哈尔滨出版社2003年版,第14页。

辛亥革命与中国文学的现代性转型

栾梅健

　　酝酿与爆发于19世纪末、20世纪初的辛亥革命,是中国社会历史进程中的一个划时代的里程碑事件。在政治形态上它不仅开启了我国数千年封建专制政体向民主、共和的转变,而且在我们的研究中还发现,中国长达数千年的古典文学也正是在这时迈开了向现代文学转型的历史步伐。而对于后一点,以往人们的研究或是因摄于"五四"新文学运动时全新的彻底革新的态度而止步,或是因思想观念的局限而有意无意地忽略。然而,尽管它有着所有历史肇始时期都难免的芜杂与混乱,不过它在文学观念与文学创作中所透露出来的、与中国传统古典文学迥然有别的观念与表现,却是无法忽视的文学事实。而这,也正构成了本文研究的主要内容。

一

　　对于辛亥革命的时间跨度,学术界有广义和狭义两种划分。"广义的辛亥革命是指从1894年到1913年二次革命失败,孙中山领导资产阶级所进行的整个民主革命的过程。狭义的辛亥革命是指1911年武昌起义到1913年二次革命失败。"[①]在本

---

① 戴鞍钢《辛亥革命与移风易俗》,《文汇报》2011年4月11日。

承上启下

文中,我们采取的是广义的概念。因为对于一场促进中国文学古今演变的巨大文学运动而言,特写的时间节点并不能说明问题,它必然需要一定的时间跨度与空间。

1894年11月,中国民主革命的先行者孙中山先生在美国檀香山创立资产阶级革命团体兴中会,以"驱除鞑虏,恢复中华,创立合众政府"为宗旨,由此拉开了辛亥革命的序幕。也正是在这一年,中日甲午海战爆发,并以古老中国的彻底失败而告结束。这是一个影响后来中国社会与文化有着巨大转折意义的历史事件。被誉为晚清舆论界骄子的梁启超在《戊戌政变记》一文中说:"唤起吾国四千年之大梦,实自甲午一役始也。"①在此时,国人剧感"列强瓜分中国"之祸已迫在眉睫,"数千年未有之大变局"已昭然若揭。对此,有学者在深入研究与比较了晚清时期不同阶段的文学观念时发现:"中日甲午战争,其实形同一场中日西化运动的成绩竞赛,竞赛结果等于宣判,自咸丰末年以来三十余年的自强运动全盘失败。朝野有识之士受此冲击,纷纷检讨昔日洋务运动之得失,并重新寻求改革救国的新方向。"②这"新方向"表现在政治斗争层面,主要标志就是孙中山先生发起的兴中会的成立,而表现在文学观念上,则是自此时始中国传统的封建文学观念受到了彻底的挑战,人们开始重新寻找一种新的文学主张与理念。因而从时间概念上来讲,辛亥革命与晚清的文学革新大致是同步进行的。

从具体的文学创作实绩溯源,鲁迅先生觉得大致是在戊戌变法以后,时间上则要稍后几年。他认为:"戊戌变政既不成,越二年即庚子岁而有义和团之变,群乃知政府不足与图治,顿有掊击之意。其在小说,则揭发伏藏,显其弊恶,而与时政,严加纠缠;或更扩充,并其风俗。"③鲁迅先生是在讨论谴责小说产生

---

① 《饮冰室合集·专集之一》,上海中华书局1936年版,第1页。
② 黄锦珠《晚清时期小说观念之转变》,文史哲出版社1995年版,第9页。
③ 鲁迅《清末之谴责小说》,见《鲁迅全集》第9卷,人民文学出版社1981年版,第282页。

的原因时说这番话的。事实上,对清庭的怀疑、失望与否定,既是谴责小说产生的直接起因,同时也是整个晚清文学变动之际众多作家几乎一致的文学创作表现内容。1902年,梁启超在晚清政治小说的开山之作《新中国未来记》中,着力探讨了中国的前途究竟应该是君主立宪,还是应该革命的问题。小说中两个主要人物黄克强和李去病,前者主张先建立君主立宪制,然后等民智慢慢开化后,将来再过渡到民主共和制,而后者则力主用武力推翻满清政府,真正建立民主共和制度。有意思的是,尽管大家知道主张君主立宪的黄克强其实是作为改良派的梁启超的代言人,但是在小说中,作者并没有对李去病无端攻击与肆意丑化,而是反复论辩权衡利害。人们可以发现,在当时不管是改良派还是革命派,其实他们都有一个共同点,那就是封建专制已成陈迹,他们向往与期盼的是一个自由、平等的资产阶级民主政体。因而,晚清文学之士在改良派与革命派之间并没有一条不可逾越的鸿沟,他们都有对满清专制政体的"掊击"之意,并在自由、民主、平等等口号的感召下一起加入到中国文学古今演变的历史进程之中。

呼应着晚清政治革命的要求、并最为大声疾呼民主、共和理想的文学社团当推南社。

1902年,年仅十五岁的柳亚子在《岁暮述怀》一诗中,表现了他强烈的排满反清、主张民主共和的革命思想:

思想界中初革命,欲凭文字播风潮。

共和民政标新谛,专制君威扫旧骄。

误国千年仇吕政,传薪一脉拜卢骚。

寒宵欲睡不成睡,起看吴儿百炼刀。①

在这里,柳亚子景仰的是"共和""民政"和卢骚,痛恨的是专制、君威和扼杀

---

① 《江苏》杂志第8期,1902年。

承上启下

了康梁变法的如吕后般凶残的慈禧太后。1903年,同为南社创设元老的高旭,在长诗《海上大风潮起放歌》中,历数了满清入主中原时"扬州十日""嘉定三屠"的罪恶,表达出要求种族革命的决绝态度:

> ……………
> 扬州十日痛骨髓,嘉定三屠寒发毛。
> 以杀报杀未为过,复九世仇公义昭。
> 堂堂大汉干净土,不许异种污腥臊。
> 还我河山日再中,犁庭扫六倾其巢。①

正是在共同的反清旨趣下,当时许多进步的革命文人走到了一起,并于1909年正式在苏州会盟结社,与孙中山先生领导的政治革命遥相呼应。

不过,需要格外注意的是,正是由于南社自觉地将其活动纳入为辛亥革命的一部分②,因而它在绵远久长的中国文学史上的作用与地位,也便与辛亥革命一样具有了转折关头的历史意义。1911年12月19日,就在武昌起义二个多月后,南社另一创社元老陈去病就发表启事,声称要组织共和政党。其"启事"云:"自光复以来,本社之目的已达。惟建国伊始,一切事宜正资讨论,亟应组织共和政党,以策进行。为此广告,准期十一月初四日午后一时,在上海愚园特开临时大会,务祈同社诸公惠临为要。……"③其实细想起来,作为文人的陈去病,他所要建立的所谓"共和政党",并不是如同盟会那样的政治组织,而似乎只是想让南社这个组织变得更加民主、自由、平等,以适应中华民国成立以后对文学社团的特定要求。迟至1928年11月7日,为纪念南社成立二十周年,陈去病、朱梁任、柳亚子、朱少屏四人在联名发表《虎丘雅集小启》时,仍然特意指出南社与

---

① 《民国日报》1903年8月23日。
② 在1909年南社首次雅集的十七位社友中,有中国同盟会会籍的就有十四位,其余三人也都具有强烈的反清革命思想。具体可参阅拙著《民间的文人雅集——南社研究》,东方出版中心2006年版,第59页。
③ 《大汉报》1911年12月19日。

辛亥革命的关系："吾曹当胡清季世，与先总理组织同盟会于江户，缪力革命。又虑国内禁网之繁密，同志之未易纠合也，乃更创南社于吴门，以文字相感召。"①可见，南社与辛亥革命在推翻满清、倡导民主共和方面保持了高度的统一，并在这场翻天覆地的历史大变革中贡献出了自己的力量。

与南社的疾声高呼、大力宣扬不同，小说家似乎少了许多理论的表述与政治主张的阐释。不过，耐心阅读当时的作品可以发现，他们仍然在作品中留下了许多民主、共和、人权的内容，与当时轰轰烈烈的辛亥革命站在了同一壕堑。

例如被文学史家称为晚清四大谴责小说之一的《孽海花》。该小说最初署名"爱自由者发起，东亚病夫编述"，爱自由者是金松岑的笔名，而东亚病夫则是指曾朴，而整部小说则基本上由曾朴完成。小说力图广泛地展示近代中国的社会风云，因而多有对于政治、社会、民生的议论与描写。在"第四回"中有一段议论云："诸君亦晓得现在中国是少不得革命的了，但是不能用着从前野蛮的革命，无知识的革命。从前的革命，扑了专制政府，又添了一个专制政府；现在的革命，要组织我黄帝子孙民族共和的政府。"在这里，以往封建社会的改朝换代被理解为一个专制政府取代另一个专制政府，彰显出这次晚清革命的不同凡俗，具有了开阔而现代的眼光。在"第十回"中，作者更是借同船俄人"毕业先生"之口说出民主政治的道理："……若说敝国，虽说政体与贵国相仿，百姓却已开通，不甘受骗，就是刚才大人说的'大逆不道，谋为不轨'八个字，他们说起来，皇帝有'大逆不道'的罪，百姓没有的；皇帝可以'谋为不轨'，百姓不能的。为什么呢？土地是百姓的土地，政治是百姓的政治，百姓是主人翁，皇帝、政府，不过是公雇的管账伙计罢了！……"②民为贵，君为轻，这一中国古代先哲的思想智慧，其实也正是现代民主政治的基础。《孽海花》无疑站到了当时历史所赋予的思想高度。

---

① 《民国日报》1928 年 11 月 7 日。
② 《孽海花》（三十五回本），中华书局 1959 年版。

承上启下

又如题"犹太遗民万古恨"著的长篇小说《自由结婚》，更是一部典型的着力宣传资产阶级民主革命的作品。该小说作者本名章肇桐，早年就读于日本早稻田大学政治系，回国后思想激进，为革命奔走呼号。《自由结婚》初版于1903年。在"第九回"中，作者借人物之口对我国传统君臣观念做出了巨大的挑战：

> 众人道："不错，若是皇帝昏，我们可以杀他吗？我们国里常说臣弑其君是极大的罪恶，要千刀万剐的，不知对也不对？"乳母道："有什么不可以呢！古时圣人说的，诛独夫，锄民贼，是国民的义务，应该如此。皇帝只要是独夫民贼，便杀就是了。"①

国家是人民的国家，人民是国家的真正主人。这一现代民主政治的基本主张，在《自由结婚》中一而再、再而三地宣传着、发挥着。此外，在同一时期出现的痛哭生第二的《仇史》、轩辕正裔的《瓜分惨祸预言记》、怀仁的《卢梭魂》、过庭的《狮子吼》、冷情女史的《洗耻记》、海天独啸子的《女娲石》等等小说作品中，也都指向了同一个主题，那就是民主、自由与共和。尽管在艺术上，它们远未达到成熟或者精致的境界，然而在它们粗糙而急切的呼唤中，人们却可以分明感受到它们对革命的向往，对现代民主国家的追求。

值得关注的是，这时的一些小说研究者也站在现代民主政体的高度，对中国传统小说进行着新的阐述，并以此挖掘出民主革命的内涵。譬如燕南尚生，他在一系列研究《水浒》的论文中，对这部传统的通俗小说作着现代性的论证。他认为："《水浒传》者，祖国之第一小说也；施耐庵者，世界小说家之鼻祖也。"何以故？"施耐庵先生，生在专制国里，俯仰社会情状，抱一肚子不平之气，想着发明公理，主张宪政，使全国统有施治权，统居于被治的一方面，平等自由，成一个永治无乱的国家……"②这一评价与解释，自然基于燕南尚生对现代民主、共和的理解与推崇。

---

① 《自由结婚》(第九回)，收《中国近代珍稀本小说》第六卷，春风文艺出版社1997年版。
② 阿英编《晚清文学丛钞　小说戏剧研究卷》，中华书局1960年版，第127页。

总起来看,在晚清,从诗歌到小说,从创作到理论,绝大多数的文学工作者都已在现代民主政体的大旗下聚集起来。尽管有君主立宪、改良、革命等等之分,然而这仅仅只是革命的程度差异,并不妨碍他们对民主、自由、人权的共同追求。而在此,它就与以往封建社会历朝历代的文学运动划清了界线,并透露出强烈的现代性色彩。

二

在封建专制社会中,皇帝是至高无上的主宰。他决定着普通百姓的命运,并把自己打扮成无所不能的神明。因而,在我国漫长的古典文学中,"忠君"便成为一个恒定的文学母题。从屈原《离骚》中对楚怀王"信馋"的不解与痛楚,再到杜甫"致君尧舜上,再使风俗淳"的人生理想,其实都自觉地将个人命运与帝王紧紧地结合在了一起。"文以载道",大致所要表现的并不是自己个人的人生体悟与观察,而是统治者的意旨与思想。这是中国漫长的古代文学历程中一以贯之的文学景观。

然而在晚清,这一观念被颠覆了。

自由、民主、平等,是现代政体的基石。国家并不是皇帝的私有财产,而是每个公民都享有个人自由与权利的命运共同体。在此时,皇帝或者说是总统,已沦落为一个公雇的"管账伙计"而已。这是孙中山所领导的辛亥革命所期望得到的政治成果,同时也是晚清绝大多数进步文人为之努力的理想与方向。面对这场亘古未有之政治大变局,面对这场数千年来从未遇到过的"君""臣"关系的颠倒,中国的老百姓准备好了吗?他们能背肩得起这历史赋予的沉沉重担吗?

显然,对于长期深受封建思想蒙骗、愚弄、并因小生产者生活方式所形成的封闭与狭隘的中国广大老百姓来说,如何使他们能迅速适应自己角色的转变并

承上启下

能正确地行使主人公的权利,便成为晚清众多文学工作者所焦虑、所不安、所惶惑的问题。因而,"新民""觉民"便成为他们的当务之急,并在晚清的文学图景中留下了浓墨重彩的一笔。

1903年11月,南社主要发起人之一高旭与叔父高燮、弟弟高增在家乡金山县张堰镇创办《觉民》月刊,大声疾呼觉民的重要性。其发刊词的最后一节是这样的:

……况乎欲扫数千年之蛮风,不可不觉民;欲刺激国民之神经,使知合群爱国之理,不可不觉民;欲登我国于乐土,不可不觉民;欲为将来行地方自治之制,不可不觉民;欲破大一统之幻想,不可不觉民;欲尊人格以尊全国,不可不觉民。觉民哉!觉民哉!我侪其交尽力。山非不可移,独患无愚公之志;海非不可填,独患无精卫之诚。精神一到,何事不成?①

在这里,句式模仿梁启超的著名论文《论小说与群治关系》,而在思想内容上,则将"觉民"提高到无以复加的地步,表现了众多南社社员对"觉民"在新的社会理想的建构中极端重要性的认识。

似乎是虑及满清政府的迫害,清末进步文艺工作者在言论中对主张君主立宪、推翻满清、民主共和思想采取了小心翼翼的态度;而在"新民"、"觉民"、"开启民智"方面则有了大量正面而热切的表现。1897年,《本馆附印说部缘起》一文中说:"本馆同志……或译诸大瀛之外,或扶起孤本之微。文章事实,万有不同,不能预拟;而本原之地,宗旨所存,则在乎使民开化。自以为亦愚公之一畚,精卫之一石也。"②在这里,"使民开化"构成了他们附印说部的重要理由,也是当时译印西方文学风起云涌的主要原因。1902年,梁启超创办的《新小说》在日本横滨出版,这是中国近代第一份有影响的资产阶级文学期刊。在《〈新小说〉第一号》的文章中,开宗明义阐明了该刊"振国民精神,开国民智识,非此前诲盗诲

---

① 《觉民》第1期第1页,见《觉民》第一至五期合订本,上海图书馆藏。
② 《国闻报》1897年10月16日至11月18日。

淫诸作可比。必须具一副热肠，一副净眼，然后其言有裨于用。"①而在1903年，当时最大的出版机构商务印书馆决定编印《绣像小说》杂志时，它的目的也是"借思开化夫下愚"：

> 本馆……远摭泰西之良规，近挹海东之余韵，或乎著，或译本，随时甄录，月出两期，借思开化夫下愚，迨计贴讥于大雅。呜呼！庚子一役，近事堪稽，爱国君子，倘或引为同调，畅此宗风，则请以此编为之嚆矢。著者虽为执鞭，亦祁慕焉。②

同样的旨趣也反映在1905年创刊的《小说林》办刊思想中。《小说林》社在《谨告小说林社最近之趣意》的一篇类似"编者按"的一文中说："本社刊行各种小说，以稗官野史之记载，寓诱智革俗之深心。荷蒙海内同志推行日广，且时加箴规，以为前途发达之豫备，本社不胜感佩。"③在此，"诱智革俗"是《小说林》的创办理想，其实也正与《绣像小说》所述的"借思开化夫下愚"相同。

从上述几份当时重要文学期刊的发刊词与宗旨来看，"新民"无论如何总是晚清进步文学志士相同或相近的理想追求。这是晚清以辛亥革命为政治大背景的时势使然，是为了民主、共和而不得不进行的启蒙工作，同时，也是他们对欧美、日本进化规律的认识。诚如邱炜萲在《小说与民智关系》一文中所言："观此而外国民智之盛，已可想见。吾华纵未骤几乎此，然欲谋开吾民之智慧，诚不可不于此加之意也。"④他从对欧美诸国文明形态的对照研究中，得出了文学家在大转变的时代关头应该有"开吾民之大智慧"的使命。

适应着建设民主共和政体的需要，再加上文学界有识之士的推波助澜，晚清的许多文学作品都表现出了"新民""觉民"的思想主题，在创作领域将晚清启

---

① 《新民丛报》第二十号，1902年。
② 商务印书馆主人：《本馆编印〈绣像小说〉缘起》，《绣像小说》第一期，1903年。
③ 小说林社版《车中美人》，1905年。
④ 《挥尘拾遗》刊本，1901年出版。上海图书馆藏。

承上启下

蒙运动推向了深入。例如1907年在《月月小说》杂志上连载的春风的长篇小说《未来世界》，就是典型的号召民众移风易俗、争做现代公民的"新民"小说。它在第一回就写道："要晓得君主所以有那可怕的威权，过人的势力，原是因为一班百姓，大家都承认他是个总统臣民的大皇帝，方才有这样的势力威权，若是没有这些百姓依附着他，凭你这个大皇帝，再要厉害些儿，却到什么地方去施展他威权势力？"作者在这里着力想说明的是，君主的威权原是得自人民，他的势力是人民给予的，人民自不应成为卑躬屈膝的小儿。因此，他对民众大声呼吁：

<blockquote>
但愿看官看了在下的这部小说，都把自己的人格，当作个立宪以后的国民，不要去学立宪以前的腐败，这就是在下这部《未来世界》的缘起了。诸公听着，欲图变法自强，先在改良社会。①
</blockquote>

尽管小说写得浅显、直白，也没有精心的人物刻画与故事情节，然而，其扑面而来的启蒙、新民之风也使其具有了浓郁的时代性特征。又如1904—1905年荒江钓叟在《绣像小说》连载的长篇小说《月球殖民记》。这本是一个以悲欢离合的爱情故事演绎而成的科幻小说，然而作者在其中却时时发出希望民众觉醒的警言："……照我们中国这个样儿，便是请那美国的大总统华盛顿或德国的宰相毕士麻克，那样的英雄盖世、智略超群，想要救我们中国，也没奈何。这满国的人，十之八九都是懵懵懂懂，毫无一点知识。"②民众是最重要的。哪怕再强的君主，如果没有觉悟了的民众，倒头来仍然是一无是处。"新民"，几乎已成了当时创作家在有意无意之中都会流露出来的主题意向。

应该提到的似乎还应该有林纾。在晚清，他以质朴古健的文笔，录译了一百余本欧美诸国小说。给予他持久而顽强的译介动力的重要一条便是"开民智"。他在《〈译林〉序》中说："吾谓欲开民智，必立学堂；学堂功缓，不如立会言

---

① 《未来世界》第一回，该小说收《中国近代珍稀本小说》第十卷，春风文艺出版社1997年版。
② 《月球殖民记》第四回，收《中国近代小说大系》第23卷，江西人民出版社1988年版。

说;言说又不易举,终之唯有译书。顾译书之难,余知之最深。"①自知译书艰难,然仍译作不断,理想使然耳。同年,他在《〈黑奴吁天录〉跋》中又说:"今当变政之始,而吾书适成,人人既废弃故纸,勤求新学,则吾书虽俚浅,亦足为振作志气,爱国保种之一助。海内有识君子,或不斥为过当之言乎?"②在他看来,"新学"是振作志气、爱国保种的一种有力武器,正可为"变政之始"的大时代作出一份微薄的贡献。

推翻满清、建立共和的现代民主政体,是辛亥革命的主要政治目标;而在此时的进步文艺工作者,则在"新民"的口号下做着现代公民素养的教育与培训,预设着未来的合格公民。晚清文学与辛亥革命走在了一条跑道上,并发人深省地在悠久漫长的中国文学史上完成了一次由"忠君"到"新民"的现代性裂变。

三

从对现代民主政体的向往与追求到对"新民""觉民"的方向性选择,是晚清进步文艺工作者顺应政治革命的需要而找到的符合自身特点的职责定位。那么,紧接着的问题便是:什么是"新民""觉民"的有效方式呢?怎样才能取得"新民""觉民"的最佳效果呢?

对此,当时他们的答案几乎是众口一词,那就是小说。

说起晚清文艺工作者对小说重视的缘故,其实首先是来自欧美、日本社会变革经验的启发。最早提出小说改革主张的梁启超,于1897年在《变法通议·论幼学》一文中就指出:"日本之变法,赖俚歌与小说之力。"③次年,他又在《译印政治小说序》中详细介绍了欧洲利用小说变革政治的盛况:"在昔欧洲各国变革

---

① 《译林》第一期,1901年。
② 武林魏氏藏板《黑奴吁天录》,1901年。
③ 《时务报》第18册,1897年2月。

承上启下

之始,其魁儒硕学,仁人志士,往往以其身之所经历,及胸中所怀,政治之议论,一寄之于小说……往往每一书出,而全国议论为之一变。彼美、英、德、法、奥、意、日本各国政界之日进,则政治小说,为功最高焉。"①尽管梁启超所述小说在欧美诸国社会变革中的巨大功勋可能已是夸大其辞,不过,在晚清一批急于改良社会的仁人志士看来,他们宁肯相信这就是事实,这就是推动社会变革的有力抓手。与梁相类似,严复、夏曾佑在《本馆附印说部缘起》中也说:"本馆同志……且闻欧、美、东瀛,其开化之时,往往得小说之助。是以不惮辛勤,广为采辑,附送分送。"②而"衡南劫火仙"则在《小说之势》一文中则具体介绍了小说在英、法诸国的价值与巨大发行量。"已故前英内阁皮根之《燕代鸣翁》(小说名)一集,其原稿之值,获一万磅。法国《朝露楼报》,发行之数,殆及百万册,然其发行之流滞,则恒视其所刊登之小说为如何。此亦足以验泰西诵读小说之风盛于时矣。"③正是这些西方国家社会变革的经验,使得晚清进步文艺工作者喜出望外,自认为已找到了推动社会变革的有力途径。

与此相适应,他们还反观国内,对中国传统的小说观念与价值进行着重新的审视与判断。

在古代,对小说观念的理解最有代表性的是班固的一段表述:"小说家者流,盖出于稗官。街谈巷语,道听途说者之所造也。孔子曰:'虽小道,必有可观者焉,致远恐泥,是以君子弗为也。'然亦弗灭也。闾里小知者所及,亦使缀而不忘。"④在封建专制社会中,治国平天下,讲求的是"大道",强调的是威严,因而街谈巷语,道听途说之"小道",虽然有"可观"着,然而就不能得到统治者的重视了。不过,斗转星移,当时代进步到需要开启民智、需要启蒙一般民众的愚昧

---

① 《清议报》第一册,1898年。
② 《国闻报》1897年10月16日至11月18日。
③ 《清议报》第六十八册,1901年。
④ 班固《汉书·艺文志》。

时,小说所特有的能使闾里小民"缀而不忘"的艺术魅力,便使它具有了诗歌、散文等传统正宗文体所不具备的优势。

康有为惊奇地发现,小说"易逮于民治,善入于愚俗。"他尝问上海某书贾曰:"何书宜售也?"曰:"'书'、'经'不如八股,八股不如小说。"仅识字之人,有不读"经"者,而无不读小说者。据此,他得出结论:"'六经'不能教,当以小说教之;正史不能入,当以小说入之;语录不能喻,当以小说喻之;律例不能治,当以小说治之。"①而严复、夏曾佑也有着同样的发现:"今使执途人而问之曰:'而知曹操乎?而知刘备乎?而知阿斗乎?而知诸葛亮乎?'必金对曰:'知之。'"这便是小说高于一般文体的魅力所在。由此,他们深深地感慨:"夫说部之兴,其入人之深,行世之远,几几出于经史之上,而天下之人心风俗,遂不免为说部所持。"②至于梁启超,他更是晚清提倡小说、重视小说最不遗余力的一位。他在《论小说与群治之关系》《新中国未来记·绪言》《世界末日记·译后语》等一系列文章中,反复强调了小说的功用。他认为小说有熏、浸、刺、提四种力,"小说之为体,其易入人也既如彼,其为用之易感人也又如此,故人类之普通性,嗜他文终不如嗜小说,此殆心理学自然之作用,非人力之所得而易也"③。在晚清,他对小说的功用作了最详尽、最强烈也是最夸张的阐述。

诚然,对小说功能的重新发现与强调确是形成了一股热潮。楚卿在《论文学上小说之位置》一文中认为:"小说者,实文学之最上乘也。世界而无文学则已耳,国民而无文学思想则已耳,苟其有之,则小说家之位置,顾可等闲视哉!"④侠民在《〈新新小说〉叙例》中则认为:"小说有支配社会之能力,近世学界论文甚详,比年以来,亦稍知所趋重矣。故欲新社会,必先新小说;欲社会之旧新,必小

---

① 康有为《〈日本书目志〉识语》,上海大同译书局版《日本书目志》,1897年。
② 《国闻报》1897年10月16日至11月18日。
③ 《论小说与群治之关系》,载《新小说》第一号,1902年。
④ 《新小说》第七号,1903年。

承上启下

说之旧新。小说新新无已，社会之变革无已，事物进化之公例，不其然欤？"[1]从认为小说乃"文学之最上乘"到觉得小说有"支配社会之能力"，都极其强烈地反映了晚清时期进步文人对小说的推崇，以及急欲借小说之力改造社会之热盼。

不过，如果从中国传统文学观念的现代性转型来看，这场抬高小说地位的运动却又在性质上暴露出不容忽视的复杂性与多样性。

自由、民主、平等，是现代民主政体的主要内容。它强调个体价值，要求人人都有公平的社会权利，然而，当改良派或者革命派都拿小说当作改革社会的"工具"时，便又不可避免地损害到文学的价值，几乎落入到传统的文以载道的老路。当人们堂而皇之地主张小说要为"新民""觉民""开化民智"服务的时候，其实已压抑了文学的自由，妨碍了文学的独立性。因而，在康有为、梁启超、严复和夏曾佑等人将小说地位抬上天的时候，也已显示出他们在小说观念上的陈腐与落后。

这时候最值得肯定、并已露出新型现代小说观念的是徐念慈、王国维、黄人等人。在《余之小说观》一文中，徐念慈这样表述了他对小说的理解：

> 小说者，文学中之以娱乐的，促社会之发展，深性情之刺激者也。昔冬烘头脑，恒以鸩毒菡视小说，而不许读书子弟，一尝其鼎，是不免失之过严。今近译籍稗贩，所谓风俗改良，咸惟小说是赖，又不免誉之失当。余为平心论文，则小说固不足生社会，而惟有社会始成小说者也。[2]

在这里，徐念慈既否定了从前鄙夷小说的错误观点，同时也批判了晚清极力抬高小说地位者唯心主义的错误。他认为小说是为社会而生，并没有扭转乾坤的伟大，显示了冷静、客观的唯物主义观点。同时，他将"娱乐"置于小说的主要功用之上，其实也充分注意到了小说的特性，肯定了小说的自身价值。这无

---

[1] 《大陆报》第二卷第 5 号，1904 年。
[2] 载《小说林》第 9 期，1908 年。

疑是现代小说观念的雏形。

而王国维,他对文学观点的思考则更具有系统性与理论性。在《〈红楼梦〉评论》中,他援用叔本华的悲观主义生命哲学,将文学起源的本质归之于欲望:"呜呼,宇宙一生活之欲而已!而此生活之欲之罪过,即以生活之苦痛罚之,此即宇宙之永远的正义也。……美术之务,在描写人生之苦痛与其解脱之道,而使吾侪冯生之徒,于此桎梏之世界中,离此生活之欲之争斗,而得其暂时之平和,此一切美术之目的也。"①他认为文学是人的生命本能的需求,这种需求可以超越于政治革命的需要,也可以超越于载道、启蒙的社会使命。至于黄人,他在《〈小说林〉发刊词》、《小说小语》等文中,则一再声明小说的审美价值。"小说者,文学之倾于美的方面之一种也。""文学有高格可循者,一属于审美之情操。"②总之,我们从他们三人上述的论说中可以得知,他们的文学观念已经具有了浓郁的个性主义意识,已经与封建传统文学观念大异其趣了。

这是一个新观念、新思潮孕育、萌芽与滋生的时期。一如辛亥革命以后仍有袁世凯称帝张勋复辟等封建丑剧上演、但仍不能抹杀它巨大的历史里程碑的贡献那样,人们自然也应该了解并重视晚清文学运动所具有的对中国传统文学的转折意义。它们在晚清或相互激荡,或各自发展。然而它们都肩负起了历史所赋予的现代化转型的任务。而在这里,人们对晚清文学变动方面的关注则似乎了解不深,钻研不透,因而,也更显出研究的任重道远。

原载《南京社会科学》2011年第9期

---

① 郭绍虞编《中国近文论选》(下),人民文学出版社1959年版,第761页。
② 《〈小说林〉发刊词》,载《小说林》第一期,1907年。

重新审视欧化白话文的起源
——试论近代西方传教士对中国文学的影响

袁 进

　　文学是语言的艺术,五四新文学新就新在运用现代汉语。这几乎已经是常识了。我们一直认为:新文学是五四时期方才诞生的,它是五四一代作家用现代汉语创作的新型文学作品,正是这样一批新文学作品奠定了现代汉语的地位。按照胡适等五四新文化运动倡导者的说法,两千年来的中国文学,走的是言文分离的道路,五四白话文运动,才确立了"言文一致"的状态。

　　但是,一种语言的转换需要整个社会的响应与支持,这是需要时间的!因为语言是整个社会交流的工具,它不大可能只由少数人在短短几年时间内支配决定。如果按照五四新文学家的叙述,五四新文学靠着这么一点作家振臂一呼,办了这么一点杂志,在短短的几年内,就能够转变中国的语言,可以说是创造了世界语言史上的奇迹,值得人们去进一步深究。胡适正是意识到这一点,才写了《国语文学史》《白话文学史》,试图把新文学的白话与中国历史上的白话文本连接起来,梳理出白话文发展的历史线索,寻找出五四新文学白话文的历史依据。但是,胡适的《国语文学史》《白话文学史》没有做完,只做到宋代。在我看来,他幸好没有做下去,假如他按照这样的线索一直做到五四,那么,鸳鸯蝴蝶派就是当时白话文学的正宗,他们做的白话才是按照中国文学传统一直发展下来的白话。张恨水曾经以《三国演义》为例说明五四以来新文学欧化句式与当时一般读者的美感距离："'阶下有一人应声曰，某愿往，视之，乃关云长也'。这种其实不通俗的文字，看的人，他能了然。若是改为欧化体：'我愿去'，关云长站在台阶下面，这样地应声说。文字尽管浅近，那一般通俗文运动的对象，他就觉着别扭，看不起劲。"①张恨水说的其实是鸳鸯蝴蝶派代表的通俗文学与五四新文学之间的语言差距。因此，我把按照中国文学传统发展下来的白话称作古白话，在鸳鸯蝴蝶派看来，他们才是古白话的继承者。

新文学的白话受到古白话影响，但是它们显然不是鸳鸯蝴蝶派用的古白话。它们主要是一种带有欧化色彩的白话。如果说20年代新文学与鸳鸯蝴蝶派在文学语言上有什么区别，那区别主要就在欧化的程度上。鸳鸯蝴蝶派也受到西方文学的影响，但是它还是从古代章回小说的发展线索延续下来的，以古白话为主，并且没有改造汉语的意图；新文学则不然，它们有意引进欧化的语言来改造汉语，以扩大汉语的表现能力。我们从五四新文学家的翻译主张上，尤其可以看出这一点。如鲁迅主张的"硬译"，就是一种改造汉语的尝试。

那么，古白话何时转换为欧化白话文？欧化的白话文何时问世的？它是在五四新文学问世时方才问世吗？显然不是。根据我的研究，欧化白话文在中国已经存在了一个漫长的时段，到五四时期，它至少已经存在了半个多世纪。对于欧化白话文在中国近代的存在，它们的发展线索，它们对后来国语运动的意义，我们似乎还缺乏研究，学术界也不重视。

中国自身的古白话是何时开始转化为欧化的白话？这要归结为近代来华的西方传教士，是他们创作了最早的欧化白话文。西方近代来华传教士最初所用的汉语，大都是文言。但是他们运用汉语的目的既然是传教，而传教又是"在上帝面前人人平等"的，他们就必须照顾到文化水平较低，无法阅读文言的读

---

① 水《通俗文的一道铁关》，载重庆《新民报》1942年12月9日。

承上启下

者。中国的士大夫由于具有儒家信仰,对于基督教的传教,往往持抵制态度。这就促使西方传教士必须更加注意发展文化水平较低的信徒,用白话传教正是在这种状态下进入他们的视野。"初期教会所译《圣经》,都注重于文言。但后来因为教友日益众多,文言《圣经》只能供少数人阅读,故由高深文言而变为浅近文言,再由浅近文言而变为官话土白。第一次官话译本,乃1857年在上海发行,第二次1872年在湖北发行。"[①]其实,西方传教士最初创作白话文时运用的却是古白话,因为这时还没有欧化白话的文本。早在鸦片战争前,德国的新教传教士郭实腊在广州创办《东西洋考每月统纪传》,所用语言即是浅近文言和古白话。郭实腊将中国用于小说叙述的古白话运用到新闻叙述中来:

> 在广州府有两个朋友,一个姓王,一个姓陈,两人皆好学,尽理行义,因极相契好,每每于工夫之眼,不是你寻我,就是我寻你。且陈相公与西洋人交接,竭力察西洋人的规矩。因往来惯了,情意浃洽,全无一点客套,虽人笑他,却殊觉笑差了,不打紧。忽一日,来见王相公说道:"小弟近日偶然听闻外国的人,纂辑《东西洋考每月统纪传》,莫胜欢乐。"[②]

然而,古白话毕竟是一种书面语言,它与当时的口语已经产生了距离。况且西方传教士在翻译西方《圣经》、《赞美诗》时,需要有一种更加切合西方文本能忠实于原著同时也更加切合当时口语的语言,以完整地对下层社会成员表达出西方典籍的意思。经过不断的翻译磨合,大概在19世纪60年代之后,古白话渐渐退出传教士翻译的历史舞台,欧化白话开始登场。这些译本是中国最早的欧化白话文本,也是最早的白话文学前驱。

我们先看欧化白话的小说,西方长篇小说最早完整译成汉语的,当推班扬的《天路历程》,翻译者为西方传教士宾威廉,时间在1853年。当时所用的翻译语言还是文言,后来因为传教的需要,又重新用白话翻译了一遍,时间在1865

[①] 王治心《中国基督教史纲》,上海古籍出版社2004年版,第254页。
[②] 《东西洋考每月统纪传》第1号。

年。虽然是白话,却已经不是章回小说所用的古白话,大体上已经是崭新的现代汉语。试看:

> 世间好比旷野,我在那里行走,遇着一个地方有个坑,我在坑里睡着,做了一个梦,梦见一个人,身上的衣服,十分褴褛,站在一处,脸儿背着他的屋子,手里拿着一本书,脊梁上背着重任。又瞧见他打开书来,看了这书,身上发抖,眼中流泪,自己拦挡不住,就大放悲声喊道,"我该当怎么样才好?"他的光景,这么愁苦,回到家中,勉强挣扎着,不教老婆孩子瞧破。①

这是《天路历程》开头的第一段,我们可以看到,作者已经不再运用古白话的套语。为了忠实于英文原著,作者运用白话翻译时必须保持原著的特点,忠实于原作的意思,这样的翻译也就坚持了原著套叠的限制视角叙述,白话也就出现了新的特色,带有西方语言表述的特点,它作为书面语是以前中国白话小说中罕见的,小说同时保持了西方小说的叙述特点,从而改造了中国原有的白话文学。假如把这一段与今天《天路历程》的译本对照,我们不难发现:它们之间并没有明显的差别,尤其是在白话语言的运用上。

我们再看散文:古代没有专门的白话散文,散文都是文言的。但是在19世纪70年代,西方传教士的出版物却刊载了不少白话散文,试看一篇描写上海的游记:

> 上海是中西顶大通商口岸,生意茂盛,人烟稠密,各口岸都及不来。城西北门外,纵横四十里,都是外国租界,其中所居的各西国人,统计约有三千多。洋房几千件,有三层楼、五层楼,高大宽敞;也有纯石、纯铁、纯木建的房屋,牢固的狠。街道都用石子填成,宽四五丈,至少二三丈,往来马车、小车、东洋车终日纷纷不绝。路上遇尘土飞扬,自有许多工人,用水车汲水,沿路泼洒,而且随时有人打扫,真乃洁净之极的。②

---

① 《天路历程》,清同治四年刻本。
② 《小孩月报》第15号,光绪二年季夏之月出版。

承上启下

这篇散文作为游记虽然缺乏文采,但是它的行文语气已经摆脱了过去传教士所用的古代白话的行文语气,表现出新的气息,虽然其间还有文言的影子,如"每傍晚,当此炎天,西人都到园中散步纳凉,乐如何之"等等,"但是,这种文言的影子在五四白话文中也存在,甚至要更加厉害。假如把它放到与五四后的杂志上刊载的白话散文一起,我们会很难断定它是写于19世纪70年代。

我们再看西方传教士在同年代用白话写的议论文:

> 从前多年,有天主教的西国人,将西国乐法,大小规矩讲明,成一部书,叫律吕正义,都定在律历渊源里头。只是这部书,如今难得,而且说的也太繁数,并不是预备平常人学唱,乃是预备好学好问的先生,互为证验。再说作成这部书以后,又有人找出新理,添补在乐法之中,因此这部书,如今就算是旧的,其中多半,是些不合时的老套子。近来又有耶稣教的人,将西国的乐法,作成乐书。但是所作的,大概只是圣诗调谱,而乐中的各理各法,并没有详细讲明,更没有预备演唱的杂调和小曲。现在所作的这本书,是详细讲明,各理各法,并有演唱的杂调小曲,又有三百六十多首圣诗调谱。[①]

因为篇幅关系,不能将全文展现在读者面前。这篇文章的分段和标点都是原有,标点只有顿号和句号,也就是只有句逗,现在将原来的顿号换成了逗号。这是一篇用英文想好了的文章,然后再翻成中国白话的,行文方式是英国式的,它是英语"树式结构"的文章,与中国传统的议论文序跋完全不同。其差异主要有以下几点:

一、中国传统的序跋有一套古文的写法,其中的起承转合非常复杂,而且不分段落,讲究一气呵成。现今古文的分段都是后人重新分的。英国议论文讲究分段,每一段一层意思,有一个主干,逐层递进,层层深入,显得逻辑清晰,层次分明。

---

① 狄就烈《圣诗谱序》,1873年潍县刻印。

二、古代的序跋文言富于弹性,词语可以前置后置,变化较多。有意通过这种变化增加散文的色彩。英国散文句子都讲究语法,各种词有着固定的位置,不容像中国古代序跋这样随便变化。

二、古代文言散文行文以单音节字词为主,现代散文行文以双音节词为主。该文以双音节词为主,而且用得十分自然流畅。

四、文章对音乐的理解,带有很强的西方色彩,这是站在西方音乐的立场上观照东方音乐,指出中国音乐的缺陷。

五、因为没有受过这样的训练,在晚清即使是与西方传教士合作翻译的士大夫也写不出这种文体的序跋,只有西方传教士因为受过专门的英文训练,才写得出这样的序跋,这就是一篇现代散文。

最能代表文学作为语言艺术的体裁是诗歌,西方传教士对汉语诗歌的影响也是很大的。传教士要翻译基督教的赞美诗,传教的需要和他们的汉语水准都不允许他们把赞美诗的翻译格律化。于是他们翻译了大量的欧化白话诗,中国古代也有运用口语的白话诗,不过那运用的是古代的口语,不是现代的口语,如《诗经》《乐府》《山歌》,也有近于今天的白话诗,如寒山、拾得的禅诗等等,不过那仍旧是以单音节为主的诗。胡适自己认为,现代白话诗是由他发明的,其实不然。传教士在翻译基督教赞美诗时,为了帮助信徒快速理解,有不少传教士就把它翻译成白话诗,现从19世纪70年代的出版物中举出若干例证(原文无标点,只有句逗):

两个小眼,要常望天;两个小耳,爱听主言。两个小足,快奔天路;两个小手,行善不住。耶稣我主,耶稣我主;耶稣我,耶稣我,善美荣耀之耶稣。

仰望天堂一心向上,走过两边绊人罗网,天使欢喜等候接望,大众赞美弹琴高唱。[1]

---

[1] 狄就烈《圣诗谱序》,1873年潍县刻印。

承上启下

这些白话赞美诗至少在19世纪70年代就已经流传在教民中了,它们的问世,很可能还要推前。为了准确翻译赞美诗,也为了大众能够马上理解,这些诗已经开始把古代白话诗的以单音节为主转变为现代白话诗的双音节为主,不讲平仄,不讲古诗格律,它们数量众多,也有文言和古白话的气息,表现的又是西方文化,比起胡适"两个黄蝴蝶,双双天上飞"的"缠了足又放"的白话诗,在白话文的运用上,似乎要更加大胆,更加贴近普通老百姓。从新文学的理念看,也就更加具有新文学的色彩。我们再看写于19世纪80年代的赞美诗:

> 我眼睛已经看见主的荣耀降在世/是大卫子孙来到败了撒但魔王势/诸异邦在黑暗如同帕子蒙着脸/远远的领略到了一个伯利恒客店/在加利利的海边困苦百姓见大光/天父救世的恩典传到犹太国四方/耶路撒冷的长老把我救主当大凶/复活还安慰门徒逐被接到荣光中/同心祈求的教会蒙主赐下来圣灵/以信爱望拜仇敌拿着十字架得赢/今教会已经平坦只是德气还不足/不几时主必来到那就成全我的福/在天上有一城邑名叫新耶路撒冷/宝座周围白衣的都是快快乐乐永生/荣耀荣耀哈利路雅/荣耀荣耀哈利路雅①

在这首诗中,翻译者更加忠实于英文原作。译诗也就更像新文学的诗作,双音节为主的节奏,整齐的长句式,单音节和双音节交错的旋律,都体现了对现代汉语诗律的尝试。这是一种全新的节奏,这样的诗,节奏韵律虽然还不够成熟,其间也还有旧诗的痕迹,但是其欧化程度远远超过了胡适等人所做的新诗。这样形式的诗,即使拿到20年代,在新诗的创作上,它也应当算领先的。我们以前有一个观念,认为现代白话文是与口语结合的结果;其实不然,它是外语同口语结合的结果,这在诗歌的翻译上尤其可以看出。像这首诗与当时的口语距离甚远,但是它恰恰代表了后来新诗的发展方向。应当说,这种翻译并不完全是当

---

① 文璧《赞美圣诗》,《小孩月报》1890年第3号。

时的口语,实际上它提供的是一种新型的书面语言。当时传教士用西化白话这样翻译赞美诗和《圣经》,中国信徒也有一个接受过程的。当时"所唱的诗,都是从英文翻译的,而用外国的调子。在中国习惯上,实在非常陌生,所以唱来不甚好听;在翻译的词句上亦甚俚俗"[①]。只是这个接受过程对于中国社会来说,到五四白话文运动,已经延续了数十年之久,中国的信徒早已适应了这样的赞美诗和《圣经》。

因此,我们可以看到,早在五四新文学问世之前,运用类似于现代汉语的欧化白话文创作的文学作品已经存在,除了戏剧目前尚未发现外,小说、散文、诗歌等各种文体都已作了颇为有益的尝试,在西方传教士的支持下,它们在语言形式上走得比早期新文学更远,在欧化程度上有的作品甚至超过了早期新文学的作品。这些欧化白话文作品不绝如缕,在教会出版物中一直延续下来,延续到五四白话文运动,一直到现代汉语占据主导地位。

颇有意思的是,这些作品似乎在五四新文学家的心目中并不存在,它们虽然问世已经接近半个世纪,但是它们对新文学家似乎毫无影响。新文学家在说到自己的创作时,几乎都没有提到西方传教士的中文翻译作品对他们的影响,他们几乎一直认为自己的创作主要接受的是外国小说的影响,他们或者是阅读外文原著或英译本,或者是阅读林纾等非西方传教士的中译本,仿佛西方传教士的欧化白话文译本从来就没有存在过。甚至连许地山这样的基督徒作家都没有提及西方传教士的白话文对他的影响。对于造成这种状况的原因分析将是另外的论文要论述的内容,但是,毫无疑问,这是西方传教士的欧化白话文文本后来被历史遮蔽的主要原因。但是,正因为新文学家也是接受外国小说的影响,用外国文学的资源来改造中国文学,所以他们创作的作品所用欧化白话与西方传教士可谓是殊途同归。

---

① 王治心《中国基督教史纲》,第243页。

承上启下

那么，新文学作家没有提到西方传教士欧化白话文对当时社会的影响，是否这一影响就不存在呢？答案是否定的！西方传教士的欧化白话文本俱在，对当时的基督徒以及靠拢教会的平民不会没有影响。其实，在五四新文化运动提倡白话文时期，并不是没有人发现五四白话文与西方传教士白话文的相似之处，周作人在1920年就曾经提到："我记得从前有人反对新文学，说这些文章并不能算新，因为都是从《马太福音》出来的；当时觉得他的话很是可笑，现在想起来反要佩服他的先觉：《马太福音》的确是中国最早的欧化的文学的国语，我又预计他与中国新文学的前途有极大极深的关系。"①可见，早在1920年前，新文学创作初起之际，就有人发现它与西方传教士所用的翻译白话之间的联系，指出新文学所用的语言就是以前西方传教士翻译所用的欧化白话。只是当时的新文学家不愿承认。这一发现其实非常重要，这说明当时有读者是因为先看到了西方传教士的欧化白话文译本，在这个基础上才接受或者反对新文学的，而对这些读者来说，新文学的欧化白话已经不是新鲜事，他们很容易就能够辨别新文学的语言。换句话说，西方传教士的欧化白话文是新文学的语言先驱，这一看法后来也得到周作人的认可。其实，这一看法虽然没有成为新文学的共识，在中国基督教会的学术界，却已经成为常识。有学者指出："当时在《圣经》翻译的问题上，有许多困难问题，大都由西人主任，而聘华人执笔，为欲求文字的美化，不免要失去原文的意义，为欲符合原文的意义，在文字上不能美化。文言文不能普遍于普通教友，于是有官话土白，而官话土白又为当时外界所诟病。却不料这种官话土白，竟成了中国文学革命的先锋。"②还有的学者直接就把白话《圣经》的翻译看作是新文学运动的先驱："那些圣书的翻译者，特别是那些翻译国语《圣经》的人，助长了中国近代文艺的振兴。这些人具有先见之明，相信在外国所经历过文学的改革，在中国也必会有相同的情形，就是人民所日用的

---

① 周作人《圣书与中国文学》，《艺术与生活》，岳麓书社1989年版，第45页。
② 王治心《中国基督教史纲》，第254页。

语言可为通用的文字,并且这也是最能清楚表达一个人的思想与意见。那早日将《圣经》翻译国语的人遭受许多的嘲笑与挪揄,但是他们却作了一个伟大运动的先驱,而这运动在我们今日已结了美好的果实。"①他们都把新文学看成是西方传教士白话文的继承者。

  西方传教士对于新文学的贡献,不仅在于提供了最早的欧化白话文的文本;更在于奠定了中国近代"国语运动"的基础。在汉语的语法、词汇、语音三方面,都推动了现代汉语的建立。一般人能看到语法词汇在近代受到的外来影响,外来新事物带来大量的新词汇,西方传教士最早翻译大量西方著作,汉语词汇受到外来影响的扩展是众所皆知;用语法规范汉语的做法本身就是受到外来影响做出的,最早的语法专著《马氏文通》就是在外国语法启示下成书的,陈寅恪指出:"往日法人取吾国语文约略摹仿印欧语系之规律,编为汉文典,以便欧人习读。马眉叔效之,遂有文通之作,于是中国号称始有文法。"②但是一般人可能会觉得,汉字的语音是中国人自己确定的,它来源于中国人自己的生活与社会,与西方传教士又有什么关系? 其实,西方传教士对汉字语音的认定做出过重要贡献,他们确立了表达语音的文字。汉字是表形文字,而不是表音文字,它不能直接读出字音,这就给它带来了很大的麻烦。中国古代用来解决这一问题的方法是"释音""反切""四声",这一套注音方式是为培养士大夫服务的。但是,这套注音系统很不适合西方传教士,他们的母语基本上都是表音语言,用字母表音是他们的常识,但是汉语就完全不同了,它是象形文字,文字与读音缺少表音文字那样密切的联系。传教士晁俊秀说:"对于一个欧洲人来说,汉语的发音尤其困难,永远是个障碍,简直是不可逾越的障碍。"③他们要尽快学会中文,很自然地就运用母语的字母给汉字注音,明末的西方传教士提出了最早的汉语

---

① 贾立言、冯雪冰《汉文圣经译本小史》,广学会1934年版,第96页。
② 陈寅恪《与刘叔雅论国文试题书》,《金明馆丛稿二编》,上海古籍出版社1980年版,第223页。
③ 朱静编译《洋教士看中国朝廷》,上海人民出版社1995年版,第158页。

承上启下

拼音方案,晚清的传教士又继续提出各种为官话、方言注音的方案。这些方案至少有十多种,其中比较著名的有艾约瑟的首尾字母法,丁韪良的元音基础法,威妥玛的拼音法等,形成了一个"教会罗马字"运动。这些拼音方案进入了实践,小孩子通过几天的注音学习可以很快掌握注音方法,实现以前要花几年乃至十几年才能实现的阅读。西方传教士相信,用拼音改革汉字可以作为"一种使西方的科学和经验能够对一个民族的发展有帮助的最好贡献"。这样的一种文字,"是产生一条达到文盲心中去最直接的路"[1]。中国最早的汉字拼音文本是19世纪产生的各种方言《圣经》,在厦门的拼音《圣经》曾经卖掉四万多部,甚至产生了完全用罗马字母拼音构成的方言报纸。西方传教士用罗马字母为汉字注音给中国学者打开了思路,启发了他们,1892年,卢戆章的《一目了然初阶(中国切音新字厦门腔)》在厦门出版,只要联系西方传教士的注音活动就不难看出,中国人自己想到用字母为汉字注音是受了西方传教士的影响。卢戆章就住在厦门,熟悉西方传教士在厦门的罗马字母注音,他在1878年又成为西方传教士马约翰的助手,自己就在传教士指导下进行过用罗马字母注音的实践。《一目了然初阶》采用西方"左起横行"的形式书写,这也许是中国人自己写的第一本横排的汉字书。在1892年卢戆章提出字母注音方案之后,几乎每年都会由中国人自己提出的字母注音新方案问世,如吴稚晖的"豆芽字母",蔡锡勇的"传音快字",沈学的"盛世元音",王炳耀的"拼音字谱",劳乃宣的"简字全谱",王照的"官话合声字母",力捷三"切音官话字书"等等。他们或多或少受到西方传教士的影响,蔡锡勇早年在同文馆学习,那里的教师有许多都是传教士,他的方案是后来在美国拟制的。沈学在上海梵皇渡书院就读,那是传教士创办的教会大学。这意味着由西方传教士开创的用字母为汉字注音的方式开始为中国学者所接受,并且成为他们改革汉语文字的努力方向。汉字拼音化的方案还曾

---

[1] 陈望道《中国拼音文字运动的简史》。见倪海曙《中国拼音文字概况》,时代画报出版社1948年版。

重新审视欧化白话文的起源

经受到政府的重视,劳乃宣的"简字全谱"引起慈禧太后的关注,王照的"官话合声字母"为袁世凯所提倡。

因此,我们也许可以得出这样的结论:中国现代的汉字拉丁化运动,其发端是在西方传教士,是他们提出了最初的设想,并且做出了具体的实践,取得了一定的成绩,从而启发了中国的学者和政府。用字母注音最大的好处是可以较快的认识汉字,它成为国语运动的基础。但是,在西方传教士看来,既然用字母注音可以取代汉字,汉字的存留也就成了问题。这一思路也被中国学者继承下来,作为中国社会现代化的一种需要,成为后来语言学界的重要争论之一,这是当时学界"西化就是现代化"思潮的一种表现。

事实上,中国近代最早的中文报刊是由西方传教士创办的,最早的启蒙就是由西方传教士出版的报刊和翻译的西书开始的。西方传教士对平民的传教与清代白话文运动启蒙普通百姓的宗旨也是很相近的,晚清的思想启蒙运动实际上受到西方传教士的影响,晚清先进士大夫在思想上几乎都受到西方传教士办的《万国公报》《格致汇编》等启蒙杂志和墨海书馆、广学会、江南制造局翻译馆等出版的中文西书浸染,晚清的同人启蒙报刊显然不同于《申报》这类市场化的报刊,而更像西方传教士办的启蒙报刊。晚清的白话文运动其实受到西方传教士的启发,是学习西方传教士的,在白话文运动的发难之作裘廷梁的《论白话为维新之本》中就提到:"耶氏之传教也,不用希语,而用阿拉密克之盖立里土白。以希语古雅,非文学士不晓也。后世传耶教者,皆深明此意,所至则以其地俗语,译《旧约》《新约》。"① 晚清白话文运动的许多白话作品,也具有欧化白话的倾向。晚清白话文运动也提出了汉字"拉丁化"的设想,吴稚晖、钱玄同等人甚至主张"汉字不灭,中国必亡"。从西方传教士到晚清白话文运动,再到五四白话文运动,构成了一条欧化白话文在近代的发展线索。明乎此,我们就能够理

---

① 裘廷梁《论白话为维新之本》,《无锡白话报》第1号。

承上启下

解,为什么五四白话文运动可以做到几个人振臂一呼,就能够群山响应。接受欧化白话文的社会基础已经建设了几十年了。语言是文学的基础,文学是语言艺术的集中表现。我们寻找五四新文学的起源,应该看到西方传教士对此曾经做出过贡献。西方传教士的白话文有的比五四作家写的白话文更像后来的白话文,是因为他们直接是从外文翻译过来的,即使不是翻译是创作,也是用外文先想好了,然后翻成汉语。这种汉语书写方式是非常独特的,只要对比一下今天文学的语言和形式,我们不难发现它们比五四时期的中国文学更加接近外语作品,这种接近实际上显示了现代汉语的变革走向,以及它所受到的外来影响。假如我们再联系以下几点:由西方传教士发端的中文报刊作为新兴传播媒体给近代文学变革带来的影响,推动了文体及语言的变革和文学的通俗化;晚清的"新小说"运动实际上源于曾经做过传教士的傅兰雅提倡的"时新小说"征稿,他最初提出了用创作"时新小说"来改造社会恶俗的设想;近代在文论上占统治地位的"文学救国论"实际上源于西方传教士林乐知翻译的《文学救国策》,以文学为"教科书"就是他最早提出来的;它们后来都成了统治中国文坛的主流![1]我们也许会对西方传教士对中国近代文学的影响形成一个更加全面的印象,他们在文学观念、文学内容、文学功能、文学形式、文学语言、文学与现实的关系以及传播方式、读者对象、教育培训等诸方面都曾对中国文学的近代变革产生影响,它的力量远远超出了目前学术界对它的估计。在某种意义上,我们甚至可以说:中国文学的近代变革,首先是由西方传教士推动的,他们的活动是五四新文学的源头之一。

欧化白话文改造了汉语,促使汉语精细化、明确化,扩大了汉语的表现能力。但是语言是文化的表现,汉语欧化的结果,也失落了不少传统文化的内涵,促使汉语"平面化",失去了汉语原有的厚度。现代汉语语法体系是从《马氏文

---

[1] 有关论述可参阅拙作《中国文学观念的近代变革》,上海社会科学院出版社1996年版。

通》发展而来的,陈寅恪在30年代曾经批判《马氏文通》的做法:"今日印欧语系化之文法,即《马氏文通》格义式之文法,既不宜施之于不同语系之中国语文,而与汉语同系之语言比较研究,又在草昧时期,中国语文真正文法,尚未能确立"。他认为一直到30年代,摆脱西方传教士影响的中国真正文法,并没有建立。他担心汉语的欧化语法会导致中国文化的失落,他甚至警告当时的语言学家:"从事比较语言之学,必具一历史观念,而具有历史观念者,必不能认贼作父,自乱其宗统也。"①30年代还曾经发生过十教授联名发表宣言,拒绝汉语的欧化,要求汉语恢复传统。就是在主流文学内部,也曾经出现对欧化白话文的反思。瞿秋白认为:五四白话文"造成一种风气:完全不顾口头上的中国言语的习惯,而采用许多古文文法,欧洲文的文法,日本文的文法,写成一种读不出来的所谓白话,即使读得出来,也是听不惯的所谓白话"②。寒生(阳翰笙)也认为:"现在的白话文,已经欧化、日化、文言化,以至形成一种四不像的新式文言'中国洋话'去了。"③对于当时的白话受到欧化影响,他们的看法与陈寅恪、王国维以及十教授倒是一致的。只是这些抗拒欧化的努力,由于不是主流,后来被历史遮蔽了。

  19世纪欧化白话文的发现,需要我们重新思考和调整目前的现代文学研究。首先,现代文学研究的时段必须改变,原来的现代文学研究从1917年的新文化运动开始,后来上推到1915年,甚至上推到1898年。但是欧化白话文作为新文学先驱的存在,需要我们把研究时段延伸到西方传教士的中文传教活动。布罗代尔早就指出:长时段的对对象的审视,也许更能说明问题。如果说晚明的传教主要还是文言,目前还没有发现传教士对文学的影响;那么,19世纪马礼逊创办《察世俗每月统纪传》和郭实腊创办《东西洋考每月统纪传》就应当进入我们的研究视野。后来传教士的欧化白话文正是从他们发端的。其次,我

---

① 陈寅恪《与刘叔雅论国文试题书》,《金明馆丛稿二编》,第223页。
② 宋阳《大众文艺的问题》,《文学月报》创刊号,1932年6月。
③ 寒生《文艺大众化与大众文艺》,《北斗》第二卷3、4期合刊,1932年7月。

承上启下

们以往的研究受到民族主义影响,把汉语书面语从文言到现代白话的转变看成是汉语内部的转变,很可能低估了近代"西化""全球化"的力量。我们忽视了西方传教士用中文创作翻译的作品,他们改造汉语的努力,只在我们中国作家内部寻找变革的因果关系;西方传教士是外国人,他们的汉语文学活动便不能进入我们的文学史,这种作茧自缚遮蔽了我们的视野,也掩盖了某些历史真相。第三,我们以往对现代文学的研究,是继承了胡适这批学者,以一种进化论的观念,来看待白话取代文言,把历史简化了;其实其中的关系要复杂得多。晚清的文学现代化过程,有着多种选择的可能性。看不到这种复杂性,我们就无法理解:为什么像王国维、陈寅恪这样从来就主张现代化的学者,王国维会去自杀,而陈寅恪会认为他的自杀是殉文化,为什么陈寅恪这时会认为中国的文化已经凋零到需要有人来殉了。我们的学术界至今还无法回答这些问题。研究新文学成长必须把它与旧文学的衰亡结合在一起研究,才能更清楚地看出历史的演变脉络。最后,我们重新审视这段历史,考察西方传教士的中文文学活动,也许能够对"全球化""殖民化""帝国主义"在文化上的影响及其方式,产生更深入的认识。如果我们不把"现代化"只看作"西化",并且我们需要对现有的"现代化"做出反思;那么,我们就应当对西方传教士开始的欧化白话文做出新的反思,重新思考全球化和殖民主义的特点,以及与之相关的文化现代化;重新思考和评价中国近代古今、中西、雅俗的三大矛盾冲突的背景与结果。对近代欧化白话文和西方传教士的影响研究是一个值得深究的课题,本文只是提出一些粗浅的想法,希望有更多的人从事这方面的研究。

原载《文学评论》2007年第1期

晚清各体文学的走向和中国文学的古今演变

朱文华

一

中国传统的古典文学按其本身的规律发展，进入清季，整体上已经由盛而衰，不过余波尚在涌动。其中，就文学文体而言，自古以来的各种样式，经积累而臻于齐备，且形成几种在文坛上占重要地位又发生重大影响的分支流派[①]，一时间还争胜称雄。迨至晚清[②]，中国的社会政治毕竟出现了"三千余年未有之变局"，与之相适应，思想文化界引起震荡，况且"西学东渐"之风日盛，受此影响，于是在原有的文体分支流派外，也有若干应运而生者。

正是由于晚清时期的社会政治文化环境的特殊性，决定了当时的各体文学的走向，在整体上不能不处于所谓"变亦变，不变亦变"（梁启超语）的境地，即开

[①] 文体分支流派，系指隶属于各大文学体裁（诗歌、散文、小说、戏剧）的，且与某种特定的艺术表现手法技巧相结合的那种低一层次的文体样式，如诗歌，中国古代有"诗"、"词"、"曲"，西方则有"自由体"、"商赖体"（十四行诗）等，余类推。事实上，这种文体分支还往往与一定的内容题材、艺术风格特色以及作家队伍等情况相联系，由此含有某种程度的流派性质。但即使如此，在"文体分支流派"的概念中，文体要素还是最基本的。

[②] 本文所认定的"晚清"，系指自戊戌维新前后至武昌起义前后的那一段社会历史，同理，本文所说的"晚清文学"，则指通常所说的"近代文学"或"二十世纪文学"中的那个具有相对的独立意义的一个文学史阶段（1895?—1911）。

承上启下

始摆脱自我封闭,而是自觉或不自觉地适应着社会现实的需要予以不同程度的变革。从这一意义上说,晚清时期各体文学(具体表现为各种分支流派)的发展,标志着中国文学的古今演变的酝酿和启动,而其各自发展的趋势、过程和结局,又大致构成了中国文学的古今演变的基本内容线索。换言之,由于整个中国文学的古今演变,在相当的程度是由文体变革问题引起的,所以值得从这一视角对之作专门的考察分析。

整个晚清文学时期,在诗歌、散文、小说、戏剧四大体裁中,大致并列存在(或原有,或新生)十余种文体分支流派,尽管各自实际上占有的文体优势地位,以及所发生的社会影响并不相同,但无不反映了文体演变的相关形态。

二

尽管自《诗经》《楚辞》以来的中国诗歌史上出现过若干白话诗,而且民间诗歌又主要是白话的,但中国诗歌史的主流却是文言体。这种局面虽然在晚清文学时期继续得以维持,但从内容到形式两方面都有所变动。

1. 同光体(江西诗派)　宋诗的基本特征特点是,"以文字为诗,以才学为诗,以议论为诗"[①],这较之唐诗自然是别具一种美学风格,但这一特征特点同时孕育着忽视形象思维的倾向,由此在语言上也靠近散文化。因此,虽然宋诗中不乏优秀之作,然而相当一些篇什却流露出诗味淡薄的弊端。明清以来,虽然唐风流韵不绝,但由于文人士大夫在整体上崇尚"程朱理学",进而专摹宋诗,宋诗的影响日益扩大,至清代道咸年间,始有"宋诗运动"的开展,并且形成了"江西诗派"。进入晚清时期,由于"江西诗派"的代表性人物多为同治、光绪两朝入仕者,所以又有"同光体"之称。

---

① 严羽《沧浪诗话》,郭绍虞校释本,人民文学出版社1962年版。

"同光体"诗人队伍,通常的说法有赣派(陈三立为代表)、浙派(沈曾植为代表)和闽派(郑孝胥、陈衍为代表)之分,但在暴露"宋诗派"的弊端的问题上,却是共同的。这主要表现为:过多的发议论讲道理,而这些议论和道理本身是陈旧的或粗浅的,了无新意;在发议论讲道理时,又追求语词的枯涩深微,既好用生硬的典故,又喜择填冷僻的字眼。如果说,有些篇什在内容上也有若干触及时事之处,其中所抒发的情感(如时代危机感等),也在一定程度上体现了时代的精神,但大体说来,因受"江西诗派"的表现手法的制约,又往往以词害意,模棱两可,含糊不清,至多是流露出古人的口吻。总之,"同光体"所追求的目标,实际上只是在于"酷似宋诗",即满足于成为宋诗的"赝品"[①],而并非为了诗歌艺术的创造,所以在这样的作品中,总的说来就难以寻得诗味,遑论创新的诗歌意境。

惟其如此,这一派诗歌尽管在当时占有特别的文体地位,社会影响也很大,也尽管这一派的诗人,就纯粹的诗学功力而言,在当时属于最深厚的一辈,但终究由于缺乏创造力而只能呈现出重重暮气,随着清王朝的垮台,"同光体"也就必然归于了衰败,尤其是在五四文学革命兴起后,虽有一批遗老遗少尚在玩赏,但在整体上毕竟退出了主流文坛。[②]

2. 常州词派 自从词带着民间文学的清新气息进入文人士大夫的文学殿堂以来,经过千百年的琢磨,到清代中叶出现了一个文人词的小高潮,即由张惠言首倡的标榜"比兴寄托"的"常州词派"。迨至晚清,其创作上的余波,则主要是以王鹏运、郑文焯、朱祖谋和况周颐为代表的"近代四大词人"的作品。这些作品在整体上的水准较高,艺术感染力较强,而且在题材内容方面也有所突破,其中不少篇什所抒发的,乃是面对处于多事之秋的故国现实生活的刺激所引起

[①] 胡适《五十年来中国之文学》,收入《胡适文存》二集,黄山书社1996年版。
[②] 典型的如,北京大学部分师生所编的《国民》杂志的第一卷各期(1919.1—1919.4)还发表章炳麟、汪东、吴梅和黄侃等名家的旧诗词,但从第二卷(1919.11)起,则完全摈弃之,由白话新诗取代。

的种种复杂的心理感受,从中透露出来的是一种历史的苍凉感。从这一点来说,这一派词作在一定程度上也是体现时代精神的。

然而,与"同光体"相近似,因受传统文体的消极影响,以及士大夫习气的下意识的流露,"常州词派"的艺术表现手法,仍然纯粹是旧式的,或者说基本上沿袭两宋时期的口吻,本是富有时代特点的社会生活场景,由于被传统的甚至是陈陈相因的诗歌意象来处理,反而显得模糊。惟其如此,这一派作品在本质上也是"复古"或"拟古"的,充其量是中下水平的宋词的翻版,缺乏文学史上的革新意义。当然,这一派还有相应的词学理论,如王鹏运主张的又为况周颐阐发的"重、拙、大"说,以及另一位常州词派理论家陈廷焯的"沉郁"说等①,但这样的理论同样是传统型的,只是相较以往有些许发展,而不属于那种适应于新的文化时代的理论创新。总之,"常州词派"在晚清文坛也属于传统的旧文学的一支,这决定了它如同"宋诗派"一样难以获得脱胎换骨式的改造,以至成为五四文学革命的首要对象,经猛烈批判后而归于沉寂。

3. 诗界革命派　一般认为该派的倡导者是黄遵宪,事实上黄氏早年的"我手写我口"之作,仅是一种个别性的试验,他本人在晚年也对之持忏悔的态度,所以没有辑入《人境庐诗抄》。真正鼓吹"诗界革命"的是梁启超,时在1899年前后②,他所标举的代表性作家作品,提到了黄遵宪(后期)、谭嗣同、蒋智由和夏曾佑等,其实他本人的诗作更具典型性。

这一派作品的理论要点,据梁氏的总结概括为"以旧风格含新意境"或曰"熔铸新理想入旧风格",而从具体的作品看其风格特点,梁启超曾指出的"颇喜寻扯新名词以自表异"的情况普遍存在,而有的甚至"渐成七字句之语录"③。由此看来,诗界革命在文学(文体)史上的主要意义,只是向中国传统诗歌的正统

---

① "重、拙、大"说参见况周颐《蕙风词话》,"沉郁"说参见陈廷焯《白雨斋词话》。
② 黄霖《近代文学批评史》,上海古籍出版社1993年版。
③ 本文所引梁启超语参见《新大陆游记》(1899)和《饮冰室诗话》(1902)等。

流派轰了一炮,破坏性既不强,自身的成绩也不大。

4. 南社派 筹备于 1907 年、至 1909 年正式成立的南社,系当时的排满革命的政治社团,虽然曾表示过"作海内文学之导师"①的愿望,然而终究以其整体上的志大才疏(至少,南社成员的诗学水平并不整齐)而未获成功。

在具体的诗歌创作上,南社标榜唐音而力斥同光体,然而此举纯粹出自政治性的考虑,用柳亚子的话说,鉴于同光体的代表性诗人均是满清臣子(遗老遗少),"我呢,对于宋诗本身,本来没有什么仇怨,我就是不满意于满清的一切",所以才对之作猛烈攻击。②至于南社成员的标举唐音之作,即使水准较高的(如柳亚子本人和高旭、陈去病和苏曼殊等),大抵也没有特别的艺术创新。究其原因,他们的诗学理论实际上接受了其另一政治对立面即梁启超的"诗界革命"派,仍然跳不出"复古""拟古"的一套,如柳亚子声称"内容宜新,形式宜旧"③,高旭甚至还说:"新意境、新理想、新感情的诗词,终不若守国粹的用陈旧语句为愈有味也。"④在这种情况下,南社在改革诗体的问题上就不可能有实际的动作⑤,最后连自身也构成五四文学革命的冲击对象之一。

三

中国古代散文主要是文言文,白话文只是偶尔见用,如译经文字或讲学语录等,未成气候。从文言散文看,又有骈、散两支壁垒分明,明清以降,大致分别构成唐宋派和选学派而并争,相较而言,前者取得优势,所以有桐城派的大盛。

---

① 高旭《南社启》,转引自杨天石等编《南社史长编》,中国人民大学出版社 1995 年版。
② 柳亚子《我和朱鸳雏的公案》,转引书同上。
③ 柳亚子《与杨杏佛论文学书》,转引书同上。
④ 高旭《愿无尽庐诗话》,转引书同上。
⑤ 虽然南社另一诗人马君武有"须从旧锦翻新样,勿以今魂托古胎"(《寄南社同人》)之句,但没有为南社成员所实践,即使马氏本人也不例外。

承 上 启 下

进入晚清,虽有白话文的提倡,但尚不成熟,未能构成流派,唯有新出现的文白相间的"新文体派",则以咄咄逼人之势,与前两派激烈竞争。

1. 桐城派 桐城派形成于清初,由于其标榜的"义理、辞章、考据"①,除了狭义的文章学意义上的合理因素外,还由于它不仅切合于当时的政治伦理道德(即所谓"文统"与"道统"的结合),而且在事实上又引导当时的文人士大夫,承认并维护以文字狱为主要形态之一的文化专制主义的统治秩序,所以也获得了最高统治者的肯定,以至有钦定的文章范本(如《古文约选》和《古文辞类纂》)的刊行。以上两者互为因果,一时造成了"天下文章,其出于桐城乎"②的态势。同治年间,当桐城派散文的程式化的弊端明显加剧,其不适应时代的一面(如所谓"不可入语录中语、魏晋六朝人藻丽绯语、汉赋中板重字法、诗歌中隽语、南北史佻巧语")③也开始严重暴露之时,由于已在政治上崛起的、而本身又是服膺于桐城派理论的曾国藩在上述三端的基础上补了"经济"一条④,勉强联结了"经世致用"的思潮,于是桐城派散文的局面还得以维持到晚清时期,如当时有所谓"曾门四弟子"(吴汝纶、张裕钊、黎庶昌、薛福成),还有所谓"湘乡派"之称⑤。至于当时的其他散文(古文)名家如严复和章炳麟等,虽然并不标榜"桐城派",但他们的古文笔法至少与桐城派出自同一源。⑥

桐城派散文在晚清时期的维持性发展过程中,由于受到其对立面即新兴的

---

① 先是戴名世说:"道也,法也,辞也,三者有一之不备焉,而不可谓之文也";(《乙卯行书小题序》)至姚鼐、方苞发展而认定"天下学问之事,有义理、文章、考证三者之分,异趋而同为不可废。"(姚鼐:《复秦小岘书》)

② 姚鼐《刘海峰先生八十寿序》,收入《桐城派文选》,安徽人民出版社 1984 年版。

③ 此为方苞语,转引自沈廷芳《隐拙轩之钞》卷四《方望溪先生传》附"自纪"。

④ 曾国藩说:"义理之学最大,义理明则躬行有要,而经济有本,词章之学,亦所以发挥义理者也。"(《曾国藩家书》)

⑤ 因为曾国藩是湘乡人,故称。事实上,这是献媚的说法。

⑥ 以严复论,其文字风格"骎骎与晚周诸子相上下"(吴汝纶《天演论》序),也杂以骈俪,但总的说来,与桐城派古文同出一源,这从他与吴汝纶的学术关系也可以看出来,钱基博《现代中国文学史》把严复归为"新文学逻辑文"一支的代表,似不确。至于章炳麟,虽然不满于桐城派,但他作为文化上的复古主义者,又直接仿效魏晋古文笔法,所以同严复一样,其实也是与桐城派同源而分流。

"新文体派"的严重挑战,以其本身的衰落又难以招架,所以影响日益缩小,至少难以进入主流媒体(报刊和新书)。至于林纾以所谓的桐城古文的笔法译述西洋近代小说,与其说是对桐城派散文的改造,毋宁说正是如此的改造,反而促使了桐城派散文的变质,由此也表明它从传统的应用范围的撤退,尽管林纾本人不会承认这一点。总之,到民元前后,桐城派散文全面步入衰竭,到五四文学革命揭幕,则被恶谥为"桐城谬种",刨掘祖坟,前后共"十八妖魔"。[①]

2. 骈文派 又称选学派,从历史上看,骈文自形成以来,经久不衰,明清之后,依然如此,尤其在乾嘉年间,汪中与洪亮吉的作品才力,大致可与六朝的徐、庾相比肩。重要原因之一,在于科举制度的刺激和影响,尽管形式上同属骈文系统的"八股制艺",一般并没有被士大夫视之为真正的文章。到晚清时期,随着科举制的正式废除,骈文派的社会影响骤然削减,阵势也大大退缩,因而,被后来的文学史家特别提及的骈文名家寥寥无几。[②]在这前后,虽然还有若干骈文作家仍有写作,如为冒鹤亭所称颂的"北王(式通)南李(详)"。[③]然而这种情况主要发生在遗老遗少的小圈子里,缺乏作为文学史现象的普遍意义。

当然,由于这一文体的文学意味更浓(尤其是语言修辞),文体的形式美(含音乐美)也更雅致,更合乎士大夫的情调,也更适宜表现文学家的才情,因此它的文化影响仍然存在,如若干有影响的政论文人亦采用骈文的笔调[④],而风行的"新文体"对于骈文手法技巧的吸收,也是明显的,另外,当时及稍后的鸳鸯蝴蝶派小说,也有明显的间用骈文笔法者,典型的如徐枕亚的《玉梨魂》。只是这样的情况,在当时不足以作为一个完整的文体支流而显现。

[①] 参见钱玄同《寄胡适之》(1917年7月2日)、陈独秀:《文学革命论》(1917年2月1日),均收入《中国新文学大系建设理论集》,良友图书公司1935年版。

[②] 文学史家一般提到的是皮锡瑞。至于被钱基博《现代中国文学史》所列为"古文学·骈文"第一作家的刘师培,其实不是专一服膺于骈文者。

[③] 有关的材料和分析,参见钱基博《现代中国文学史》的"古文学·骈文"章。

[④] 如柳亚子的《二十世纪大舞台发刊辞》等,可以说是骈文体的,南社其他成员的散文,也多有这种情况。

承上启下

　　总之，在晚清时期，骈文派事实上作为当时唯一的一个表现手法被肢解了的文体流派，已经整个地趋于了衰亡。因此，它也自然地成为五四文学革命的另一个直接的攻击目标，获得了"选学妖孽"的恶谥。①

　　3. 新文体派　所谓新文体派，指的是晚清前后那种明显区别于"桐城派"并与之对立，最终又在实际上取而代之的新颖的文体，它的发展演变过程具有明显的阶段性，由此充分反映了一种新兴文体的确立与社会历史环境的联系。

　　新文体其实萌芽于桐城派散文的废墟，由于若干桐城派阵营的作家自觉或不自觉地对桐城派散文的理论教条产生不满，在写作实践中也追求"称心而言，不必有义法"②，由此涌现了最初一批在思想内容和表述语言与桐城派散文大相径庭的新式作品，如冯桂芬、郑官应和薛福成等人的那些初步倡言变法的篇什。

　　在这前后，受传教士办报的影响，国内新知识分子起而仿效，于是有"报章文"的形成，此以王韬发表在香港《循环日报》上的作品为代表，至戊戌维新期间，梁启超等人在《时务报》上刊行的文章，成功地巩固发展了"报章文"的特色，时称"时务文"。③梁启超东渡日本后，先后又创办《清议报》和《新民丛报》等，对已发展到"时务文"水平的报章文体再作改造，进一步就有"新民体"的完全确立，用梁氏自己的话说："自是至解放，务为平易畅达，时杂以俚语、韵语、外国语法，纵笔所至不检束，学者竞效之，号新文体，老辈则痛诋为野狐。然其文，条理明晰，笔锋常带感情，对于读者，则别有一种魔力焉。"④

　　大致到 1907 年前后，新文体随着在梁启超笔下获得集大成式的成功，产生的影响也趋向极端，在这种情况下，所谓受影响者开始分化，其中的一支在民元以来演变为"逻辑文"，代表性的作家是《甲寅》杂志主编章士钊及其主要撰稿人如

---

　　① 参见钱玄同《寄胡适之》（1917 年 7 月 2 日），收入《中国新文学大系建设理论集》。
　　② 冯桂芬《复庄卫生书》，收入《中国文论选》近代卷（上），江苏文艺出版社 1996 年版。
　　③ 报章文的名目似出现在戊戌维新之初，最早是守旧者提出的蔑称，但经谭嗣同、梁启超等人的理论提倡后，则成褒义名词。其与时务文、新民体等，均属于新文体派散文发展过程中的阶段性名目。
　　④ 梁启超《清代学术概论》，收入《饮冰室合集》第 9 册，中华书局 1932 年版。

黄远庸、高一涵、李大钊等；另一支则以吴稚晖和胡适等人为代表，通过对当时的白话文的进一步肯定，又结合着对梁启超式的"新文体"学习，择善而从之，主要表现为采用纯粹的白话化，但又注重语词的简洁、明朗、生动、活泼，以及相关的修辞手段，由此扩大白话文的表现手法和适用的文体范围。惟其如此，到五四新文化运动发生时，这种新文体散文最终衔接过渡到了五四新文学的白话散文文体。

四

中国古代小说的发展，到晚清前夜，从纯文体角度看，大致可以分为笔记体、聊斋体（以上主要是文言短篇）、三言两拍体（主要是白话短篇）和章回演义体（主要是长篇，或文言，或白话，以白话居多）。由于中国古代小说发展到本时期，其内容题材和思想旨趣的分野更值得关注，因此鲁迅就把有清一代的小说流派划分为这样七支：拟晋唐小说及其支流，讽刺小说，人情小说，"见才学者"小说，狭邪小说，侠义小说及公案，谴责小说。①

具体到晚清时期，先后作为主流文学现象而确立的，其实主要是如下三支：

1. 传统小说派 这一派其实可以包括除谴责小说外的各个类型的作品，其中，又以狭邪小说与侠义小说及公案为主，其代表作分别如《品花宝鉴》（陈森）、《海上花列传》（韩子云）和《三侠五义》（石玉昆）、《儿女英雄传》（文康）。就这两类作品而言，较之中国古代优秀小说的传统，思想题旨方面反而有所退步，按鲁迅的观点，即分别表明了"《红楼梦》余泽"的"消亡"和《水浒》精神在民间的消灭"。②当然，作为这一时期的作品，有的在内容题材方面毕竟留下了时代的影子，如《海上花列传》所描绘的青楼场景，因处于"十里洋场"，所以也多少折射出了半殖民地社会的生活气息。但对这一点的表现，其实又不够充分，况且，作者

---

① 鲁迅《中国小说史略》（人民文学出版社，1973年版，下同）之"目录"。
② 参见鲁迅《中国小说史略》之"第二十六篇清之狭邪小说"和"第二十七篇清之侠义小说及公案"。

所持的也还只是旧式士大夫的立场。

总的说来,传统派小说发展到晚清时期,以其思想内容的陈旧陈腐和艺术表现手法的落后,表明已经失去了生命力。

2. 政治小说派(谴责小说派) "政治小说"为梁启超所倡导①,即主张当时的知识分子本着"开启民智"的考虑,以小说作为干预社会政治的工具。从文学观念上看,这虽是传统的"文以载道"论的翻版,但由于既对"道"的内涵作了切合社会形势的新的理解,又把小说提高到了文学的"正统"文体的地位,这就充分适应了时代的需要,使得"政治小说"很快风行天下。因此,这一派乃是晚清文学中特有的。

从政治小说创作的实际情况看,真正形成流派的则是所谓的"谴责小说"。其基本的特点是:用写实的手法,结合着讽刺的手段,不乏夸张地暴露现实的社会统治秩序的各个方面的黑暗腐败现象,从中也比较明确地表达作者的政治思想立场:或主张革命,或鼓吹改良。应该说,"谴责小说"的思想艺术水准是参差不齐的,除了《官场现形记》(李伯元)、《二十年目睹之怪现状》(吴趼人)、《老残游记》(刘鹗)和《孽海花》(曾朴)等四部长篇,成绩是主要的,更多的作品,普遍存在的问题是:艺术上相当粗拙,观念大于形象,因此其艺术价值明显不如其思想文献的价值。至于末流者,尤其是众多的仿效《现形记》和《怪现状》之作,从故事场景到人物形象,更是存在着程式化、类型化的弊端,尤其是对于讽刺手法的运用,虽说与以往的"讽刺小说"有某种联系,但由于是出自"以合时人嗜好"的考虑,所以整体上显得"辞气浮露,笔无藏锋,且过甚其辞",与前者的"度量技术之相去亦远"。②这就表明,"谴责小说"的深浅得失,都是属于时代的产物。更

---

① 参见梁启超《译印政治小说序》和《论小说与群治之关系》等文。在后文中,梁氏对小说的特点和审美作用的认识分析多有新意。

② 参见鲁迅《中国小说史略》之"第二十八篇清末之谴责小说"。

可注意的是,这一派作品发展到民元以来,还"堕落为谤书及黑幕小说"①。虽说这是对"政治小说"的"异化",但之所以会有这种"异化"的发生,正因为"政治小说"论作为一种文学观念,本身已含有某种致命的缺陷。

3. 鸳鸯蝴蝶派　大致从 1905 年以来,由于"政治小说"(谴责小说)的泛滥并形成普遍性的弊端,开始引起读者的不满;就一部分小说家而言,于是也对"政治小说"的观念与功能表示质疑;而当时对西洋近代文学(主要是通俗小说)的翻译所产生的社会影响,事实上也引导了一批具有创作能力的作家,认识到文学(小说)的娱乐意义和商业价值,从而有意摆脱"政治小说"论,反顾中国古代的小说的基本的创作理念:重在讲故事,由此给读者以消遣娱乐。②这一点反映在创作实践上,就有"鸳鸯蝴蝶派"作品的出现(代表性作家当首推吴趼人)③,并蔚成风气,以至与仍在延续的"谴责小说"形成对峙。

所谓"鸳鸯蝴蝶派"小说,大多采用白话,其内容题材主要有三大类:一是描写现实社会中婚姻家庭生活,更多的又是"才子佳人"式的爱情故事,恩恩怨怨、生死离别,缠绵悱恻,曲折离奇,时称"言情小说",如《瑶瑟夫人》(李涵秋)、《鸳鸯碑》(小白);二是以风尘女子为主人翁,以其生平遭遇(包括与各类男子的感情瓜葛)为主线,反映一定时期的社会生活场景,时称"社会小说",如《九尾龟》(张春帆);三是历史题材、武林题材或侦探题材,当时则分别称之为"历史小说""武侠小说"和"侦探小说"。

在以上几类作品中,前两类与中国古代小说的血缘关系是比较清楚的,大致说来,"言情小说"沿袭了"人情小说","社会小说"采用的是"狭邪小说"的套路,与此同时,由于通过学习借鉴西洋(翻译)小说的经验,在艺术技巧(主要如

---

① 鲁迅《中国小说史略》之"第二十八篇清末之谴责小说"。
② 朱自清认为:"在中国文学传统里,小说和词曲(包括戏曲)更是小道中的小道,就因为是消遣的,不严肃","鸳鸯蝴蝶派的小说意在供人们茶余酒后的消遣,倒是中国文学的正宗。"(《论严肃》)
③ 从吴趼人的创作情况看,自 1906 年发表《恨海》以来,虽然还写谴责小说,但却以创作言情小说为主了。

承上启下

叙事手法等)方面有不同程度的改进。至于第三类,除了历史小说与以往的同类作品的区别不是太大(至多添加了一定的影射色彩),"武侠小说"具有相当的创造性,但整体的思想倾向,却羼入了封建意识的杂质;而"侦探小说"对以往的"公案小说"的改造是明显的,相当程度上属于直接取法于西洋小说的产物。

由此看来,鸳鸯蝴蝶派小说的形成,在继承传统和适应时代两个方面,都具有合理性。问题在于,它在晚清时期还不成熟,除了思想品位不高(主要是庸俗性),艺术上也比较粗糙。民元以来,除了这种局面大体维持之外,还因为受一度的文化复古主义的影响而多用文言写作,所以也被五四文学革命的倡导者视为"游戏和消遣"之作而予以清算。只不过,如此的清算由于缺乏严格的科学性,鸳鸯蝴蝶派小说并没有像传统派小说那样归于衰亡,而是通过"文腔的投降"①在既定的圈子里获得新发展。重要的是,由于鸳鸯蝴蝶派关键在于文学观念的问题,当文学观念发生由信奉"游戏与消遣"到"为人生"的转变②,这一派的作家,如果已经学得了外国文学的某些经验,又采用白话,那么也有可能成为五四文学革命的先驱者,典型的如刘半侬和叶绍钧等。从这一意义上说,鸳鸯蝴蝶派小说其实也是五四新文学运动所确立的西洋式的小说文体(尤其是短篇小说)的文体来源之一。③

五

中国古代戏剧发展到晚清前夜,主要有"北剧"④和"传奇(杂剧)"两大支,在

---

① 瞿秋白说:"礼拜六派在五四之后,虽然在思想上没有投降新青年派——可是在文腔上却投降了。"(《鬼门关外的战争》)
② 参见《文学研究会宣言》:"将文艺当作高兴时的游戏或失意时的消遣的时候,现在已经过去了。我们相信文学是一种工作,而且又是于人生很切要的一种工作。"
③ 鲁迅在谈到自己的小说创作缘起时说:"大约所仰仗的全在先前看过的百来篇外国作品和一点医学上的知识。"(《我怎么做起小说来》)
④ 这里采取洪深的说法,参见《中国新文学大系戏剧集·导言》。

整个晚清时期,两者都有所变化,所以一时还都有所谓"新剧"之称。但真正意义上的"新剧",则是1907年后兴起的"文明戏"。

1. 北剧派 所谓"北剧"派,大致从嘉庆、道光年间崛起,指的是以"京剧"为代表的、包括各种(汉族)地方戏的民间戏剧形式,其属于皮黄和梆子两大声腔系统,又融入了由弋阳腔演变的高腔,戏剧界又称之为"花部"。一般说来,它更重视戏剧表演本身的趣味性,说念唱打,煞有其事,而且程式化牢不可破。以念白与唱词而言,大抵比较粗俗,文学性不高。晚清时期,它所发生的变化,在内容题材方面,主要是响应"梨园革命"①的号召而新编若干含有政治影射意味的剧目(如汪笑侬的《党人碑》和《哭祖庙》);在形式方面主要是:因受商业化的影响,或表现现实生活题材,演员着当代(清朝)服饰,时称"时装剧",如上海夏月润和天津金月梅的演出,曾出现过西装人物执马鞭唱西皮的场景②;或舞台美术方面借助于生光电化,突破传统的象征式的布景,时称"连台本戏",如当年引起轰动的《火烧红莲寺》之类。这种情况在民元以来仍然存在并延续下去。然而,这样的变化虽有"趋时"的考虑,但毕竟没有戏剧改革的实质意义。

值得指出的是,北剧派的某种改革,事实上曾受到过当时的外国戏剧或教会学校的"学生剧"的某种程度的影响和启发,如汪笑侬对学生剧多有好评,夏润月则一度师从日本戏剧家市川左团次③,但由于未能更进一步,最终未能开创革新局面。

2. 传奇(杂剧)派 相对而言,传奇(杂剧)派所继承的是中国古典戏剧文学体裁,其演出则以"昆曲"为戏剧载体,戏剧界称之为"雅部"。它更看重的是戏剧文本的文学性,追求高雅的艺术意境和情趣,其中的唱词严格地按曲牌格律

---

① "梨园革命"(戏剧改良)的思想其实也是梁启超最早提出的,尔后陈独秀等人有所发挥,但从知识形态看,"梨园革命"一词最早见于柳亚子《二十世纪大舞台发刊辞》(1904):"清歌妙舞,招还祖国之魂;美洲三色之旗,其飘飘出现于梨园革命军乎。"

②③ 有关材料参见洪深《从中国的新戏说到话剧》。

填写，由此可见一斑。传奇（杂剧）派作品即使不供演出，仍然可作案头的阅读欣赏，因此带有明显的"文人剧"和"案头剧"的特征。

晚清时期，较之北剧盛行天下的局面，传奇（杂剧）一派自然是式微的，但总的说来还有一批人在维持。在"梨园革命"的口号提出后，传奇（杂剧）派发生的变化，主要是从配合当时进步社会政治思潮宣传的考虑，突破传统题材，改而表现现代生活，甚至是外国题材，如梁启超所撰反映意大利革命史的《新罗马传奇》，以及《断头台》（感惺，反映法国大革命）和《海天啸》（刘钰，反映日本明治维新）等。问题在于，传奇（剧）的旧瓶，以其固有艺术要素的制约，表现手法与能力的适应性有限，所以在整体上并不成功，也未能为中国戏剧的发展寻找到一条新路。

3. 文明戏派　　文明戏又称"新剧"，指的是晚清时期中国知识分子对于西洋近代话剧的移植性的戏剧形式，即纯粹以剧中人物的对话演绎剧情故事，同时设置写实性的舞台布景，由此完全舍弃了中国传统戏剧的"唱词"以及器乐伴奏等。这一派形成的标志是由留日学生组成的"春柳社"演出《黑奴吁天录》，时在1907年，旋即影响国内，剧社蜂起，演出不断，一时大盛。

但是这样的移植有先天不足，主要表现为忽视剧本的创作，导演者只是把基本剧情抄出，在指定角色后，由演员作临场发挥表演，是谓"幕表剧"。从当时的实际情况看，这种幕表剧的故事题材大致来自鸳鸯蝴蝶派小说，取法乎中，仅得其下，而演员本身都缺乏起码的艺术训练，又常常为了取媚迎合观众的低级趣味而不惜插科打诨，因此，到民元以后，文明戏在整体上走向了堕落，直到五四新文学运动发生，其作为中国"早期话剧"的一些基本形式（以人物对白为主）才重新融入新文学的话剧（剧本）文体。

4. 学生剧（游戏剧）　　学生剧，本指晚清时期国内一些新式学堂（包括教会学校）的学生的课余的戏剧演出（最早的大约是在上海，1899年），没有特别的意义。但由于这样的演出，剧本或由外国教师推荐，自然采用西洋近代话剧形式，即使由学生自编,也仿效前者,何况学生的演出,没有商业考虑,能够完全服从既有的剧本,表演态度又是认真严肃的,因此可谓得西洋近代话剧(爱美剧)的嫡传。这种学生剧发展到民元以后,已有一定的社会影响(典型的有天津南开中学和北京清华学校),与当时业已堕落的文明戏形成强烈反差。

从五四时期胡适写的《终身大事》来看,作者认定"这一类的戏,英文叫做farce,译出来就是游戏的戏剧"[①],由此可见,五四新文学戏剧(话剧)文体的确立,就纯粹的文体角度看,和文明戏一样,晚清时期的学生剧(游戏剧)也是起了某种过度与衔接作用的。

六

根据上文的考察分析,可以认识到如下几个问题。

首先,在整个晚清时期,各种文学样式(诗歌、散文、小说、戏剧)的各自原有的且带有代表性的文体流派,除极个别者(如"骈文派")外,整体上都有或大或小,或强或弱的改革。再加上有若干新的文体流派的发生发展,这确实表明,面对"西学东渐",本土文学事实上予以了回应。这种回应尽管未必是自觉的或有意识的,但毕竟表明了中国文学的古今演变,以文体变革的形态而开始迈出了第一步。这种情况同时也表明,整个中国文学发展所需解决的古今演变的问题,直到晚清时期才有实际的酝酿和相应的初步运作,这主要是外力作用的结果,其中所含的历史的必然性,不免有超越文学史的一般规律之处。而这一点也就植下了中国文学的古今演变的过程中所显现的种种曲折的文化基因。

其次,与上述的那点相联系和相适应,晚清时期各种文体流派的演变,其趋

---

① 胡适《终身大事》,收入《胡适文存》一集,黄山书社1996年版。

承上启下

势与结局有很大的不同,大致形成四种情形:(一)有的基本上衔接过渡到五四新文学文体(如散文类的"新文体派");(二)有的部分地纳入五四新文学文体(如戏剧类的"文明戏"和"学生剧");(三)有的客观上为五四新文学文体的创造作了前期的准备工作(如小说类的"谴责小说派"广泛地运用白话,"鸳鸯蝴蝶派"对于西方近代小说技巧的初步学习借鉴);(四)也有的最终还是作为传统旧文学的主要代表性文体而不可避免地衰亡(如诗歌类的"同光体"、"常州词派"和"南社派",小说类的"传统小说"派,散文类的"桐城派",戏剧类的"北剧派"和"传奇剧派"等等)。从前三种情况看,表明了晚清时期各体文学所具备的不同程度的近代文学性质及其在中国文学发展史上的意义。而后一种情况的普遍性,则是更深刻地反映了中国传统的旧文学的文化惰性,它同时表明,民族文学在近代以来的发展,总要面临着民族性与时代性的矛盾,并且又往往首先集中反映在文体问题上,由此昭示的一条经验教训是:凡夸大并固守文体的传统的民族形式的特征特点,而只是承认其所表现的内容可作适应时代的置换,其实并不足以维持其生命力。

此外,就上述第四种情况作进一步的探究:为什么这些文体流派虽然有过某种改革但最终还是作为传统旧文学的主要代表性文体而不可避免地趋于衰亡?这就涉及文体发展的基本原理问题——一般说来,文体存在的理由,是因为它能够适应于社会生活的反映;其生命力的强弱,又决定于它对反映社会生活的适应性(深度与广度)的大小;而这种适应性的大小,则受到文体本身在艺术表现手法技巧方面的特征特点的制约,惟其如此,当一种文体在艺术表现手法技巧方面的特征特点,发展成熟到程式化凝固化的地步,足以妨碍对迅速变化了的社会生活的反映,仅仅对之作枝节的改造而未有根本性的突破,那么,这种文体的衰亡就是必然的。或者说,在这样的情况下,也必然有另一种更适应于反映新的社会生活的文体横空出世,占据文坛,争领风骚。从晚清文学史现象看,例如,善于咏志抒情的"江西诗派""常州词派"或"南社派",其原有的表现手法与技巧,已不可能相当准确地表达出富有时代气息和特点的复杂的思想情感,所以最终步入衰亡;以"诗界革命派"而言,虽然对传统的旧诗体的改革强于前者,但毕竟因缺乏根本性的改造,殊不知大量的新事物、新思想、新术语和新的社会现象(统称"新名词"),是难以嵌入不肯打破程式化的五言或七言句式的,所以终究未能开一代新诗风。举一反三,其他诸如"桐城派"散文,或"北剧派"、"传奇(杂)剧派"戏剧的没落,也是同样的道理。

最后,根据文学演变的一般规律,以及文学思想理论观念与创作实践的互动关系的原理,晚清时期之所以没有在整体上实行文体变革,由此也未能完成的中国古今文学演变的任务,因而不得不留待五四新文学运动来解决,关键的问题,还在于当时的人们的文学观念尚存在着误区或盲区。其中,涉及文体问题的一点是,虽然已经向往一般意义上的"文学革命",但在理论批评上,对于目标不够明确,至少很不全面,即更多的是关注和强调内容方面与社会现实的切合,殊不知在一定历史条件和文化环境下(如民族文学传统特别深厚的中国)进行文学革命,形式改革较之内容革新更具迫切性,所以理应选择其作为文学革命的突破口。众所周知:五四文学革命的导火索正是在于:当南社成员谢无量的古诗和鸳鸯蝴蝶派小说家苏曼殊的文言短篇小说也曾都刊登在《新青年》上,还得到了陈独秀的高度评价时,胡适对陈独秀作了重要的批评提醒。①由此反观五四新文学文体的真正确立,的确只能是建立在"文学革命程序论"的基础上,如胡适所说——

> 我们认定文字是文学革命的基础,故文学革命的第一步就是文字问题的解决。我们认定死文字定不能产生活文学,故我们主张若要造一种活的文学,必须用白话来做文学的工具。我们也知道单有白话未必能造出新文

---

① 谢无量的旧体诗刊于《新青年》一卷3、4号,苏曼殊的旧小说则连载于《新青年》二卷3、4号,陈独秀曾都写有夸奖性的按语,对此胡适写信给陈独秀予以批评。陈独秀接受批评,并约请胡适就文学改革问题发展意见,胡适即撰《文学改良刍议》,由此直接引发五四文学革命。

承上启下

　　学,我们也知道新文学必须要有新思想做里子。但是我们认定文学革命须有先后的程序:先要做到文学体裁的大解放,方才可以用来做新思想新精神的运输品。①

换言之——

　　新文学的语言是白话的,新文学的文体是自由的,是不拘格律的。初看起来,这都是"文的形式"一方面的问题,算不得重要。却不知道形式与内容有密切的关系。形式上的束缚,使精神不能自由发展,使良好的内容不能充分表现。若想有一种新内容和新精神,不能不先打破那些束缚精神的枷锁镣铐。②

原载《复旦学报(社会科学版)》2003 年第 5 期

---

① 胡适《尝试集自序》,收入《胡适文存》一集,黄山书社 1996 年版。
② 胡适《谈新诗》,收入书同上。

简论晚清"新文体"散文

朱文华

19世纪中叶以来,中国社会开始趋于剧烈的大变动,它势必也影响并且反映到文坛上。就文学创作(尤其是散文)而言,虽然中国二千多年来的散文传统还在自然延续,但毕竟已呈没落之势。至于在清代前中期曾是声势浩大几乎独占文坛的"桐城派"散文,尽管到了本时期有过所谓"中兴"局面,然而同样是不可避免地走向颓败与衰亡。道理应该说是简单的:文章合为时事而著,面对眼前一切为古代中国所未尝有过的新的社会现象,以及文化上自西学东渐以来所涌现的大量的新事物和新名词(包括译名),原先那种以"阐道翼教"为宗旨的"桐城派"散文的"义法"已无法对之熔铸。换言之,欲表达一个新的社会历史时期的人们所特有的思想、情感,"桐城派"散文的"义法"不啻构成了一种阻碍力量。正是在这一社会文化背景中,有识之士开始倡导散文改革(稍后又称"文界革命"),由此就有晚清"新文体"的崛起,并且迅速地蔚为大观,从而取代"桐城派"而成为整个晚清时期的散文创作的主流。

一

对于晚清"新文体"散文,治中国近代文学史和新闻史的学者向有不同的解

承上启下

释和描述,由此也提出了若干与之有关联的概念名词,如"报章文"、"时务文"("时务体")和"新民体"等。①在笔者看来,晚清"新文体"当是一个动态的总概念。即是说,晚清"新文体"本身有一个比较清晰的演变过程,而有关"新文体"的几个不同的概念名词,大抵只是对其中某一环节过程的特点的概括,不应该事实上也不可能以偏概全。简要说来,晚清"新文体"散文的演进轨迹如下:

(一) 酝酿与萌芽:"新文体"的滥觞

早在鸦片战争前后,龚自珍(1792—1841)、魏源(1794—1857)等人从政治角度提出了散文改革问题,惜未涉及文学理论。到了冯桂芬(1809—1874),他明确指出:文学所载之道,"非必天命、率性之谓,举凡典章制度,名物象数,无一非道之所寄,即无不可著之于文",这就是说,文学作品的内容应包括一切反映现实的东西。由此出发,冯氏反对形式主义,强调内容决定形式,认为凡有切实内容的文章都能够"不烦绳削而自合",所以在写作中应当"称心而言,不必有义法也"。②显然,这是首次从文学理论的角度冲击了"桐城派"散文的"义法"教条。冯氏本人的散文作品也呈现新气象,如《校邠庐抗议》中那些理直气壮、语言流畅而又富有情感的篇什(代表作如《采西学议》、《制洋器议》),是前无古人的。

类似的还如薛福成(1838—1894),他虽然出身于"桐城派"作家阵营,但在实际的著述活动中认识到"桐城派"的"义法"之弊,尤其是出使欧洲后,因直接与西方近代科学文化相接触,也就更自觉地与"桐城派"的"义法"决裂。薛氏自述"縻于使事,卒卒无余闲,不遑复研古文辞,时而自恶"。③在这里,"自恶"云云,当是遁词,不得已而说之。事实上,有《巴黎观油画记》一类足以新人耳目的精美文章在,是根本用不着"自恶"的。

---

① 夏晓红著《觉世与传世》(上海人民出版社1991年版)对有关学者的一些主要观点做了分析介绍,可参看。
② 冯桂芬《复庄卫生书》。
③ 薛福成《庸庵文编·自序》。

对冯桂芬、薛福成等人明显相异于"桐城派"的散文作品,学者们似乎并未冠之以专门的名目①,但把它们视之为整个晚清"新文体"的滥觞,则符合文学史的实际情况。

(二) 形成与发展:从"报章文"到"时务文"

洋务运动高潮期间,中国早期一批由封建士大夫转化而来的资产阶级知识分子,仿效西方来华传教士,也在国内创办了一批近代报纸,并且学写政治时事评论性文章。②这些篇什,大都文字浅显,语言流畅,说理透彻,也富有鼓动性,颇受读者喜爱。所谓"报章文",当是专门指此。最典型的"报章文"是王韬(1829—1897)在其主编的《循环日报》(1874年,香港)上发表的政论文。王韬自述说:"知文章所贵乎纪事述情,自抒胸臆,俾人人知其命意之所在,而一如我怀之所欲吐,斯即佳文","于古文辞之门径则茫然未有所知"。③从王氏的这些作品来看,其文体的活泼,语调的畅达,较之冯、薛确又进了一步,与封建士大夫笔下的"桐城派"散文,更拉大了距离,反映了一种新的文风。同时期或稍后的郑观应(1842—1922)、马建忠(1844—1900)等人的文章也大致如此。

殆至戊戌维新运动,众多的维新派人士也纷纷办报,又亲自撰稿,宣传维新变法,其中主要有《中外纪闻》(1895年,北京,康有为)、《强学报》(1896年,上海,梁启超)、《时务报》(1896年,上海,梁启超)、《国闻周报》(1897年,天津,严夏、夏曾佑)和《湘报》(1897年,长沙,谭嗣同、唐才常)等。在这种情况下,王韬式的"报章文"就被广为仿效。由于其中由梁启超(1873—1929)主办的《时务报》上的文章,除了梁氏本人作品外,还有徐勤(1873—1945)、欧榘甲(18??—

---

① 复旦大学中文系1956级编《中国近代文学史稿》(中华书局1960年版)以"散文的变化"为标题论及冯、薛等人的散文,如果说是冠以名目,则毕竟含糊了些。
② 曾有学者指出:当时来华的传教士如李提摩太、林乐知和李佳白等,他们在报刊发表的汉文文章,对康有为等人写"时务文"有很大影响。见杨世骥《英美传教士》,收入《文苑谈往》第一集(中华书局1946年版)。按:这当然是事实,不过,王韬写的"报章文"则更早一些。
③ 王韬《弢园文录外编·自序》。

1910)、汪康年(1860—1911)和麦孟华(1875—1915)等人的作品,在宣传维新、抨击顽固守旧问题上的立场态度更为坚决,文章本身的气势更大,慷慨激昂,明快有力,汪洋恣肆、新鲜活泼,所以时人称之为"时务文"或"时务体"。至此,所谓晚清"新文体"基本定型,社会影响也进一步扩大,诚如梁氏本人后来所描述的那样:"甲午挫后,《时务报》起,一时风靡海内,数月之间,销行至万余份,为中国有报以来前所未有,举国趋之,如饮狂泉"。①

当然,除了梁启超和《时务报》的诸作者外,康有为(1858—1927)、黄遵宪(1848—1905)、谭嗣同(1865—1898)和唐才常(1867—1900)等人的作品,对于"时务文"的形成和风靡也起了积极的推动作用,尤其是康有为的《上清帝书》以及进呈所著书刊的奏摺等,对于扩大"时务文"的影响力所起的作用很大。

(三) 改造后的典范:"新民体"

这主要是梁启超个人的文化贡献。戊戌政变后,梁氏流亡日本,即在横滨先后创办《清议报》(1898年)和《新民丛报》(1902年)。梁氏虽然早年也熟读过《古文辞类纂》之类,并精研过帖括之学②,但从1890年接受西学以来,决然舍去旧学;又如严复所说,"任公文笔原自畅达,自甲午以后,于报章文字,成绩为多,一纸风行,海内观听为之一耸"③;再加上赴日后学得日语,颇受日本文化影响,对仿效"日本文体"(主要是明治散文中盛行的"欧文直译体")极有兴趣④;另外,以梁氏当时的政治处境和社会责任感,也感到有必要寻找一种较之"时务文"更为解放的文章形式来宣传自己的政治主张,况且梁氏本人对于文章的通俗性问题自有独特的理解。⑤上述各种原因就促使梁氏对"时务文"有自觉的进一步的

---

① 梁启超《本馆第一百册祝辞并论报馆之责任及本馆之经历》。本馆,指《清议报》。
② 参见梁启超《三十自纪》。后来梁氏在《清代学术概论》中又称自己"夙不喜桐城派古文",则是曲语。
③ 严复《致熊纯如书札》。
④ 关于梁启超仿效"日本文体"问题,夏晓红著《觉世与传世》有较详的分析论述,可参看。
⑤ 梁启超这方面的论述比较多,而且早在戊戌前夜就已经提出,以后又是坚持的。至少可以参看其《变法通议》中的《论幼学》篇(1897)。

改造,由此形成了为人啧啧称颂的"新民体"。其基本的风格和特点,按梁启超自己的解释是:"……至是自解放,务为平易畅达,时杂以俚语、韵语及外国语法,纵笔所至不检束。学者竞效之,号'新文体'。老辈则痛恨,诋为野狐。然其文条理明晰,笔锋常带感情,对于读者,别有一种魔力焉"。①

"新民体"的典范之作,首先是在《清议报》发表的如《少年中国说》《呵旁观者文》《过渡时代论》等文,梁氏就自认为是"开文章之新体,激民气之暗潮"。②而有人之所以称之为"新民体",主要原因在于《新民丛报》的办刊时间更长、梁氏在上面发表的文章更多,相对说来社会影响也更大。③

因此,所谓"新民体",实指梁启超在《清议报》《新民丛报》乃至《新小说》等报刊上的政论性散文的风格,是梁氏对冯桂芬、薛福成式的散文、王韬式的"报章文",以及戊戌期间的"时务文"的一种综合性的改造与发展。它虽然是整个晚清"新文体"的一个重要发展阶段,但也并非代表整个晚清"新文体"散文的全貌。

(四) 再发展与再改造:后期"新文体"的分流

这个阶段大致与梁启超推出"新民体"同时或者稍后。尽管这时严复与梁启超之间就"文界革命"问题发生公开论争,严复以古文大师和曾是启蒙主义的领袖的双重身份对梁氏的"新民体"多有诋诬攻击,④然而,由于"新民体"最适宜做宣传鼓动的工具,因而在武昌首义前的十余年间,众多的文章作者都甘心受"新民体"影响,自觉地仿效"新民体"写作——无论是资产阶级革命宣传家,如邹容(1885—1905)、胡汉民(1878—1936),还是信奉政治改良主义的"保皇派"或"立宪派"中的宣传家,如裘廷梁(1857—1943)、林獬(1874—1926),也无论是

---

① 梁启超《清代学术概论》。
② 梁启超《本馆第一百册祝辞并论报馆之责任及本馆之经历》。
③ 如钱基博著《现代中国文学史》(世界书局1933年版)称:"新民体""以创自启超所为之《新民丛报》也"。
④ 严复与梁启超的公开论争发生于《新民丛报》创刊之初(1902年),如该报第7号发表的严氏《与梁启超书》,认为"新文体"并非"文界革命",而是对文学的"陵迟"。

承上启下

有旧学根底的一般持文化保守主义立场的新人物,如刘师培(1884—1920)、柳亚子(1886—1958),还是完全受革命风潮影响而成长起来的新进少年,如薛锦江、陈君衍(生卒均不详);更无论是职业性的报人,如张继(1882—1947)、詹大悲(1887—1927),还是主要从事实际的政治活动的人士,如秋瑾(1879—1907)、吴樾(1878—1905)。这一情形无疑促进了梁启超式"新民体"的再发展。

不过,在这一再发展过程中也出现了某种程度的改造,并且在事实上导向了两大分支:

一支是至为明显的袭用"新民体",从语言、词法、句法到词调等,力求毕肖。这一支是基本的。在这一支中,所谓的再发展再改造具有两重性:或是学得皮毛,甚至只学得"新民体"本身的弊病,由此使"新民体"成为逾淮之枳;或是从根本上学习把握"新民体"的风格,且有意识的尽可能地纠正"新民体"本身的若干弊病,如使之语言更浅近,文字更简洁,篇幅更简短等。前者以若干革命派报刊上的文章为代表,后者如《警钟日报》《大江报》上的社论(社说),篇幅已不像梁启超的"新民体"那么长了,往往一二千字,甚至仅几百字而已,虽是言简意赅,但仍不失其思想震撼力和文字感染力,其中詹大悲发表在《大江报》上的《大乱者救中国之妙药也》就是显例。还有些篇什的语言文字风格,已经接近了中国现代文学史上的所谓"随感录""杂感"的文体样式,如张继发表在《警钟日报》上的那些短文。

另一支是受到梁启超式"新民体"的间接影响,即主要受其思想内容观点的启迪,或者较多地着眼于把握宣传鼓动的语言的浅近性和亲切感,并且干脆完全采用白话文,如陈天华(1875—1905)的《警世钟》,陶成章(1878—1912)的《龙华会章程》,甚至像刘师培这样的人物也写纯粹的白话文。

上述两支的再发展和再创造,意义是深远的。前者大抵衔接和过渡了1911年以来至"五四"文学革命前夜的"逻辑文"(以章士钊等人为代表)[①],而后者则

[①] 参见胡适《五十年来中国之文学》。关于"逻辑文"渊源问题,后来钱基博也有所分析。

是作为晚清白话文运动的最初成果,衔接过渡了 1917 年以来的"五四"白话散文(胡适、陈独秀等人为代表)。①晚清"新文体"作为一个包容性较大而历史却较为短暂的散文流派,即使为一种更新的流派所取代,实在也是一种光荣。而这又同时表明,晚清"新文体"散文在整个中国文学发展史(散文史)上的作用和地位不容忽视。

二

关于晚清"新文体"散文的内容、形式等方面的特殊性问题(尤其是梁启超式的"新民体"的长处和弊病),以及它的社会影响问题等,似乎也值得再作一番考察和讨论。

首先,关于"新文体"在内容和形式上的总特点

应该承认,晚清"新文体"在内容和形式方面有许多迥然相异于中国古代各个流派散文的特点。这主要是:

第一,从文体的适用性范围来看,主要限于议论文。换言之,晚清"新文体"极为明显的以议论文为主体,鲜有纯粹的抒情文和记叙文,至多在议论内容中插入若干抒情成分。

第二,就议论的内容题材而言,不像历代各流派的散文那样丰富多彩,而是大都限于社会政治问题,或者说是以社会批评为主,即使涉及一些比较专门的问题,也大都从政治上着眼作分析议论。例如,从论据材料看,虽然作者的政治观点与思想倾向互有歧异,但选用的支持论点的论据却大致相同,一般不出以下范围:中国历史上的民族斗争(含清代的满汉关系)、近代以来的中外关系、欧美日等国的资产阶级革命史实,世界近代史上的亚非国家的历史命运,以及中

---

① 胡适、陈独秀等人在辛亥革命前写作发表的不少白话文,受梁启超"新民体"的影响也是明显的。

承上启下

国社会现实中的黑暗面等,所以多少显得有些单调。

第三,与此有联系的是,晚清"新文体"散文又有浓厚的宣传意味,且特别重视强化鼓动性成分。不过,它主要不是依靠理论逻辑力量,而更多的借助于语言修辞方法以及对于论据的情绪化的解释(渲染)。

唯其如此,晚清"新文体"散文中的具体作品的重要性和社会影响力,除了个别代表人物的作品外,一般与作者的身份地位以及活动所涉及的社会政治历史事件的轻重大小成正比,而不是更多的取决于文章本身的语言文字功力即狭义的文学成就。这一点也决定了晚清"新文体"散文的代表作,大都带有重要的或比较重要的历史文献的性质和价值,所以对于这类作品,往往也不能简单的衡以狭义的文学批评的标准。显然,以上所说的晚清"新文体"散文在内容和形式上的总特点,乃是之所以能够诱发"新文体"的那个特殊的社会历史条件所决定的。

其次,关于晚清"新文体"的具体语言艺术特点

第一,晚清"新文体"散文作为一个整体,一般说来难以概括出它们在具体的语言艺术方面的共同的特点,因为它们的发展阶段性相当明显,而各个阶段代表作的语言艺术特点也各有侧重。如果非要作概括性的描述,那么可以这么说:相对"桐城派"散文而言,晚清"新文体"在整体上用典较少,文字不过于僻涩,语言比较流畅,语调比较活泼,也不太讲究谋篇布局起承转合,总之,是在文体上一步步求解放,即一步步地从清规戒律甚多的文言散文趋于文白参半,并向白话文靠拢。

第二,相对说来,在整个晚清"新文体"的演变发展过程中,梁启超式的"新民体"最具有语言艺术的鲜明特点,因而也最富有美学意义上的散文流派的性质。根据胡适的理解,梁启超"新民体"的艺术魔力含有四点:(1)文体的解放,打破一切"义法""家法",打破一切"古文""时文""散文""骈文"的界限;(2)条理的分明,梁启超的长篇文章都长于条理,最容易看下去;(3)辞句的浅显,既容易懂得，又容易模仿；(4)富于刺激性，"笔锋常带情感"。①这大抵是概括得准确的。当然也不必讳言，梁启超式的"新民体"也有较为明显的弊病，主要是太滥的排比，反复的堆砌，有铺张过度，重叠冗赘之感。但这种弊病在梁启超笔下又通常是与那些足以体现"魔力"的优点和长处不可分割地交织在一起的。撇开那些为人交口称赞的名篇不论，且看曾经招致苛评的篇什如《罗兰夫人传》中两段文字：

> 罗兰夫人何人也？彼生于自由，死于自由。罗兰夫人何人也？自由由彼而生，彼由自由而死。罗兰夫人何人也？彼拿破仑之母也，彼梅特涅之母也，彼玛志尼噶苏士俾士麦加富尔之母也。质而言之，则十九世纪欧洲大陆一切之人物，不可不母罗兰夫人；十九世纪欧洲大陆一切之文明，不可不母罗兰夫人。何以故？法国大革命为欧洲十九世纪之母故。罗兰夫人为法国大革命之母故。

> 虽然，天不许罗兰夫人享家庭之幸福以终天年也！法兰西历史世界历史必要求罗兰夫人之名以增其光焰也！于是风渐起，云渐乱，电渐进，水渐涌，喜喜出出，法国革命！嗟嗟咄咄，法国遂不免于大革命！

说它们铺张过度也好，重叠冗赘也好，但总很难判定它们是一种纯粹的弊病，因为这种弊病同时也是一个与其优点和长处有联系的语言特色，舍此，梁启超的"新民体"的"魔力"或许不能不受到影响。就梁启超本人来说，他何尝不知道自己的文章语言有此弊病②，但直到《新民丛报》后期仍是我行我素，可能也正是出自这样的理解。

怎样认识他人仿效梁氏"新民体"而产生的流弊及其批评意见

这一问题的答案应该是明确的：其责任在于东施效颦者，而不能推到始作

---

① 胡适《五十年来中国之文学》。
② 例如，梁氏在《清议报》第19册(1899.6)发表《论中国人种之将来》时有"撰者自志"称："篇中因仿效日本文体，故多委蛇沓复之病。"

承上启下

俑者身上。这就是说,有些人在仿效梁启超式的"新文体"时,由于只见树木,不见森林,小处着眼,力求形似,所以往往只是承袭那种铺张过度、重叠冗赘的手法,而它一旦脱离梁启超文章的特定的内容和语境,自然会成为一种孤独的移植,从而呈无源之水,无本之木状,非但毫无生气,而且足以产生妨碍作用。

例如,当年白话道人(林獬)曾撰文说:

> ……记得有一篇"家庭革命论"。那篇文章劈头就是:"革命!革命!吾中国不可不革命,吾家庭不可不革命。"又有一篇文章劈头也是这个腔套,道:"革命!革命!吾中国不可不革命,吾江苏不可不革命"。也有的劈头说道:"怪!怪!怪!"也有的中间忽然加了许多"!",有的加了一个,有的连加了二个三个。有的说道:"快哉革命!快哉革命!堂堂哉革命!皇皇哉革命!"这种文章,真正令我目迷五色,精神炫惑了。
>
> ……我今试问这劈头大喝"革命、革命、革命",可算是"持之有故"么?可算是"言之成理"么?这种没头没脑的文章,他说会开通人的智识,鼓舞人的精神么?我到(倒)有点不敢相信。况且梁启超的屁,有什么好吃?他说文界革命,已经被严又陵碰了大钉,你们大家还要敬宗法祖,把他的文字很(狠)命模仿。①

应该承认,林獬对于当时仿效梁启超式"新民体"的文章的那些流弊的批评是有根据的,基本上也算中肯。但他把仿效者的过失栽赃到梁启超头上,则含有明显的政见歧异的意气之争。至于他抬出严复(又陵)来,则更是反映了他作为晚清白话文运动的积极倡导者在学理和道德上的双重失足——殊不知,诬称"文界革命"为"文学陵迟"的严复,此时已是顽固的文化保守主义者,浓厚的贵族意识决定了他从根本上反对"新文体";而不管梁启超的政治立场如何变化,他对文学的进化、文体的解放,言文合一以及文学语言的通俗化、现代化趋势却是从

---

① 所引文字出自白话道人《国民意见书》中《论国民当知旧学》篇,原刊《中国白话报》(1904)。

根本上支持和拥护的。林獬仅仅出于政见歧异，改而拥严而反梁，多么不值得。他或许没有想到：严复可能对他的反梁态度表示点头，可是对他那篇用白话写的文章的本身、必然之以鼻。

这就引出了似乎是题外的问题：在一段时间里，有些人对于"新文体"（具体如对梁启超式的"新民体"）的指责、批评、诋诬，并非是纯学理性的，抓住仿效者所产生的流弊，往往也是找个由头而已。《翼教丛编》的作者是这样①，晚年的严复甚至晚年的康有为也是如此。②

由此可知，整个晚清"新文体"（包括构成其重要组成部分的梁启超式的"新民体"）的价值是多元的，除了文学价值外，也有其政治思想意义上的价值，而其中作为新思想载体本身的特殊价值更具有相对的独立性。这或许是文化史的一个通则。以此去分析"五四"文学革命运动的某些现象，也可以作如是观。

原载《复旦学报（社会科学版）》1995年第3期

---

① 《翼教丛编》里有《长兴学记驳义》（叶德辉）等文，对《时务报》上的文章从内容到形式都有攻击。
② 康有为晚年也攻击"新文体"说："秽语鄙词，杂沓纸上，视之则刺吾目，引之则污吾笔。"转引自前揭《中国近代文学史稿》。

政论文学一百年

——试论政论文学为新文学之起源

沈永宝

　　一代又一代的文学,每一代的文学往往由文学家族中的一员独领风骚。先秦散文、汉赋、魏晋文章、南北朝骈文、唐诗、宋词、元曲、明清小说都是适例。所以,一个新的文学时代的到来,往往是以文学家族中的一员发生变革为起点,随之逐渐影响到其他成员,最后导致整个文学家族的变革。新文学的变革是以议论散文即政论文学的变革为起源的,我们要讨论现代文学的分期不能仅从思想或思潮入手,还必须从具体的文体演变出发,不能忽略政论文体在文学演变中的作用和地位。

　　这个改革过程大致发端于19世纪初年,历经百年,到20世纪第二个十年起,政论文学在自身变革的基础上带动了整个文学的变革,这就是所谓文学革命运动。在这一百年间,可谓之政论文学称雄的时代。凡文坛可记可颂之事大多与政论文学有关。名家多为政论家,名文多为政论文,名论多为政论文学论,名刊多为政论报刊。由于政论文学的崛起,原有的文坛格局发生根本的变化。桐城古文、选学骈文因为拙于议论,被挤到三代以上,离"谬种""妖孽"只有一步之遥;政论家视文学为"无用之物",不屑一顾,所以宋诗派、唐诗派仍能"逍遥法外"。政论家扯起"形式宜旧,内容宜新"的旗帜,以政论文的面貌改造诗歌、戏曲、小说,于是有诗界革命、戏曲界革命、小说界革命,而所谓"革命",仅以掺入政治术语、大发议论为能事。政论家经过一百年的惨淡经营,建立起一套政论文学的理论体系。应该说政论文学作为文学的一种文体,其理论体系的一部分与文学相通,成为文学革命运动的源头活水;然而政论文学毕竟有别于纯文学,其中一部分理论与文学本义相抵触,对文学革命运动产生了不小的负面影响。从文学史的角度看,清代崛起的政论文学与后来的文学革命运动存在着血肉相连的先行后继关系。

一、时代呼唤政论文

刘勰《文心雕龙·时序》说:"文变染乎世情,废兴系乎时序。"对于中国的先知先觉者来说,亡国灭种的危机感不必等到鸦片战争,因为此前由于外国资本的侵入,导致民族经济的崩溃已经有目共睹。据龚自珍说:"自京师开始,概乎四方,大抵富户变贫户,贫户变饿户。"农民起义前呼后应,"各省大局,岌岌乎皆不可以支日月,奚暇问年岁。"(《西域置行省议》)经济的冲突已非经济手段所能解决,必须通过战争来决定胜负。战争后危机更进一层,如何救亡图存,挽回危局,是摆在仁人志士面前的课题。于是,竞尚西学的风气渐渐告成,林则徐的《四洲志》、魏源的《海国图志》之后,介绍西学的书刊源源不断地出版,人们的思想为之一变。诚如梁启超所描述:"鸦片战役后,志士扼腕切齿,引为奇耻大辱,思所以自湔拔;经世致用观念为之复活,炎炎不可抑。又海禁既开,所谓'西学'者逐渐输入……学者若生息于漆室之中,不知室外,更何所有?忽穴一牖外窥,则粲然者皆昔所未睹也。还顾室中,则皆沉黑积秽。于是对外求索之欲日炽,对内厌弃之情日烈。欲破壁以自拔于此黑暗,不得不先对于旧政治面试奋斗;于是以其极幼稚之'西学知识',与清初启蒙期所谓'经世之学'相结合,别树一派,向于正统派公然举叛旗矣。此则清学分裂之重要原因。"[①]中国的仁人志士

---

① 梁启超《清代学术概论》,上海古籍出版社1998年版。

承上启下

逼于内忧外患,无颜面南而坐,踱八字方步;他们心中藏着"富国强兵""救亡图存"的志愿,骨鲠在喉,不吐不快。朝廷命官要向皇上献计献策,报纸主编要为读者评论时政,清议们要慷慨激昂地相互说话,文人墨客要说长道短。可以说19世纪初叶至20世纪初叶的一百年间中国就是一个议论之国。其中一部分将口头的议论写成文章,就是所谓政论。

这是一个王纲解纽的时代,一个处士横议,排议杂兴的时代,一个需要政论文学的时代。与近邻日本比较而言,尽管这是一个迟到的春天,可是对于醉眼朦胧的中国文人来说仍觉着来得太匆忙,根本就来不及准备这个时代所需要的政论文体。

清代散文占统治地位的是桐城派和选学派。可是,他们都拙于说理。桐城古文以宋学为道统,韩欧为文统。因此"文以载道""言必雅驯"就是他们作文的准则。所谓"文以载道"的"道"无非宋儒之"道"。方苞主张"非阐道翼教,有关人伦风化者不苟作",姚鼐则以为"明道义,维风俗以诏世者,君子之志"。他们所推崇的唐宋八大家,如韩、欧的说理文已经肤浅得可怜,载道之文,阐道翼教,只能拣些陈谷子烂芝麻,哪里来什么新理、新识、新见,所以桐城文章把说理的功能给阉割掉了。所谓"雅驯",包括词语"选择得当"和"排列得当"两种诀窍。概而言之,规矩多,戒律多,格局一定,篇幅长短一定,句式排列一定,用字范围一定;选择词语禁忌繁多,凡佛氏语,宋五子讲学口语,魏晋六朝人藻丽俳语,汉赋中板重字法,诗歌中隽语,南北史佻巧语禁止入文。这都是为了纯而不杂,追求所谓"雅洁"。吴汝纶说过"与其伤洁,毋宁失真",就是说遇到"真"、"洁"两者不可调和之时,宁可"失真",也须"雅洁",即使削足适履,也在所不惜。刘师培说得好:桐城古文"明于呼应顿挫之法,以空议相演,又叙事贵简或本末不具,舍事实而就空文"。在此等"义法"约束之下的桐城古文,自然既不能说理,又不善于议论。

桐城古文长以修饰、整饬、精炼为主,在短小篇幅中显出晶莹的功夫。桐城古文十之八九为寿序、书序、传状、碑志,大体词句简短,音节和谐,而局面狭小,缺少宏大的气象,短于说理。曾国藩看到这个弱点,认为桐城古文"无施不可,但不宜说理耳"。由于"桐城文局于议论,尤无驳诘",因而"言理则但见其庸讷而不畅旨"(戈公振)。处在排议杂兴的时代,短于说理的桐城古文何有不被淘汰之理。

选学文派说理的功能似乎更在桐城派之下。选学文派固守"文笔之辨"的古老信条,以无韵单行者为笔,有韵偶行者为文,"言之无文,行之不远"为理论基石。以此衡文,唐宋八大家之作均属"笔"而非"文"。尊崇魏晋六朝的骈文,而把唐宋以下的散文归入"杂著",排除在文学之外。这对桐城古文的文统提出了异议,从而打破了清代论文"多宗望溪,数十年来,未有异议"的局面。阮元(1764—1849)、李慈铭(1830—1894)为此派魁首。他们挺身而出,以骈俪为文章正宗,试图重振旗鼓。萧统《文选》所选论说文极少,仅贾谊《过秦论》、干宝《晋论总结》等,而且选录这些文章的本意不在其论,而在文采,即所谓"精理为文,秀气成采"。因此,对于"以意为宗"的诸子不选,经、史、子皆不录。此派主张师法魏晋六朝的骈体,用过分拘泥于修辞的骈文写作。骈文的法则讲对仗声律。本来一句话爽快直说,清楚明白,而他们非要用"四六"体,或先四后六,或先六后四,又要对句,对句又分为言对、子对、正对、反对,动词对动词,形容词对形容词,对得整整齐齐,弄得别别扭扭,还要平仄配合,"辘轳交往",完全失去语言自然之真。其实行文偶尔用典,无可厚非,可是骈文用典束缚情性,牵强失真。桐城派选学派都讲摹拟,但比较而言,选学派摹拟手段似乎更胜一等。王闿运以骈文名家,其文评以能摹古乱真为上品,他向门徒传授摹拟本领说:"取古人成作,处处临摹,如仿书然,一句一句必求其似。"还说:"如是,非十余年之专功,不能到也。"他颇瞧不起桐城家,嘲笑他们摹古不得其法,说他们"心摹子云,口诵马迁,终身为之,乃无一似"。此类文字全在字眼句调上下功夫,揣摩得烂熟,并且立成法则,至于如何把事理说得清楚明白,有条有理,也就非其所能了。骈文多用"模棱之词,含胡之言",令人读之不知所云。孙梅《四六丛话》序论说:"若乃命微言以藻思,责奥意于腴词,以妃青媲白之文,求辩博纵横之用,譬之蚁封奔骐,佩玉走趋;舌本间强,恐类文学之口吃;笔端繁拥,终滋夫笥之贫。"不仅说理,就是抒情、叙事也只是空说华辞,很少联系实际。其中纵有极少数讲究修辞立诚的人,也不免在外表上费些功夫而已。"此种文章,实难能而不可贵,又不适用于社会。"(傅斯年)

时代需要议论文,而桐城、选学均所不能,人们对这些文体就不能不发生种种怀疑。当年的精英人物最初没有不追随桐城派或选学派的,然而一旦发现两者都不适于用,就只有另觅他途。政论家不愿受到桐城"义法"和选学"文笔之辨"的束缚,立意从格套中摆脱出来。从龚自珍到梁启超,其文体都经历了这样一种转变。

二、政论文学应运而生

既然时代需要政论文,又没有现成的可以取法,那么只有动手来创造。中国文人崇古,"文必秦汉,诗必盛唐",文学复古是必由之路。欧洲的文艺复兴运动无非是文学复古运动,可见,文学复古证之欧洲也是不错的。所以,他们以复古为解放,相信从古代文体武库中足以选择到应付时变的政论文体。

中国古代论说文可谓源远流长。秦汉之际游谈之风大盛,论说文孕育生长。诸子讲学语录虽属并不连贯的片段,但每论各有主张,已具论文雏形,至《庄子》《荀子》《韩非子》各家直接以论名题,如《庄子·齐物论》《荀子·天论》等,已具论文规模。汉代政论大有发展,其文极富策士言谈色彩。龚自珍"以经术作政论","往往引《公羊》义讥切时政,诋排专制"的文体就是出于周秦诸子,人称其文"言多奇僻","汪洋恣肆,纵横驰骤,豪放跌宕,佽诡谲性",与拘泥的桐城古文,骈俪的选学骈文,朴拙的考据文大异其趣。刘师培以选学家的眼光批评龚自珍的文章"文气诘聱,不可卒读","文不中律,便于放言"。无论多少不是,只要"便于放言",便可满足论政的需要。惟其如此,龚自珍才转移了文坛风气,成为文坛领袖。"光绪年间(1895—1908)所谓新学者,大率人人皆经过崇拜龚氏之一时期。初读《定庵文集》,若受电然。"①曾朴说,龚氏既是"近世思想自由之向导",又"全力改革文学","是今日新文艺的开路先锋"。按龚自珍自己的说法是"但开风气不为师"。魏源(1794—1857)对于"夷"情了解之广博时人无与伦比,他采集外国报刊文章,编成《圣武记》,又据《四洲志》译稿及中外文献编成《海国图志》,所以能够提出"师夷长技以制夷"的伟大思想。他的文章"务出己意,耻蹈袭前人",叙事说理,内容详实,条理明晰,明白畅达,在章太炎看来,虽"近于怪迂",但到底"持论式中时弊"。

龚自珍、魏源开政论文学新体,影响很大。诚如戈公振《中国报学史》所说:"光绪以后,排议杂兴,或以桐城派局于议论,遂有复尚龚自珍、魏源之文,一为驰骋开阖之致,于是新闻评议之书,竞盛于世。"胡蕴玉则评论说:"近岁以来,作者咸师龚、魏,放言倡论,冒为经世之谈,袭貌遗神,流为偏僻之论。文学之衰,至此极地。日本文法,因以输入;始也译书撰报,以存其真;继也厌故喜新,竞摹其体。甚至公牍文报,亦效东籍之冗芜;遂至小子后生,莫识先贤之文派。……观往时之盛,抚今日之衰,不独文之感,亦多时运之悲矣。"②戈、胡评价截然相反,然而正好从一正一反两个侧面反映了龚、魏政论的影响及其历史地位。

此后,一批在通商口岸如上海、香港居住过或游历过欧美的政论家所写的政论更是一番新的气象,其中冯桂芬、王韬、郑观应堪为代表。

冯桂芬著有《校邠庐抗议》(1861),收42篇政论,每篇一议,如《汰冗员议》《改科举议》《改会试议》《广取士议》《停武试议》《制洋器议》《罢关征议》《盖驭夷议》等。尽管他要以"中国伦常为本,辅以诸国富强之术",但是已扫去桐城古文

---

① 梁启超《清代学术概论》,上海古籍出版社1998年版。
② 《中国文学史序》,南社丛刻,第8集。

的陈词滥调和桐城义法。其文指陈剀切,文笔酣畅,见解大胆新颖,说理切实详明,无一定程式,一篇起讫,以阐明问题为准,绝少浮词。

王韬先后参与《六合丛谈》《华字日报》的编务,主编香港《循环日报》达十三年之久,发表大量政论,如《变法自强》《洋务》《平贼议》《论宜兴制造以广贸易》《强弱论》等,其文冲破古文辞门径,开辟了新体政论。政论文集《弢园文录外编》"多谈时务,或遂谬以经济相许,每期出而用世",行文"直抒胸臆,不假修饰,不善作谦词,亦不喜为馊语"。

郑观应1873年出版政论集《救时揭要》,几经增删,1881年改名《盛世危言》出版。他的政论除主张办洋务、发展科学、繁荣经济、与外国商业竞争、实行"商战"之外,提倡参照西方君主立宪政体,立宪法,开议院,实行"君民共和"。他主张废除八股,指出"不废除帖括,则学校虽立,徒有虚名而无实效也"。其文笔调清新,语言简朴,富有感情,生动有力。

龚自珍、魏源、冯桂芬、王韬、郑观应的策论是政论文学的第一时期,而康、梁等第二代维新派人物的政论属于政论文学第二时期。第一时期政论文学内容主旨是"船坚炮利",当时的人绝不承认欧美人除能制造、能测量、能驾驶、能操练之外,更有其他学问。第二时期政论文学内容的主旨扩大到政治经济、法科。

严格地说,康有为的文章同属于策士派文学。从1888年起的十年中,他先后七次上书,请求变法维新,1895年的"公车上书"更是策论文章。后来,他创办《万国公报》(仿传教士林乐知所办《万国公报》,后改名《中外纪闻》),发表《强学会序》《上清帝第五书》等诸多政论。他的文章不为古文、骈文所拘,散行俪句相杂,气势浑厚,热情奔放,笔锋犀利,议论纵横,论理充足,古今中外,汪洋恣肆,大笔淋漓。文章娓娓动听,大有苏秦、张仪之风。

梁启超作为康有为的追随者,有青出于蓝之概。1895年,梁启超先后主编《万国公报》《中外纪闻》,每期发表政论一至二篇,1896年主编《时务报》又发表

《变法通议》等诸多政论。其文"务自解放,务为平易畅达","条理明晰","信笔所至不检索,时杂以俚语、韵语,以及外国语法",笔锋常带感情,具有感人的魅力,人称"时务文体"。追根溯源,此体出自《万国公报》的政论体。《万国公报》(1868—1907)为美国传教士林乐知创办于上海,多载欧洲国家政治历史沿革,政治学说,重要法典、宗教、文化、时事论文。最初发行1000份,甲午战争期间发行量激增,戊戌变法运动期间增至38400份。其发行对象上至皇帝、大臣,下至普通知识分子,影响遍及全国。撰稿者除韦廉臣、李提摩太、慕维康、丁韪良、李佳白、潘慎文等在华传教士之外,更有晚清中国政界、外交界、思想界知名人物孙家鼐、曾纪泽、郭嵩焘、薛福成、康有为等。传教士林乐知、李提摩太的文章一般是与中国文人合作完成的。合作者如沈毓桂、蔡尔康等。蔡尔康曾说《万国公报》的政论"多是林(乐知)、李(提摩太)两先生的政见,我不过作一留声机罢了",故有"林君之口,蔡君之手"之类的说法。1890年,李提摩太任天津《时报》主编,一年间发表二百余篇政论,后汇集为《时事新论》,分为"国史篇""外国篇""新学篇""教务篇"四辑,其中提出教民、养民、安民、新民为行政四端。这些政论影响了一代中国文人。梁启超即其中之一。1898年维新派人士所编《皇朝经世文新编》,收林乐知、李提摩太政论篇数很多,其中李提摩太31篇,仅次于梁启超(44篇)、康有为(38篇),其中渊源,可想而知。梁启超后来说过,他的政论"偶有论述,不过演师友之口说,拾西哲之余唾,寄他人之脑之舌于我笔端而已",这未必都是谦词。

戊戌变法失败后,梁启超流亡日本,转而醉心于日本的报章文体。德富苏峰的政论文吸引了梁启超。德富苏峰是东京国民新闻社社长,于明治维新初年就已赫赫有名,号称"新文界之权威"。其文宗旨在于提倡国民独立自主之精神,为文雄奇畅达,如长江巨川,一泻千里,青年莫不手捧一卷。其所选小品文字,尤切时要,富刺激性,亦在《国民新闻》批评披露。德富苏峰长于汉学,其文辞只须删去日语之片假名而改为虚字,便成一篇绝好的汉文。梁启超"不独辟

承上启下

旨多取材于苏峰,即其笔法亦十九仿效苏峰"。辛丑(民国前11年)秋冬间,苏峰一短文《Inspiration》发表于《国民新闻》,一月后《清议报》饮冰室自由书即译成汉文,题为《烟士披里纯》,两月后《大陆》报借故攻击,将两报所刊原文对照,指梁有掠美之嫌。梁噤若寒蝉,不置一辞。梁受日本文体的影响可见一斑。冯自由《革命逸史》云:"盖清季我国文学之革新,世人颇归功于梁任公(启超)主编之《清议报》《新民丛报》。而任公之文字则大多得力于苏峰。试举两报所刊之梁著饮冰室自由书,与当日的《国民新闻》论文及民友社国民小丛书——检校,不独其辞旨多取材于苏峰,即其笔法亦十九仿效苏峰。"[1]梁氏本人在《汗漫录》中对苏峰推崇备至:"德富氏为日本三大新闻主篇之一,其文雄放隽快,善以欧西文思入日本文,实为文界别开一生面者,余甚爱之。中国若有文界革命,当亦不可不起点于是也。"

梁启超评论自己的文章认为:"应时援笔,无体例,无宗旨,无次序,或发论,或讲学,或纪事,或用文言,或用俚语,惟意所之。""以精锐之笔,说微妙之理,谈言微中,闻者足兴。"这一时期的政论文"开文章之新体,激民气之暗潮"。梁启超的文章不守家法,非桐城亦非六朝,信笔取之而又舒卷自如,雄辩惊人的崭新文笔,其最大的价值,在于能以他的平易畅达,时杂以俚语、韵语及外国语法的作风,打倒了淹淹无生气的桐城古文、六朝体的骈文,使一般少年都能肆笔自如,畅所欲言,而不受已经僵化的散文套式和格调的拘束。因此,他的文章最不合古文义法,但应用的魔力也最大。梁启超被誉为"舆论界的骄子",他的政论被称为"天纵文字",确乎不是浪得虚名。

吴稚晖的政论文自成一体,人称俗化政论。吴乃阳湖派异军。阳湖派,创始于恽敬、张惠言,继承者中李兆洛最为知名。此派文人都是阳湖人,所以世称阳湖派。恽敬原本专治诸子百家,他的文章精细廉悍,近似法家言。张惠言则

---

[1] 冯自由《革命逸史》第四集,中华书局1981年版。

精于《周易》，擅长骈体，喜作沈博绝丽之文。恽、张的风格与当时炙手可热的桐城派并不相同。虽然后来两人都改学古文，然仍致力于汉魏六朝文章，不废骈俪。他们认为古人作文骈散"相杂迭用"，唐代以后才有古文之称，由此骈散两体分为两途。李兆洛认为骈体本源于秦汉散文，骈散原是合一的："因流以溯其源，岂第屈司马、诸葛为骈文而已，将推而上之，至老子，管子，韩非子等皆骈也。"明清古文家只知崇尚唐宋，不知更应崇尚秦汉；而要崇尚秦汉，非从骈体入手不可，所以他的《骈体文钞》收入司马迁的《报任安书》、诸葛亮的《出师表》。

吴稚晖曾是阳湖派的追随者，甘心做阳湖派的文章。可是，后来文章大变。据他自己说这变化得益于一本《何典》。此书开头就是"放屁放屁，真正岂有此理！"吴见此忽然大彻大悟，决计痛改前非，以后"偶有涉笔，即以'放屁放屁，真正岂有此理'精神行之"。他觉得文人都是八股文的奴隶，不相信自己的头脑，专门代圣人立言，做他人的应声虫。他决意反其道而行之，要废中国书不读，把国粹丢到茅厕里几十年。吴稚晖著《上下古今谈》所谈为二十世纪物质科学的思想，精微洁净。他的文章糅合俗语与经典，村言与辞赋，半文半白，又夹点古文调子，添点风趣和滑稽意味，因此一开口，一提笔便妙语天下。这与正统文章叠词堆句、雕琢文字，矫揉造作，言必雅驯的文风完全不同。此种文风既嘲弄了"言必雅驯"的作文"义法"，又撕下了道学家板着面孔说教的假面具。这是独具一格的政论文章。

吴稚晖之外，与梁启超同时或稍后还有三位重要的政论家：严复、章太炎和章士钊。严复也是政论大家。1895年，清政府与日本签订丧权辱国的《马关条约》，严复在天津《直报》上发表《论世变之亟》《原强》《辟韩》《救亡决论》等，以后又翻译了《天演论》等政治、经济著作，其中《天演论》成为中国人反帝自强的思想动力。"自严氏书出，而物竞天择之理厘然当于人心，而中国民气为之一变。""所谓言合群、言排外、言排满，以及言政治革新和文化变革，皆援进化公理为嚆矢。"严复的政论以散体为主，杂以骈俪；语意抑扬顿挫，富有铿锵的音乐之美。

承上启下

严复曾研究过逻辑学,并翻译逻辑学专著《名学浅论》,所以他的政论逻辑严密,具有雄辩力量。但是他的"译书,务为高古,图腾、宗法、拓都、么匿,其词雅驯,凡如读周秦古书"①。所以严复虽然有较新的西洋哲学思想,但对于西洋文学不敢提倡,做起文章来还是"汉魏六朝的八股"。

章太炎是汉学家,但是利用汉学来讲革命的代表人物。他据于种族革命的思想,政治理想在唐虞三代,倡言"文学复古"。论文尊魏晋薄唐宋,认为"魏晋之文,持论仿佛晚周,气体虽异,要其守己有度,伐人有序,和理其中,孚君旁达,可以为百世师","效魏晋之持论者,上不待守文,下不可御人以口,必先预之以学。"他的政论可见魏晋风骨,又因为研究过"因明学"(逻辑学),所以他的文章有印度思想的条理。可是,他主张文字为文学的基础,讲求"本字古义"因此满篇奇字奥句,古气盎然。

章士钊是逻辑政论的集大成者。他作为政论家本爱好峻洁的柳宗元的文章,留学英国后修政治经济学,又研究过逻辑学,编写过《中等国文典》,在文章方面,兼学章太炎和严复,撇开了古拙的学术文和放纵的梁启超的报章政论文,建立起谨严的逻辑政论文体。这种文章注重逻辑,注重文法,既能谨严,又能委婉。章士钊在《文论》中说:"凡式之未慊于意者,勿著于篇;凡字之未明其用者,勿厕于句。力戒模糊,鞭辟入里。洞然有见于文境意境。是一是二,如观游涧之鱼,一清见底;如审当詹之蛛,丝络分明:庶乎近之。"他的写法如剥笋一般,一层一层剥开去,剥至最后,将有所见。因此有人称之为"螺旋式文字"。古文弊端很多,最明显的是"面积惟求铺张,深度却非常浅薄","其直如矢,其平如底","文多单句,很少复句",而且缺少层次,"组织上非常简单"。章士钊的逻辑文有逻辑条理次序;层次复杂,结构严密;独运匠心。林语堂评论章士钊的逻辑政论说,这种文章用字适当,段落妥密,逐层推进有序,分辨意义细密,正反面兼顾,

---

① 紫萼《焚天庐丛录》,中华书局 1926 年版。

引证细慎,构思精密、用字精当、措词严谨,读来给人一种"义理畅达,学问阐明"的愉快。1914年《甲寅杂志》创刊,章士钊主编,以"条陈时弊,朴实说理,欲下论断,先事考求"为宗旨,网罗了陈独秀、李大钊、黄远生、李剑农、高一涵、张东荪等一大批政论家,大家同气相求,不知不觉地造成了一种修饰的,谨严的,逻辑的,有时不免掉书袋的逻辑政论文学流派。

龚自珍、魏源、冯桂芬、王韬、郑观应、康有为、梁启超、吴稚晖、严复、章太炎、章士钊各自周围都有一大批追随者,这就形成了一百年间蔚为大观的政论文学的时代。

三、政论文学带动其他领域变革

第一时期政论文学的影响主要在上层。光绪十五年(1889)翁同和以冯桂芬的《校邠庐抗议》新本进呈光绪;光绪二十四年(1898)孙家鼐又将《校邠庐抗议》、郑观应的《盛世危言》等进呈光绪,并建议群臣讨论,"令堂司各官,将其书中某条可行,某条不可行,一一签出,或各注简明论说,由各堂官送还军机处,择其签出可行之多者,由军机大臣进呈御览,请旨施行"(《戊戌变法》第二册)。光绪采纳建议,结果包括大学士、内阁学士、各部尚书侍郎、总理衙门、理藩院官员、都察院都御史、御史、翰林院侍讲、编修、国子监祭酒等372人研读这两部政论集,并以书面形式参加讨论。可见政论文学的影响之大。据陈桂士《普法战纪序》说,王韬的政论影响很大,轰传于世,当时的名公伟人皆誉之不容口:"湘乡曾文公称之为未易才;合肥相国李公许以识议宏远,目为佳才;丰顺丁中丞谓'史笔能兼才识学三长者'。"

第二时期政论文学的影响由上层渗入民间社会。政论文学首先得到新闻界的承认。阿英说:"由于新闻事业的发达,在清末产生了一种新型文学,就是谭嗣同所说的'报章文体',也就是'政论'。这种文字,在当时影响很大。敢于

承上启下

说话，无所畏忌，对于当前发生的事情，时有极中肯的论断。这种政论，在中日战争年代，已显出它的力量，到戊戌政变以后，更成为一种无上的权威。"文坛早有编辑选本规范文体的先例。远的姑且不论，近有姚鼐的《古文辞类纂》，李兆洛的《骈体文钞》。政论家如法炮制，编辑选本公开发行。1873年印行《普法战纪》，其序云："余摭拾其前后战事，汇为一书，凡有四卷，大抵取资于日报者十之三。"其抄本流传，遍及南北。1877年出版《纪闻类编》就是从历年报纸（《申报》《上海新报》《汇报》）中选择出来的"崇论宏议"。实际上无非是"报刊文选"或"报刊文录"。报纸保存不易，阅读不便，《纪闻类编》大受欢迎。1883年王韬辑录《循环日报》上论洋务、论时事的文章，取名《弢园文录外编》出版问世。至1894年7月甲午战争爆发，政论文被"选家"编辑成册刊行的更见普遍。同年9月，《绘图扫荡倭寇纪要》初集所附选论一辑出版，收入报章政论《论时局宜战而不宜和》《论防日本宜留意台湾》《论时局必当一战》等十二篇，代表甲午战争初期舆论。1895年寄啸山房主人陈耀卿编辑的《时事新编》六卷刊行，计有《防倭论》《论倭人以议和为缓兵之计》《论防倭应如剿倭》《论议和有十要》等。[①]

前文已经提到，1898年，维新派人士编辑《皇朝经世文新编》（传教士称之为蓝皮书），作者竟有259人之多，而且都是上层士大夫，可见报章文体已被广泛采用。

1902年蔡元培编《文变》三卷，选文四十三篇，大多"皆当时名士著译之文"，如梁启超、严复、蒋观云、杜亚泉，日本山根虎侯、石川半山、竹越与三郎等。其序文说：自唐以来，古文专集、纂录、评选之本繁多，"自今日观之，其所谓体格，所谓义法，纠缠束缚，徒便摹拟，而不适于发挥新思想之用。其所载之道，亦不免有迂谬窒塞，贻读者以麻木脑筋、风瘫手足之效者焉。先入为主，流弊何已！方今科举易八股为策论，乡曲士流，皆将抱古文选本为简练揣摩之计。前者之

[①] 阿英《甲午中日战争文学集·关于甲午中日战争的文学》，中华书局1958年版。

弊，复何异八股乎？"又说："读者寻其义而知世界风会之所趋，玩其文而知有曲折如意应变无方之效用。"①此编是这一时期政论文最富新思想的选本。

政论文学继新闻界之后侵入教育界，并使八股文遭到灭顶之灾。明清以制义取士，同、光间其风尤盛。明以来，八股制义一直是科举考试的法定文体，因此教育界以八股为鹄。八股文专为圣贤立言，不许说自己的话，命题一律用《五经》《四书》词句，文章义理的发挥必须依托程、朱派注释为准。所谓说理，即步趋孔孟之言，谨依传注之义而已，根本不可能发表个人见解。文章结构作法有许多讲究。结构分破题、承题、起讲、入题和大结几部分；作法则有"侵上""犯下""漏题""骂题""平头""并脚"等忌讳；并且还有字数、语气上的限制。作者为避免犯忌已顾此失彼，根本顾不上发表自己的意思。本来在大结中可以有所议论，然而至清代文禁愈严，于康熙六十年则悬令禁止用大结，只于文尾用几句散体文字作一煞尾而已。胡适曾说：八股"岂但是一种文章格式而已，把全国的最优秀分子的聪明才力都用在变文字戏法上，这种精神的病态养成的思想习惯也是千百年不容易改的。……无论什么良法美意一到中国都成了'逾淮之橘'，都变成四不像了。"②政论文学诞生之后八股文的地位就受到致命的打击。王韬、郑观应等对八股文多所指责，视为粪土，意欲铲除而后快。到了清末，"政治方面的人物，都受维新思想的传染，以为八股文太没有用处。研究学问的人则以为八股文太空疏。因而一般以八股文出身的人都起来反对"。1895年4月康有为向光绪帝上《请废八股试帖楷法试士改用策论折》，认为"中国之割地败兵，非他为之，而八股致之也"。严复《救亡决论》指出：中国不变化则亡，可是最急于要变的"莫亟于废八股。夫八股非自能害国也，害在使天下无人才"。时人总结说，八股之害有三："锢智慧""坏心术""滋游手"。如无人才，怎么"练军实，讲通商"，"裕财政"？一时之间，八股成为人人喊打的过街老鼠。1895年5月梁启超

---

① 蔡元培《〈文变〉序及目录》，《蔡元培语言及文学论著》，河北人民出版社1985年版。
② 胡适《惨痛的回忆与反省》，《胡适散文》（第二册），中国广播电视出版社1992年版。

承上启下

联合百余人上书,请废八股取士制度。经此努力,1898年5月5日(农历)光绪下诏废止八股:"自下科开始,乡、会试及童生、童岁科各试,向用四书文者,一律改试策论。"所谓策论就是政论文学。由于时务策论起而代之,八股文才能寿终正寝。对此报界一片欢呼。《国闻报》6月27日《改科宸断》:"八股取士,昔非所闻。本月初五日特奉上谕改试策论,风闻中外,万目一新。……六百年来相沿积习,毅然决然,断自宸衷,一时弃去,非圣人其孰语斯乎。"《采风报》6月23日"采风"条:"然自今奉诏改试策论,则以后之文绉绉之酸风,当不复采矣。"

明清两代,出版了许多八股文选本,如《钟山课艺》《历科房书选》《试帖编抄》《经训书院课士文》等,以帮助士子熟悉和掌握此种文体。戊戌之后报章政论取而代之,报章政论身价倍增,一时间,"以剿袭《新民丛报》得科第者,不可胜数。"[1]姚公鹤《上海报纸小史》描绘说:"当戊戌(1898)四五月间,朝旨废八股,改试经义策论,士子多自琢磨。虽在穷乡僻壤,亦订结数人合阅沪报一份。所谓时务策论,主试者以报纸为蓝本,而命题不外乎是。应试者亦以报纸为兔园册子,而服习不外乎是。书贾坊刻,亦间就各报分类摘抄,刊售以牟利。盖巨剪之业,在今日用之办报以与名山分席者,而在昔日则名山事业且远过于剪报学问也。"《上海闲话》也有记载:当时报纸主笔的职责,以报纸论说为重要。"每星期中,某人轮某日,预为认定。题则各人自拟,大致概采取本报所载时事,或论、或说、或议、或书后,体裁与科场试题相仿佛。而篇幅则须满足一千二百字左右,纵意竭词穷,亦必敷衍至及格始已。又与科场程式为近。夫以纵谈时事之文,而限以字数,使言者不得尽其意,其无理孰甚于此。迨甲午(1894)一战以后,排议杂兴,旋废八股试士之法,此风始稍稍革矣。"

紫萼《焚天庐丛录》载:考生奉《新民丛报》为秘册,"务为新语,以动主司",而主司竟以为然。吴士鉴尤喜新名词,他典试江西,在一考生试卷上批语,夸其

---

[1] 李肖聃《星庐笔记》,岳麓书社1983年版。

"能摹梁文"。"阳湖张鹤龄总理学务,好以新名词形于官牍。"王韬《格致课艺汇编》(1897年上海石印本)载:1889年李鸿章曾以培根、达尔文学说为题考试学生。学生更是喜新厌旧,竞相仿效,时势所趋,相习成风,至试卷上满篇外来名词,使老学究哭笑不得。叶德辉《郋园书札·与南学会皮鹿门孝廉书》哀叹说:"不见今日之试卷,满纸只有起点、压力、势力等字乎,同一空谈,何不顾溺人之笑。"但从此,梁启超的报章文体站住了脚跟。

政论家立足于"救亡图存",全神贯注地探求中国陷入被动挨打局面的原因,他们将生吞活剥的西学知识和"经世致用"的经学糅合在一起,著书立说,使清代的政治思想和学术观点发生了变化,而与文学却没有发生直接的关系。但是当政治改革家们想到利用文学来为他们的思想启蒙和改革理想服务时,政论文体对文学的冲击也随之出现了。晚清文坛有所谓小说界革命、诗界革命、剧界革命,其实它们都是文界革命的延伸。其特征是加进政论说理的因子,或者说以说理标准来改造小说、诗歌、戏剧。

这个政论文学的潮流影响到文学的各种体裁,使其蒙上政论色彩。首先是政治小说。所谓政治小说的"政治"是乃俗语政论之谓也。他们明白宣称政治小说与旧小说不能相容,旨在抒发政治见解,宣称:"今日改良群治,必自小说界革命始。""政治小说者,著者欲借以吐露其所怀抱之政治理想也";"专在借小说家言,以发起国民政治思想,激励其爱国精神。"①因此,其作品多议论,让人物滔滔不绝地演论政治主张,不厌其烦地发表议论,即使小说成为"似说部非说部,似稗史非稗史,似论著非论著,不知成何种文体"也在所不惜。梁启超在其《新中国未来记》的"绪言"中毫不掩饰这是"政谈",而非寻常小说:"既欲发表政见,商榷国计,则其体自不能不与寻常说部稍殊。编中往往多载法律章程演说论文等,连篇累牍,毫无趣味,知无以餍读者之望矣。"小说第三回写主角黄克强与李

---

① 梁启超《中国唯一之文学报〈新小说〉》,《新民丛报》第14号。

承上启下

去病为中国前途论争,两人分别秉持改良派和革命派的主张,各执一端,你来我往往复辩难,达四十四回合,一万余字,而其中黄克强所论实为梁启超本人的主张,黄在小说中的言论不过是梁所著《立宪法议》(《清议报》1901.6)的另一种版本而已。

其实,梁启超的友人没有不以政论标准来评价他的政治小说的。平等阁主人(狄葆贤)评述《新中国未来记》说:"拿着一个问题,引着一条直线,驳来驳去,彼此往复到四十四次,合成一万六千余言,文章能事,至是而极。""此篇辩论四十余段。每读一段,辄觉其议论已圆满精确,颠扑不破,万无可以再驳之理;及看下一段,忽又觉得别有天地;看至末段,又是颠扑不破,万难再驳了。""盖由字字根于学理,据于时局,胸中万千海岳,磅礴郁积,奔赴笔下故也。""此篇论题,虽仅在革命论、非革命论两大端,但所引者皆属政治上、生计上、历史上最新最确之学理。若潜心理会得透,又岂徒有益于政论而已。""中国前此惟《盐铁论》一书,稍有此种体段。但彼书往往不跟着本题,动辄支横到别处;此篇却是始终跟定一个主脑,绝无枝蔓之词。彼书主客所据,都不是真正的学理,全是意气用事,以辩服人;此篇却无一句陈言,无一字强词,壁垒精严,笔墨酣舞。"①这里的所谓"辩论""议论""政论""驳来驳去",无一不是政论的特色,至于《盐铁论》本来就是对话体政论。

梁启超之后,效法政治小说者不乏其人,小说中掺杂大段议论,如罗普的《东欧女豪杰》(1903)、彭俞的《闺中剑》(1906)、陈天华的《狮子吼》(1907)。其中《东欧女豪杰》第三回数千言演说,评论者大加赞赏,谓"读此不只读一部《民约论》也"。(《〈新小说〉第3号之内容》,《新民丛报》第25号,1903)对于《女娲石》《女狱花》的评语也是赞其能写"论战",能表主义。俞佩兰《女狱花叙》认为:"近时之小说,思想可谓有进步矣,然议论多而事实少,不合小说题材,文人

---

① 平等阁主人《〈新中国未来记〉第三回总批》,《新小说》第二号,1902年。

/204/

学士鄙之夷之。"(1904年泉唐罗氏藏版《女狱花》)彭俞的《闺中剑》回目中有"算术系各科学之起点""论天与人之关系"这样明显的论说题目,而吴趼人的《新石头记》则有"闲挑灯主宾谈政体""论竞争闲谈党派"这样的回目。

泽田瑞穗说:清末政治小说看起来好像很新颖,但骨子里却守旧得令人难以置信。它的原型是中国古老的策论、奏议和八股文。因此,就小说的创新来说,同过去把小说当作道德启蒙的理论比较起来,不过五十步笑百步罢了。①这一观察可谓眼光犀利入木三分。这些小说的作者都是接受过完善的传统教育的,对过去的文章作法那一套十分熟悉,政治小说以议论取胜,而一旦议论起来,策论、奏议乃至八股的调头自然难以免除。

《新中国未来记》畅论政治理想;以此理想反观现实,并痛加批判和揭露的就是谴责小说。梁启超1897年就说:"今宜专用俚语,广著群书,上之可以借阐圣教,下之可以杂述史事,近之可以激发国耻,远之可以旁及夷情,乃至宦途丑态,试场恶趣,鸦片顽癖,缠足虐刑,皆可穷极异形,振厉末俗,其为补益,岂有量耶!"(《变法通议·论幼学》)此论称之为谴责小说的首倡者不为过。

鲁迅《中国小说史略》有"清末之谴责小说"一章,把《二十年目睹之怪现状》《官场现形记》之类的小说定名谴责小说:"光绪庚子(1900)后,谴责小说之出特盛。盖嘉庆以来,虽屡平内乱(白莲教、太平天国),亦屡挫于外敌(英、法、日本),细民暗昧,尚啜茗听平逆武功,有识者则已翻然思改革,凭敌忾之心,呼维新与爱国,而于'富强'尤致意焉。戊戌变政既不成,越二年即庚子岁而有义和团之变,君乃知政府不足与图治,顿有揸击之意矣。其在小说,则揭发伏藏,显其弊恶,而于时政,严加纠弹,或更扩充,并及风俗。"就作者意图而言,这些小说被赋予的社会使命实在非常重大:"一若国家之法典,宗教之圣经,学校之课本,家庭社会之标准方式,无一不赐于小说者。"(《黄摩西》)

---

① 《野草》第2号,1971年。

承上启下

政论文学影响到诗就有"诗界革命"。他们标举"能以旧风格入新意境,斯可以举革命之实矣",一反"六经字所无,不敢入诗篇"的戒律,造成一种"能以堆积满纸新名词为革命"的诗风。诚如梁启超所述,"盖当时所谓新诗者,颇喜挦扯新名词以自表异。丙申(1896)、丁酉(1897)间,吾党数子皆好做此体。提倡之者为夏穗卿,谭复生亦綦唉之"。这里的所谓"新名词",就是政治术语。谭嗣同的所谓"新学之诗"就是好例子:"纲伦惨以喀私德,法会盛于巴力门。""喀私德"即等级制度,"巴力门"即议院。黄遵宪扩大诗料,主张"其材也,自群经三史逮于周秦诸子之书,许郑诸家之注,凡事名切于今者,皆采而假借之。其述事也,举今日之官书、会典、方言、俗谚以及古人未有之物,未辟之境,耳目所历,皆笔而书之。"与梁启超"为文……自解放,务为平易畅达,时杂以俚语韵语及外国语法,纵笔所至不检束"的主张相呼应。黄遵宪《人境庐诗草自序》还主张"用古文家伸缩离合之法以入诗",即所谓"诗歌散文化",这一主张实际上是对道光文变以来许多人的理论探索和创作实践的综合反映和总结。姚燮《南辕一百零八章》以下,龚自珍的《己亥杂诗》315首,贝青乔《咄咄吟》120首,直至辛亥革命后刘成禺的《洪宪纪事诗》200首,都是这个诗歌散文化过程的产物。钱钟书《谈艺录》云:"文章之革故鼎新,道无它,曰以不文为文,以诗为文而已。"总结了一般规律。

此种流风影响所及包括戏剧。传统戏剧以曲为主,近代传奇杂剧增加说白,并向以说白为主方向发展。近代文明戏常常插入大段演说,还出现专发议论的"言论正生""言论正旦""言论小生"等等。"通古今之事,辨明夷夏之大防;睹故国之冠裳,触种族之观念,则捷矣哉!同化力之易而出之神也。"(陈佩忍:《论戏剧之有益》)"戏园者,实普天下人之大学堂也;优伶者,实普天下人之大教师也。""惟戏曲改良,则可改动全社会,虽盲得见,虽聋可闻,诚改良社会之不二法门也。"(陈独秀:《论戏曲》)由此还出现了"梨园革命军"一说。

与文界革命同时相继提出"诗界革命""小说界革命""戏剧改良""曲界革

命"等口号,听上去虽然激动人心,但总的来说,都不能算是开纪元的事件,也没有动摇旧文学的根基。钱钟书先生在《谈艺录》中评价黄遵宪说:其诗"差能说西洋名物制度,摛撦声光化电诸学以为点缀,而于西人风雅之妙、性理之微,实少解会。故其诗有新事物而无新理致。"远不足以作为文学史上的开创者。

四、政论文学向文学革命过渡

政论文学称雄的一百年间,政治界虽然变迁很大,主流思想界只能算同一色彩。等到辛亥革命成功将近四五年,所希望的件件落空。他们发现西洋不仅有物质文明,有政治组织、法律制度,而且还有伦理。这些东西不但不比中国的差,而且比中国的好,比中国的合理。再则欧战结果也给人以启发,本来中国西慑于欧美,东震于日本的军事,可是,这次军国万能的俄、德、奥一齐崩溃。其原因不在于联军的全副兵力,而在乎本国平民的革命。百通宣言不及一件事实。至此懂得仅仅学西洋的富国强兵、政治法律制度还不能奏效,人民仍然不能获得幸福。真正的文明枢纽在于思想文化的改造。戊戌变法时期的新党人士蒋智由说:"工商之世,而政治不与之相宜,则工商不可兴,故不得不变政。变政而人心风俗不与之相宜,则政治不可行,故不得不改人心风俗。人群之事,复沓连贯,不变则已,变则变甲必变乙,变乙必变丙者,其势然也。"①人们发现社会文化是整套的,要拿旧心理运用新制度,决然不可能,渐渐要求人格的觉悟。人们发现工艺和政法固然很坏,应该革命,而道德、思想更是糟到了极点,尤其非革命不可。因此,中国现代改革继"枪炮工艺"(兴工商)、"政法制度"之后应有"伦理"(思想文化)的改革。这是因为政治变革需要社会力量的支持,而社会很腐败,流行的思想不变革,那么社会改革就不会见到成效。辛亥革命后的种种现

---

① 转引自蔡元培《文变·风俗篇》,商务印书馆1902年版。

承上启下

象都源于文化运动的基础太薄弱,中国思想界太黑暗了。政体变了,思想原封不动。不使用平民精神去教育国民,而是以英雄、豪杰、宦达、攀权、附势的精神去营造国民,何有不成"混乱政治,四方割据"的局面之理。于是从改造政治、改造社会进而为思想革命问题。单独的政治革新已不中用,须经精神上的彻底洗涤才能起死复生。当时著名的政治家黄远生可算一个代表人物,他在《新旧思想之冲突》一文中指出:"自西方文化输入以来,新旧之冲突,莫甚于今日","在昔日仅有制造或政法制度之争者,而今日已成为思想上之争。此犹两军相攻,渐逼本垒。""新旧异同,其要点本不在枪炮工艺以及政法制度等等……本源所在,在其思想。"①文学与思想有密不可分的关系,思想革新与文学革命应当同步进行。他对政论生涯作了反省:"向者之徒恃政论或政治运动以为改革国家之道无往而非迷妄。""无本无学术,滥厕士流,虽自问平生并无表见,然即其奔随士夫之后,雷同而附和,所作种种政论,今无一不为忏悔之材料。"于是由论"政"而变为论"人生",论"社会"。

改变了的思路是,以新文学为载体,输入新思想,普及民众,洗心革面;以思想力量改造社会,然后再以社会的力量改造政治。"文学革命"由此提上议事日程。黄远生提出:"愚见以为居今论政……其选事立词,当与寻常批评家专就见象为言者有别。至根本救济,远意当从提倡新文学入手。综之,当使吾辈思潮如何能与现代思潮相接触,促其猛醒。而其要义须与一般之人生出交涉。法须以浅近文艺普遍四周。史家以文艺复兴为中世改革之根本,足下当能语其消息盈虚之理也。"②并且表示"自今以往,将纂述西洋文学之概要,天才伟著所以影响于思想文化者何如,冀以筚路蓝缕,开此先路"。③他在大声呼唤着新文学运动的到来。

---

① 黄远生《新旧思想之冲突》,《东方杂志》第13卷第2号,1916年。
② 黄远生《致〈甲寅杂志〉记者》,《甲寅杂志》第10期,1915年。
③ 黄远生《本报之新生命》,《庸言》第2卷第1—2号合刊,1914年。

黄远生的主张遭到政论大家章士钊的驳斥。他认为一个面临着内忧外患，政治水平极度低下的国家，试图放弃政治改革而专注于文化思想运动，并想通过后者来推动前者，只是一种梦呓。他说："提倡新文学，自是根本救济之法，然必其国政治差良，其度不在水平线下，而后又社会之事可言，文艺其一端也。"中国与欧洲国情相异，"即莎士比亚、嚣俄复生亦莫能奏其技矣"①。对于黄远生的主张，章大有不屑一顾之慨。

　　但是，事实胜于雄辩。就在章士钊严词驳斥黄远生之时，黄远生的见识却由筹安会六君子拥戴袁世凯做皇帝的闹剧所证实。章士钊的政论集团逐渐瓦解，《甲寅杂志》无以为继，终于停刊，其麾下大将陈独秀、李大钊、高一涵、李剑农及撰稿人胡适和吴虞先后脱离《甲寅杂志》，另起炉灶，自立门户。从此政论文学时代宣告结束。"而当时的许多政论机关，也没有一个政论家；连那些日报上的时评也都退到纸背上去了，或者竟完全取消了。"（胡适语）《甲寅杂志》旧人成了《新青年》的台柱人物，后来章太炎的门人钱玄同、鲁迅、周作人也先后加入，成为另外一番气象。

　　最早接受黄远生观点的是陈独秀。他认为虽然政治界经过辛亥革命、二次革命以及反对袁世凯称帝的"倒袁"运动，但黑暗并没有减少。这其中的原因，一小部分是由于三次革命都是虎头蛇尾，没有进行到底，而其大部分则由于盘踞在人们头脑中根深蒂固的、陈旧腐朽的伦理、道德、文学、艺术，"莫不黑幕尽张，垢污深积"。惟其如此，这种单独的政治革命对于中国社会就不会产生任何效果了。他以此来分析袁世凯称帝事件，认为袁世凯再做皇帝，也不完全是妄想。他实在见得多数民意相信帝制，不相信共和。就是反对帝制的人，大多也只是反对袁姓皇帝，不是从根本上反对帝制。因此，袁世凯称帝决非一个偶然事件。陈独秀据此断言："若要巩固共和国体，非将这般反对共和的伦理文学等

---

① 黄远生《致〈甲寅杂志〉记者》，《甲寅杂志》第 10 期，1915 年。

承上启下

旧思想洗刷干净不可。"否则不但共和政治不能进行,就是这块共和招牌,也是挂不住的。"他把"革新文学"当作"革新政治"的前提。"今欲革新政治,势不得不革新盘踞于运用此政治者精神界之文学。"陈独秀基于洗刷干净"反对共和的伦理文学等旧思想",为共和国奠定一个稳固的思想基础,而立志发动一个文学革命运动。钱玄同起而响应。他致陈独秀信对"共和招牌"一说完全赞成,说:"先生前此著论,力主推翻孔学,革伦理,以为倘不从伦理问题根本上解决,那就这块共和招牌一定挂不长久(约述尊著大意,恕不列举原文)。玄同对于先生这个主张,认为救现在中国的唯一办法。"又说:"中华民国既然推翻了自黄帝以迄满清四千年的帝制,便该把四千年的'国粹'也同时推翻。因为这都是与帝制有关系的东西。"鲁迅也不例外。他曾说:见过袁世凯称帝,张勋复辟,看来看去便怀疑起来。"共和招牌"一说使他看到历史真相,便不再怀疑,奋起加入新文学运动。陈独秀或许觉得身边力量不足,就想到邀请《甲寅杂志》作者、留美学生胡适参与其事。胡适虽不是政论家,却非常热衷于政治,且对国内政治多有批评,认为七年之病求三年之艾,急于求成,欲速则不达。他于1917年回国,目睹暮霭沉沉的中国思想界,决心从基础做起,"打定二十年不谈政治的决心,要在思想文艺上替中国政治建筑一个革新的基础"。于是,他加入到文学革命运动中来。其他新文学运动健将们无论各自有多少特殊之处,但他们的心路历程应该是基本相同的。这正是一个物换时移的时代。昔日大家共谈"文学无用"论,今日却把希望寄托给了文学;昔日视文学家为无聊文人,今日则为救世主了。王国维《教育偶感》云:"生一政治家,不如生一大文学家。何则?政治家与国民以物质上之利益,而文学家则与以精神上之利益。……物质上的利益,一时的也;精神上的利益永久的也。前人政治上所经营者,后人得一日而坏之。至古今之大著述,苟其著述一日存,则其遗泽且及于千百世而未抹。而政治家无与焉。"

文艺复兴谈何容易,从何处入手呢?查查新文学家们的文学家谱,可知仍是政论家的班底。郭沫若说:"陈独秀本来并不是一个文学家,他的行径同梁任公、章行严相同,它只是一个文化批评家,或者文化运动的启蒙家。……对于封建社会旧文化的抨击,梁任公、章行严辈所不曾做到乃至不敢做到的,到了《新青年》时代毅然决然的下了青年全体的总动员令。"[①]他们对于欧洲文艺复兴是了解的,可是对于进行文学改革并没有成熟的意见。陈独秀按照章实斋分别著作体裁的文史的标准,称说理、纪事的应用文为史,抒情文为文。他在《青年杂志》一卷三号撰有《现代欧洲文艺史谭》,介绍欧洲新文艺。可是,他一面痛斥古典主义,提倡写实主义,认为"文章以纪事为重,绘画以写生为重,庶足挽近日浮华颓败之恶风。"可另一方面又推崇古典主义之作,谢无量的一首至少用了一百个典故的长律,在《新青年》上得到了他的极力称赏。过渡时代的过渡人物,做出种种新旧参差的行止,本来也是不奇怪的。当此世变激急的时代,陈独秀登高一呼,不仅完成了自己由旧根柢到新人物的转变,也为中国文学带来了一个千古未有的全新格局,其贡献不可谓不大。

结　　语

政论文学为新文学之起源并非是我的创见,许多政论家,义学史家,新闻史家,文学理论家都早已感觉到这一点。前文已经引用的新闻史家戈公振、文学史家胡蕴玉说的话,都指出了这一点。总之政论文学既然可以打破桐城、选学的迷信,开拓出以后文学革命的导向,就说明坚冰已被打破,现代文学的航道已经开辟。因此,我们在讨论新文学分期时不能不注意到这一点。

原载《复旦学报(社会科学版)》2001年第6期

[①] 郭沫若《文学革命之回顾》,《文艺讲座》第一册,1930年。

京沪两地晚清、民国小报的语言文化现象

李　楠

阅读北京小报和阅读上海小报的感觉,是有很大不同的。从版面上观察,上海小报"好看",它能在有限的空间填入无限的内容,而丝毫不显臃肿。上海小报虽数量惊人、品种繁多,但每种似乎都在突出个性上下工夫,不愿重复他人。不同历史时段的报纸面貌,更是迥异。带着这种先入为主的"期待"转而接触北京小报,无论如何也难以找回阅读上海小报时的那份松快和兴奋。比起上海小报的多姿多彩,北京小报的版面不仅呆板、单调,而且千人一面,多年一贯制,凝滞少变化。但是,如果仔细考察小报在语言层面上的变迁史,却又呈现出另外的景象:北京小报的意义便浮出表面了。单看两地小报的现代白话进程,看它们和"五四"欧化白话不同的路数以及最终的殊途同归,不禁令人再次体悟到回归历史现场的重要。

一

北京小报出现的时间稍晚于上海。第一张上海小报,现公认为是创刊于1897年5月的李伯元(李宝嘉、南亭亭长)《游戏报》。那么第一张北京小报呢?按照管翼贤《北京报纸小史》的说法,认为是1901年当年创办的《白话学报》:

北京有新闻纸、始自庚子年后、当兹八国联军攻破北京、两宫仓促西狩、迨和议告成、土地割让、主权丧失、国民为之震惊、智者为之愤慨、人人发愤求强、深识者咸以振兴教育、启发民智为转弱图强之根本、于是私立中小学校竞相设立、时有崇文门内方巾巷崇实中学校长文实权、集合诸教员、发行白话学报、篇首贯以浅简白话论说、其次以京话讲解各门科学、如地理、历史、理化、算学等科、每星期出一册、每册仅收铜钱五百文①。

有的文献资料还提出别的报纸为"第一张",其创刊时间均迟于1901年,可不论。不过这《白话学报》并未保存下来,只是一个留在报刊史上的历史记录而已。现在能看到的最早的北京小报是《京话报》,创刊时间是1901年8月,创办人为黄秀伯。②晚清时期的北京小报极少,除《京话报》之外,尚存的仅有《京话日报》和《正宗爱国报》。以上今天能读到的三种早期北京小报都使用"口语白话"。所谓"口语白话"并不等同于古代白话小说(经过文人修饰)的说书人腔调。它只是把清代的官话口语当成书面语写在了报纸上,如《京话报》便自称"是全用北京的官话"的③。表述出来的形态就像这篇"演说"文字:

咱们从前跟洋人打仗 打的不是一回 都可以说是洋人的不好 来欺负咱们 惟独这回事的错 却是都在这边了

我们现在将中外的时事 用咱们京话 编成一本一本的书 每月刻出几本 给大家伙看这书的名儿 就叫作京话报④

用词、用句和语气,纯是白话口语。据报刊史记载,自晚清至20世纪20年代,北京地区国人所办的报纸只有《刍言报》属例外,既是小开张,又是文言的,其余都遵循凡大报者皆文言、凡小报者皆白话的规则。文言大报面向官僚知识阶

---

① 管翼贤《北京报纸小史》,《新闻学集成》,中华新闻学院,1943年,第282页。
② 徐琴心《三十年来北京小报》,《实报半月刊》1935年第2期。
③ 佚名《论看这京话报的好处》,《京话报》1901年8月15日。
④ 佚名《论创办这京话报的缘故》,《京话报》1901年8月15日。

承上启下

层,白话小报专供下层市民阅读。报人们多半手执两套语言:为了让普通民众看懂而写白话,对于识文断字的"文化人"则使用文言;白话小报意在"开通民智",文言大报意在"开通官智"。比如彭翼仲在办白话小报《京话日报》的同时,又办了姊妹报——文言的《中华报》。文实权先后创办白话小报《白话学报》《公益报》《京师公报》,以及文言大报《国民公报》。他同时还接受汪康年的邀请,出任文言大报《京报》的名誉社长兼采访主任。总之,北京地区的大报和小报从语言上已将不同层次的读者接受群体和报纸的功用区别开来,朗朗分明。

北京小报一直以"口语白话"作为它的根基。它并非一成不变,进入民国以后的上世纪一二十年代,其口语显示出与书面语结合的倾向。且看这篇1920年的《忠告旗人宜速务农》的片断:

> 再说旗人 向来拿着钱粮米儿 尚用作一生的恒产 娶媳妇儿嫁女 先要问问是否得了大钱粮(所谓大钱粮者 三两甲也)这也是历来的习惯 这件事要在前几十年 还不觉着怎样出奇 现在五族共和 正是各国争强图胜的时代 人家把我们当作一块肥肉看 旗人要还是死守旧习 人人就知道倚赖 不求自立 恐怕有点儿对付不下去罢 将来立法 必要破除尔我的界限 更不能偏徇私情 贻误国家大局 这是明摆着的道理 趁着这个当儿 再要不打正经主意 等到逼得无路可走 临上轿子现扎耳朵眼儿 可就怕是来不及①

从这篇并非孤证的"演说"中,我们可看到晚清北京小报中久违的文言词汇。但少量文言词汇的使用,不仅没有丧失这类报纸白话的基质,反因减弱了口语的粗率、随意,使得白话更加简练了。

时空流转至20世纪30年代到20世纪40年代,北京小报的语言已进化为现代白话,逗号句号等新式标点得到普遍使用。除了偶尔出现一篇两篇半文半白的短文外,大部分的文字是口语基础深厚扎实的白话,与新文艺的老舍文字

---

① 王松镇《忠告旗人宜速务农》,《北京新报》,1920:1427。

相当,如这样:

> 皇宫,是多么尊严,多么华贵的所在。每年修缮整理的费用,不知耗去若干国币。残缺的地方,登时给修复了。颜色毁败了,登时油漆好了。成年成月,长期有人工,管理修饰。金碧辉煌,黄瓦灿烂。一点尘埃草芥,也不能容留。一国的宫禁,诚然是特别尊严,特别华贵。人们对它,简直不敢正眼相看。①

不难看出,当北京小报语言接近成熟的现代白话时,它始终未脱去口语白话的底子。这是它的长处。当然,在几十年的发展过程中,尤其是到了后期 40 年代小报文学包括散文、诗歌、时评小品、长篇连载小说等的逐渐发达,在个别属于新文学作家的客串笔墨之下,或出自无名作者之手的北京小报文学,接近欧化白话风格的情况也就时常发生了。像长篇连载小说《若林绫子》这样的文学作品,按过去的界定一定属于通俗小说,但是,其语言之纯正,描写之细腻,又非传统意义上的"通俗"所能概括。我们举小说开头大段描写中的这一部分,来体味北京小报文学语言其时的风味:"骄烈的阳光悄然投落到遥远的山峰后去了,终于微弱地反射在这边丛林高耸的枝丫上,显出叶簇异样绿油油似的;这时候,随风微颤的杨树上空正浮堆着浓重的彩霞,把大半个天空都照的通红,又让洋房顶上淡红色的斜面夹在绿荫间平添了几许绮丽的幽姿。……夕阳残照着这条破街,纵然黯淡,依稀还见人影的移动,这影子突然停下来,四面张望了一下,似乎发觉走错了方向,急步而至丛林西边的尽头,停在第一幢洋房的白栅前仔细一看,跟着就进去了。"②这样的小报文学语言,融和了口语、文言词汇、句子和修辞突破传统而大量采纳外国式,与我们熟悉的新文学欧化白话已相差无几。不过小报的语言立场究竟是与纯文艺不同,类似于下面这样使用着现代白话却又嘲弄现代白话新文艺腔的文章,便是一例。它是讽刺性的:"中国佛教会江苏省

---

① 王柱宇《过故宫》,《实报》1933 年 8 月 12 日。
② 天鸟《若林绫子》,《国民新报晚刊》1946 年 8 月 28 日。

承上启下

某县支会,最近发出一再告全县僧尼书,胡适博士也许会赞成,因为文告用的是新式标点白话文,其中颇多佳句,如'醒吧,醒吧,快醒吧!'及'奋起,奋起,快奋起吧!'等语。"[1]可见直到20世纪40年代的北京小报,仍然不是新文学同人"自己的园地"。当然,小报不会处于真空地带,它有意无意地接受着"五四"的影响,改变着传统的思维方式而浑然不觉。"'五四'带给我们的不是一种单纯的白话文,是一种思维方式的丰富和补充",也正是因为这"新的语言带来了新的思维,新的美学感受"[2],原本属于通俗范畴的北京小报文学,也会渐渐获得新的质素,发生着新的位移。综上所述,北京小报的语言在经历了半个世纪的漫长岁月中,完成了晚清白话运动到现代白话的文化转型,而"口语白话"的深刻作用始终是它的一条基本线索。

与北京小报的白话语言相比,上海小报语言的情状显得多元而复杂。最奇特的现象是,在一个现代的大都会,在一个中下层市民的读物里,文言虽不能说就是主导,却从来不曾中断过。"松动文言",是贯穿上海小报整个生命过程的最主要的语言形式。20世纪30年代中期以后,随着现代白话文学的普及,松动文言的使用较前有所减少,但其显要地位还是没有动摇。20世纪40年代的上海小报,真正是文言、白话、方言的大融合。每份小报都是这几种语言同时并置在一个版面上,形成众声喧哗的语言格局。以1948年12月22日《铁报》第三版的内容为例,即可领略到当时上海小报的语言风貌。这个版面上计有:松动文言长篇连载小说《徐雪月寡居遭病困》(书僮)、《一生孤掷温柔》(羌公);松动文言散文《徐篆与杨笔》(啼红);旧体诗词《云深处近句——题危楼读史团》(白蕉);长篇连载白话小说《龙三妹》(武定一)、《身份证成了"洞府"》(文工);白话小品文《使人头痛的爱情》(柳絮)、《记事珠》(小记者)、《花市》(高唐);方言(上海白)长篇连载小说《乱世双雏》(王小逸)。在如此狭小的空间内容纳了四种语

---

[1] 小和尚《口吐真言》,《国民新报晚刊》1946年8月28日。
[2] 陈思和《试论五四文学运动的先锋性》,《复旦学报》2005年第6期。

言体式,并不是小报文学故意哗众取宠,目的是为了满足不同层次的上海市民读者的需要。由此可以想见,即便20世纪40年代新文学的正宗地位业已牢不可破,而上海的普通市民读者却仍然沉浸在新旧杂糅的文字阅读汪洋之中。

值得注意的是,上海小报从来没有出现过晚清白话报中普遍存在的"口语白话"。虽然晚清白话报的大本营就在上海。上海小报的语言变化过程主要表现在文言的不断松动上面。晚清上海小报中所谓的松动文言毫不艰涩,只因缺少新式标点符号,今天我们读起来才会有些障碍。类似下面这篇短文的语言模式,差不多占据着晚清上海小报的大部分空间:

> 吾国嫖界小说之发起首为青楼梦 用笔平平 无可褒贬 然并非劝惩讽世之作 海上花列传 以才子之笔 而列写海上诸名妓情形 有色有声 如荼如火 其妙处在于皮里阳秋 不下断语 而其中之黑白自见 用笔亦倜傥非常 嫖界小说 叹观止矣 惟全书统用苏白 解者无几即苏府以外之人不通吴语者亦十之八九为恨事耳①

如果在这段话里加入标点符号,与白话书面语的距离也就不太遥远了。看来,为使上海小报中的文言发生松动,标点符号的运用举足轻重。20世纪初至20世纪30年代末,上海小报开始使用不规范的标点符号,全篇用逗号或顿号断句,即如这样的新闻语:"大舞台之邀程艳秋、袭传已久、兹闻程已有来电、谓十二日自津乘太古之通州轮南下、约四日晨间可抵沪埠、预定寄寓梵皇宫中。"②到了20世纪40年代,新式标点全面进入上海小报,松动文言便向现代白话更靠近一步,如下所示:"前日泪史记《鸳鸯蝴蝶派》,谓有菲薄鸳鸯蝴蝶之人,而用鸳鸯蝴蝶派笔调,作《××鸳鸯》章回体小说,向《小说月报》求售,被主编先生婉词拒退,其人以新作家自命,倘亦所谓'重革'之流欤云云。"③从通俗易懂上来说,

---

① 佚名《说小说》,《笑林报》1908年7月24日。
② 太白《梅兰芳与程艳秋》,《大福尔摩斯》1928年10月4日。
③ 蜇翁《读因风阁小简后——何怪之有》,《小说日报》1941年3月6日。

承上启下

理解这种20世纪40年代的上海小报书面语已不太困难。但终究因为文言的基本构架没有解体，充其量还是松动的文言而不是欧式白话。直到新中国成立以后，在一次次行政手段干预下的语言文字改革和推广普通话运动的冲击下，上海晚报类现代白话中的文言气息才荡然无存。于是，此类改良过的松动文言流落海外，渐渐固定为港台、海外华人华文的主要语言模式。

至于白话进入上海小报的时间本不算太迟，现有资料表明大约在1919年左右。那时，上海小报文人为反对"五四"新诗，而将白话引入小报，旨在以新文学之矛攻新文学之盾。《晶报》主笔张丹斧为批评新诗《看灯》所写的这段白话，便很典型：

> 看灯一首。说无知的人。乱下评论。正月本是看灯的好辰光。灯自然是明亮好看的。挂灯的地方。断然热闹。路那有不平的道理。锣儿鼓儿。鼓着兴儿。自然是正月的常例。偏偏三个残废。要下这一种不问是非的武断。不过欺那灯儿。路儿。锣儿。鼓儿。不会说话罢了。那知道灯儿。路儿。锣儿。鼓儿。在现在做新诗的时代。都会说话。你们这些残废。可就不能再来欺他。[①]

这样的白话文是上海小报中最早的文人白话，尽管幼稚，但比起北京小报的口语白话，起点仍要高出一截。至20世纪30年代末期，上海小报的白话语言渐渐靠近现代白话，所不同的只是往往不使用新式标点。下面摘取鸳鸯蝴蝶派作家陆澹安文章中的一段，以窥当时白话的风貌："近来申报自由谈的编者、不知道受了什么刺激、忽然在报上登个启事、劝各位投稿家只谈风月、莫发牢骚、标着个'自由谈'的招牌、文字上却原来如此的自由、叫人阅了之后、真觉得有些感慨系之。"[②]这是1933年的文字，居然仍采用句读！由以上列举的诸多事例来看，上海小报接近现代白话的步伐并不缓慢，只是由于上海小报的文言气

[①] 丹翁（张丹斧）《社会旧新体诗》，《晶报》1919年12月3日。
[②] 陆澹安《大报不如小报好》，《社会日报》1933年6月1日。

息过浓,使它们始终遮蔽在文言的氛围之下,没有获得充分的发展空间。到了20世纪40年代,新文学作家光临上海小报,带来了接续着"五四"血脉的现代欧化白话,这才与上海小报原有的松动文言平分天下。

总之,上海小报始终以松动文言一以贯之,这是区别于北京小报的显著标志。而两地小报的白话文字变迁过程,也不完全同步。晚清时期,上海小报被文言、松动文言控制着,而北京小报则充满着口语白话。这种情况到20世纪一二十年代稍有变化,但基本延续。20世纪30年代后,北京小报与上海小报的白话水准渐相一致,北京小报带着京味,上海小报拖了文言腔。20世纪40年代,北京小报成为名副其实的现代白话小报,而上海小报则成为文言、白话、方言各显其能的舞台。

二

北京和上海处在中国的同一时空,为何两地小报的语言风格有如此的差别呢？我认为,首先是起因于两者的发生背景,其历史渊源相异。其次,还受到两地市民文化水准和语言环境的制约。

中国近代最早的白话报诞生在上海,但上海小报不是晚清白话报的后裔。北京虽不是白话报的发源地,但北京小报却是晚清白话报忠实的坚守者。据资料表明,中国的第一份白话报是上海《申报》馆发行的《民报》,创刊于1876年3月30日,每周三份。据云"此报专为民间所设,故字句俱如寻常说话"。这份报纸文字浅近,售价很低,"只消读过两年书的华人,便能阅读此报。而其定价仅取铜五文,当能深入《申报》所不能达到的阶层和店员劳工之类"[①]。《申报》经营者显然是出于报纸的长远目的而办白话报的,即使暂不赢利,也求扩大《申

---

① 王洪祥《中国近代白话报刊简史》,《郑州大学学报》1990年第6期。

承上启下

报》在民众中的影响。商业运作下的白话报终因没有得到上海市民的积极回应，迅速式微。事隔一年之后，乘着维新立宪运动卷土重来的白话报竞相问世。耐人寻味的是，其他地区的白话报轰轰烈烈一阵子之后，旋即烟消云散，只有北京把白话报保留、延续下来，并构成了北京小报的雏形。1901年8月15日问世的《京话报》第一回，可以考证出是模仿6月20日刚发刊不久的《杭州白话报》的。该期创刊号刊载的"论说"有：《论创办这京话报的缘故》《论看这京话报的好处》《杭州白话报论看报的好处》；"中外新闻"有：《八股文永远废了》《武科废了》《要办发财票》《醇亲王见德国皇帝并没有叩头》；其他有《波兰的故事》《地学问答》《海国妙喻》《创办京话报章程》等。其中，栏目分设是晚清白话报的，都包括有"论说"（或"演说"）、"紧要新闻""本省新闻""文学"和"地学问答"各项；而《杭州白话报论看报的好处》《波兰的故事》《地学问答》《海国妙喻》更直接转抄自《杭州白话报》。晚清白话报这五个要目后来作为北京小报的基本内容，保留并延续至其生命的尽头。虽然在发展过程中不断添加了其他成分，设置了副刊，甚至变换了专栏名目，但万变不离其宗。"紧要新闻"到20世纪30年代中期以后改为"国内新闻""各地新闻""要闻"或"时事新闻"。"本省新闻"变成了"本京新闻""本市新闻"或"社会新闻"。"论说"或"演说"在《实报》（1928年创刊）出世之后，成了"谈话"或"谈天"，20世纪40年代又变成"社论"。20世纪20年代以后的北京小报，有的将"论说""文学""问答"等纳入副刊。《实报》的著名副刊"小实报"的主要专栏"谈话"和"答问"，就是由晚清白话报的"演说"和"地学问答"演变而来。娱乐和文艺副刊是对晚清白话报"文学"栏目的继承。而"文学"在晚清白话报里，通常只是一篇小说。晚清白话报的所谓"地学问答"并非全是地理知识，更多的是域外信息。这就是以后北京小报中知识专栏的前身。由此可见，北京小报不仅起源于晚清白话报，而且一直沿袭着它的风格甚至内容。不同时期或同时期的每种北京小报都是如此，表现出稳定的、统一的面目格局。因此，北京小报的历史渊源不同于上海小报，它是晚清白话运动的直接产物,与白话的关系自然非上海小报可比。

晚清白话报滥觞于白话运动,是应维新变法的要求而发生。1895年"公车上书"的失败足以刺激维新派人士将目光投向民间,投向普通民众。严复在《原强》一文中,首先提出"开民智"口号,得到维新派人士的认同和响应。从西方的经验中,维新派人士又发现报刊是最有效的"开民智"的工具和手段。梁启超说:"阅报者愈多者,其人愈智;报馆愈多者,其国愈强。"[1]于是,以人数更多的工、农、商、兵为启蒙对象,肩负着"开民智"历史重任的晚清白话报就诞生了。早期北京小报与晚清白话报同质同构,从出世之日起,就被派定了启蒙者的角色。《京话报》在《创办京话报章程》里明确表示:"京话报宗旨 专为开民智消隐患起见 故只用京中寻常白话 将紧要时事 确实新闻 择其于国计民生有所关系者 著为论说 演得明白晓畅 务使稍能识字之人 皆不难到口成诵 且极有趣味以期引人入胜 而劝化感格于无形之中 应于世道人心 不无小有裨益。"[2]北京小报把接收启蒙的对象锁定在下层社会,因此,选择口语白话作为报纸的书面语言自然合乎现实的需要。

上海小报虽然诞生于1897年维新报刊风起云涌的高潮之中,但它不是维新派人士的启蒙工具,没有北京小报的宣教作用,更没有北京小报文人高于市民的启蒙者立场。晚清上海小报是洋场名士、谴责小说作家和狭邪小说作家们所开创的属于自己的娱乐和话语空间。之后,上海小报文人逐渐放弃顾影自怜的高蹈姿态,向市民文化投诚,将目光转向市民的日常生活。从这个意义上来说,上海小报与老《申报》一脉相承。著名老报人徐铸成在《谈老〈申报〉》一文中说:《申报》问世,才以一般群众为读者对象,开始注意市井琐闻和社会变化。而后《申报》的演变、分化,受到不同政治、文化势力的侵蚀,便"严肃"起来了。上海

---

[1] 梁启超《论报馆有益于国事》,《饮冰室合集·文集(之一)》,中华书局1989年版,第101页。
[2] 佚名《创办京话报章程》,《京话报》1901年8月5日。

承上启下

小报继承的是老《申报》最初的作风：休闲、市井化，并一直延续下去①。比如老《申报》首论的主题，不一定是关乎国家命运的宏大叙事，但都是市民所关心的日常命题。它用社会新闻替代政治时事，并做绘声绘色的细致描述。对此，鲁迅深有体会："我到上海后，所惊异的事情之一是新闻记事的章回小说化。无论怎样惨事，都要说得有趣——海式的有趣。"②《申报》创刊时所发布的条例中，第二条是"如有骚士韵士有愿以短什长篇惠教者，如天下各名区竹枝词，及长歌记事之类，概不取值"③。这"概不取值"四个字意义非凡，它意味着文人作品从此可以告别自己掏钱雕版付梓或用手抄传播的时代，而拥有了足以尽力挥洒才情的大的媒体空间。除此之外，老《申报》的广告也开始由过去的洋行和轮船公司的商业行情，转向戏馆、书寓、菜馆和游戏场。以上列举的老《申报》的这些特点，都被上海小报照单接收，它就不像北京小报那样要拘泥于晚清白话报的形式和内容，却是在日后的发展中将老《申报》的休闲精神进一步发扬光大。

老《申报》的主笔何桂笙、蔡尔康、高太痴等先后办过上海小报，这也可作为上海小报与老《申报》天然联系的又一实证。《申报》发刊一年以后，有人就《申报》所刊载过的内容，仿《阿房宫赋》撰写了一篇《申报赋》。这篇《申报赋》后来被许多上海小报屡屡转录，甚至改头换面充作发刊词。其他仿《阿房宫赋》的各种"赋"不断出现在小报报端。《笑林报》的《租界马路赋　仿阿房宫赋》是其中最流行的一篇，说的是：

> 商约立租界设蓬藁辟马路出人烟十余万户别有天日商贾南来而北至争解行囊履道坦坦乐此康庄五步一馆十步一肆酒肉杂陈粉黛咸萃各随所欲斗奇争异挨挨焉挤挤焉啸侣命俦纷不知其几千万类扬鞭追踪有马如龙披襟当空行气如虹角逐流连不期而然欢场选胜笑语嚣嚣茶楼诱客顾影翩

---

① 徐铸成《谈老申报》，《报海旧闻》，上海人民出版社1981年版，第8—15页。
② 鲁迅《某报剪注按语》，《鲁迅全集》（第8卷），人民文学出版社1981年版，第203页。
③ 马光仁《上海新闻史》，复旦大学出版社1996年版，第59—60页。

翩一街之上一日之间而气象万千①

这绝不是通俗的语言文字,却深受当时上海小报读者的青睐,被各家上海小报互相转抄,奉为经典。可见文言在这种小报上的势头有多烈!而此时的北京小报为了让许许多多不识字的北京市民能够民智大开,除了使用口语白话,还要进行讲报活动。《京话日报》在北京城内设有二十多家讲报处,为市民义务讲报。所谓"醉郭"者便是在市民中涌现的最早义务讲报人之一,后因自愿陪伴《京话日报》的主编彭翼仲流放边地,留下一段感天动地的佳话。由此见出两地市民读者文化水准的差别。

此外,小报编者的文化立场也决定着小报语言风格的形成。北京小报文人始终以启蒙者、老百姓的代言人或官方的"帮闲"自居,自诞生之日起就开辟"演说"栏目,历经半个世纪而不衰,始终如一地为开发民智做出努力。而上海小报文人则把小报当成自家的一亩三分地,无论是嘲讽当局,还是捧优唱妓;无论是诗词唱和,还是笔战游戏,都是性情所致,不受约束。投稿人多半是上海小报文人的志同道合者。北京小报文人把为下层市民排忧解难看作天职,因此为了展示市民的疾苦而鼓励普通市民投稿。从投稿人的职业上看,除了小官吏和蒙师、书办、学生外,还有识字不多的小业主、小商贩、小店员、手工业工人、仆佣、杂役、士兵、家庭妇女、优伶和一部分堕落风尘的妓女。白话本来就是以北方官话为基质改造而成的,北京市民接受白话自是轻车熟路。所以北京小报既然是为下层市民所办,自然就使用他们熟悉的语言形式。而对那些出于自娱自乐宗旨的上海小报编者和投稿人而言,写起松动的文言来方显才情,才是得心应手的。还有,从读者角度考虑,地处江南的上海市民要想使用京腔京韵的口语白话也并非易事。这样,读者的阅读能力和投稿人文化层次的高下之别,便成为京沪两地小报语言风格分野的又一决定因素。

---

① 佚名《租界马路赋 仿阿房宫赋》,《笑林报》1901年4月2日。

承上启下

三

这是一道奇特的具有反差效果的语言风景:在古老历史名城中传播的小报的主体语言是口语白话,而身处于现代大都会的小报则是长久使用松动文言的后院。小报既以市民读者为主体,所以,它的语言风格自然能透出市民文化的某种真实状况。只需注意到两地小报使用怎样不同的现代语言,一叶知秋,也就能悟到它们各自营造出多么不同的都市文化气氛。上海小报的文言尽力描摹光怪陆离、喧嚣摇荡的浮世风情,构筑一个充斥着物质琐屑、名人流言、摩登流行和欲望涌动的令人目眩的都市景象。而北京小报虽然是用平实的白话写来,则弥漫着缕缕绵长的思古幽情,让人始终感觉到一种怀旧情绪的笼罩。

北京小报除了启蒙者的演说腔调之外就是比较重视掌故。掌故所涉及的时间跨度较大,清代居多,兼及明、元和其他朝代。内容十分宽泛,既有皇室贵胄、社会名人的逸闻轶事,也有平民百姓往日的生态和老字号沧桑历史等的都市回忆。尽管其中掺杂不少流言传说,但毕竟为市民开拓出历史的想象空间,提供了新的审视历史的角度。北京小报中的许多文章似乎都与掌故有着若隐若现的关联,或是透露着史的信息,或是用掌故的笔法写出。像"时人轶事""时事打油诗""北平歌谣"等著名的北京小报专栏,分明是记录当下的现实,读起来却更像是掌故。除此之外,借古喻今、让历史说话是北京小报常用的一种编辑策略。20世纪30年代的北京小报为提醒市民莫忘国仇,它并不振臂高呼,却是将此深意隐含于史实的叙述之中。影响最大的是《实报》,自1933年7月30日始,它在小说版中增加的副刊"民族精神",连载诸如岳飞、文天祥、苏武、蔺相如、公输盘、诸葛亮、弦高、缇萦、齐太史等历史人物的系列故事,以唤起国人的民族责任感。在《改版声明》里《实报》将编辑意图明确告白:"本报鉴于国难当前,民族精神实在应当从卧薪尝胆中拼教奋起,所以小说版决定刷新。从明天起增刊'民族精神',完全用艺术化的切实真材反映人生写照。内容有插图、有说明、有歌谣、有记事,并且特请上海美术家席舆承先生担任插图,海内闻人等担任说明和记事。虽然不敢说把古今中外的兴亡历史全部搜集来做刺激精神,但至少绘画能使你感到心中的兴奋和战栗。在我们的意思,国家到了这步时光了,那容你有闲心去追寻粉红色的梦,只要对于社会有一点裨益,就算我们把心思尽到,还希望爱读本报的诸位先生对于增刊的'民族精神'千万不要轻忽,才得明白时代的趋向呢。"①可见,不仅是小报作者,编辑也同样具有强烈的历史感。八百年帝都世事沧桑,培养了北京市民自觉的历史意识和时间意识,凡事都要追本溯源,打"根"儿上说起。北京小报富有历史关怀的文化姿态,内含有迎合市民趣味的成分,但如仅仅将此理解为讨好读者,那就过于武断了。因为小报的文化指向不在于"考古"和"勘测",而是经由市民现实生活的图景,传达出北京市民精神世界中那份对历史与传统的眷念和回味。如果必须要用一个词来概括的话,那就是"吟味"②。

北京小报用口语白话来表达对过往的欣赏和体味,并没有损伤它的韵味。这是由于白话本就不是人为的一时制造,是经年累月的积攒,约定俗成,是当城与人的精神契合时自然达到的话语。老北京(平)是"具城市之外形,而又富有乡村的景象之田园都市"③,城中布满湖泊与园林,空疏寥落,建筑并不密集。从自然景观上看,北京俨然是乡村的延伸。至于它的城市气质,更是保留着乡土社会深入骨髓的精神遗传。比较上海的繁华和喧嚣,北京显得没落而萧条,但对于那些生于斯长于斯的老北京儿女来说,却蕴藉着无穷的魅力。因为,北京为他们提供了亲近、体贴的乡土感,使他们找到了属于自己的精神家园。由于乡土感的认同,北京市民与城的文化意识同构为一体,进而对皇城曾经的辉煌

---

① 佚名《改版声明》,《实报》1933 年 7 月 30 日。
② 孟起《蹓跶》,《文学的北平》,洪范书店 1984 年版,第 91 页。
③ 郁达夫《住所的话》,《文学》1935 年 2 月 1 日。

和中国传统文明发生深切的情感和特殊的经验感受。语言的长河也是如此流淌下来的。

北京小报的"吟味"品位，因为是用白话表达，于是就有了出入自如和融而不化的意味，不会使人彻底地"沉湎"其中以至无法自拔。《实报》"谈话"专栏里的时评短论是北京小报的亮点之一，历经多年而不衰。其特点是，寓丰富的历史知识于时事评说中，既富时代生机，又不乏历史的含量。例如，《模仿与抵制》论证如何吸纳西方文明时，不露痕迹地加入慈禧嗜戏、谈戏、指点太监演戏以及谭派与清廷的关系等历史细节。[1]《王老爷闹病》是一篇记述太庙掌门人王老爷誓死捍卫老佛爷的文章。作者在历史的回眸中，出其不意地与当下的思考联结起来，借盛赞王老爷的"固执"，讽喻国人的趋炎附势。可贵的是，于盛赞的同时，并没有忽略对"愚忠"的批判。[2]读之，使人既能感受到传统道德的分量，又不至于迷失在历史的尘埃里。这或许也有现实性白话所能起到的提醒作用。许多新文学家陶醉于北京的古都魅力，尤其是在离开之后，常常害起强烈的思乡病来。郁达夫、师陀视北京为"故乡"。刘半农写北京如写恋人。周作人看老店铺的招牌油然而生"焚香静坐的安闲而丰腴的生活的幻想"[3]。林海音写梦里京华，对走街串巷"换绿盆儿"的小贩记忆犹新。他们用拗口的欧式白话书写着对北京的怀恋，一样的深情和悠长。写古都不一定非要用古语。

同样，上海小报的文言也能表达都市的摩登时尚。晚清时期的"书寓"是大众明星，引领着时尚潮流，她们的衣饰是市民模仿的对象，小报就敏感地捕捉到她们身上所传达出的时尚信息，并反馈给读者："春风扇暖天气绝佳北里诸校书中已有不戴帽而换着银鼠袄者如杜采秋洪莲荪陆瑞卿辈早将前刘海剪得若排鬓一般所着衣服窄袖细腰瘦如竹管在己犹顾影自怜其实沾染恶习毫无好看之

---

[1] 王柱宇《模仿与抵制》，《实报》1933 年 8 月 28 日。
[2] 王柱宇《王老爷闹病》，《实报》1932 年 10 月 27 日。
[3] 周作人《北京的茶食》，《雨天的书》，北新书局 1925 年版。

处前日偶遇杜采秋于席上见其衣之薄而头之秃也问之曰得无冷乎采秋曰倪里是春景打扮呀。"①声色笑貌,如在面前。同时上海小报用文言写出都市的光怪陆离,奇形怪状,也够生动。这是写捧角:"角之善者、我悦而捧之、可也、扬此而抑彼、因捧一角而尽斥他角之不善、甚或入于意气、流为谩骂、则适足为被捧者树敌而结怨、其非所以爱护此角之道也、我捧甲而骂乙、捧乙者亦必反唇以骂甲、准是以言、是不啻自骂其所捧之人也、捧一角而为之惹骂、可乎不可、近有寒云林屋诸君、以捧白牡丹故、犬骂程艳秋、其且牵涉王瑶卿绿牡丹赵君余辈、树敌众而结怨深、我窃为白牡丹危之。"②市民的衣食住行是上海小报时时关注的,上海小报用松动文言写出 20 世纪 30 年代上海现代社会因人口膨胀而引起房荒的紧张现实:"上海以五十方里之地、容居民达三百万之众、宜屋少人众、供求悬殊、容膝之居、动辄数金矣、考房屋之昂贵、固在大房东之以奇货白居、而二房东之辗转图利、亦一大因也。"③20 世纪 40 年代,许多小报开设舞厅、舞女专栏,有名的小报文人都写舞稿,如冯蘅、柳絮、张青子、韦陀等都是写舞稿的能手。他们有时用文言,有时用白话,读起来都是同样的"现代"和鲜活,没有因文言的关系令人生别扭之感。小报界名人云裳(唐大郎)的专栏"刘郎杂写"是专用文言写舞厅和舞女的,如下面这个现代故事:"某舞人告愚,谓有舞客招其坐柜。坐定之后,客即告之曰:我母仅生我,父死久矣!惟我母热望有一女,因命我在外觅一妹,我好游舞场,见汝佳丽,颇愿缔为一家,使汝来妹我,不知芳意亦能同我否?舞人以其客面目可憎,而语言无味,辄拒之曰:我哥哥甚多,不想再做人家妹子。请再唤一人来,问问她们吧!客不悦,自是二人遂相对坐,良久不言。予曰:卿之言,犹婉转者。若以我而易卿者,则我请其母夫人在外面再寻一丈

---

① 佚名《嬉春恶习》,《寓言报》1901 年 3 月 9 日。
② 良臣《论捧角》,《金刚钻》1923 年 10 月 18 日。
③ 石民《上海的住》,《龙报》1931 年 8 月 9 日。

承上启下

夫,然后育一女,则此雏方为骨血,岂不较儿子寻妹子为优邪?"①插写文言对话不忘让"舞人"说出大白话,人物性格煞是生动。再如唐大郎的旧体诗词,至今仍为人称道。他用连载旧体诗词的形式,书写现代都市的风貌和市井风情,真正别具风格。其一:"采芝室与采芝斋,糖食文章一样佳。士子本非市侩比,乌龟不用认招牌。"每诗后必附有解说词,也是文言,为读者们看好。这首诗后便写道:"采芝室主为法家蔡君之别署,以羊毛而谈戏,为读者欣赏其文章者也。其名字与糖果肆之市招同,宛如文魁斋之闹双包案焉。"②上海小报文言成分虽浓,但其满溢着的现代气息一点也不淡薄,使读者透过文言照样看到了上海由洋化的物质轮廓所装饰成的都市天际线。

语言和都市,文字与市民,在小报上就是这样地纠结在一起。小报营造的城市氛围之所以不会根据语言的文白而定优劣,是因作为常态的两地市民生活方式是一种长久的历史积淀,怎会轻易地跟随语言的表达方式而改变?它的包容性是巨大的,并不一定与某种语言发生"对号入座"的关系。北京的市民日常生活的常态是平民化的,市民休闲方式,不以纯粹的娱乐为主,可以在谈论历史掌故、评析时事政治的中间寻找到乐趣。所以游戏的笔墨如《实报》"醉丐打油诗"《中华阔人生成奴性》《黑面包与高粱米》《贩土案乃川战导火线》《北平的八多》《北平下级人写真》等等,看似油腔滑调,其实表达出国计民生的严肃主题。北京小报的语言就这样在平民外表之下,饱尝了文人的忧国忧民之心以及皇城子民独有的历史责任感、使命感和优越感。上海小报的语言另有一番天地,它用庄重的文字谈论风月,以多样的文字风格来表达变动不居的都市。归根到底,还是生活在选择语言,在规定语言的品貌。我们可以看到,两地市民生活的表述语言,长期都呈现出明显的独特性。

---

① 云裳《刘郎杂写》,《小说日报》1939年8月27日。
② 大郎(唐大郎)《大郎俳体诗集》,《小说日报》1940年12月5日。

从以上对京沪两地小报语言的梳理和考证来看,既见出现代语言生成、传播与两地民众和城市境况的密切关联,又能够看到语言营造都市文化时,它所能产生的作用和局限。语言是工具和文化现象,但对于更为稳固的市民生活方式和生存状态来讲,它是反映者而不是决定者。但是这个"反映"也大有讲究。中国100多年来现代白话的产生和发展,不是在《新青年》和"五四"的一声号令之下,在一个早晨便转变成功的。欧化的白话成了现代文学的主要语言之后,其他语言也不是就都销声匿迹了。本文提出的京沪两地小报的实际情况,就指出"口语白话""松动文言"长期存在,成为"欧化白话"的重要参照,是组成现代语的两脉支流。三者都在不断增进着语言的"现代性",并与历史语言保持了民间的、上层的、世界的割不断的渠道,互相激荡,才是今日现代汉语取得如此质地的根源。松动文言和口语白话在表现现代都市和市民生活方式上,都尽了自己的历史责任,欧化白话与它们的相异之点,可能不在于此(虽然欧化白话照样可以表现现代都市和市民生活方式),而是表现在对于现代纯文学的革命性产生的价值方面。这是我研究了小报语言文化现象后的一点"多余的话",已经跑到论题外面去了。

原载《复旦学报(社会科学版)》2007年第3期

论近代传奇杂剧中的传统主义

左鹏军

在以突破传统、变革创新为主导趋势的中国近代文化背景下,经过长期发展延续、业已走到最后终结阶段的传奇杂剧也在很大程度上表现出这样的特征。近代传奇杂剧在思想主题、艺术结构、文体形式、语言形态、舞台艺术等方面均呈现出反映政治风云、紧跟时代变迁、突破传统习惯、不拘以往成法的特点。可以说,这种情形代表了近代传奇杂剧发展变化的一种主导趋势,也在很大程度上体现了中国近代戏曲与文学的时代特点。中国近代戏曲作品曾被郑振铎誉为"激昂慷慨,血泪交流,为民族文学之伟著,亦政治剧曲之丰碑","大有助于民族精神之发扬",就充分体现了这一点。

与此同时,近代传奇杂剧的发展过程中还存在另一种重要的倾向,即对于传统的深情依恋与精心守护,主要表现为一些传奇杂剧作家在道德观念、政治思想、人生态度、艺术追求等方面均深深留恋以往胜迹,因袭固有传统,与时代风潮相当隔膜,与主流文化走向多有疏离,不主张、不喜欢甚至抵抗、反对变革创新,因此他们的传奇杂剧创作也就表现出与此相应的一系列特征,体现出独特意义与价值。笔者称这种现象为近代传奇杂剧中的传统主义(traditionalism),本文拟对之做一讨论。

一、思想观念：指向正统和传统

近代传奇杂剧对传统的守护，在戏曲作家作品的思想观念与价值取向方面最突出的表现，就是对某些正统观念的好感与认同，对某些传统思想的承续与发扬，在创作观念和文化态度上均明显地指向正统和努力复归传统。

近代传奇杂剧作家指向正统和复归传统的努力最集中地体现在两个方面：一方面是在中西古今文化冲突交汇、民族危机、国家危难背景下对社会变革、政治动荡、文化变迁的排斥与反对。中国近代发生了一系列重大的政治历史事件和根本性的思想观念变革，众多戏曲家、文学家面对这些突如其来的事件与变迁自有不同的思想认识和心理反应，近代传奇杂剧的题材与内容也因此获得了多元性和丰富性的特点。近代传奇杂剧守护传统的现象在这方面的表现既相当独特，又颇为丰富，留下了启人深思的历史经验。

有的戏曲家反对太平天国起义，朱绍颐《红羊劫》、浮槎仙客《金陵恨》、许善长《瘗云岩》、杨恩寿《双清影》等传奇，都是将太平天国起义视为一场劫难，主要表现战争动乱中的种种悲惨恐怖，作者站在统治者的正统立场和一般民众的道德立场反对太平天国之类犯上作乱暴力事件的立场清晰而坚定。陈学震的两种传奇《双旌记》和《生佛碑》也是借战争动乱中具体人物命运变化与不幸遭逢痛诋太平天国和捻军起义的作品。有的戏曲家在戊戌变法与辛亥革命等重大历史事变面前无可奈何、痛苦不堪，以戏剧化手法表现敌视反对、哀怨讽刺的政治态度和文化态度。袁祖光《东家颦》《钧天乐》杂剧，运用讽刺戏谑手法反映维新变法中出现的弊端与不良倾向，基本上否定了这次改革运动。胡薇元《樊川梦》、姜继襄《汉江泪》《金陵泪》传奇，都反映了辛亥革命带来的社会动荡、满目疮痍、民不聊生，对武装斗争、暴力革命均采取了保守的政治态度。

有的戏曲家从正统立场和传统观念出发反对男女平等、爱情自由、婚姻自

承上启下

主等近代渐生渐长的新思潮新观念,从传统伦理道德、婚姻家庭观念角度表现了保守传统、复归往昔的理想。吴梅《落茵记》《双泪碑》传奇,陈小翠《自由花杂剧》都是通过女子走出家庭、追求爱情婚姻自由而上当受骗的情节,反映妇女追求自我解放、爱情婚姻自由过程中出现的问题,甚至得出了罪过因自由而起、自由害人的结论,借剧中人物之口言道:"自由啊自由,我汪柳侬就害在你两个字上也!……我只道情天共守温柔老,擎一朵自由花百年欢笑,那知他两字儿坑害了人多少?"①集中表现了作者对婚姻自由问题的评价。这类传奇杂剧作品通过比较具体的历史事件的描绘,反映中国近代政治改革、社会变迁中的重大事件和时代主题,非常明显地反映了作者的政治态度、思想观念和文化心态,具有比较典型的时代意义和广泛的代表性。

另一方面是在纲常巨变、世道沧桑之际对传统道德伦理、社会秩序、价值观念和人生理想的追忆与怀恋。在中国近代这一传统道德体系面临崩解、人伦秩序和社会秩序急需重建的时期,中国传统文化中许多深刻的内容,如道德体系、价值观念、社会秩序、人生理想等,都受到了空前重大的冲击。这种新局面和新境遇对传统文化中浸润培育出来的戏曲家、文学家来说,都是非常严峻的考验,他们必然要为自己的内心矛盾、精神痛苦、文化困境寻求宣泄和发抒的途径。近代有守护传统、复归正统情怀的传奇杂剧作家在这方面的体验最为独特而深刻,表现出的困惑与孤独也最为集中,也提出了既迫切又沉重的道德、价值和人生难题。

袁祖光的十种杂剧虽均为短剧,但所表现的内心矛盾和文化困惑却颇为厚重。《望夫石》肯定日本女子爱哥因盼望出征在外的丈夫归来而长久守望、最终化为望夫石;《三割股》褒扬儿媳、女儿为医治公公、父亲重病,恪尽孝道,割股疗亲的行为,讥讽上学堂、不尽孝的二儿媳,对江河日下、不守纲常的世风亦有所

---

① 吴梅《双泪碑》第三折《得书》,《小说月报》第七卷第四号,1916年4月。

针砭,其文化立场和价值判断都有典范意义。蔡莹《连理枝杂剧》表现孙三娘殉夫而死的刚烈事迹,对这一行为多有同情,道出了妇女追求自主爱情、自由婚姻的艰难和代价。刘咸荣《娱园传奇》更是典型的例子。作者在剧首表明创作主旨道:"衰朽馀年,无求于世,种花之暇,偶作数曲。以忠孝节义为纲,古今中外,不能越此范围。寄之笔墨,亦聊以风世耳。"①全剧四出,各出之首依次标明"表忠""劝孝""昭节"和"彰义",明张旗鼓、坚定执著地表彰弘扬"忠孝节义"的传统观念;而且,意欲以此四字牢笼"古今中外""聊以风世"的思想观念也表现得如此真切而坚决。明清以降以"忠孝节义"为主旨的戏曲作品时有出现,但《娱园传奇》产生于王纲崩解的最后时刻,显示出特别的思想价值,具有丰富的文化符号意义。

王季烈《人兽鉴传奇》是更为明显的一例。唐文治《〈人兽鉴〉弁言》述此剧主旨云:"而民生之历劫运,乃糜有已时,惨乎痛乎!今君九兄《人兽鉴》之作,其挽回劫运之苦心乎?"②唐文治此语并非仅仅为诠释《人兽鉴传奇》而发,实际上也体现了他自己的道德信念和文化态度。李廷燮所作《跋》亦云此剧"以匡正人心,挽救时艰为旨,寓意深远,有功世道"③。此剧第一出《原人》中写道:"【清江引】人生须要求真理,参透天人秘。动物总求生,好杀违天意。劝世人读此书,快把良心洗。"第八出《大同》也借释迦牟尼之口希望"普天下之人,好善恶恶,归于一致,无国籍之分别,无宗教之隔阂,同进于大同之治,天下为公,战争永息"④。可知王季烈撰著此剧,决非游戏笔墨,确有拯救世道人心之深意存焉,着眼世界局势,用心可谓良苦。这类作品着重表现的,是中国传统道德伦理、价值观念、社会秩序等在中国近代极为特殊的文化背景下的处境和命运,虽不是针对具体的一人一事而言,却有着更加广泛、更加深远的意义。近代传奇杂剧守

---

① 刘咸荣《娱园传奇》卷首,日新印刷工业社代印本,民国年间刊。
②③ 《茹经劝善小说 人兽鉴传奇谱合刊本》卷首,上海:正俗曲社,1949年4月。
④ 《茹经劝善小说 人兽鉴传奇谱合刊本》,上海:正俗曲社,1949年4月。

护传统现象的思想深度、文化态度和个性特征也是在这类作品中得到了最为集中深刻的体现。

近代传奇杂剧对传统的依恋与守护，从思想特征和价值取向上看，不论是对社会变革、政治动荡、文化变迁的抵抗与反对，还是对传统道德伦理、社会秩序、价值观念和人生理想的眷恋与追忆，都表现出一种对于中国近代文化变革、道德重建、价值转换等根本性问题的饱含忧患的关注，对于以批判传统、学习西方、大胆变革、热衷创新为主导趋势的中国近代戏曲、文学乃至文化潮流的一种疏离、隔膜甚至对立。从思想观念的深层来看，这两者之间实际上存在着颇多的相通或一致之处，具有思想逻辑和戏曲史实上的相关性。其中特别有文化史意味的是透露出传统文人心态和传统价值观念在面临强大冲击时的焦灼疑虑和无所适从，反映着对传统文化的深刻关注和真诚眷恋，对新的文化趋势和未来前途的深刻忧虑。

二、文体形式：守成与变革之间

从艺术结构、戏曲体制、文体特征的角度来看，近代传奇杂剧对传统的依恋与守护现象表现得更加纷繁复杂，经常呈现出变化多端与矛盾丛生的特点。

概括地说，以下两种情形最能反映守护传统倾向在近代传奇杂剧艺术结构、戏曲体制、文体特征方面的表现：一种情形是对传统戏曲创作观念、结构方式、体制规范的自觉遵守和努力坚持。严格地说，传奇杂剧创作体制、文体规范的形成过程，同时也就是其变化消解的过程。但是，无论是传奇还是杂剧，经过元明清三代的发展积累，还是形成了一些基本的结构习惯和体制规范，这种形式要素实际上已成为传奇杂剧得以自立存在并延续发展的前提条件。相当明显的戏曲史事实是，清乾隆末年以降特别是20世纪初年以来，传奇杂剧的艺术结构、文体体制、创作规范受到了日甚一日的严重冲击，进入了以突破传统和变革创新为主导趋势的时期，传奇杂剧中的传统因素也明显地走向了衰微与消解。

在这种情况下，具有依恋和守护传统思想倾向的近代传奇杂剧作家就自觉地承担了维护传奇杂剧的传统创作习惯、结构方式、文体规范的任务，在这种传统戏曲形式走向消解的路程中，进行着最后一次挽救与护持的努力。这种自觉的努力在一些重要作品中可以清楚地看到，吴梅对戏曲音乐性、舞台性、表演性的重视，对传奇杂剧曲律的强调与坚守就具有典范性和标志性意义。吴梅的优秀弟子、夙好北曲的卢前在创作《楚凤烈》时则力求坚守传奇体制，全部使用南曲，并明确指出："作者自信颇守曲律，不似近贤墨脱陈式，不问腔格者。"又说："《楚凤烈》全部用南曲。"①这种坚守曲律的努力在传奇已日渐衰微的情况下，显得异常珍贵，而对南曲与北曲之区别的着意强调也表现了这种意图。同是学者型戏曲家的顾随在《苦水作剧三种》中，也遵守着元人杂剧四折一楔子、一人主唱的创作体制，采取的是谨守传统习惯的创作方式。这种情形在近代其他学者型戏曲家的传奇杂剧创作中，也不同程度地有所反映。许之衡《霓裳艳》传奇虽部分地带有以文为戏的特点，但基本艺术倾向和结构形式还是以承续传统为主导的。吴梅另一弟子常任侠所作《祝梁怨杂剧》采用一本四折体制，且经吴梅点校，非常重视并努力遵守元人杂剧的体制规范和本色风格。这些学者型戏曲家在自己的创作实践中自觉主动地维护和坚守着传奇杂剧的创作传统，进行着不懈努力，希望对传奇杂剧的基本结构方式、创作体制、形式规范有所提倡并尽力保护。这种努力和坚守虽然难以从根本上阻止并扭转传奇杂剧旧有传统被迅速突破和深刻改变的趋势，但是对正在走向终结和消亡的传奇杂剧来说，意义自是非凡的，而且是带有悲壮色彩的。这种努力的实质并不是试图恢复旧传统，不是进行不合时宜的复古主义的尝试，而是饱含深情地在艺术形式、创作体

---

① 卢前《楚凤烈传奇》卷首《例言》，朴园巾箱本，民国年间刊。

承 上 启 下

制、文体规范的层面上有力地延续着传奇杂剧的生命意义和存在价值,护卫着传奇杂剧的外在形式和内在精神。

另一种情形是对传统戏曲创作观念、结构方式、体制规范的不自觉的突破或不得已的改变。传奇杂剧的结构方式、体制规范、创作习惯被愈来愈经常、愈来愈深刻地突破,这在近代已经是一种非常普遍的戏曲史现象。这既是传奇杂剧获得生机、重放光彩的重要条件和表征,也是它很快走向终结直至消亡的根本原因之一。近代传奇杂剧史上对传统一往情深的戏曲家在面对以往戏曲体制规范、创作习惯的时候,经常表现出相当复杂的心态,也曾创作出相当多样的作品,其中一种非常引人注目的情形就是在当时的文学风气和戏曲氛围中,由于作品内容、创作意图等方面的特殊需要,或是由于不自觉,或是出于不得已,从而改变了传奇杂剧的传统习惯与文体规范,使这些依恋和守护传统的戏曲家的创作中出现了变革传统、突破传统的现象。

对新文化和白话文均大为不满的林纾,所作《蜀鹃啼》《合浦珠》和《天妃庙》三种传奇篇幅均在十二出至二十出之间,已属传奇体制之变;而且,《天妃庙》中女性角色迟至剧情已经过半的第九出才出场,更属不合传奇体制要求之举,以至于后人竟经常误以为林纾的传奇中没有出现过旦角。[1]文化思想上表现出保守态度、坚持戏曲传统、坚守雅部正统、对体制变革与艺术创新多持否定态度的吴梅,在《风洞山》传奇中,也曾大量地使用他评价不高的集曲[2],实际上也是对

---

[1] 关于林纾传奇的角色安排,杨世骥《文苑谈往》中云:"这三种传奇都没有一个旦角,且音乖律违的地方极多。"郑振铎《林琴南先生》有云:"旧的传奇,必不能无'旦',第一出必叙'生',第二出必叙'旦',他的三种传奇则绝未一见旦角;……他可算是一个能大胆的打破传统的规律的人。"寒光《林琴南》亦云:"他偏能独树一帜,极力打破以前的旧俗套,创造出一种轻松、美妙的新传奇。他所做的传奇三部,内中完全没有旦角,丝毫也没有肉麻式恋爱的痕迹。"三位论者均言林纾三种传奇无旦角,与事实情况不符,是明显的共同失误,且这一错误说法长期被沿袭。

[2] 吴梅《顾曲麈谈》论集曲有云:"惟文人好作狡狯,老于音律者,往往别出心裁,争奇好胜,于是北曲有借宫之法,南曲有集曲之法。……余谓但求词工,不在牌名之新旧,惟既有此格,则亦不可不一言之。"

以往的传奇创作习惯有所改变。明确表示区分南曲北曲、坚持传奇与杂剧的基本规范的卢前,所作《饮虹五种》也全部采用了一折短剧的形式,与元杂剧的体制规范大不相同。同样重视杂剧体制规范与传统习惯的顾随,虽然在《苦水作剧三种》中继承了元杂剧的体制规范,但是在另外两种杂剧中则改变了这种旧习惯,对元杂剧体制有重大突破。其《馋秀才》杂剧出于创新的考虑,有意改变了杂剧的一般体制规范和结构习惯,正如作者自道的:"今余此作,虽曰偷懒,不为四折,既无所谓团圆,亦无所谓结果,而以不了了之,庶几翻新之意云。"[①]他的另一杂剧《陕山观海游春记》则由于故事太长,情节较复杂,难以在四折一楔子结构中充分表现,于是有意识地将元杂剧篇幅扩大一倍,采取了八折二楔子的体制。姜继襄《汉江泪》名为传奇,但其体制形态和写法既不同于传奇,也不同于杂剧,而是采取了叙事与代言结合、议论与抒情掺杂的表现方式,带有相当明显的说唱文学意味。这种奇特的文体形式反映了传奇杂剧体制规范至近代以降走向消解的总体趋势。它的表演手段也是十分先进的,带有极强的时代特点。在第二本中,为表现理想中五十年以后新武汉的繁荣发达景象,采用了电灯、洋楼、汽车、马车、跳舞队、汽船、花园、洋行、兵轮、铁桥、火车等当时一切现代化的道具和表演手段,集中反映了近代传奇杂剧表演手段、舞台艺术方面的深刻变革。

从大量的戏曲史事实中可以看到,近代这些依恋和守护传统的传奇杂剧作家有的(有时)是出于不自觉而改变了传统,有的(有时)则是由于不得已而改变着传统。前者大多是基于戏曲家对传统习惯、创作体制在当时面临问题与挑战的理解而做出的一种主动调整;而后者则多是由于戏曲内部或外部的某些特殊情况、特殊需要,主要反映着戏曲家在不得不然、迫不得已的情况下做出的被动应对。从这种变革和突破中,既可以看到具有依恋和守护传统倾向的近代传奇

---

① 叶嘉莹辑《苦水作剧》附录,台北桂冠图书股份有限公司1992年版,第150页。

杂剧作家对传统做出的某些调整和改造,从而认识他们所坚持的传统的时代特点和个性特色;也可以从中认识到,虽然守护传统的戏曲家在总体上是以遵守旧体制、守护旧习惯为主要特征的,但在另外一些方面,他们的思想观念、创作实践中也具有与中国近代文化发展的主导趋势相一致的内容。由此也可以认识到,突破传统、发展传统和建立新传统,寻求从古典向现代的历史转换,已经成为中国近代戏曲与文学的一个影响深远、至关重要的时代趋势。

从创作观念和文体形态的角度来看,近代传奇杂剧史上有代表性的守护传统的戏曲家,无论是对传统戏曲创作观念、结构方式、体制规范的自觉遵守和努力坚持,还是对其不自觉的突破或不得已的改变,都直接或间接地反映着一个重要的戏曲史事实,就是到了近代,伴随着社会历史文化的剧烈变迁和戏曲、文学的全面变革,传奇杂剧在经过了清乾隆末年以来较长时间的沉寂之后,获得了一次突飞猛进的机会,出现了高度繁荣局面。这种繁荣与发展从艺术形式、创作体制方面来看,是以突破传统、尝试创新为主要特征的。与以往相比,传奇杂剧的形式规范、创作体制已到了独立难支、摇摇欲坠的程度。在这样的情况下,一批戏曲家对传奇杂剧形式规范、创作体制的关注、遵守和坚持,实际上获得了担当延续传奇杂剧命脉的沉重任务。这种努力虽然难以挽救已然日薄西山的传统戏曲形式,却是必要的、必然的,传统必须有人来担当。因为戏曲发展的历史经验表明,对传统的改造与突破是重要的、必不可少的,而对传统的继承和保护也同样重要,同样不可或缺。对近代传奇杂剧的生存与发展而言,并不是把传统抛得越远,将传统清除得越彻底就越好。恰恰相反,发展与创新必须以继承传统为前提。

三、创作心态:哀婉与感慨交织

近代传奇杂剧在思想主题、艺术结构、文体形态等方面对传统的守护,表现出明显的矛盾状态与复杂性质,这种努力经常处于深刻的困境之中。这些戏曲家对社会变革、政治动荡、文化变迁的排斥与反对,对传统道德伦理、社会秩序、价值观念和人生理想的追忆与怀恋,这些作品对传统戏曲观念、结构方式、体制规范的自觉遵守和努力坚持,有时又不得不对传统戏曲观念、结构方式、体制规范做出自觉或不自觉的突破与改变,都表明守护传统的执著与复归传统的艰难。这实际上反映出这批长期浸润于传统文化和传统戏曲中的戏曲家尤其是学者型戏曲家在迅速变迁的新的文化环境、戏曲氛围中矛盾复杂的创作心态。那是一种眼看着文化传统、戏曲传统迅速衰亡之际的哀怜惋惜与面临着往昔的精华已然消逝却回天乏术、无可奈何的感慨交织的一言难尽与欲说还休。

姜继襄《汉江泪》记辛亥武昌起义事,作者通过剧中人物之口,描述了武昌起义带来的灾难性后果,既认为这是清朝残酷统治的必然结果,又认为它给百姓带来了劫难,表现出保守的政治态度。这种思想代表了一部分旧时代文人面临重大历史变革、特别是暴力革命时的心态,具有一定的普遍意义。作者曾自述道:"民国肇造,楚为之先,而楚尤婴其厄。使抱冰而处今日,必有石破天惊一大著作,又何致郊原膏血,一至此耶?不佞于壬子春,重游鄂省,昔时朋旧,已失所在。雨窗愁闷,杂写见闻,以当歌哭。天心厌乱,当有畸人应运而起,统一宙合,雄视五洲。况明明有可凭藉,如江汉之大者乎?"①同一作者的《金陵泪》写南京"癸丑之役"后生灵涂炭、民不聊生的种种惨象,表现南京城百业凋敝、民不聊生的现实,哀叹时势变化之莫测和天下苍生之苦难,寄托了深沉的兴亡沧桑之感和悲天悯人情怀。作者的政治态度相当复杂,既反对革命军,也反对北军,实际上是反对战争及其带来的苦难。作者在1913年11月所作自序中说:"今年六月,复有独立之变,而专阃者犹梦梦也。以后乱党之麇聚,人民之迁播,战事之急迫,搜括之残酷,于此四十馀日中,非寸楮所能尽述者。八月金陵克复,而

---

① 姜继襄《汉江泪跋》,《劲草堂传奇三种》之一,1924年武昌石印本。

承上启下

全城掳掠,濒江商埠,已成焦土。奢淫之极,鬼神瞰之,固如是耶?不佞久卧沧江,不闻世事,然亦同罹倾覆之惨。秋风砭人,肺病复作,夜起倚声,以纪前事。然窃计世界奇穷,人无恒业,后祸之起,正未有期,而金陵昔为东南之险要者,今则尤为战史必争之点。诚恐庾信之哀江南,将令后人,一赋再赋而不能已也。民生之荼毒,不大可痛哉?"[1]作者面对暴力革命、战争杀戮而无能为力、哀怨感慨的无助心态历历在目。即便是写蔡锷与小凤仙故事的《松坡楼》,姜继襄也意在表达一腔愤世嫉俗之情。他在序文中说:"世之秦楼楚馆,操卖淫之术,以博缠头金者,其无道德无人格,为举世所共认。而不知觥觥落落,为伦纪留美德,为人类树楷模,亦自有人在也。今试创一论曰:当道之士大夫不如一行云行雨之神女。吾知闻者必赫然怒。虽然,怒者愧之机也。惜乎人心尽死,只知奔竞为得计,不知羞恶为何物。其所怒者,为奔竞之不遂耳。始则忧愁,继则兵祸,将望小凤仙如景星庆云,而不可得。呜呼!今之世果欲其治也,吾愿举世在朝之人,皆有小凤仙之道德人格,而中国庶有豸乎!"[2]在剧末,作者再次表白道:"老汉将这一本词填成,也添泪点不少。正是癸亥除夕,大家不喜听哭声,况手战不能写字,就此歇歇罢了。"[3]姜继襄的三种传奇均带有强烈的抒情性和纪实性特征,旨在表达世道沧桑之感和愤世嫉俗之情。作者的文化立场也超越了习见的从单一的政治派别、文化观念出发评价历史事件和现实问题的局限,多以悲天悯人的情怀,感慨沧桑兴亡,同情百姓庶民的种种惨痛不幸,哀叹战乱给民众、城市、国家造成的萧条与凋敝,讽刺当时政治之黑暗,官场之龌龊。作者的文化立场虽倾向于保守,但其中包含的深刻的政治文化观念和真切的悲悯情怀却具有长久价值。

徐凌霄评袁祖光剧作曾有云:"代表庚子以后,一个时期,一般的骚人逸客,

---

[1] 姜继襄《金陵泪》卷首,《劲草堂传奇三种》之二,1924年武昌石印本。
[2] 姜继襄《松坡楼》卷首,《劲草堂传奇三种》之三,1924年武昌石印本。
[3] 姜继襄《松坡楼传奇》第八出《结尾》,《劲草堂传奇三种》之三,1924年武昌石印本。

伤时忧国,愤世嫉俗的作风。"①他又具体分析道:"其不自居于文化者之地位,仍以一种'闲情逸致'之态度,染翰挥毫,而实已受时事波涛之催动,含有不满于现实之暗示者,袁瞿园是也。"②袁祖光有《与汪笑侬》诗云:"开天重话泪分垂,粉墨开场又一时。新乐独鸣苏柳技,旧琴终恋水云师。俳优称长名原好,哀乐移人世岂知。等是哀吟成绝调,江干惆怅老袁丝。"③恰好道出了这一点。确是如此,瞿园杂剧最值得重视的,是其中表现的复杂而深刻的思想矛盾和文化冲突。它们不仅困扰着作者,也是同时代的许多人忧虑难解的文化问题,具有广泛的思想意义。特别突出者如《仙人感》对戊戌变法后湖南政治局势的担心,《东家颦》对维新运动中盲目效法西方行为的讽刺,《暗藏莺》对鸦片毒害国人身心、人们却难以自拔的忧患,《一线天》表现的对信仰、追求和生命的执著等,都表现出非凡的思想深度。还有一部分作品集中反映了袁祖光保守的政治立场和文化心态。如《望夫石》对日本女子守望出征在外的丈夫而化为望夫石的肯定,《三割股》中对儿媳、女儿为医治公公、父亲重病,恪尽孝道、割股疗亲的褒扬,都是特别明显的例子。袁祖光的政治态度和文化心态,在近代以来以学习西方为主导的文化潮流中尤显出独特的认识价值。

刘咸荣晚年所作《娱园传奇》更是典型的例子。作者在剧首表明创作主旨道:"衰朽馀年,无求于世,种花之暇,偶作数曲。以忠孝节义为纲,古今中外,不能越此范围。寄之笔墨,亦聊以风世耳。"④全剧共四出,情节各自独立,主题密切相关。第一出《梅花岭》"表忠",写史可法抗清事;第二出《真总统》"劝孝",写美国总统华盛顿孝敬老母事;第三出《断臂雄》"昭节",写寡妇李氏因受不良男子拉手愤断己臂以示节烈事;第四出《乞丐奇》"彰义",写乞丐王三义救主人辞

---

① 徐凌霄《瞿园杂剧述评》,梁淑安编:《中国近代文学论文集(1919~1949)·戏剧卷》,中国社会科学出版社1988年版,第393页。
② 同上,第394页。
③ 袁祖光《瞿园诗草·癸丑集》,湖北官纸印刷局,1914年甲寅夏五月武昌刊本。
④ 刘咸荣《娱园传奇》卷首,日新印刷工业社代印本,民国年间刊。

禄不受事。作品表现的以"忠孝节义"统摄古今中外的思想，明显可见作者保守的文化观念，对世风变迁的感慨无奈，作者晚年凄苦无助的孤独心态亦表露无遗。王季烈《人兽鉴传奇》也是明显一例。唐文治《〈人兽鉴〉弁言》述此剧主旨云："而民生之历劫运，乃靡有已时，惨乎痛乎！今君九兄《人兽鉴》之作，其挽回劫运之苦心乎？"①李廷燮所作《跋》亦云此剧"以匡正人心，挽救时艰为旨，寓意深远，有功世道。"②这种哀怨与感慨交织、痛苦与挣扎纠缠的心态是这些传奇杂剧的深层内涵；这些作品的戏曲史、心灵史甚至文化史意义也由此得到了最为充分且最有深度的彰显。在近代传奇杂剧表现内容的新与旧之间，在近代传奇杂剧艺术手段与文体形态的努力守成与适度变革之间，这些对传统戏曲与传统文化满怀深情的戏曲家心灵深处的凄苦与哀怨、精神远处的坚守与悲怆，都从这已经走在夕阳西下道路上的传奇杂剧的点点回光中再次得到反映，这大概也是传统戏曲精神的最后一次回响，留下的是耐人寻味的空白和悠然不尽的星光。

四、反思与结论：同情的了解

以中国近代戏剧史、文学史和文化史的发展历程与历史经验为参照，从中国戏曲史和中国近代文化转型的意义上认识近代传奇杂剧中明显存在、表现突出的依恋往昔和守护传统的趋势，将这种传统主义创作倾向作为一种有意味的戏剧史现象来考察，还可以获得丰富的经验和有价值的启示。

近代传奇杂剧发展历程中努力守护传统、试图回归传统，作为一种有意味的戏曲史现象，在许多戏曲家的创作观念、文化心态、戏曲作品的思想主题、艺术结构、文体形态等方面都有着集中而充分的体现，代表着近代传奇杂剧历史面貌和发展历程的一个不可忽视的重要侧面。近代传奇杂剧依恋与守护传统

---

①② 《茹经劝善小说　人兽鉴传奇谱合刊本》卷首，上海：正俗曲社，1949年4月。

现象的表现形式不是单一的、平面的或固定的，而呈现出多样性、复杂性、变化性与时代性相统一的特点。近代传奇杂剧中守护传统的现象既是中国近代戏剧、文学和文化的特殊生存环境、面临的多重问题的产物，也是传奇杂剧自身发展历程的一个必然结果，其间呈现出来的思想追求、文化心态、价值取向、怀旧情怀等一系列重要表征，具有较大的思想深度和鲜明的时代色彩，有的方面甚至带有强烈的文化象征意味。

从戏曲家的文化身份与知识结构的角度来看，近代传奇杂剧史上最有代表性的依恋和守护传统的戏曲家表现出明显的独特性与一致性。这批戏曲家多是一些对中国文化传统有深切体认并满怀深情的学者型戏曲家，特别值得重视的是其中有的戏曲家除具有中国传统文化的扎实根底和深厚修养外，还对西方戏曲、文学与文化有着深切的了解和把握，可谓中西兼长、博古通今。他们依恋与守护传统的文化态度和戏曲观念的形成和发展，有着深厚的中国文化底蕴，也是基于对西方文化的较为深切的认识与理解；是基于对传奇杂剧的历史发展与近代处境的深切了解和真切体认，也是基于对中国戏曲、文学与文化的近代命运与境遇及其前途出路的深沉思考。因此，可以将这个意义上的守护与依恋传统作为一种戏曲现象、文学现象和文化现象进行认真的研究探讨，其意义与影响已远超出了戏剧史、文学史的范围。似乎可以用传统主义者（traditionalist）或部分的传统主义者（partial traditionalist）来称呼这些具有文化符号意义的戏曲家，并将这种传统主义作为一种戏曲现象、文学现象和文化现象进行深入的研究探讨。

从表面上看，近代传奇杂剧中守护传统的戏曲家与其他戏曲家尤其是带有明显的反传统倾向的激进戏曲家颇多扞格不入、两相对峙之处。但是，从深层的文化观念和创作心态来看，无论是依恋与守护传统，还是反叛与抛弃传统，实际上都是在新的戏剧、文学与文化背景下对传统的一种重新体认和调整，都是为了中国戏剧的发展延续而进行的真诚努力。在他们貌似对立矛盾的表象背后，反映出同一种思想观念，表现了同一种文化关怀，两者之间有着深刻的一致性和相关性。他们采取的文化态度和创作方式虽不相同甚至相互对立,但是都为近代传奇杂剧的繁荣与发展做出了重要贡献。对近代传奇杂剧的生存与延续来说,既需要在一些方面变革与突破传统,又需要在一些方面保持与延续传统。他们实际上是从不同的角度、以不同的方式尝试着回答同一个空前复杂的戏剧史和文化史难题。

近代传奇杂剧中对传统的依恋与守护,在不同时期有着不同的表现形式和时代意义,它的产生和发展伴随着中国文化传统的剧烈变迁和近代新的文化形态的生成,有着深刻而复杂的戏剧、文学和历史文化因缘。近代传奇杂剧对传统的守护从一个方面反映着中国戏剧、文学与文化传统的近代命运,它在道光、咸丰年间即已出现,到同治、光绪年间有所发展,至民国初年渐趋兴盛,在民国中后期达到了最为突出的程度。近代传奇杂剧守护传统现象的形成与发展过程实际上就是中国文化传统受到巨大挑战、遭遇空前困难并试图突围、寻求出路的过程。这种现象不仅出现在近代传奇杂剧之中,在中国近代文学的其他领域如诗歌、文章、小说、文论中也有不同程度的体现,甚至在中国近代文化发展变迁的过程中,类似的依恋与守护传统的现象或思潮也时有表现。因此,近代传奇杂剧依恋守护传统现象的意义与价值,不仅是戏曲史和文学史的,而且是思想史和文化史的。

在中国文化面临巨大挑战、发生历史性变革的时刻,一批对中国戏曲、中国传统文化饱含深情的传统主义戏曲家在传统戏曲面临困境并寻求出路之际,怀着深切的"同情的了解"的情怀,对传奇杂剧的主题与艺术、思想与文体进行了意味深长的守护与变革,努力延续它早已衰老的生命或试图赋予它新的生命,留下了丰厚而沉重的戏剧史、文学史经验。今天,当面对如此庄严、如此深远的戏曲事实和文化景观的时候,在我们心中最有可能也最应当唤起的,也许仍然是学术研究和文化关怀意义上的"同情的了解"吧。

原载《复旦学报(社会科学版)》2008年第4期

略论近代的翻译小说

王继权

一

中国历史上曾有过三次翻译高潮。那就是东汉至唐宋的佛经翻译高潮、明末清初的科技翻译高潮和鸦片战争后至五四前的西方政治思想与文学翻译高潮。第三次翻译高潮中,以文学翻译,尤其是小说翻译最为繁荣,影响也最大。

从1840年至1918年,近80年,翻译小说大致可分为3个时期:

1. 1840—1894年为萌芽期。

这一时期,翻译小说数量很少,有资料可查的,只发现7种翻译小说。(1)最早的是《意拾喻言》(《伊索寓言》),系英文、中文、拼音的对照本,英国人罗伯特·汤姆译,共82则。最初发表于1840年《广东报》,后由广学会刊。(2)《谈瀛小说》(英国斯威夫特《格列佛游记》中的小人国部分)约5 000字,载《申报》1872年4月15日至18日。(3)《一睡70年》(美国华盛顿·欧文《瑞普·凡·温克尔》),约1 000余字,载《申报》1872年4月22日。(4)《昕夕闲谈》,蠡勺居士译,连载于1873年1月至1875年1月《瀛寰琐记》第3至28期,上卷31回,下卷24回,共55回。1904年,经译者删改重定,印成单行本,由文宝书局出版,署名改为吴县藜床卧读生。(5)《安乐家》,1882年画图新报馆译印。(6)《海国妙

承上启下

喻》(《伊索寓言》共 70 则),1888 年天津时报馆印。(7)《百年一觉》(《回头看》),李提摩太译,1894 年广学会出版。

这 7 种,有的是寓言(如《意拾喻言》),有的只有一个故事梗概(如《一睡 70 年》,只 1000 余字),真正比较像样的是《昕夕闲谈》,有 55 回,可谓是近代第一部翻译小说。译者在《〈昕夕闲谈〉小序》中说:

> 今西国名士,撰成此书,务使富者不得沽名,善者不必钓誉,真君子神采如生,伪君子神情毕露,此则所谓铸鼎象物者也,此则所谓照渚然犀者也。因逐节翻译之,成为华字小说,书名《昕夕闲谈》,陆续附刊,其所以广中土之见闻,所以记欧洲之风俗者,尤其浅焉者也。诸君子之阅是书者,尚勿等诸寻常之平话,无益之小说也可。①

这一时期,不但翻译小说很少,还处在萌芽状态,整个翻译文学也很少。翻译较多的是公法和制造技术的书籍,如同文馆、制造局所译的书。当时流行的观点是:西方的物质文明比我们强,但精神文明我们比他们优越得多,所以无须引进外来文化。统治阶级中比较开明的官僚,为了自强求富,兴办洋务事业,开始仿效西方资本主义的"船坚炮利",进行"练兵制器"活动,举办近代军用工业以求强,创办近代民用企业以求富,所需要的是输入制造技术,不重视引进西方的学术文化。知识分子为传统思想所囿,也轻视西方文学,所以很少有人去翻译介绍外国小说,即使有几种,影响也不大。

2. 1895—1904 年为发展期。

1894 年,中日甲午战争爆发,北洋水师全军覆没,中国战败。这一严酷的现实,极大地震动了全国人民。许多人开始认识到要使国家富强起来,只引进西方的技术是远远不够的,必须输入新学,必须变法。至此,整个思想界、学术界,开始进入了一个新的阶段。翻译方面也是如此。如严复,这一时期先后翻译出

---

① 《〈昕夕闲谈〉小序》,转引陈平原、夏晓虹编《20 世纪中国小说理论资料》第 1 卷,北京大学出版社 1989 年版。

略论近代的翻译小说

版了赫胥黎的《天演论》(1898)、约翰·穆勒的《穆勒名学》(1899)、亚当·斯密的《原富》(1903)、斯宾塞的《群学肄言》(1903)、穆勒的《群己权界论》(1903)、孟德斯鸠的《法意》(1904)、甄克思的《社会通诠》等,系统地介绍西方的学说,影响极大。

文学翻译,特别是小说翻译,也进入了一个新的时期。1899年,林纾翻译的《巴黎茶花女遗事》出版,引起极大反响,译本"不胫而走",大受读者欢迎,一时风行全国,被称为"外国《红楼梦》",有洛阳纸贵之誉。严复有诗赞道:"可怜一卷《茶花女》,断尽支那荡子肠。"接着,他又译了《英女士意色儿离鸾记》(1901)、《巴黎四义人录》(1901)、《黑奴吁天录》(1901)、《伊索寓言》(1903)、《布匿第二次战纪》(1903)、《利俾瑟战血余腥记》(1904)、《滑铁卢战血余腥记》(1904)、《英国诗人吟边燕语》(1904)、《埃司兰情侠传》(1904)。另外,曾广铨译英国哈葛德的《长生术》(1899,索隐书屋),周桂笙译《1001夜》(节译,1900),杨紫驎、包天笑译哈葛德的《迦因小传》(1901,励学译编),跛少年译英国笛福的《绝岛飘流记》(《鲁宾逊飘流记》,1902,开明书店),戢翼翚译普希金的《俄国情史》(1903,大宣书局),周桂笙译《新庵谐译初编》(1903,清华书局),苏曼殊译雨果的《悲惨世界》(1904,镜今书局),佚名译斯蒂文森《金银岛》(1904,商务印书馆)等等。

值得注意的是,这一时期的翻译小说,出现了一些新品种,如政治小说、科幻小说和侦探小说。这几种小说,在我国的传统小说是没有的,译者把它们介绍进来,给读者以耳目一新之感,很受大家欢迎。

首先是政治小说。梁启超1898年在《清议报》上发表《译印政治小说序》,大力鼓吹政治小说,他说:

> 在昔欧洲各国变革之始,其魁儒硕学,仁人志士,往往以其身之所经历,及胸中所怀,政治之议论,寄之于小说。于是彼中辍学之子,黉塾之暇,手之口之,下而兵丁、而市侩、而农氓、而工匠、而车夫马卒、而妇女、而童孺,靡不手之口之。往往每一书出,而全国之议论为之一变。彼美、英、德、

承上启下

　　法、奥、意、日本各国政界之日进,而政治小说,为功最高焉。①

　　梁启超不但从理论上提倡,而且身体力行,亲自翻译日本柴四郎的《佳人奇遇》(1901,商务印书馆)。在他的带动下,许多译者也纷纷翻译政治小说,随后,陆续翻译过来的有矢野文雄的《经国美谈》(1902,商务印书馆)、末广铁肠的《香中梅》(1903,尊业书局)、《美国独立记演义》(1903,《大陆》本)、《游侠风云录》(1903,明权社)、《瑞西独立警史》(1903,译书汇编社)、《政海波澜》(1903,作新社)等等。翻译政治小说,是为了配合维新改良运动,是借"说部""发表政见,商榷国计"②。这类作品,对于启发群众觉悟,增强民族意识,培养爱国主义精神是起到积极作用的。

　　其次是科幻小说。我国科学落后,在以往的小说中,没有这一类作品。这些作品的译入,扩大了中国读者的视野,增强了读者特别是青少年读者的阅读兴趣,所以颇受欢迎。这时期翻译的科幻小说有凡尔纳的《80日环游记》(薛绍徽译,1900,经世文社)、《海底旅行》(卢藉东译,1902,《新小说》本)、《月界旅行》(鲁迅译,1903,东京进化社)、《环游月球》(1904,商务印书馆),荷兰达爱斯克洛提斯的《梦游21世纪》(连载于《绣像小说》第1—4号;杨德森译,1903,商务印书馆)、押川春浪的《空中飞艇》(海天独啸子译,二册,1903,明权社)、《千年后的世界》(天笑译,1904,群学社)、井上园了的《星球游行记》(载赞译,1903,彪蒙译书局)等。

　　第三是侦探小说。1896、1897年间,《时务报》上连续发表了四篇英国柯南道尔的侦探小说:《英包探勘盗密约案》、《记伛者复仇事》、《继父诳女破案》、《呵尔唔斯缉案被戕》(1899,索隐书屋刊《新译包探案》收入此四篇)。1902年《新小说》杂志上设"侦探小说"专栏,登载侦探小说《离魂病》(披发生译述)、《毒药案》(无歆羡斋主译述)、《毒蛇圈》(法国鲍福著,上海知新主人译)。1903年《绣像小

---

① 梁启超《译印政治小说序》,转引自陈平原、夏晓虹编《20世纪中国小说理论资料》第1卷。
② 梁启超《〈新中国未来记〉绪言》,转引书同上。

说》第 4 号起,连续刊载《华生包探案》:《哥利亚司考得船案》《银光马案》《媚妇匿女案》《墨斯格力夫礼典案》《书生被骗案》《旅居病夫案》。其他出版的侦探小说还有:《泰西说部丛书之一》(柯南道尔著,黄鼎、张在新合译,1901)、《续译华生包探案》(1903,商务印书馆,此即《绣像小说》上刊载的 6 篇的结集)、《福尔摩斯再生案》(奚若译,1903 年刊第 1—3 册,1900 年刊第 4 册)、《惟一侦探谭四名案》(嵇长康、吴万崣合译,1903,文明书局)、《法国地利花奇案》(1903,江西尊业书馆译印)、《侦探谭》(冷血译,4 册,1903—1904,时中书局)、《毒美人》(美乐林司郎治著,佚名译,1904,《东方杂志》本)、《侦探新语》(索公译,8 篇,1904 年,昌明公司)等等。

这一时期的翻译小说比上一时期有了很大发展,不但数量增加,而且品种增多,为以后翻译小说进一步发展打下了基础。

3. 1905—1918 年为鼎盛期。

这一时期翻译小说有了很大的发展,据统计数字表明,约有 1000 种左右,大大超过了前两个时期的总和。不但翻译小说的数量有了很大增加,而且翻译小说的品种更为完备。如短篇小说的大量涌现,虚无党小说、侦探小说热的出现,翻译质量明显提高,世界名著显著增多等等。到了五四前数年,翻译文体又鲜明地呈现出向新文学演变的趋势。

促使本时期翻译小说繁荣的原因是多方面的。(1)这时,资产阶级民主革命运动进入了新阶段,形势的发展鼓舞了中国人民,使大家更迫切地要求输入西方文化,以反对封建专制主义,这就促进了翻译小说的繁荣。(2)经过前两个阶段,翻译小说这一文学样式,已在中国的土地上生根,读者已习惯于这种读物,而译者也积累了经验,这就为大规模地译入翻译小说准备了条件。(3)这一时期文艺报纸、文学刊物大量涌现,也是造成本时期翻译小说繁荣的又一原因。据统计,1872—1918 年,有文学期刊 132 种,1905 年以前创刊的只有《瀛寰琐记》(1872)、《新小说》(1902)、《绣像小说》(1903)、《新新小说》(1904)等 10 种,

承上启下

而1905年以后创刊的有122种。这些文学期刊,一般都刊载翻译小说,有的还以刊载翻译小说为主。这些杂志中,较为著名的有《小说世界》(1905)、《新世界小说社报》(1906)、《月月小说》(1906)、《小说林》(1907)、《竞立社小说月报》(1907)、《中外小说林》(1907)、《小说七日报》(1908)、《新小说丛》(1908)、《扬子江小说报》(1909)、《小说时报》(1909)、《小说月报》(1910)、《自由杂志》(1913)、《游戏杂志》(1913)、《民权素》(1914)、《中华小说界》(1914)、《小说丛报》(1914)、《礼拜六》(1914)、《繁华杂志》(1914)、《小说海》(1915)、《小说新报》(1915)、《小说大观》(1915)、《青年杂志》(1915、第二年改名为《新青年》)、《小说画报》(1917)等等。其他有些综合性杂志及社会科学杂志也有刊载翻译小说的。这许多阵地,为发表翻译小说创造了条件。(4)留学生增多,使得翻译工作者队伍扩大。1905年以后,出国留学的人数日渐增多,尤其是赴日留学的人数增加得更多,如1905至1906年之间,留日学生竟创下8000人以上的纪录。留日学生之所以这样多,一方面是由于当政者认为日本是君主立宪制,和他们的要求相符合。另一方面,客观上日本离中国近,费用省,如去日本的旅费,每人仅需60—70日元[①],而去美国则需300—400两;在日本的起居饮食,每年只需250—300日元,而在西洋,则岁需1500两左右。这些留学生中的许多人,如苏曼殊、鲁迅、周作人、伍光建、戢翼翚等等,后来都成了翻译家,积极参加小说的翻译工作。(5)广大读者群的形成,是翻译小说繁荣的又一重要条件。与过去不同,这时翻译小说的读者群大为扩大,这些读者,包括旧知识分子、新知识分子和市民。旧知识分子中的相当一部分人,除了旧学以外,也开始接触新学,阅读翻译小说。学堂的设立,造就了一大批新知识分子(包括在校学生),他们是翻译小说的忠实读者。而资本主义的发展、大中城市的繁荣,形成和扩大了市民阶层,市民中稍有文化者,也阅读书报杂志,阅读翻译小说。在商品经

---

① 当时每一两银约合1.4日元。

济的社会里,书籍杂志也是一种商品,既然有这样广阔的市场。那末,它的繁荣是必然的。所以,广大读者群的形成、读者的需求,促成了翻译小说的进一步繁荣。

近代翻译小说,为五四以后翻译小说的新发展作了准备,是中国翻译发展史中的一个重要阶段。

二

近代翻译小说在发展过程中,具有下列特点:

1. 由意译(介绍故事梗概,有所删节,甚至有所增添)逐渐向直译(忠实于原著)发展。

最初翻译外国小说,只介绍故事梗概,如《一睡 70 年》,只有 1000 多字的梗概。许多人翻译长篇小说,主要是译介作品的主要情节,介绍作品完整的故事,把主要情节之外的副线或一些插入段落删去。这里明显可以看出是受了传统小说的影响,让读者听(看)一个有头有尾的完整故事,凡与这一故事无关的细节,尽行删除。至于删去景物描写和人物的心理描写,那更是普遍现象。所谓"译意不译词",颇为大家所信奉。又由于许多翻译家本身就是作家,在翻译作品时,不免有所"创造",常常添枝加叶,增加一些内容,如包天笑译《馨儿求学记》时,插进数节家事。苏曼殊译《悲惨世界》时,增添许多内容。吴趼人把原译文仅 6 回的《电术奇谈》敷衍成 24 回,"改用俗语,冀免翻译痕迹",原有人名地名"经译者一律改过,凡人名皆改为中国习见之人名字眼,地名皆用中国地名",更"间有议论谐谑等,均为衍义者插入,为原译所无",实际上是半译半作。所谓"译述",是又译又述,成为一时的风气。随着小说地位的提高和译作的风行,翻译家对翻译工作也认真严肃起来,忠实于原著或基本上忠实于原著才成为风气,许多作品都能不失原著内容、风格,翻译的质量也明显提高。

承上启下

2. 由文言逐渐向白话发展。

当时翻译小说,大都用文言,不但林译小说是用古文翻译,其他许多作家也用文言翻译。这在当时是不足为奇的,有其历史原因。那时社会上通行的是文言(特别是在知识界),而小说的读者大部分是知识分子,只有用文言翻译小说,才会被他们接受。但是,用文言翻译小说,在传播上必然受到一定限制,因为艰深的文字,很难在初通文字的读者中流传。为了在更大范围内传播,于是翻译家就用一些浅近的文体进行翻译。这种浅近的文体,介于文言和白话之间。后来,一些有识之士更大力提倡白话文。早在1887年黄遵宪就指出:"盖语言与文字离则通文者少,语言与文字合则通文者多"①;梁启超也注意文体的改革,他曾对人说:"俗语文体之流行,实文学进步之最大关键也,各国皆尔,吾中国亦应有然。"②1898年,裘廷梁发表著名论文《论白话为维新之本》,明确提出"崇白话废文言"的口号,系统地论述了推行白话的必要性,认为"有文字为智国,无文字为愚国;识字为智民,不识字为愚民:地球万国所同也。独吾国有文字而不得为智国,民识字而不得为智民",其原因乃是"文言之为害"。他还详细论证了白话有"八益"③。另一白话文运动的先驱者陈子褒也著文提倡白话文。在大家的倡导下,白话文运动迅速开展起来,白话报纸纷纷创刊④,白话教科书、白话通俗读物大量印行。在翻译界,也用白话翻译小说。有的翻译家如周桂笙、周瘦鹃,既用文言,也用白话翻译小说,有的翻译家如吴梼、伍光建,基本上用白话翻译小说。后来,用白话翻译的人越来越多,白话译文的水平也日渐提高,到了五四前

---

① 黄遵宪《日本国志·学术志》,转引自邬国平、黄霖编《中国文论选(近代卷)》上册,江苏文艺出版社1996年版。
② 楚卿《论文学上小说之位置》,转引自陈平原、夏晓虹编《20世纪中国小说理论资料》第1卷。
③ 《苏报》1898年7月,转引自邬国平、黄霖编《中国文论选(近代卷)》下册。
④ 如长江下游各省出版的白话报纸就有:《无锡白话报》(1898年出版、第五期起改为《中国官音白话报》)、《杭州白话报》(1901)、《苏州白话报》(1901)、《扬子江白话报》(1901)、《中国白话报》(1903)、《初学白话报》《上海新中国白话报》《安徽俗话报》《国民白话报》《江西新白话报》等等。其他各地也有许多白话报。

夕,一些翻译家的白话译文已相当流畅了,这为五四以后全面使用纯正的白话打下了基础。

3. 名著逐渐增多。

早期的翻译,名家名作较少,二三流的作家作品较多。这是因为翻译家只注重作品的情节,为了向读者讲述故事,或者只着眼于改良群治,为了向读者进行宣传;也是因为翻译家对外国文学了解不多及受自身对作品的鉴赏能力的限制。所以,在选择翻译的底本时,标准不高,要求不严,著名作家的作品就很少翻译。随着译者对外国文学了解的增多、艺术鉴赏能力的提高,许多名家名作才陆续介绍进来。陈平原曾作过一个统计,从1899年至1916年的翻译出版20部长篇小说中,1904年以前的只有3部,1905年至1916年的有17部,作者有司各特、笛福、斯威夫特、莱蒙托夫、大仲马、狄更斯、欧文、雨果、契诃夫、托尔斯泰、屠格涅夫等,作品如《鲁滨逊飘流记》《格列佛游记》《一千零一夜》《当代英雄》《三个火枪手》《老古玩店》《见闻杂记》《大卫·科波菲尔》《第六病室》《海上劳工》《93年》《复活》《春潮》等。以上说的是完整的长篇小说,还不包括节译本,也不包括短篇小说。如果连同节译本和短篇小说一并计算,那末,名家名作数字是很可观的。名家名作的增多,标志着翻译水平的提高,而且对读者了解世界文学、提高文学素养,是大有好处的。

4. 短篇小说翻译的增多。

1905年以前,翻译小说以中长篇为主,短篇的很少,只有陈匡石译的《最后一课》(1903)、鲁迅译的《哀尘》(1903)、陈景韩译的《义勇军》(1904)等少数几种。1905年以后,短篇小说逐渐增多,不但翻译介绍了美国的马克·吐温、波兰的显克微支、英国的司各特的短篇小说,而且在翻译单篇短篇小说的基础上,还出版了短篇小说的作家专集和选集。专集如林纾和陈家麟的托尔斯泰的两个短篇小说集:《罗刹因果录》(1915)和《社会声影录》(1917)、陈家麟和陈大镫译的契诃夫的短篇小说集《风俗闲评》上下册(1916),其中共收契诃夫的短篇小说

/ 253 /

23篇,可说是第一次较全面地介绍了契诃夫的作品。选集如周氏兄弟译的《域外小说集》一、二集,1909年出版,除收契诃夫、安特莱夫、王尔德、莫泊桑的作品外,特别注重收录东北欧的被压迫民族的作品(如波兰、芬兰、波希米亚作家的作品),有其特殊意义。鲁迅在序中说:"词致朴讷,不足方近世名人译本。特收录至审慎,译亦期弗失文情。异域文术,自此始入华土。"①在选择的慎重、对原著的忠实上,这种严肃的态度确是独树一帜。此书虽只卖出21部,影响不大,但意义是深远的。另一种是周瘦鹃翻译的《欧美名家短篇小说丛刊》1—3集,1917年出版,收14国47家的作品,其中有一册专收英、美、法以外的,像荷兰、西班牙、瑞士、芬兰等国的作品。这一译本,曾得到教育部嘉奖,也颇受鲁迅称赞,誉之为"昏夜之微光,鸡群之鸣鹤"。

5. 专业翻译家的出现。

近代翻译小说的译者,一般都有各自的职业,如作家、编辑、留学生等等,很少有专门以翻译为职业的。后来才出现以翻译为职业,或以翻译为主要职业的专业翻译家,如吴梼、伍光建等等。专业翻译家的出现,说明人们对翻译的作用认识有了提高,翻译家受到人们尊重。专业翻译家的出现,使译作的水平有所提高,他们专心致志从事翻译工作,翻译作品时,反复推敲,精益求精,为近代翻译事业作出了很大贡献。

三

中国近代小说在发展过程中,受到两方面的影响,一方面是受传统小说的影响,另一方面是受外来小说的影响。而后一种影响,是过去所没有的。下面简略地叙述一下在域外小说影响下,近代小说发生的变化。

---

① 《〈域外小说集〉序言》,《鲁迅全集》第10卷,人民文学出版社1981年版,第155页。

略论近代的翻译小说

1. 在域外小说影响下,文学观念起了变化。

在中国的传统观念中,小说历来被视为小道,是不登大雅之堂的,处于文学的边缘地位,甚至被排斥在文学之外。到了近代,由于康有为、严复、夏曾佑,特别是梁启超的提倡和鼓吹,提出"小说界革命"的口号,重新估价小说的地位和作用,认为"识字之人,有不读'经',无有不读小说者。故'六经'不能教,当以小说教之;正史不能入,当以小说入之;语录不能喻,当以小说喻之;律例不能治,当以小说治之"①;"夫说部之兴,其入人之深,行世之远,几几出于经史之上,而天下之人心风俗,遂不免为说部之所持"②;"欲新一国之民,不可不先新一国之小说";"小说为文学之最上乘也"③;把小说提高到极重要的地位。更加上域外小说的大量输入,使人们的文学观念起了变化,不再把小说视为低下的文学样式,而和诗文同等看待,甚至看得比诗文还高。不但一般知识分子积极从事小说的翻译和创作,连那些饱学之士,也着手小说的翻译和创作。文学观念的转变,大大促进了小说创作的发展,出现了中国历史上少有的小说高潮。

2. 在域外小说的影响下,小说的题材有了扩展。

中国传统小说多的是人情小说、神魔小说、侠义公案小说、历史小说、狭邪小说。随着域外小说的传入,政治小说、科幻小说、侦探小说相继介绍进来,即使是外国的言情小说,也比中国的人情小说更丰富多彩。这给中国作家以很大影响,使他们大开眼界。在外国小说的影响下,小说创作的题材有所扩展,作家们不仅学写政治小说、科幻小说和侦探小说,更重要的是,学习外国作家把视线转向下层社会,去描写普通人的日常生活,使小说的题材更加多样化,由此,出现了五彩缤纷的局面,这是中国历史上从来没有过的。

---

① 康有为《〈日本书目志〉识语》,转引自陈平原、夏晓虹编《20世纪中国小说理论资料》第1卷。
② 几道、别士(严复、夏曾佑)《本馆附印说部缘起》,转引书同上。
③ 梁启超《论小说与群治之关系》,转引书同上。

承上启下

3. 在域外小说影响下,小说的表现手法、表现技巧有所创新。

中国的长篇小说,由说书演变而来,在长期的发展过程中程式化了,形成了固定的模式,如章回体、回目诗、"话说"、"欲知后事如何,且听下回分解",描写人物,形容美丑,也是千篇一律的词句,也很少景物描写,叙事方式则是全知叙事等等。最初,翻译外国小说时,也还是套用中国旧小说的模式,如分章分回、代拟回目、删去景物描写和心理描写,讲些套语套话;创作小说时,更是沿用中国旧小说的模式。到后来,翻译小说逐渐忠实于原著,不轻易删改,尽量体现原作的风格。而在创作上,则努力向外国小说学习,吸取外国小说的种种表现手法、表现技巧,出现了不分章分回、没有回目诗的中、长篇小说(如苏曼殊的小说),出现了倒叙的表现手法(如吴趼人的《九命奇冤》),也出现优美的景物描写(如刘鹗的《老残游记》),使中国的小说形式和世界的小说形式相接近。

4. 在域外小说影响下,典型人物的塑造、人物心理描写等方面,也都起了变化。

由于中国古典小说表现手法的程式化,小说在塑造典型人物时,也不够多样化,更缺少人物的心理描写。域外小说艺术上的多样化,给中国作家以很大启示。在外国小说潜移默化的影响下,中国作家也学习外国小说塑造典型人物的方法(如曾朴的《孽海花》),学习外国小说心理描写的方法(如吴趼人的《恨海》),使中国的小说更丰富多彩。

5. 在域外小说的影响下,小说语言有了变化。

小说语言,是小说创作的重要组成部分,语言的变革,是小说变革的重要方面。中国近代小说在外国小说的影响下,小说语言起了极大变化。一是由文言逐渐变为白话。起初是以文言为主,白话较少,逐渐发展成为文白并存,后来白话逐渐增多,文言相对减少,为五四后全面提倡白话文作了准备。一是新名词的输入。这首先得益于翻译小说,先是在翻译小说中出现许多新名词,然后在

/ 256 /

创作小说中也有了新名词。一是句式的变化，如欧化语法（包括日本式的语法）、倒装句等等。一是标点符号的使用。中国原来只有句读，没有标点。标点符号刚输入时，还遭到一些人的反对和讥笑（如吴趼人①），但随着翻译小说的大量流行，标点符号也为大家所接受，从而广泛地使用起来。

  总之，外国小说给近代小说创作以多方面的影响，使近代小说引起变革。当然，中国小说彻底的变革，至五四以后才完成；但在从传统小说至现代小说的变化过程中，近代小说的变革，起着过渡的作用、桥梁的作用，是整个变革过程所不可缺少的。

  原载《翻译与创作——中国近代翻译小说论》，北京大学出版社2000年版

---

① 中国老少年（吴趼人）《〈中国侦探案〉弁言》，转引书同上。

频频"谒陵"为哪般?
——晚年林纾的政治、文化心态解读
张俊才

一、年年崇陵哭先皇:晚年林纾的惊世之举

频频拜谒光绪陵墓(崇陵),是晚年林纾"遗老"生涯中的一项重大的活动。

不过,林纾并不是成为"遗老"之后才去拜谒光绪陵墓的,更准确地说,在林纾还兴致勃勃地试图做好"共和之老民"①的时候,他就去拜谒了光绪陵墓。林纾第一次前往易州梁格庄拜谒光绪陵墓,时在 1913 年 4 月 12 日。这时传统的清明节刚过不久,崇陵也未全部完工,林纾前来谒陵显然带有祭扫的性质。他在《癸丑上巳后三日谒崇陵作》诗中写道:"宫门严闭横斜阳,童山对阙尘昏黄。燎池灰冷石曲折,阊戟风动缨飘扬。广殿沉深闳难见,珠帘仿佛垂两厢。孤臣痛哭拜墀下,秾春触眼如秋凉。……"②在这首诗中,林纾谒陵时的悲伤酸楚之

---

① 辛亥革命爆发后由于惧怕北京遭荼炭,林纾曾避难天津。是年冬,当南北议和即将完成时林纾给友人吴敬宸写过一封信,对"共和之局"表示了认同。他说:"共和之局已成铁案,万无更翻之理。……仆生平弗仕,不算满洲遗民,将来仍自食其力,扶杖为共和之老民足矣。"见李家骥等整理《林纾诗文选》,商务印书馆 1993 年版,第 319 页。

② 林纾《癸丑上巳后三日谒崇陵》,《畏庐诗存》卷上,商务印书馆 1923 年版,第 13 页。按:癸丑,1913 年。上巳,旧节名,时在三月初三。林纾谒陵为三月初六,即公历 4 月 12 日。

态溢于笔端,但是,就在林纾如此悲伤酸楚地拜谒光绪陵墓的同一时期,他又先后在《平报》发表了《论专制与统一》《释疑篇》《辨党旨》《论救国先宜去私》等时评,以"共和之老民"的身份劝告国民党人不要"愤愤然挟遁初(按:宋教仁字遁初)不白之冤载入议院,以英雄报仇之泪眼,定国家共和指南之盘针"①。而且,此时的林纾,似乎也不认为"共和之老民"与"遗老"是两种非此即彼、不可兼得的政治身份。此前,具体时间应该是旧历正月的某一天,林纾曾应邀到逊帝宣统的老师陈宝琛家聚谈。陈宝琛(1848—1936),字伯潜,又字弢庵,号橘叟,与林纾为同乡,亦是晚清宋诗派的主要诗人。陈宝琛虽仅年长林纾四岁,但早在同治年间即中进士,授翰林院庶吉士,并曾任内阁学士、礼部侍郎等职。陈宝琛入阁后,以敢于直谏出名,与张之洞等人俱有"清流派"之称。光绪十七年(1891)年因得罪慈禧被连贬五级,陈宝琛一时心灰意懒,遂以奔丧为名还乡,赋闲达20年之久。1909年被清廷重新起用,随后委任为山西巡抚,尚未到任而辛亥革命爆发,遂改派为宣统帝傅。如此说来,陈宝琛是个地地道道的遗老了。但决心要做"共和之老民"的林纾却始终与陈宝琛师友相处,过从甚密。就在这次聚谈之后,林纾曾写诗记其事,其中说:"……曲廊深槛闵灯火,苍头走柬招夜谈。……尔来世味愈觳薄,冷如寒月沉幽潭。京华遗老况垂尽,命车造访无二三。……"②显然,林纾不仅认陈宝琛为遗老,而且似乎把自己也视作遗老了。

既希望作"共和之老民",又不避讳"遗老"的称谓,这在民国初年的旧派士子中恐怕是一种较为普遍的现象。五四时代的鲁迅就曾批评过这种"既自命

---

① 发表在《平报》上的这几篇时评均署名畏庐,其中《论专制与统一》发表于1913年4月1日;《释疑篇》发表于1913年4月28日;《辨党旨》发表于1913年5月1日;《论救国先宜去私》发表于1913年5月19日。引文见《论专制与统一》一文。

② 林纾《雪后集橘叟寓斋再叠墨园韵奉柬》,《畏庐诗存》卷上第13页。按,《畏庐诗存》中所收诗作,大体依写作时序编排,此诗之前有《人日后三日上橘叟 癸丑》等诗,癸丑为1913年,人日为正月初七,故可推断此诗写于1913年旧历正月间。

承上启下

'胜朝遗老',却又在民国拿钱"的"二重思想",并指出"要想进步,要想太平,总得连根的拔去了'二重思想'。"①鲁迅所说当然是极为正确的,但民国初年之所以到处可见这种所谓的"二重思想",却也是由那个时代特定的社会结构所决定了的。因为根据"南北议和"达成的条款,袁世凯柄政的共和政府在北京出世之后,宣统皇帝虽然逊位了,但皇帝、太后、王公贵族以及服侍他们的宫娥太监仍然住在紫禁城内,君臣礼节,一仍其旧。不仅如此,民国政府每年还须拨付若干经费供皇室使用。这样,在所谓的中华民国的治下显然还存在着一个合法的作为已逝的大清王朝象征的政治实体。这一奇特的社会结构,无疑为遗老们的存在及其活动,提供了更多的土壤、空气和水分。由于清室受着优待,由于民国是清室"让政"的产物,因此革命后那些当年的立宪派人士便免去了许多身份认同方面的尴尬。按照一般逻辑,一个朝代被推翻了,那么忠于这个朝代的人物便只能有如下两种选择:或者改变节操,效忠新的朝代并与前朝划清界限;或者不改节操,甘心做前朝的遗民而不与新的朝代合作。但袁世凯柄政的共和政府成立后,先前的立宪派人士却可以既表示赞同共和,因为它是皇帝"让政"的产物;又无须与清室划清界限,因为它还享受着民国的优待。林纾在辛亥年间能够较为痛快地赞同革命、认同共和,入民国后又既希望作"共和之老民"又不避讳"遗老"的称谓,应该说都有着这一方面的原因。正因为这样,就在林纾还明确地表示认同共和,并决计当好共和之老民的时候,1912年12月22日他就在《平报》发表了题为《崇陵哀》的"讽喻新乐府"。诗中不仅对光绪帝极致歌颂,对崇陵之迟迟不能竣工表示伤感,而且期望一切赞同共和的人都要同情这位不幸的皇帝:"景皇变政戊戌年,精诚直可通重玄。夕下诏书问民隐,晨开秘殿延朝贤。无方可雪中华耻,卧薪先自宸躬始。立宪求抒西顾忧,维新先忤东朝旨。可怜有用帝春秋,几几流窜到房州。……悠悠四载光阴逝,地宫虽发何时闭?奉劝

---

① 鲁迅《随感录五十四》,《鲁迅全集》第1卷,人民文学出版社1981年版,第345页。

频频"谒陵"为哪般？

共和五族贤，回头须悯奈何帝。"①

　　1913年11月16日崇陵正式竣工，林纾第二次前往拜谒。当时，大雪兼天，千里一白，空旷的原野上阒无行人，只见脱尽残叶的树枝在寒风中抖动。临近崇陵时，林纾望见"红墙浓桧杂立于万白之中"，一种悲抑之情油然而生，及至陵前，"未拜已哽咽不能自胜，九顿首后，伏地失声而哭"，守卫宫门的卫士们也愕然为之动容。归来后林纾绘制了一幅谒陵图，"然每一临池，辄唏嘘不自已"。他将谒陵图交付子孙"永永宝之，俾知其祖父身虽未仕，而其爱恋故主之情有如此者！"②林纾第三次拜谒光绪陵墓，时在1914年旧历十月廿一日，是日为光绪忌辰。在《三谒崇陵记》这篇文章中，林纾这样称颂戊戌年间决计立宪的光绪和辛亥年间决计"让政"的孝定皇后："呜呼！唯先帝神圣，力图宪政，乃见沮于群小；孝定皇后，心恤黎元，不忍涂炭，让政一举，超轶古今。帝、后之仁，被及万祀。"③显然，直到这时林纾仍没有清晰的只做前清遗老的意识，因为在上述这段关于"谒陵"的话语中，林纾并未对当时的民国流露出多少愤词。因此，他之"哀崇陵"、"谒崇陵"，并非欲借此昭告天下自己不肯认同这个"浑天黑地无是非"④的民国，而只是表示自己对那位壮志未酬的"英明"皇帝的景仰和纪念罢了。这个时候他固然并不避讳"遗老"的称谓，但所谓遗老在他的心目中，大约也就是比较笃旧、落寞、不肯随时流俯仰的意思罢了。但是到了1915—1916年间，当

---

① "房州"，今湖北房县，古代获罪之帝王、诸侯多徙于此。
② 林纾《谒陵图记》，《畏庐续集》，商务印书馆1916年版，第59页。
③ 林纾《三谒崇陵记》，《畏庐续集》，第62页。
④ 大约到了1913年9月之后，林纾始对民初的"共和之局"感到绝望，因此他在此年9月14日的《平报》上发表了这样一首题为《共和实在好》的"讽喻新乐府"，对民初中国共和制下传统道德的瓦解和宪政实验的失败进行了辛辣的嘲讽，诗中说："共和实在好，人伦道德一起扫！入手去了孔先生，五教扑地四维倒。四维五教不必言，但说造反尤专门。问君造反为何事？似诉平生不得志。重兵一拥巨资来，百万资财可立致。多少英雄用此谋，岂止广东许崇智。得了幸财犹怒嗔，托言举事为国民。国民为汝穷到骨，东南财力全竭枯。当面撒谎吹牛皮，浑天黑地无是非。议员造反亦无罪，引据法律施黄雌。稍持国法即专制，大呼总统要皇帝。全以捣乱为自由，男女混杂声嘐嘐。男也说自由，女也说自由，青天白日卖风流。如此瞎闹何时休，怕有瓜分在后头。"

承上启下

袁世凯终于冒天下之大不韪导演了"洪宪帝制"的丑剧后,林纾对民国初年政治舞台上的南北两大政治势力便都感到失望了:他不仅不再相信南方的革命党人,而且也不再相信北方政治集团的首领袁世凯了。林纾明确的只作大清遗老的意识就是在这个时候形成的。自此以后,拜谒光绪陵墓遂成为晚年林纾一项最严肃、最认真的政治行动了,而且在频频的谒陵活动中对先皇的纪念之情也常常被一种愤世嫉俗的遗老之情所取代。1916 年清明节林纾四谒崇陵,礼成志悲特写一诗,诗中说:"残年自分无馀望,巨变都疑有夙因。聊藉清明伸一恸,幸凭灵爽鉴孤臣。"①1918 年光绪忌辰日林纾七谒崇陵,同时谒陵的还有毓清臣、刘葱石两位遗老,林纾当即赋诗,诗中说:"此来共揾遗民泪,三子宁云道不同?"②1919 年光绪忌辰日林纾八谒崇陵,此时奉宣统之命督修崇陵的著名遗老梁鼎芬病逝不久,林纾怆然有怀,特在梁氏的种树庐题壁:"四海疮痍国病深,漂山众响跃邪阴。幸居人后存馀息,忍向生前昧宿心。不死已渐王友石,频来枉学顾亭林。垂垂白发宁云殀,张眼偏叫看陆沉。"③愈是愤慨于当时那个纷乱如丝的民国,林纾胸中的"爱恋故主之情"就愈加强烈。因此,从 1913 年起到 1922 年止,他前前后后拜谒光绪陵墓共达 11 次之多。④1922 年林纾已是年满 71 岁的老人了,大概由于年迈力绌,不胜奔波,此后他才终止了以布衣身份频频拜谒光绪陵墓的迂执举动。

二、晚年林纾并非真正的遗老

由于宣统的帝傅陈宝琛恰是林纾的同乡师友,这样林纾在频频谒陵的同时

---

① 林纾《丙辰清明四谒崇陵礼成志悲》,《畏庐诗存》卷上,第 19 页。
② 林纾《廿日同毓清臣至梁格庄,居梁髯之种树庐,时髯病未能与也。刘葱石参议继至,赋呈二公》,《畏庐诗存》卷上,第 38—39 页。
③ 林纾《种树庐题壁》,《畏庐诗存》卷下,第 3—4 页。
④ 林纾谒陵凡 11 次,具体时间依次是:1913 年清明、1913 年光绪忌辰(十月十九日)、1914 年光绪忌辰、1916 年清明、1916 年光绪忌辰、1917 年光绪忌辰、1918 年光绪忌辰、1919 年光绪忌辰、1920 年光绪忌辰、1921 年光绪忌辰、1922 年清明。

又和清皇室发生了联系。他不仅一往情深地爱恋着故主,也爱恋起宣统小朝廷了。1916年末陈宝琛曾以林纾著《左传撷华》进呈宣统,宣统读后询问林纾行谊风貌,得知林纾善画。林纾闻知后曾绘制两幅扇面进呈,而宣统则书"烟云供养"春条一幅颁赐林纾,同时还经常提供内府名画让林纾观赏。1918年春,因前一年发生了张勋策动宣统复辟事件,部分国会议员愤而提案要求裁减优待清室的条款。林纾闻讯,大觉不安,为此他上书参众两院议员,请求他们"副今日总统总理笃旧之心,留他年皇子皇孙唊饭之地。百凡如旧,一切从优"①。林纾的耿耿忠心使逊帝宣统感激涕零,于当年旧历除夕日特书"有秩斯祜"春条一幅奖赐林纾,林纾为此还写下一首纪恩诗:"螺江太保鸣驺至,手捧天章降荜门。耀眼乍惊新御墨,拊心隐触旧巢痕。一身何补皇家事,九死能忘故主恩?泥首庭阶和泪拜,回环恪诵示儿孙。"②显然,林纾不仅继续爱恋着光绪这位故主,而且已主动地自觉地维护起皇家的利益来了。到了1920年,林纾眼看国内军阀混战,财政枯竭,优待皇室的经费日渐不能保证,他又一次主动地为皇室筹划起偏安禁宫的长久之计了。他特意写信给陈宝琛,请其奏请宣统节省宫中费用,发遣太监出宫,信中说:"皇帝既已让政,则宫廷制度不能不力加撙节……试观今日,各署薪俸,至数月不发,军中欠饷,索者嚣然。就此两事而观,则皇室经费实危如朝露。若不再行撙节,以为天家体制所关,不惟宝玦王孙有路隅之泣,即宫中日用宁堪问耶?"③1922年旧历十月,宣统举行结婚大典,林纾不顾此时自己已体弱多病,又精心绘制了四镜屏呈进。宣统为此特书"贞不绝俗"匾额并拿出宫中袍料褂料等谢赐林纾。林纾特作《御书记》表示自己的感激之情。文中竟至于这样说:

---

① 林纾《上参众两议院议员书》,朱羲胄编《林畏庐先生年谱》卷二,世界书局1949年版,第28页。
② 林纾《戊午除夕皇帝御书"有秩斯祜"春条赐举人臣纾,纪恩一首》,《畏庐诗存》,第39页。"螺江太保"即宣统帝傅陈宝琛,陈宝琛家住福州螺江。
③ 林纾《上陈太保书》,《畏庐三集》,商务印书馆1924年版,第31页。

承上启下

> 呜呼！布衣之荣，至此云极。一日不死，一日不忘大清。死必表于道曰："清处士林纾墓"，示臣之死生，固与吾清相终始也。①

显而易见，林纾似乎忘记了他说过的"仆生平弗仕，不算为满洲遗民"的话，他已是信誓旦旦地表示要只做前清的"遗老"了！不过，严格说来，不管林纾本人在诗文中说得多么死心塌地，林纾这类"遗老"其实都不算是真正的遗老。因为即使是对民初之共和绝望后，林纾也没有发展到与民国誓不两立的地步。例如，就在他写了那首对民初共和乱象充满愤激之情的《共和实在好》后一个月的光景，他又在《践卓翁小说·序》中表示自己即使"无益于民国，而亦未尝有害"②。其实，此后林纾对待民国的态度并不仅仅是做到"无害"而已，他还发表过支持"民国"乃至祝福"民国"的言论。1915年袁世凯图谋称帝时林纾曾应邀到北京某青年会讲演，他在宣讲了一通青年人应该努力确立"国家思想"的大道理后，不知是有意还是无意，还用了一种和当时鼓噪称帝的袁政府话语完全不同的话语，表示自己愿"仗此一颗赤心，一张苦口，在少年车队后，尽力往前而推之，到中华民国平安之地，方遂吾愿。"讲演末，林纾还特意喊了如下两句口号："中华民国万岁！中华民国青年万岁！"③另外，我们知道，林纾的古文集《畏庐续集》出版于1916年，那么《畏庐三集》中的作品一般地说都应该写于1916年之后，而1916年之后的林纾无论如何其遗老意识已是相当清晰和强烈的了。但是我们在《畏庐三集》中的《吴星亭将军传》中却发现，他对辛亥年间民心之向背还是能够正确面对并如实记载的。这篇传记在记述传主的生平事略时写道："辛亥，革命军起武昌。公在高州，得电移节南韶连镇，悉师回省。顾民心已趣共和，公即引退。"④同样的情形我们在林纾1917年出版的长篇小说《巾帼阳秋》

---

① 林纾《御书记》，《畏庐三集》，第68页。
② 林纾《践卓翁小说·序》，专见朱羲胄编：《春觉斋著述记》卷二，第18页。按，"践卓翁小说"是《平报》为林纾特辟的一个小说专栏，《践卓翁小说》第一辑，北京都门印书局1913年11月出版。
③ 林纾《青年宜尊重国家》，柯定璜《孔教十年大事》卷五，1923年山西宗圣社印行。
④ 林纾《吴星亭将军传》，《畏庐三集》，第23页。

亦可看到。这部小说固然以较多的笔墨揭露了袁世凯人民国后的一系列政治丑行,但林纾并不是站在与民国对立的大清遗老的立场上,而是站在辛亥之年认同了共和的立宪派人士的立场上着墨的。唯其如此,小说尽管对热衷于"党争"的革命党人有"其心岂专仇清,亦冒利耳"之类的描写,但对共和,对孙中山、宋教仁等革命元勋亦不乏较为正面的描写。例如第14章写到袁世凯图谋称帝时报纸上刊有美国人论中国不宜共和的文章,林纾让他书中的正面人物王曛仙发表了这样的议论:"此非美国人之言,公府中诸彦之言也。共和之局,海内同心,且大总统对天宣誓,万无自食其言之理。今必托客卿之言,将以愚众也。"第5章写到孙中山抵北京与袁世凯共商国是时林纾又这样描写孙中山(小说中用谐音称桑钟山):"桑先生抱经纬区宇之志,将使天下之名山大川尽化为铁道。偶有异同之论,而右先生者,则斥为叛逆。先生又倡民生主义,即俄人之所谓均财也。"显然,仅仅依据林纾频频不断的谒陵,仅仅依据林纾的部分带有愤激情绪的言论,遂断定其为冥顽不灵的遗老是不妥当的。

三、晚年林纾"谒陵"的政治文化寓意

那么,林纾为什么偏要像个冥顽不灵的遗老似地频频谒陵呢?为什么要如此出格地表示自己对光绪皇帝的思念之情呢?莫非林纾也在刻意地自我炒作以沽名钓誉?事实上在林纾生前,此类的议论已经有了,但林纾对此极不以为然。1921年作"七十自寿诗"中这样说:

> 崇陵九度哭先皇,雪虐风饕梁格庄。百口人争识越分,一心我止解尊王。世无信史谁公论,老作孤臣亦国殇。留得光宣真士气,任他地老与天荒![1]

---

[1] 转见朱羲胄编《林畏庐先生年谱》卷二,第47页。林纾七十整寿前谒陵凡九次。

承上启下

1922年林纾又致书有同乡、同年之谊的郑孝胥,针对郑孝胥认为其谒陵之举有效肇清初义士顾亭林之嫌一事,再次为自己辩护:

> 所云学亭林转不似亭林,弟已知之深矣。然不能不谒者,犬马恋恩之心不死也。即亭林当日,亦岂好名?不过见故君丧亡,身为遗民,无可伸诉。谒陵,即如展先烈之墓也。且弟于谒陵之事,并不语及同乡诸老,防触忌也。……本无取法亭林之心,且弟之文章,自谓不在亭林之后,何为学之?即学之弥肖,亦复何用?古今事有暗合,但于纲常之内,不轶范围,即无心偶类古人,亦不为病。弟自始至终,为我大清之举人。谓我为好名,听之;谓我为作伪,听之;谓为我中落之家奴,念念不忘故主,则吾心也。①

人事之吊诡有时候真让人无以言说!郑孝胥也是一个遗老,这个遗老不仅在民初像林纾一样表示不忘大清,而且在1931年"九一八事变"后协助日本唆使废帝溥仪赴东北成立了所谓的"满族国",并在后来担任伪满洲国的总理大臣,堕落成为人不齿的汉奸。于是,我们看到,劝林纾不要频频谒陵的人倒真的与"大清"相终始了;而宣称"不能不谒者,犬马恋恩之心不死也"的林纾,却同时表示要有"国家思想",要"在少年车队后,尽力往前而推之,到中华民国平安之地"。显然,林纾这种布衣遗老与严格意义上的官员遗老是有很大差别的。那么,林纾之频频谒陵究竟意味着什么呢?辛亥年避难天津时写给吴敬宸的那封信中有一句话,可以帮助我们理解林纾谒陵这一"事件"的政治内涵:

> 然德宗果不为武氏所害,立宪早成,天下亦不糜烂到此。罪大恶极者为那拉氏。②

显然,在林纾看来,假如光绪皇帝的维新变法能够获得成功,假如"立宪"政体不是被慈禧扼杀在襁褓之中,辛亥革命是不可能爆发的。林纾的这种崇拜光绪、憎恶慈禧的情绪和态度在晚年的诗文中多有表露。1914年林纾在《谒陵图记》

---

① 林纾《答郑孝胥书》,朱羲胄编《林畏庐先生年谱》卷二,第59页。
② 林纾《寄吴敬宸(一)》,李家骥等整理《林纾诗文选》,第319页。

一文中这样称颂光绪及其皇后:"我景皇帝心乎国民,立宪弗就,赍志上宾;孝定皇后则踵唐虞之盛,不欲陷民于水火之中。二圣深仁,民国上下咸无异词。"①1921年林纾因故乘车经过颐和园,他想起当年慈禧权势薰天,为修建颐和园而挪用海军军费,受后党蛊惑而发起戊戌政变,在瀛台软禁并迫害光绪,以及重用亲信养成藩镇势力等劣迹,又特意写诗抒发胸中的悲愤:"行人不忍过连昌,杰阁依然耸佛香。委命园林拼国帑,甘心骨肉听权珰。鬼兵动后无完局,藩镇基成始下场。回望瀛台朱阙里,红桥断处水风凉。"②林纾之所以崇拜光绪,最根本的原因是光绪赞同立宪。而林纾这种布衣之士之所以赞同立宪政体,绝无个人官场进退之考虑,他只是觉得这种政体不会引起天下大乱,这种政体能使国家尽快走上振兴之路罢了。然而,现实却是:(君主)"立宪"夭折了,"革命"发生了,"共和"看来是必定要成立了。于是,天天在祈祷中国走上富强之路的林纾,决计与时俱进,认同共和,并衷心希望这个"新旧势力合作"的"共和之局"能使中国真正走上振兴之路。正因为这样,林纾越是对民初这个乱哄哄的共和之局感到失望,便越是对君主立宪之未曾实现感到惋惜!越是对君主立宪之未曾实现感到惋惜,便越是怀念那个壮志未酬的光绪皇帝!唯其如此,林纾之频频谒陵作为一个"事件",就不仅仅是情感层面上的借此表达对"故主"的"爱恋之情",而是政治层面上的借此表达他对"君主立宪"政体的怀念,表达他关于救国之路的思考。

林纾之频频谒陵,另一个很重要的原因,就是他要借此在文化道德层面上张扬一种"纲常"之内不可缺失的信义和节操。由于深受程朱理学的熏陶,林纾不仅是一个道德立人论者,也是一个道德治国论者。这使他在评论政治人物或事件时习惯于只从道德角度着眼,而不能洞察和把握政治现象的复杂性及其实质。民国元、二年间他对愈演愈烈的南北之争进行劝阻、促和时,实际上已在相

---

① 林纾《谒陵图记》,《畏庐续集》,第59页。
② 林纾《车中望颐和园有感》,《畏庐诗存》卷下,第28页。按:连昌,即唐代连昌宫,此处借指颐和园。

承上启下

当程度上撇开了南北之争的政治症结(由谁来掌控新生民国的权力中枢和国家走向)而单纯地进行道德说教。他告诫国民党人"今救亡之策,但有两言:一曰公,一曰爱。公者争政见不争私见,爱者爱本党兼爱他党"①,无论如何,其主观态度是相当恳切的。但南方国民党人之所以要与袁世凯集团争斗,难道根本的原因是他们不懂得这种极为浅显的政治道德么?由于触不着南北之争的政治症结,或者说由于从立宪派人士的政治立场出发不能容忍南方国民党人对袁世凯集权的挑战,林纾的这种相当恳切的道德说教在南方国民党人那里,就沦落成了为袁世凯集团张目的政治说教。由于林纾的这种相当恳切的道德说教不可能在南方国民党人那里得到正面的回应,南方国民党人在林纾那里,也就由一个激进的政治派别沦落成了一个不讲政治廉耻的道德派别。1913 年之后的林纾每提及"党人"必会谴责,但所有的谴责却又都是道德化的:1917 年他曾给辞去北京大学教职后南归桐城故里的姚永概(叔节)写过一首感事诗,诗中说:"党人本不谈廉耻,藩镇居然定纪纲。"②1920 年他在《上陈太保书》中论及"皇室经费实危如朝露"时又这样说:"彼党人者,家庭尚欲革命,则视旧君之处故宫,又岁縻巨帑,此不待问而知其必行榴剪者……"③

约略地说,1915 年之前,林纾对政治人物、政治事件的道德化评价与谴责,虽然有时也指向那些为非作歹的武人或政客,但主要是指向敢于挑战当时"政府"权威的革命党人的。民国元、二年间所作的《讽谕新乐府》就充分地说明着这一点。但 1915 年之后,随着袁世凯称帝活动的登场,林纾则发现不仅当时立宪派人士一致拥戴的袁世凯竟然撕下了他的道德面孔④,既背叛他对民国"共

---

① 林纾《论专制与统一》发表于 1913 年 4 月 1 日《平报》。
② 林纾《感事一首再寄姚叔节》,《畏庐诗存》卷上,第 29 页。
③ 林纾《上陈太保书》,《畏庐三集》,第 31 页。
④ 袁世凯继任民国临时大总统后,一面在就职仪式上表示:"世凯深愿竭其能力,发扬共和之精神,涤荡专制之瑕秽,谨守宪法,依国民之愿望,祈达国家于安全强固之域,俾五大民族同臻乐利。"一面在清帝退位优待条件上批示:"先朝政权,未能保全。仅留尊号,至今耿耿。所有优待各节,无论何时,断乎不许变更,容当列入宪法。"于新于旧,都是一副道德面孔。

和"政治的承诺,复以旧臣身份对大清行篡逆之事,而且就连一向以社会纲常伦理道德的承担者和守护者自居的士林名流中,也有一些人丧失名节,参与到对洪宪帝制的鼓噪之中。而洪宪帝制的丑剧失败之后,随着袁世凯的丧亡,更是各路军阀毫无廉耻地武装割据,相互征伐。也就是说,自1915年以后,林纾即沮丧地发现,在民国的政治时空中,不仅是动辄"滋事"的革命党人"不谈廉耻",而且在各个阶层、各式人物中都普遍地存在着道德的沦丧。于是,他对政治人物、政治事件的道德化评价和谴责,也就由此前的主要针对革命党人扩大到针对各个阶层和各式人物。他这样抨击那些拥戴袁世凯称帝的所谓"时贤"们:"十年卖画隐长安,一面时贤胆即寒。世界已无清白望,山人写雪自家看。"①他这样讽刺那些策动宣统复辟的政客们:"仪同端首各分官,起废除新印再刊。孤注一掷博卢雉,大家共梦入邯郸……"②他这样谴责那些割地自雄为所欲为的军阀们:"非分秉大权,往往发奇想。矧乃自除吏,骄狠因傲上。乘乱愈得间,洸洸日张王。开府等分藩,坐拥十万仗。敛奸类玄默,矫退恣欺诳……"③林纾对当时政治人物、政治事件的道德化评价与谴责涉及的阶层愈多,社会面愈广,林纾便越是获得一种道德上的使命感和责任感,便越是感到自己当此道丧德敝之际必须挺身而出,坚守一种基本的节操,以使我国传承数千年的道德操守不至于泯灭。这样,在民国的统治者走马灯似地不断更换的背景下,林纾便无法接受这样的事实:当年的清廷曾经顺从民意决计"让政",遂使民国顺利建立并使百万生灵免遭涂炭,当年南北议和达成的条款也曾表示要优待清室使其宗庙永祀;如今民国的政客、武人乃至所谓的时贤、名流却醉心于争权夺利,致使国敝民困,清室亦倍受冷落,更有甚者竟有人鼓噪袁世凯帝制自为,企图取清室而代之。从林纾个人的感情指向上看,他确实爱恋故主,心系清室;但从林纾的政治

---

① 林纾《晨起写雪图有感,因题一首》,《畏庐诗存》卷上,第24页。
② 林纾《阅报有感》,《畏庐诗存》卷上,第30页。
③ 林纾《可叹》,《畏庐诗存》卷上,第33页。

承上启下

设想上看,他始终认为民初确立的由共和政府优待清室的政治架构最为理想。这从林纾对待张勋策动宣统复辟事件的态度可以看得非常清楚。由于林纾心系清室,因此宣统复辟当日,林纾胸中确曾流淌过一股喜悦之情,其《五月十三日纪事》诗云:"衮衮诸公念大清,平明龙纛耀神京。争凭忠爱苏皇祚,立见森严列禁兵。天许微臣为父老,生无妄想到簪缨。却饶一事堪图画,再盼朝车趋凤城。"①但是,当段祺瑞的"讨逆军"打进北京与张勋的"辫子军"交战后,林纾则不仅意识到复辟万难成功,而且担心清宫由此被毁,而皇室将继辛亥之后再次受挫甚至覆灭。于是,他写下一首长诗对张勋孤注一掷的复辟之举表示了不满:"六年让政久相安,夺门失计危冲主。人心嚣动万卒叫,区区乃用千夫御。煤山置炮亦何济,流弹入宫过伏弩。群奄奔走卫三宫,少帝仓皇吁列祖。我处围城屹不动,祈天愿勿惊钟虞。为君为国漫不计,但觉眼鼻自酸楚。此军再挫清再亡,敢望中兴作杜甫!"②林纾后来在《答郑孝胥书》中还进一步地谈到过自己对复辟事件的真实思想:"故弟到死未敢赞同复辟之举动,亦度吾才力之所不能,故不敢盲从以败大局。"③总之,在林纾看来,由清廷"让政"于民国,由民国在共和体制内优待清室,这是一种于新于旧都最为理想的政治安排。既然这一政治安排已为新旧双方所认可并签署了相关条款,那么民国上下就应该尊重这一政治安排。也就是说,清室必须受到优待,同意"立宪"的光绪皇帝和决定"让政"的光绪皇后都必须受到尊重。在林纾看来,对于创建民国的革命派人士来说,这是信义问题;对于清帝逊位后纷纷认同民国的原立宪派人士来说,这是节操问题。

这样,在民国治下林纾以布衣身份频频拜谒光绪陵墓,便又超越了单纯的

---

① 林纾《五月十三日纪事》,《畏庐诗存》卷上,第29页。按:宣统复辟日为1917年7月1日,即旧历五月十三日。
② 《畏庐诗存》卷上第32页。原诗无题有序,序云:"五月二十四日晨起,闻巨炮声,知外兵攻天坛矣。……余凄然悬悬于宫中,因拉杂成此长句。"
③ 见朱羲胄编《林畏庐先生年谱》卷二,第60页。

政治寓意（怀念未能实现的君主立宪政体）而获得了一种文化寓意：借此在文化道德层面上张扬一种"纲常"之内不可缺失的信义和节操。1916年清明时节四谒崇陵时，林纾寄宿在守陵人梁鼎芬（节庵）的住处葵霜阁，他写下了这样一首诗颂扬梁鼎芬的节操："四年两度面葵霜，陵下衣冠泣夕阳。枯寂一身关国脉，暌离百口侍先皇。遑从竹帛论千古，直剸心肝对五常。眼底可怜名士尽，那分遗臭与流芳。"①1919年林纾八谒崇陵后写下这样一首诗，明确地赋予自己的谒陵活动以一种恪守纲常的意义："又到丹墀伏哭时，山风飒起欲砭肌。扪心赖有纲常热，恋主能云犬马痴？陵草尚斑前度泪，殿门真忍百回悲。可怜八度崇陵拜，剩得归装数行诗。"②1920年林纾九谒崇陵时与另一位遗老张君聘相逢，林纾又写诗相赠，并明确地表示他们的谒陵之举并"无补兴亡"，其意义只在"力敦古谊"："力敦古谊尚何人，难得君为侍从臣（公由翰林改官）。无补兴亡同有恨，得全节概在能贫。难馀愈稔林泉味（公于未革命前已褂冠归隐定兴），场上谁抽愧偭身。等近古稀奚所望（公年六十馀），相期合传作遗民。"③

　　林纾频频地以道义的化身谒陵，不断地以纲常、节操自励，其结果却使他在文化潮流的演变中越来越陷入孤立落寞的状态之中。那些醉心于争权夺利、狗苟蝇营的政客、武人、"时贤"、名流们自然瞧不上他，讥其效颦顾亭林，有沽名钓誉之嫌。而那些因愤恨传统文化惰性太强遂鼓吹全盘西化的新文化派，则视林纾为甘心替传统伦理道德作殉葬品的封建余孽。但林纾显然已决心把对纲常、节操的弘扬进行到底了。他意识到了自己处在孤立落寞之中，但他并不以此为惧，反倒以"孤高"自赏。1920年夏天林纾曾绘制十二幅画，每幅画都亲自定名并系之以诗。其中，《危峰积雪》这幅画的题画诗，正是林纾当时在道德精神层

---

① 林纾《宿葵霜阁赠梁节庵》，《畏庐诗存》卷上，第20页。
② 林纾《谒陵礼成志悲》，《畏庐诗存》卷下，第3页。
③ 林纾《陵下喜晤张君聘太守》，《畏庐诗存》卷下，第15页。按：张君聘1921年谒崇陵时又与林纾相逢，其时生活清苦，"久典其裘"，林纾曾赠"二十金赎之"，并作《赠张君聘》："满拼傲骨历艰难，不向新朝乞一官。我自与君同冷暖，赠袍宁为范雎寒。"见《畏庐诗存》卷上，第29页。

承上启下

面上以孤高自赏的写照：

> 万事尽灰冷，岂复畏寒雪！一白直到天，吾亦表吾洁。高哉袁安卧，卓哉苏武节。丈夫畏污染，所仗心如铁。持赠官中人，与彼浇中热。①

可叹乎？可悲乎？可幸乎？

原载《中国文学研究》第十八辑，中国文联出版公司 2011 年版

---

① 林纾《夏日斋居自制十二图，图各定名系之以诗·危峰积雪》，《畏庐诗存》卷下，第 12 页。

王国维的一首《浣溪沙》词刍议

——兼与叶嘉莹教授商榷

张 兵

我对王国维的《人间词》很有兴趣,曾写过两篇文章谈了读词的心得。[①]在中国词史,乃至是文学史上,像他这样创作和理论擅美的词人尚不多见。词的创作需要词学理论来指导,而词学理论指导下的创作,自然更能透悟美学的真谛。这种"互动"下的《人间词》无疑是我们进入王国维心灵世界的极好路径。因此我对研究王国维词作的进展一直都很关注。可惜国内今人大多注意于他的以《人间词话》为代表的词学理论,而对他的《人间词》创作却甚少予以重视。这种偏颇,常使人汗颜。

王国维一生是个十分自信而谦恭之人,在中国社会新、旧交替的历史转型时期,接受了西方先进文化的洗礼,从而开拓了中国学术的新路,并且在诸如哲学、历史、文学、美学、考古等许多领域都做出了杰出的贡献,然而他很少提及个人的这类成就。唯独对《人间词》的创作是个例外。他在1907年撰写的《静安文集自序二》中说:"余之于词,虽所作尚不及百阕,然自南宋以后,除一二人外,尚未有能及余者,则平日之所自信也。比之五代北宋之大词人,余愧有所不如,

---

[①] 这两篇文章是:《王国维〈人间词〉研究》,刊《重庆大学学报》2005年第1期;《论王国维〈人间词〉的多维文化背景》,刊《重庆大学学报》2006年第1期。

承上启下

然此等词人,亦未始无不及余此。"①在这里,中国学者固有的矜持和谦虚荡然无存,王国维的如此"自命不凡",确也说明了他的词作实有过人之处。从南宋后的中国词坛来看,元明开始衰歇,至清代中叶以后始开始"中兴",但在创作上能达到或超越王国维的人,真的是屈指可数,可见王氏的话绝非自吹,而表明了他对《人间词》创作成就的充分自信。而这一番心境,似乎并未引来后世学者的体悟。在一个世纪的岁月中,于此相对冷落了他。尤其是与他的词学论著《人间词话》的连篇累牍的文字相比,这种情形显得非常明显。

目前人们发现的王国维的词作共有 115 首,也就是他所说的"百阕"。其中辑于《观堂集林》卷二十四的"长短句"有 23 首,另在《观堂外集》中也辑有《苕华词》一卷,共 92 首。这些词除《苕华词》末尾的 4 首创作于 1918—1920 年间以外,其他 111 首都写成于 1905—1909 年之间。本文所说的《人间词》,指的就是这 111 首词作。细心的读者不难发现:王国维的《人间词》创作正是在他精力旺盛、精神勃发的人生黄金时期。今见《观堂集林》一书,是王国维的自选文集。据他的学生赵万里说,他在编辑《观堂集林》时,"去取至严,凡一切酬应之作及少作之无关弘旨者,悉淘去不存"②,而对一些旧作,如《魏石经考》《汉魏博士考》等,亦作了认真的删削,只保存了其中的精华部分,可见其对此事的极端认真和重视。所以我在上面提及的《王国维〈人间词〉研究》的文章中说:"在这样一部凝聚着大半生心血的学术著作中,王国维把不属于学术类文章的《人间词》也辑入书中,这一事实本身就说明了这些词作在王国维心目中的重要地位。也正因此,我们在阅读《人间词》时,也绝不能单纯地把它当作一般的文学作品来欣赏,而应把它视作是渗透着作者生命体验的华章来研究。"我现在仍然坚持这一看法,并且认为唯有如此,才能真正读懂王国维的词,透悟他的心灵世界,掌握蕴

---

① 转引自徐洪兴编《求善求美求真》,上海远东出版社 1997 年版,第 89 页。
② 李学勤《观堂集林》前言,河北教育出版社 2001 年版,第 1 页。

藏在这些词作中的"生命密码"。

在我看来,当今学人中,真正懂得王国维词作的,要算是加拿大籍华人学者叶嘉莹教授了。早在上世纪70年代末,我还在复旦大学求学时,就读到了她的《王国维及其文学批评》一书,曾为其中的睿智灼见和委婉叙述的细腻笔法所折服。时过四分之一世纪,当时的那种如痴如醉至今依然历历在目。然而由于学殖浅薄,对许多问题不求甚解。前几年,我忽然心血来潮,对王国维产生了浓厚的渴望。尤其是对他的《人间词》,几乎到了手不释卷的地步。我在阅读中自然也关注他人对《人间词》品赏的体悟以及研究的成果。叶教授在《王国维及其文学批评》一书中附录的《说静安词〈浣溪沙〉一首》也有机会再次阅读,获益良多。在这篇文章中,她说:古今词人之作,"我之所爱者亦极多,而于此极多之可爱之作品中,我独于静安先生词似有较深之偏爱。其故殆亦难言,惟觉其深入我之遭之不去耳"[①]。真是一位性情中人。她如此"偏爱"王词,可谓是王词的知音。也正因此,她于王词的115首词作中选取《浣溪沙》一首来作品赏,实是有着独到的目光。因为此词在全部王词中很有代表性。从思想内容上来说,它乃是我在前面所说的是"渗透着作者生命体验的华章",而从艺术特色上来说,它又非常富于王词的鲜明色彩。现把词作引录如次并试着略作一点不成熟的诠释。

浣溪沙

山寺微茫背夕曛,鸟飞不到半山昏,上方孤磬定行云。

试上高峰窥皓月,偶开天眼觑红尘,可怜身是眼中人。

此词短短六句,凡42字,用的是词人常用的调,然而它的韵味深长。词从宫廷走向社会、尤其是大量的文人学士参与创作以后,已摆脱了原先以娱乐为主要特征的功能而转为以抒情性见长的文学作品。然而在"词缘情"的基本美学思想指引下的词作,大多没有忘却我国固有的"诗言志"的文学传统,把抒情

---

① 叶嘉莹《王国维及其文学批评》,广东人民出版社1982年版,第459页。

承上启下

和述志融合为一体,倾诉着词人的心声。这种抒情和述志融合为一体的词,在艺术上所体现的基本风貌用句通俗的话来说就是"情景交融。"呈现在文学文本上就是前面写景,后面抒情,而词人所要述说的"志"也在抒情中得到充分的展现。王国维的这首《浣溪沙》,就是一个很好的例证。全词从写景开始,到述志结束,构成了一首完整的词作。由于王氏的高明笔法,使此词犹如一幅非常优美、淡雅的水彩画,呈现在我们面前。

作品前面三句是写景。起句"山寺微茫背夕曛"中的"夕曛"两字是指一天的傍晚时分,夕阳西下,天空微暗晦明。"背"字表明了词人所处的方位,客观上也昭示了"山寺"的地理位置。它在词人的正前方而又和夕阳遥遥相对。这里既点明了时间,也说明了地点以及词人身处的自然环境,为以下展开的景物描写提供了一个很好的时空平台。以下两句乃写词人所见到的眼前之景:"鸟飞不到半山昏,上方孤磬定行云。"因为时近黄昏,山中景物已经模糊不清。一个"昏"字既写出了这种对外界事物的身临其境般的真切感受,同时也与首句的"微茫"和"夕曛"作了极好的呼应,显现出词人非同凡人的高超笔力。如果说前一句从是平视或低于45度角的仰视的话,那么后一句无疑是指词人抬起头来仰视,而且这种仰视又须是大角度的,他隐约看到了山顶上黑乎乎的一方巨石十分孤独地横卧在云端中,几乎镇住了那飘移不定的浮云。一个"定"字是说景物的不动,也寓意着词人周边自然环境的凝固。细心的读者不难发现,或者说已经充分地感受到了词人为我们描绘的这一独特的自然环境。而这一独特的自然环境是词人用他的如椽之笔刻意创造的。王国维在《人间词话》中有句名言:"一切景语皆情语也。"这里的"定",正反衬着他心里的"不定"——因思想上的极端痛苦而招致的极度心绪不宁——他刻意创造的这一独特的自然环境,毫无疑问是为他以下的抒情述志作烘托之用的。王国维用了"微茫""曛""昏""孤"等一系列词语,来描写他所看到的景物,渗透于其间的是一种孤寂、凄凉、甚至是有点悲怆的气氛。也许这正是王国维所要达到的艺术之境界。

王国维的一首《浣溪沙》词刍议

说到艺术之境界,我们都会想起王国维在《人间词话》中力倡的"境界说"。他曾说过,文学作品的境界有"诗人的境界"和"常人的境界"之分。何谓"诗人的境界"?他说:"诗人之境界,惟诗人能感之而能写之,故读其诗者,亦高举远慕有遗世之意。而亦有得有不得,且得之者亦各有深浅焉;若夫悲欢离合羁旅行役之感,常人皆能感之,而惟诗人能写之。"[①]很显然,王国维在《浣溪沙》词中所创造的艺术境界,是属于"诗人之境界",而非"常人之境界"。因为这样独特的艺术之境界,只有像他这样的杰出的诗人才能创造,而一般的"常人"却是无法创造的,即使创造了,也会显露出它的平庸和粗浅之相。王国维深知文学创作和审美的基本规律。古人说:"情动于中而形于言。"词人的创作动机来源于他心中的情感,而人的情感则产生于客观事物的刺激。所谓客观外界的事物,就是指景,它是激发词人之情发生的主要源泉。其发展和变动都会造成词人情感的变化。这就是人们常说的"触景生情"。也正因此,借助于客观景物的描写来抒发词人的主观情感,往往可使情感的表达更为动人。如温庭筠的《望江南》词:"梳洗罢,独倚望江楼。过尽千帆皆不是,斜晖脉脉水悠悠。肠断白蘋州。"全词所写是一位女子的闺怨之情。首句交代了时间、地点,暗含着她的思念之情既认真,又迫切。说认真,是因为她梳洗时的精心,以表示欢迎心爱的男子归来的真诚;说迫切,是因为她从起床之后除了梳洗以外,就开始殷殷地期盼着,独自一人伫立江边的小楼。然而,"过尽千帆皆不是",因此痛苦万分。作品所要表现的词人的思恋之情相当凄苦,而这一切是借助于他所处的"景"而表现出来的。例如,眼前的一条江,就为词人表现女主人公的情感创造了最好的"景"。因为男子的离去是从眼前的这条江走的,所以他的回来也必定是由这条江而来。她面对永流不息的江水,更增添了无穷的愁思。"斜晖脉脉水悠悠",词人由景生情,借用江水抒情,情景是如此的水乳交融,使人物情感的艺术表现达到

---

① 王国维《清真先生遗事尚论三》,转引自叶嘉莹《王国维及其文学批评》,第461页。

承上启下

了极致。

　　王国维在《浣溪沙》词中所追求的也就是这样一种达到了极致的艺术之境界。

　　现在再来说王国维《浣溪沙》词的后三句。词人由写景转入了抒情述志。因为此词前三句为我们创造了一种独特的自然环境和凄苦的艺术氛围,这里的抒情述志自然也是泣血悲怆的。首句中的"皓月",我以为是指人生美好的理想,也就是词人所追求和欲要达到的目的。王国维在这里用了一个"窥"字,言下之意是说,这种美好的人生理想的达到是很艰辛的,不太容易实现。因为只想上山峰去看一下,都要"试上",也就是说要经过艰苦的努力,更何况说要去置身于这美丽宁静的"皓月"之中了。次句中的"偶开"两字,显然是指很少的次数,或者说是艰难的张开。上句既说要实现人生美好的理想,决非是一件轻而易举之事,因此内心充满了极端的痛苦,现在甚至连看一下人世间他人的生活也很难做到,这真是在极端的痛苦之中又加上了痛苦,词人的痛苦连着痛苦,一生的痛苦实在也望不到头,看来得终生泡在痛苦之中了。人世间难道还会有"可怜"人吗?最后用"可怜"作结,这两字也成为全词的"词眼"。用时下流行的话来说,就是"中心词"或"关键词"。仔细吟诵此词,结句似有千钧之力。尤其是"可怜"两字,把词人的心境和盘托出,读来莫不潸然泪下。

　　这首《浣溪沙》词写于王国维去世前约20年,正是他的风华正茂时期。人生最可宝贵岁月的莫过于三十岁上下。其时,王国维已开始在各个学术领域崭露头角,并且以他的杰出才华成为学界翘楚。照理说,应该是他"直挂风帆济沧海",在人生之路上高歌猛进的时期,可他为什么却要如此词中所流露的那样万般痛苦呢?有一种意见认为是他接受了西方的思想和哲学,尤其是叔本华的学说所致。我认为,这种看法有一定的道理。事实上,在中国的学人中,自觉地接受西方思想,并且把它运用于中土的文化研究中做出了杰出成就的,王国维无疑是很突出的一人。他的词学理论著作《人间词话》和文学研究专著《红楼梦评论》就是这方面最为成功的典范。然而,王国维毕竟是生活在中国这块有着悠久历史文化传统土壤之上的学者。来自异域的思想文化,要在神州大地扎下深根,也非一朝一夕而能成功的。王国维虽然接受了西方的思想和文化,但他的骨子里浸润的仍然是中国文化的血脉。植根于他身上的主要是中国文化的传统基因。即如他的《人间词话》和《红楼梦评论》而言,确实贯穿着叔本华学说的影响,但立足于其上的还是我国深厚的文化传统。例如,《人间词话》中的核心思想是"境界说",就和他接受的西方思想和文化无多大关系,而和中国的传统文化,包括从异域传来的已经完全中土化了的佛教文化有着密切的关系。在王国维的生命中,之所以能比较自觉地接受西方的思想和文化的辐射,原因很多。诸如西方的思想和文化中存在着某种先进的因素,中国的社会转型时期新、旧文化冲撞的时代需要西方的思想和文化的介入等等,而这些都是外因。外因要发生作用是离不开内因的。而内因在王国维思想变化中所起的作用无疑是至为重要的。王国维一生命运坎坷,个人的杰出才华使他为实现个人美好的人生理想提供了充分的可能性。而专制的社会却始终让他无法自由地施展。这种理想和现实的矛盾冲突,常常会使上产生思想上的郁闷,一旦压抑久了,就会造成思想上的极端的痛苦。这对常人是如此。对作为聪慧睿智而又有着远大抱负、在多方面超越常人的"诗人"王国维来说,更是如此。这是他能接受以叔本华学说为代表的西方思想和文化的内因,或者说是根本的原因。王国维的死,与此种精神状态不能说毫无关系。

本文有个副题叫"兼与叶嘉莹教授商榷",我要和她讨论的也就是上述问题。这是因为叶教授在以《浣溪沙》为例证时谈到王国维词的特色时,认为呈现出三个鲜明的特色。一是有古诗之风格,而"去大众较远";二是含西洋之哲理,"天性中自有一片灵光";三是能将抽象之哲理予以具体之意象化。这三点都是颇能启人心智的,尤其是一、三两点,可谓是通透之见。而第二点则似乎还可仔细斟酌,至少不能以偏概全。文学作品的品赏,本来是"青菜萝卜,各有所爱",

承上启下

人皆见仁见智,很难达到"一统",可以存而不论。这里的讨论似乎也无多大的意义。然而,这一问题的提出,涉及的不仅仅是对《浣溪沙》一首词的看法,而是还关系到对全部王国维的《人间词》,甚至是王国维思想的评价。所以愿意提出来讨论。为了说明我的看法,特将叶教授认为的王国维词的第二个特色转述如下:

> 静安先生词含西洋之哲理:常人之写诗词,类不外乎抒情,写景,记事之作,间有说理者,所说亦不过世俗是非得失道德伦常之理耳,偶有以禅理入诗词者,然亦多为文人一时习染之所得,其真能于禅智有所会者则为数极鲜也。静安先生颇涉猎于西洋哲学,虽无完整有系统之研究,然其天性中自有一片灵光,其思深,其感锐,故其所得均极真切深微,而其词作中即时时现此哲理之灵光也。①

如果我没有理解错的话,叶教授在这里似乎是说:作为"诗人"的王国维,与"常人"不同,他的词创作中"即时时现此哲理之灵光",而这"哲理之灵光"乃源自王国维的"天性中自有"和"颇涉猎于西洋哲学"的缘故。"常人"是指谁?叶教授没有明说,然而联系上下文来看,她所指的似乎是一般的传统词人。这就产生了一个问题:我们对王国维的词到底应作如何理解?难道王词中的时时闪现之"哲理之灵光"仅仅来自于"西洋哲学"而可以脱离或游离于中国深厚的思想文化土壤吗?回答显然是否定的。

试以叶教授品说的一首《浣溪沙》词来说吧。我以为,无论是从作品的思想内容来看,还是从它的艺术形式来说,都还是我国传统文化精神的体现。在没有找到能说明这首《浣溪沙》词直接受西方思想和文化影响确凿的证据以前,我们不能一见到作品中反映的是人生的痛苦而直接和叔本华所宣扬的人生哲学相联系,从而断定它的"极真切深微"的思想乃来源于"西洋哲学"。诚然,我也

---

① 叶嘉莹《王国维及其文学批评》,第460页。

很难断然否定叶教授的高见。因为在王国维的思想中,确曾从西方哲学中吸收过大量的思想滋养。在这一问题上,我们可以各说各话,求同存异。不过我想说明,在王国维之前,表现人生痛苦,理想的美好与高远在严峻的社会现实中无法实现而产生的痛苦心声的作品,成千上万。用不着我在此举例证明了。我们对这些"常人"的作品怎能视而不见?因为人来到这个世界,面对着客观外界的现实环境,尤其是严峻的社会和时代的逼迫,无不感到它们力量的强大和个人能力的渺小。要想脱离人生所依赖的客观外界的现实环境的制约,正如人要抓住自己的头发而想要离开地球那样,在事实上是不可能的。个人欲望的无法自由实现,人生美好理想的达到几乎处处碰壁。这些无疑会在心灵上产生巨大的痛苦。也正因此,人类的许多哲学思想立足于这一基点之上。西方的叔本华学说如此,东方的佛学理论也如此。就是土生土长的中国道教,也常常痛感于人之生命的短促之苦而千方百计地去追求长生、长寿等等,入世的儒家,崇尚立言、立德和立身的"三不朽",似乎和人生的痛苦哲学不搭界。其实不然。要成就个人的人生理想,需要历经多少磨难。他们的心中同样充满了无穷的痛苦。例如,个人功名利禄的不能实现,政治角逐场上你死我活的剧烈的争斗,即使人生得意后也会感到光阴的短促而使荣耀很快转瞬即逝等等。在这一点上,中西哲学和思想文化是共通的。因为王国维接受过西方哲学思想,而把他在词作中表现出来的人生痛苦之情的渊源直接归为"西洋哲学"的影响而一股脑儿地否定他受到中国传统哲学思想和文化的熏陶,显然有失公平。我们为什么不能说王国维在这首《浣溪沙》词中所表现的思想是来源于中国传统哲学思想和文化的熏陶呢?

举一个例子来说明。叶嘉莹教授在品读王国维的这首《浣溪沙》词时说:"窃以为此词前片三句,但标举一崇高幽美而渺茫之境界耳。近代西洋文艺有所谓象征主义者,静安先生之作殆近之焉。"[①]"至苦其以假造之景象,表抽象之

---

① 叶嘉莹《王国维及其文学批评》,第461页。

承上启下

观念,以显示人生、宗教,或道德、哲学,某种深邃之义理者,则近于西洋之象征主义矣。此于我国古人之作中,颇难觅得例证。"[1]她认为起首三句是运用了西方文学中的象征主义手法来创造的艺术境界。这在"我国古人之作中,颇难觅得例证"。囿于我对西方文学中的象征主义手法,没有作深入的研究,这里也说不出子丑寅卯来。然而说这种艺术笔法在"我国古人之作中,颇难觅得例证",则很难服人。笔者手头就有一首秦少游的《踏莎行》词,乃为大家耳熟能详。为了说明问题,这里不惜篇幅全文摘录于下:

雾失楼台,月迷津渡,桃源望断无寻处。可堪孤馆闭春寒,杜鹃声里斜阳暮。

驿寄梅花,鱼传尺素,砌成此恨无重数。郴江幸自绕郴山,为谁流下潇湘去?

据毛晋汲古阁本《淮海词》,此词调下有注说,它写于郴州旅舍,时间约为宋绍圣四年(1097)春三月。其时,正是秦观内心悲观绝望至极端痛苦之时。因为在朝廷的政争中,他遭到了失败,被迫离开汴京,先被贬为杭州通判,再贬作处州监酒税,最后又被政敌陷害,贬徙郴州,并削去了所有的官爵和俸禄。在这一连串的打击下,秦观在万般痛苦中,于流落之地的旅舍中写了此词。

此词总体体制和基本风格同王国维的《浣溪沙》词。上片写景,下片抒情述志。我们先来看上片。首三句是写景。有楼台、津渡和桃花源等等,皆为词人眼中所见之景物。楼台,本是一种崇高和远大的形象之化身,但它在浓浓的迷雾中已经被淹没无存;津渡,乃是送人到家的驿站,使人很容易联想到被指引的出路,而它也在朦胧的月色中被淹没后难以见到。桃花源,在陶渊明的笔下,是何等的美丽和飘逸,令人神往。它就在郴州以北的武陵,而如今更是云遮雾障,无处寻找了。秦观在这里所写,表面看来似乎都是具有实像的景物,然而它们

---

[1] 叶嘉莹《王国维及其文学批评》,第462页。

却并非都是现实中的实景,而是被他充分虚化了的幻景。换言之,此词开头的景物描写是虚景而非实景。对于思想极端痛苦且濒临绝望之中的人来说,词人从所居的旅舍向外望去,所见景物满目都是一片凄凉迷惘的幻景。很明显,秦观在这里创造的如此一个似真似幻的艺术境界,自然是由于他的极端痛苦之心情和敏感的心性相合的产物。大凡人在绝望中,都会"胡思乱想"。其实,这种"胡思乱想"的结果就是幻象。而幻象则是由人在社会现实中的处境产生,所以它也会融入生活的真实,其意义极可注意。以下的"触景生情",抒情述志,为作词的基本路数,此不赘述。

如果我们把王国维在《浣溪沙》词中开头的写景艺术笔法与秦观的这种景物描写方法两相对照的话,就可看出它们是何等的相似乃尔!两者之间的密切联系,明眼人一看就知道。值得注意的是,在《人间词话》中,王国维毫不掩饰自己对包括秦观等人在内的晚唐五代和北宋词人的钦敬,他的《浣溪沙》词在创造中接受秦观的《踏莎行》等词作的影响而完成的情形有迹可寻。读者从这首《踏莎行》中应当可以发现其中的一些蛛丝马迹。如果说我们承认王国维的《浣溪沙》词之开头的景物描写采用的是西洋思想和哲学文化中的象征主义笔法的话,那末,我们透过秦观的这首《踏莎行》词,至少可以说这种象征主义的艺术笔法并不是西方所特有的,它也是我们中国传统文化中的一份极可宝贵的艺术遗产。叶教授"至苦其以假造之景象,表抽象之观念,以显示人生、宗教,或道德、哲学,某种深邃之义理者,则近于西洋之象征主义矣。此于我国古人之作中,颇难觅得例证"的说法,恐怕不全是事实。王国维虽然受西方思想的影响很深,但他毕竟是一个中国人,悠久的中国传统思想和文化给予他的熏陶,足以在他的心中扎下了深深的根基。他的接受西方思想,也是植根于中华文化土壤之中的行为。我们在研究王国维的思想中,要很清醒地认识这一点,不能本末倒置,把路走歪了。叶教授长期生活在海外,以西方学者独有的眼光来研究王国维,在感悟到"常人"不能或很少能理解的思想底蕴的同时,偶尔有所失察,是不足为

承上启下

怪的。倒是我们的不少学者,在研究王国维的思想时,常常要犯这样的短视之症,本文的写作实也有为其起警醒作用之目的。

原载《中国文学研究》第十二辑,中国文联出版公司 2008 年版

编　后　记

　　从中国现代学术史看,20世纪初,在作为"晚清新政"的重要组成部分的教育革新潮流中,当时的政府教育主管部门所颁布的我国最早的高等教育纲领,就明确了"中国文学史"的教学科目(课程)。当然,由于整个中国文学史源远流长,涉及内容繁多,所以在实际的教学与研究的过程中,自然出现了分阶段的情况,而其中被最为关注的又自然是古代时期的文学史现象。因此,所谓"(中国)古代文学"或"(中国)古典文学"的学术概念也就被最早提出并广泛使用。[1]迨自"五四"新文化运动肇兴,人们的学术视野拓宽,于是又有"(中国)近代文学"命题(概念)的提出,其代表性人物为沈雁冰。[2]

　　然而,就学术研究而言,单凭命题(概念)的提出,尚不足以创建一个专题研究学科,而真正标志着"中国近代文学"专题学科建立的代表性学术论著,应该是胡适发表于1922年的长篇论文《五十年来之中国文学》。[3]稍后,郑振铎编著

---

　　[1]　参见清廷于1903年颁布的《钦定学堂章程》(包括《高等学堂章程》《中等学堂章程》以及《京师大学堂章程》,收入朱有瓛主编《中国近代学制史料》,华东师大出版社1986年版)。与此相适应,编写出版"中国文学史"一类的著作(教材、讲义)也形成风气。正是在此类著作中,普遍使用了"古代(古典)文学"的概念。

　　[2]　参见沈雁冰《近代文学体系的研究》,收入刘贞晦、沈雁冰合编《中国文学变迁史》,中华图书集成公司,1921年10月初版。

　　[3]　该文先刊于《申报》,后收入《胡适文存二集》(上海亚东图书馆,1924年11月),该文系为纪念《申报》创刊五十周年而撰,因此将1870年代视为中国近代文学的发生期,但书中的实际评述内容,触及了"中国近代文学史"的一系列重要课题。到三十年代,胡适在《逼上梁山》一文中对此又有所论述,不过以追溯"五四文学革命"的历史背景的角度立论。

的《文学大纲》的第四十四章专门评述了"十九世纪的中国文学"。①在这样的学术基础上,有更多的学者开始关注"中国近代文学史"现象,并积极参与这一专题学科的基本建设,其中出力最勤、成果最丰而且学术影响也最大的则首推陈炳堃(子展)先生——他在1929—1930年间先后撰写出版了《中国近代文学之变迁》和《最近三十年中国文学史》,学术界公认,正是这两部专著奠定了"中国近代文学"学科专题的学术基础。②

毋庸讳言,陈子展先生写作与出版这两部专著时尚任教于上海的"南国艺术学院",但是随着陈子展先生自1933年起转至复旦大学中文系服务,由此,陈子展先生即以复旦大学中文系科为主阵地,持续开展"中国近代文学"专题学科的教学与研究,为这一学科主要在复旦大学的建设发展乃至逐步深入,贡献了终身的力量。值得一提的是,复旦大学的教职员本身多有"中国近代文学"的参与者(著名的如严复、马相伯、于右任、邵力子和刘大白等),由此中文系科的师生自然亲近中国近代文学学科,现在又因多少受陈子展先生的积极影响,所以在整个三四十年代,复旦中文系科中又有若干教师也参与了中国近代文学研究的学科建设并取得不俗的成绩,例如:

赵景深教授,当时除了为陈子展《最近三十年中国文学史》一书的初版的内容"校正几处",又写有《序言》"以补书中之所未及",该《序言》还对中国近代文学研究的学科意义多有发挥阐述;

刘大杰教授,其所撰《中国文学发展史》(1938年初版)的卷末部分对陈子展先生所论也作了呼应,并明确强调"晚清的几十年的文学"乃"中国新旧文学交

---

① 郑振铎编著的《文学大纲》,商务印书馆1927年4月初版。该书所谓"十九世纪的中国文学",大致指称鸦片战争(1840)以来的文学现象。

② 《中国近代文学之变迁》,中华书局,1929年4月初版;《最近三十年中国文学史》,上海太平洋书店1930年11月初版。陈著认定的"中国近代文学"发端于晚清的戊戌维新时期,其发展下限为"五四文学革命"的前夜。这虽然不同于目前学术界约定俗成的理解(1840—1917年),但如果把"近代文学"理解为"具有近代性—现代性的文学"而不是"近代(社会)史时期的文学",那么陈氏的意见显然更科学更准确。

编 后 记

界的关口";

吴文祺先生,更是撰写发表了长篇论文《近百年来的中国文艺思潮》(1940年),从一个重要的侧面扩展了陈子展先生大致规范的中国近代文学专题研究的学术范围;

另外,当时也一度任教于复旦大学中文系的郑振铎先生,对于中国近代文学又有进一步的研究,如在其新著《插图本中国文学史》中,辟有专章评述"近代文学"问题,并专门论及 1842—1918 年间的文学现象。[①]至于后来也任教于复旦中文系的郭绍虞、朱东润两先生,虽然当时在不同的学术岗位(环境)上主要是各自草创"中国(古代)文学批评史"研究课题,但他们的研究视野开阔,发掘了近代文学批评史上的一批重要批评家及其作品,这在事实上也都促进了"中国近代文学"专题学科研究的深化。

唯其如此,今天我们可以这样说,中国近代文学专题学科大抵奠基于以陈子展先生为领军人物的学术团队,而这一学术团队则是以复旦大学中文系为阵地即以复旦大学中文系教授为基干的。

20 世纪 50 年代以来,复旦大学中文系科继续保持了重视中国近代文学学科建设的学术特色,曾建立了专门的"近代文学教研组"(鲍正鹄教授曾任负责人),还在加强"中国近代文学史"的核心课程教学、促进中国近代文学研究方面作了不少工作,由此也取得了若干产生过全国影响的重大学术成果,例如,鲍正鹄先生的关于龚自珍生平思想与作品的专题研究(即《龚自珍集》的长篇"前言")、章培恒先生的关于晚清"谴责小说"研究的系列论文,以及署名"复旦大学1956 年级学生"编著的《中国近代文学史稿》等(尽管至今看来它们都存在着若

[①] 郑振铎著《插图本中国文学史》,北平朴社,1932 年 6 月初版。该书第五十六章《近代文学鸟瞰》,虽将"中国近代文学史"的上限定在晚明(嘉靖元年,1522),但又把这段文学史具体划分为四个时期,其中的第四个时期为道光二十二年至民国七年(1842—1918)。这是对于《文学大纲》中所谓"十九世纪的中国文学"的观点的沿袭。郑氏在 1937 年又编有《晚清文钞》,这对促进中国近代文学研究也有所帮助。

承上启下

干的历史局限性）。

自中共十一届三中全会（1978年）以来，随着整个国家进入新的历史发展时期，复旦大学的中文学科体制多有变化，其中重要的是：在中文系建制之外，又先后设置了与之并立的"中国语言文学研究所""古籍研究所"和"中国古代文学研究中心"（教育部人文社科重点研究基地）等机构（至今仍存），而归属上述不同编制的广义的中文系教师（包括若干新引进人员），则整合为几个"学位（博士、硕士）授予点"——除了"汉语言文字学"，文学方面的为"中国古代文学""中国现当代文学""文艺学""比较文学与世界文学"等。由于传统的"中国近代文学"专题学科本身涉及的文学史现象及其文化内涵的丰富性与复杂性，因此，上述各学位授予点的教师（科研人员）几乎都不同程度地涉足了"中国近代文学"学科的教学研究领域，与此相适应的是：本来分属各学位授予点的研究生（硕士、博士）们，其学位论文的选题也多有触及"中国近代文学"研究领域的。这一情形，决定了复旦大学中文系科继续成为国内"中国近代文学"学科研究的重镇之一，并且多有显著创新特色，由此对于推动与促进全国范围的学科建设产生了积极的影响。例如，由于复旦学人的理论倡导，学术界对于中国近代文学史现象的研究特别注重于晚清（清末民初即"五四"前二十年）一段；而复旦学人新提出的"中国文学的古今演变"的学术命题，则明显地构成了该学科研究的一个新的学术生长点；至于复旦学人的另一些较为具体切实的学术创见，如建立"中国近代文学思想史（批评史）"的研究专题、提出中国近代通俗文学（鸳鸯蝴蝶派）的重新评价意见、揭示晚清白话文运动与外国传教士活动的深层关系、倡导对于"五四"前后的"旧体文学"（如旧体诗词）的研究，以及提出并实践中国近代文学的"外部研究"的视角方法等等，可以说对于国内同行也都起到了一定的引领作用。

值此庆祝复旦大学中文系科建立一百周年之际编选本书，目的在于回顾总结学科建设的基本情况（包括展示某些成绩）。本书所收均为广义的复旦大学

编 后 记

中文系科学人(除了在职教师,包括各类校友)的论文,其内容题旨大致分为三个部分编排:一为学科奠基者的有关论述;二为学科建设论与学科研究总论;三为各体文学和作家作品分论(个案研究)。

  谨向收入本书的论文的作者表示感谢。本书的编选工作如有不当,希望得到大家的批评指正。

编选者

2017 年 3 月